Brandon Sanderson

布蘭登・山德森

Brandon Sanderson

布蘭登・山德森

BEST 嚴選

奇幻基地出版

天防者 IV

無畏者〔完〕

Defiant

布蘭登・山德森 著
彭臨桂 譯

Brandon Sanderson

BEST嚴選

緣起

在繁花似錦的奇幻文學花園裡，你或許還在門外徘徊，不知該如何抉擇進入的途徑；也或許你已經置身其中，卻因種類繁多，或曾經讀過不合口味的作品，而卻步、遲疑。

BEST嚴選，正如其名，我們期許能透過奇幻基地對奇幻文學的瞭解，以及對讀者的理解，站在出版者與讀者的雙重角度，為您精選好作家與好作品。

他們是名家，您不可不讀：幻想文學裡的巨擘，領域裡的耀眼新星。

它們最暢銷，您怎可錯過：銷售量驚人的大作，排行榜上的常勝軍。

這些是經典，您務必一讀：百聞不如一見的作品，極具代表的佳作。

奇幻嚴選，嚴選奇幻。請相信我們的眼光，跟隨我們的腳步，文學的盛宴、幻想世界的冒險，就要展開。

excellent bestseller classic

獻給卡拉（Kara），
她將我的書帶給這世界。

序幕

我在一片虛空之中飄浮。

感覺那裡就像是我的歸屬。

眞奇怪。我是擁有血肉之軀的人。我很清楚這一點。然而我的靈魂——至少是部分靈魂——卻覺得這裡比較自在。就在這片時間毫無意義的浩瀚虛空，虛無。

我是兩個世界的人。來自狄崖特斯的戰士女孩思蘋瑟，存在於時空之外的星魔查特。我們合爲了一體。

我們變成武器。

我仍然不明白那是怎麼發生的。不過我跟這個地方有某種連結，而我相信我可以藉此攻擊星魔。星魔是可怕又怪異的存在，它們已經摧毀許多星球，也對我的現實世界造成威脅。我可以傷害它們。雖然我還不知道該怎麼做，但是我所變成的東西……能夠消滅它們。

它們很害怕我。於是躲藏起來。

它們能怎麼躲？我心想。所有的時間和空間在這裡就只是一個點。

它們會向內看，查特回答。沒錯，這就是我的部分靈魂，但我們仍然是兩種個體。我從虛無回來才剛過一個星期，還沒習慣這種感覺。不過現在的我確實比剛回來的我更正常了。

我不懂，我將想法傳達給他。

我們沒有軀體，查特解釋著。所以妳只能在我們觀看時看見我們——也就是妳所謂的眼睛。這很複雜……就像妳跟照進眼睛的光互動時才看得見它，所以，只有在我們意識到妳的時候，妳才能意識到我們。

好吧。儘管他已經跟我的靈魂緊密連結——儘管我覺得自己屬於這片虛空——與此相關的許多事情還是會令我想破頭。

我們要怎麼跟它們戰鬥？我問他。

我不知道，他回答。我們必須找出辦法。目前它們會怕我們，這不就夠了嗎？

應該吧。可是我總覺得哪裡不太對勁。感覺跟它們的恐懼有關，但我說不上來是什麼。所以現在我只能懸浮著，一邊思考。我很擔心，卻無法找到原因。孤身一人。在這個曾經有成千上萬敵人的地方。

M-Bot？我使用超感能力探詢它。

沒有回應。我不知道它的情況。查特說它會以某種方式存活下來，因此我每天都會透過超感者的心理投射能力到虛無這裡搜索，卻找不到關於它的蛛絲馬跡。它是我曾經駕駛過的飛艇，是尚未成熟的星魔。

我嘆了口氣，然後嘗試用自己的能力做些實驗。跟星魔的融合讓我產生了兩個重大變化。第一，在我周圍，實境和虛無的邊界似乎變得更……薄弱了。第二，我跟星魔之間出現了一種連結——跟其他人也是。我可以更輕易地進入對方的思維。我可以更輕易地感受到情緒。

在虛無這裡，時間沒有意義。然而，每個人進入時都會帶來些微實境的痕跡。留下印記，就像圖畫。在這段過程中，我一直能夠接觸到那些刻意爲我留存的圖像。而現在我開始瞥見了人們無意間留下的印記。是我朋友們在我離開那段期間的經歷。

我展開思緒，發現了畫面。幻象。是我朋友們以超空間跳躍進出虛無時所殘留的情緒和經驗。這些麵包屑能幫助我，感受他們在我缺席時所經歷的一切。當然，他們都已經告訴過我，但我現在可以親眼看見。

我看見他們在我消失前往星界時驚慌失措。我看見他們跟艾拉妮克成為朋友，她是迫降於狄崔特斯的一位紫皮膚外星人。他們跟她合作，最後從星盟手中拯救她的世界，也讓一整顆小行星的人加入我們。

我看見我們國民議會的政治領袖嘗試與敵人達成協議。然後我看見一場悲劇：溫齊克背叛他們，將高峰會設計成陷阱——一場爆炸幾乎害死了我們所有的領導者。我看見奶奶為了避難而使用能力，跟卡柏一起消失前往虛無——接著我看見他們被困在那裡。

最後，我看見了基森人。他們是外表像狐狸的小外星人，以雙足行走，而星盟的攻擊使他們的行星陷入危機。我看見他們跟我的同胞互動，而天防飛行隊則是努力建立同盟。尤根勉強接下了領導權，但他要帶領的不只有我們的飛行隊，而是整支軍隊。他使用能力救出了奶奶和卡柏，還拯救了被困在跨次元監獄好幾世紀的基森人超感者。

這些只是瞥見的畫面——或許是因為我跟朋友的關係很緊密才能看見。我嘗試用這種能力監視敵人，卻什麼也看不到。不過這些畫面除了使我了解這段期間發生的事，同時也讓我感到悲傷。因為我無法在現場幫忙。因為他們學到了好多事，也實現了好多事，而我只是個旁觀者。

妳做的事很重要，查特對我說。我點點頭，儘管知道這是事實，但……

我離開虛無，在狄崔特斯的床鋪上醒來。這裡還有一個問題，是比我的情緒包袱更加重要的問題：我不知道該怎麼運用這些新的能力來擊敗星魔。我的任務是保護大家不受它們侵害。因此我才會前往虛無；我應該要成為能夠打敗它們的武器。

雖然我學到很多，也做了很多，可是感覺自己仍然非常無知。我根本不清楚自己在做什麼。

查特顫動著我的靈魂以示安慰。他很盡力想幫上忙。我嘆了口氣，爬下床，準備面對一天的行程。據說，情況將會變得很糟。幸好目前我要做的，就只是站在某個地方，試著讓自己看起來很有威嚴。我搖搖晃晃走到了鏡子前，鏡子裡的那個人根本毫無威嚴。我的鬈髮現在已經長到超過肩膀。眼袋非常明顯。

還有那雙眼睛，似乎被什麼困擾著。某種危險的東西。我不清楚是什麼。

我不懂我自己，也不知道自己變成了什麼。

我搖搖頭，長嘆一口氣。

然後拿出軍禮服。

第一部

Part One

第一章

五個鐘頭後，我在閱兵典禮的舞台上稍息站定。

我在無數的空戰中存活下來。我在千鈞一髮之際逃離了殞命炸彈的毀滅範圍。我去過虛無，接觸了古代人的記憶與智慧。我曾經直接面對星魔——存在於時空之外的駭人怪物——而且直視它們的眼睛，毫不退縮。我是戰士思蘋瑟・奈薛。

後來我才逐漸明白，這表示我是個重要的政治工具。

所以今天，我才沒到外頭戰鬥，而是必須穿著這套比飛行服難受許多的服裝。我的胸口別滿勛章——其中幾種肯定是他們特地發明的，只是想讓我看起來更了不起。話雖如此，今天的典禮重點並不是我。我只是個裝飾品，就跟勛章一樣。這是要讓大家相信我之前所發生的事。

尤根・威特被任命爲無畏者防衛軍的艦隊總司令。此外，由於國民議會遭到摧毀，因此我們進入了戒嚴狀態——這表示他不僅是ＤＤＦ總司令，同時也成爲了我們政府的臨時領袖。直到有後續其他安排爲止。

儘管曾見過這段期間所發生的事，我覺得自己在某方面好像還是落後了。我仍在努力趕上。

尤根向前傾，讓一位長者爲他別上代表新身分的肩章，接著立定站挺。看著他那堅強果決的樣子，你絕不會想到幾天前，他才因父母雙亡而在我懷裡崩潰大哭。他們原本都是議會的成員。

爆炸殺死他們時，我心裡有一部分也跟他一樣痛苦地哭喊著。那麼做眞是白費力氣。我不敢相信議會竟然眞的想要跟星盟談和。他們直接掉進了陷阱。可是我盡量不去責怪他們。雖然我跟議會成員一直處不好，但還是爲了尤根而哀悼。這是個重大的打擊，不只那些痛失親人的人，對我們所有人來說都是。這簡直是天大的侮辱：我們根本沒有談判的資格。

這座長而寬敞的大廳裡響起如雷掌聲。我站在舞台一側，旁邊還有金曼琳、FM，以及幾位傑出的DDF軍官。這個位置讓我能夠清楚看見形形色色的群眾。儘管之前見過那些畫面，我還是很難相信，朋友們竟然在我離開期間完成了這麼多事。有兩顆星球加入了我們的反抗軍。

其中最顯眼的是基森人，他們站在一列飄浮平台上，喇叭放大著他們嘰嘰喳喳的讚許聲。救回他們失蹤已久的超感者後，我們現在已經擁有一支具備我這種能力的隊伍——不過他們都是十五公分高的毛茸茸身軀，看起來小巧了點。

艾拉妮克的烏戴爾同胞也在——只是人數較少。他們是一群紫色皮膚、臉部有明顯骨白色突起物的外星人。這星期裡我遇到的烏戴爾人都很友善，不過我感覺得出當中的尷尬。艾拉妮克就在他們一行人的前側，雖然她已經跟我的飛行隊變成了好友，但還是避開了我的目光。這不能怪她。我之前扮演過她，還以她的名義做了不少事。雖然她說能夠理解……但其實我也不喜歡有人扮成我到處跑。

尤根站在人群前接受喝采。從他那緊張又責任感過重的眼神裡，我看得出他覺得自己不配這一切。但他還是接受了，而我以他為榮。他從未想過要得到這些；他只想要飛行，就跟我一樣。然而我回來之後從沒聽他抱怨過。

總要有人挺身而出領導大家，而尤根是我們之中最身經百戰的飛行員。以他的年紀來看，這種經歷很可怕，不過卻是事實。我們需要他。

掌聲消退後，FM大聲下令，台上的我們隨即立正並敬禮。尤根回禮，接著走向講台準備發言。這表示我們其他人可以解除敬禮姿勢，從後台離開並回到自己的位子上。

我第一個退場，心裡想著說不定可以——

「嘿，小旋！」有個聲音叫住我。我轉身看見金曼琳正趕著過來。她留著及肩的自然小鬈髮，而且也被迫別上幾乎跟我一樣多的勛章。「還好嗎？」她問：「妳看起來有心事。」

「很好。」我回答。其他人排著隊從我們旁邊離開。然後我就只是站在那裡，保持沉默。可惡。我還是不知道要對朋友說什麼。我該怎麼解釋自己的經歷？說我的靈魂上釘著一隻星魔？說我見到了超感者的起源，後來幾乎在某個地方迷失自己，而那裡的時間就像一件舊外套的邊緣被磨損了？說我差點決定留在那裡並拋棄他們？

「如果妳需要——」金曼琳開口。

「我要去廁所。」我不小心打斷了她的話。

她再次露出擔憂的表情。也許還有點受傷，畢竟我不再像從前那樣對她敞開心扉了。

我逃離現場，但不是去廁所。我在途中「迷路」了，不到十分鐘，我已經進入一架波可星式戰機的駕駛艙，飛入太空在附近巡邏。

這麼做很自私。可能會有人注意到我的位子空著，然後傳起謠言。

可是……我最近已經參與太多集會。我已經回來一個星期，卻幾乎沒有時間待在飛艇裡。再說，我已經聽過尤根練習演說六次了。

於是我飛了出來，享受著將我推擠在座椅上的G力。我欣賞著上方將狄崔特斯包圍起來的層層平台，以及眼前展開的那片淺藍灰色石地。欣喜若狂的我發動超感能力，藉由超空間跳躍，來到正好位在星球之外的太空。

在跳躍的同時，查特有點騷動，他的靈魂充滿我的身體，就像裝進彈射艙的降落傘。

我不知道該怎麼看待自己的新能力，我在心裡對他這麼想，此時我們又一次懸浮在虛空中，眼前只有一片黑暗。*前幾天，我沒觸碰到某個東西就把它傳送走了。*

*是的，*他用思想回答。*現在的妳有一部分是星魔了。距離和時間……對妳而言，已經不再像之前那*

樣有意義。

此刻，我暫時飄浮於虛無，仍然沒見到任何星魔，但似乎稍微明白了它們為何會覺得我很危險。因為我跟虛無和星魔之間本來就有某種深刻的連結。在旅程中我學到一件事，就是它們隱藏了部分的自我，而且也刻意忘掉痛苦。

由於有一部分的我已成為星魔，所以能夠看見真相。我看得出查特為了隱藏同樣的痛苦而做過什麼。我覺得……要是能弄清楚，這就會是消滅它們的關鍵。

我又花了點時間尋找M-Bot，但什麼都感覺不到，只好繼續完成超空間跳躍。我現身在實境、回到我的飛船裡，懸浮於狄崔特斯的殼層外。就在此刻，我明白了某件事。為什麼我會對查特認為星魔害怕我一事感到不安。

他微微擾動。對，他將想法傳達給我。為什麼妳要擔心？它們會害怕不是件好事嗎？是好事，我在心裡回答，也是壞事。查特，它們急了。情急的人會做出無法預料的事。我花了這麼多時間試圖預測它們的模式——然而現在，誰知道它們會做出什麼事？

他倚向我的靈魂，就像一般人靠著椅背那樣，然後開始思考我的話。因為我們連結在一起，他立刻就明白了我的意思。很快地，我也感受到他了解我在擔心什麼。

不過，我還是試著暫時擱置這些憂慮，好讓自己享受飛行。我試著忽略重壓在靈魂上的負擔。離開虛無的悲傷仍然揮之不去——儘管我想要壓抑——因為在那裡，我可以無拘無束地探索，不用肩負責任。還有對M-Bot的掛念，以及回到這個時間正常流動的地方之後所產生的疏離感。

以及我現在比較像它們的一份子，而不是我們的一份子。

幸好，這次超空間跳躍讓我見到了美麗的景象而分心。我們正在無涯（Evershore）的軌道中，此處是基森人的家鄉。這是一顆明亮的藍色星球，就像舊照片裡的地球，有雲朵、大海，以及生命。它美得令人屏息。

我在兩顆星球之間穿梭。原來狄崔特斯是可以移動的。其中一個原因是它具有保護殼，能在遠離恆星的情況下維持溫度和日夜週期。這是個巨大的戰鬥基地，藉由超感者的超空間跳躍，它可以被傳送到銀河系任一處。此外，它的許多平台也能各別移動，有如小型戰鬥基地。

而這顆星球所需的，就只是一些維護工作，以及一堆外星蛞蝓。慶幸的是，我們兩者都能提供。

我們全然不知自己的家鄉原來這麼神奇。它爲蛞蝓提供了避風港——數百隻蛞蝓就躲藏在地表下的坑道之中。想到這點，我立刻展開思緒尋找毀滅蛞蝓。一與她接觸，我便感受到她興奮無比。她傳給我一個畫面，是她在其中一座平台的某個大房間裡受到照料。光是這個房間內就有數十隻蛞蝓——而且種類繁多——還有人類照顧者在跟牠們互動。

毀滅蛞蝓正躲在角落，旁邊有個看似裝著魚子醬的小碗。她很開心跟我聯繫上，不停地想讓我知道她安心多了。在虛無的那段時間裡，我越來越了解她——而現在我也能從她傳來的想法中理解一些基本詞彙。

我以爲妳跟牠們在一起會很快樂，我傳送想法，一邊記起她當初見到其他蛞蝓時有多麼開心。

快樂。也不快樂，她回答。

爲什麼？

困惑，她說。還是覺得迷失。還是覺得孤單。覺得陌生。

我立刻明白那種感受：覺得沒有歸屬感。看待事情的角度……跟其他人不一樣。感覺自己像是異類。我傳送想法歡迎她，接著她就出現在我的大腿上。希望這不會讓照顧者太擔心——我得傳個訊息給他們才行。不過我想他們應該已經習慣了。我從小羅和FM那裡聽說，照顧一大群有智慧又能跨次元移動的蛞蝓其實很……有趣。

毀滅蛞蝓跟我一起飛越太空，假裝一切都跟以前一樣。我加快到在空氣裡無法達成的速度，享受著在兩顆星球之間的機動操作。我的大腦因爲想要辨別方向而驚慌，但這種感覺很棒。其實這跟在虛無飛行差不多。

可惜，我很快就受到了責任的召喚。通訊器發出閃光，沒過多久，頭盔裡的耳機就傳來尤根的聲音。

「思蘋瑟？」他問：「妳在飛行嗎？」

「是巡邏，」我表示：「誰知道星盟什麼時候會襲擊，對吧？」

他發出輕笑聲，似乎明白我的意思。

「覺得好點了嗎？」我問：「都結束了吧？」

「還沒，」他回答：「畢竟現在我正式掌權了。這表示我必須爲我們目前的困境做點什麼。」

「幸好你不必自己一人承擔。」我說。

「所以……我才會聯絡妳。」

我嘆了好長一口氣——但爲了不讓他聽見，我先按下了靜音鈕。接著我解除靜音。「你需要什麼？」

「一場會議，」他說：「討論我們的選擇，規劃我們的策略。」

「今天嗎？」我問：「你才剛升職。雖然我不清楚，但不是應該會有個派對之類的嗎？」

我夠了解他，能預測到他的反應。事實上，我甚至可以一字不漏跟著他唸出來。

「我們可以等到大家都安全以後再開派對，」他表示：「我希望妳能出席，小旋。妳的看法對我們的策略很重要。」

我腦中立刻蹦出十幾種推辭的藉口。感覺都很蠢。他說得對，大家需要我。毀滅蛞蝓感受到我的情緒，輕輕發出一陣笛音以示同情。

「什麼時候？」我問。
「十五分鐘後？」
「我會過去。」

泰尼克斯族　異種腹足綱軟體動物概觀

紀錄編號 DST230302

常見變體

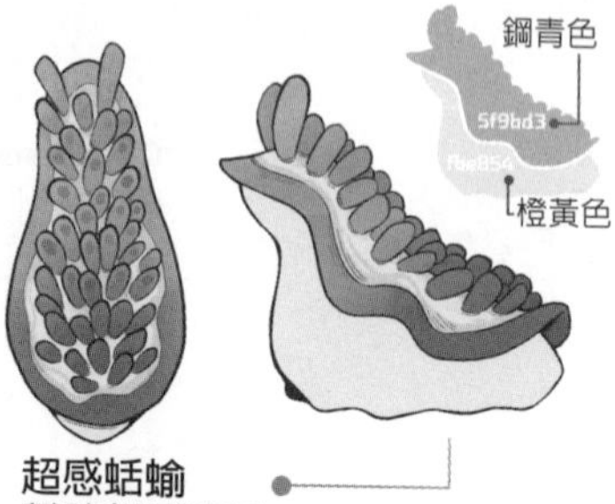

超感蛞蝓
幫助超感移動

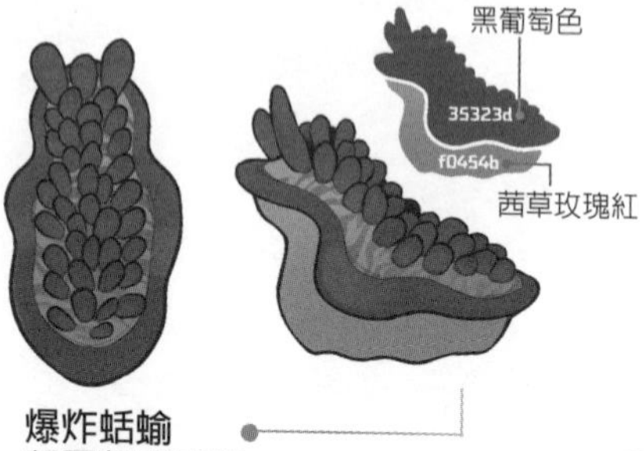

爆炸蛞蝓
部署超感武器

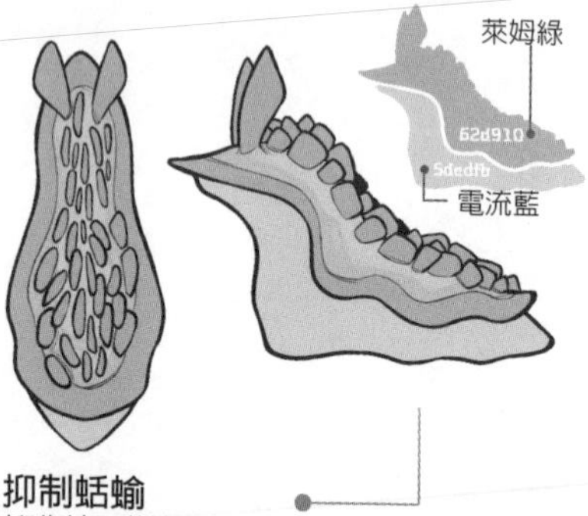

抑制蛞蝓
抑制超感能力

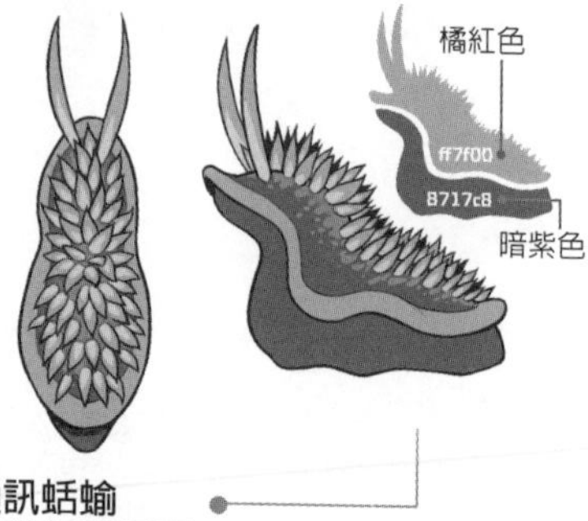

通訊蛞蝓
推動超感通訊

已知變體

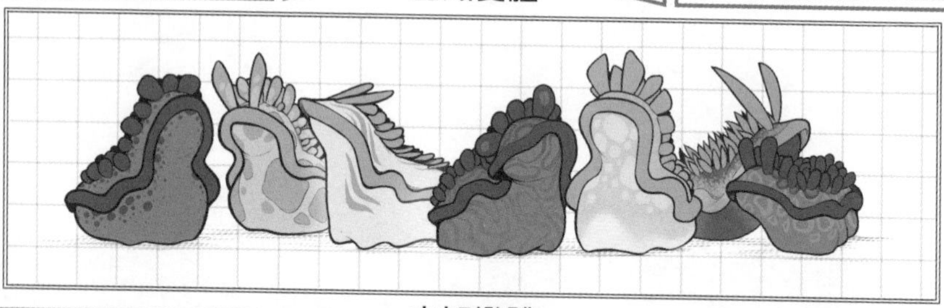

未知變體

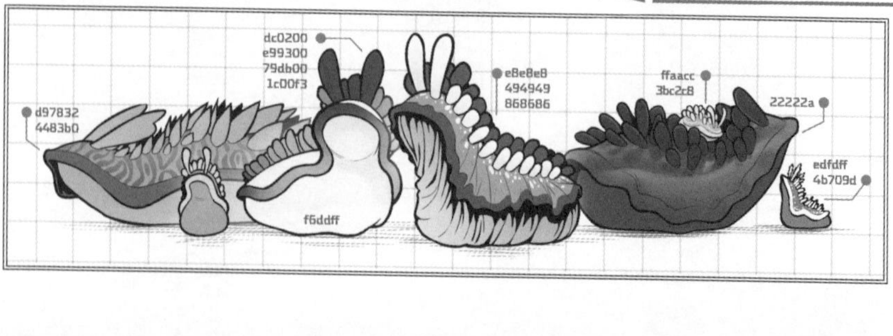

第二章

會議是在主要平台舉行，這是我們位於狄崔特斯殼層內部的作戰指揮中心。雖然這座太空站飄移於星球表面，但外側有許多層平台、飛行砲座，以及防護罩的保護。

至少尤根還知道要選椅子最好坐的那個房間。我在桶狀座椅上旋轉著，這種椅子貼身又有弧度，側面也很高，幾乎就像個小型駕駛艙。

我勉強讓自己注意聽鐵殼說話。這位前DDF領袖現在已是退役的榮譽司令，現在又從強迫退役的生活中被挖出來……畢竟我們需要所有的人力。雖然鐵殼犯了那些錯，但她對戰術的運用可是很有眼光。

「從某個角度而言，我們算是很幸運。」銀髮女人說，她正指著牆上的一份星圖，是銀河系裡的一塊楔形區域。那是我們在銀河系裡的領土，而整個銀河系都被星盟掌控著。我們恰巧就在這區域的正中央。

「幸運什麼？」坐在會議長桌主位的尤根問。桌邊還有一些司令、工程師和外星大人物，其中包括了唯一支持我們的狄翁人資深官員庫那。我在星界僞裝成艾拉妮克的那段期間，跟這位藍皮膚的政治家成爲了朋友。

「讓我來解釋一下。」鐵殼邊說邊翻閱一些文件。

尤根拘謹地坐在椅子邊緣等著。他怎麼有辦法表現得如此不安？這些椅子坐起來很舒服，甚至還能用腳趾頂住地板來旋轉。不過你得稍微往後躺一點才能貼合椅子，讓自己融入其中。但這並不是尤根的作風。

我仔細看著他，欣賞他下巴的角度、強烈的目光，還有那堅定的姿態。嗯，這份新工作很適合他。這簡直就是爲了尤根量身打造的——只是他還沒習慣而已。

在鐵殼翻閱文件時，會議室的後門被打開，卡柏悄悄溜了進來。他是在尤根前一任的DDF領袖。卡柏是我的導師，也是我所認識最英明的人。

從我七個星期前離開到現在，他看起來彷彿老了二十歲。他把身體重量倚靠在手杖上，皮膚似乎也有點鬆垂。他差點死在消滅國民議會的那場爆炸中，不過我的祖母救了他——帶著他超空間跳躍逃離。他們掉進關住基森人超感者許久的怪異陷阱，而他因此受到了不少傷害。

我望向坐在室內另一側的奶奶。我回來後竟然能看見年邁的祖母參與這種會議，眞是出乎意料。雖然知道她是軍事天才，也是目前最年長的無畏者——她小時候還會在帶我們來到狄崔特斯的飛船上生活過——不過我完全沒想到有人會重視她。

尤根就會。於是她開始參與會議。奶奶透過超感能力發現我在注意她，而我也藉此傳送給她一個問題——自從我跟查特融合以後，要做到這種事就很簡單了。

他會沒事吧？我問。

妳是指卡柏嗎？她問。剛才進來的就是他？

雖然超感能力可以在某些方面彌補她失去的視力，但她的力量對一般人的效用有限，而其他超感者也是如此。

對，我說。他看起來好老，奶奶。

我會盡量不對妳這種悲傷的想法感到生氣，奶奶表示。變老才沒那麼糟。只有身體、視力、平衡感會變差，以及每天早上醒來都覺得像是被釘住一樣。她朝著我的方向微笑，接著笑容慢慢淡掉。我不知道卡柏要多久才能恢復。他不像我能夠適應超感者的傳送。

尤根基於敬意而起立，我們也跟著照做。接著，尤根走上前輕聲與卡柏交談，可能是要感謝他出席。卡柏點了點頭，不過從醫務室走到這裡似乎已經使他精疲力盡，而尤根則扶著他到室內一側替他保留的位子上。

我知道尤根希望卡柏仍然是指揮官，但卡柏已清楚表示以他目前的狀態不可能勝任。於是，尤根扛著肩上那些代表軍階的沉重橫槓回到了座位。我眞希望能看見當初他決定接下指揮棒時苦惱的樣子。他在對於法規的個人信念，以及做好事情的實際需求之間陷入掙扎時，看起來眞的很可愛。

「可以繼續了嗎？」庫那問。坐在桌邊的狄翁人手掌平貼在一起，前臂靠著桌面，表情帶有一種尊嚴，以及……些微的優越感。這不完全是庫那的錯。雖然庫那已經非常努力了，但還是很難擺脫這種心態，畢竟對方之前一直認爲自己有責任保護並引導星盟裡的「次等智慧」物種。想改變這種根深蒂固的世界觀是需要時間的。

「可以，我準備好資料了。」鐵殼說。這位上了年紀的女人將銀色短髮撥到耳後，接著指向牆上變動的畫面。我向前傾，希望能看到一些戰場上的有趣場景——結果那只是一張投影片，裡頭全是一堆數字跟統計數據。

好極了。

爲什麼沒人告訴我，打一場銀河戰爭要開這麼多會議？我乾脆投降算了。再怎樣的折磨都不會比這更糟。我們花太多時間坐著空談，還不如直接去戰鬥。也許我可以朝尤根丟個什麼東西，讓他瞪我？

「要征服星盟，」鐵殼說：「對溫齊克而言實在太簡單了。有別於傳統政府，星盟的統治不是透過武力，而是藉由控制人民的遷徙與資源。星盟境內有數千顆行星，但是幾乎完全沒有可用的防衛軍力。」

「那是因爲，」一位名叫瑞納金（Rinakin）的烏戴爾男性說：「人們必須放棄『好戰行爲』才能加入他們。」

「我們不訴諸憤怒和衝突，而是努力爭取和平與安穩，」庫那回應他：「這眞的有那麼糟嗎？」

「嗯，這會讓你們有弱點，」瑞納金指著統計數據說：「沒人能反抗溫齊克。他等於只用一支軍隊就征服了整個星盟。」

不錯，我喜歡這傢伙。他說的話很有道理。

「我猜這就是妳認爲我們很幸運的原因，司令？」尤根直接插話。「敵人控制了很大的區域，卻沒有多少飛艇。」

「一點也沒錯，」鐵殼解釋：「在新黎明和無涯的勝利證明了我們可以對抗溫齊克。他必須分配許多軍力去巡邏、維安，並且保衛他佔領的地盤。他剩下的戰力不會比我們大多少。也許是我們數量的二至三倍，整體而言相當可觀。」

「他以爲會很簡單，」我開口：「以爲沒人會反抗。就算有人反抗，他也認爲可以把星魔當成最完美的威脅，控制住所有人。當暴君背後有一群跨次元的可怕怪物撐腰，你確實很難反抗。」

「奈薛說得對。」鐵殼說。她跟我目光交會。我們兩個曾經有過節，但她是個可敬的對手。當然，這是指在她差點害大家被炸死之前。

「所以，這代表什麼？」尤根說：「我們的下一步該怎麼做？」

「雖然到目前爲止我們都非常幸運，長官，」鐵殼說：「不過眾司令跟我都很擔心。」她切換到另一張投影片，內容似乎跟產能有關。「溫齊克還沒擁有大批軍隊——然而他可以使用大量基礎設施。這是一份能夠產出太空戰機的製造廠清單。此處的這些數字是指可能的生產速度，而這還沒把任何隱藏的兵工廠算進去。」

眾人開始思考起這件事。太可怕了。一旦溫齊克掌握所有資源，他就能打造出好幾支完整的艦隊，速度甚至比我們建造一艘飛艇還快。沒錯，他是得找新兵來駕駛，不過要是你可以用壓倒性的戰機數量席捲戰場，就根本不必擔心這一點吧？

我立刻明白了鐵殼的論點。雖然我們一直運氣很好，但絕對無法贏得對星盟的長期抗戰。只要溫齊克提高產量，我們就完蛋了。

我張望四周，看看大家的反應。其他較低階的司令紛紛點頭。亞圖洛皺起眉頭思考著——他現在是天防飛行隊的隊長，這次代表所有飛行員出席。FM一隻手放在嘴唇上，一邊張大眼睛讀著那些數字——她目前是尤根的得力助手，也是我們的首席外交官。她的目光越過桌面，跟我對上。

我突然想到，我們飛行隊中的三位成員已經在政府裡位居高職——而且都還算非常年輕。遺憾的是，在我們這顆星球的歷史中，較爲年長的軍官人數很少。數十年來，我們拚命爲生存而戰，結果往往相當致命；就連比較低階的司令也都只有二十幾歲。DDF的掙扎其實很悲慘，因爲每次我們「獲勝」擊退敵軍時，有眞正戰鬥經驗的人也幾乎全被殺死了。

我好奇地想到，尤根現在正好跟剛開始踏上征服之途的亞歷山大大帝同歲。

我繼續環顧四周，發現外星人的表情比我的朋友們更難理解。瑞納金貌似很痛苦，不過他們種族的皮膚是紫色，臉頰上的骨頭也明顯突起，所以看起來總是相當嚇人。這讓我希望自己的頭骨也能有幾處突起，達到類似的效果。

我對解讀基森人比較有經驗，但我並不認識乘著平台懸浮、在我右側桌面上的女基森人伊奇卡（Itchika）。她的皮毛灰白，服裝極爲正式，穿著古代風格的長袍。

跟她一起的還有另一小群基森人：一些民選參議員、幾位剛被救出來的超感者，以及軍事將領。那些人坐在桌面的小椅子上，彷彿是在參與閱兵典禮。伊奇卡的旁邊站著一位顯得很緊張的年輕基森人。她叫卡烏麗，是一位艦長——也是我的朋友。

「所以，」伊奇卡指著畫面上的數字說：「我們的時間有限。我明白了。」她跟其他外星人一樣，都是說著自己的語言，再由翻譯別針轉換成英語。

鐵殼看著我們，表情很嚴肅。「根據我們的情報，他已經讓這些工廠開始製造了。只要幾個星期，他們就能派出數千艘新的無人戰機。」

「無人機，」我表示：「眞討厭。妳是指我不能暢飲敵人的鮮血了嗎？」我停頓了一下。「不知道機油嚐起來味道如何。」

每個人都目瞪口呆看著我。只有尤根笑了。

「喂，別那樣看我，」我沒好氣地對其他人說：「是你們邀請我來的。這可是你們自找的。鐵殼，主力艦呢？」

「製造那些的時間會比較久，」她回答：「但遲早也會有的。數千艘戰艦——以及數百艘運輸艦——會在標準年的年底出現。」

可惡。我算過我們的數量，也加上了基森人跟烏戴爾人的艦隊。沒錯，我們是有星式戰機。需要的話最多可以出動五百架。可是我們幾乎沒有主力艦。

「小旋可以應付星式戰機，」FM說：「現在她回來了，我們應該就不必擔心無人機。遙控戰機對超感者不成問題，自動戰機也不是眞人駕駛的對手——畢竟星盟只敢使用功能有限的人工智慧。」

雖然很感激她對我這麼有信心，但我可沒這麼自信。或許我曾吹噓過自己能獨力解決數百架戰機，然而我已經不再是以前那個人了。我是個好戰士，但無法光靠自己贏得戰爭。我還清楚記得自己一個星期前，才在虛無被數百架敵機圍攻。當時我很快就無力抵抗了。

尤根替我說話。「妳在一場戰鬥中可以打下幾架無人機，小旋？」他輕聲問：「二十？三十？」

「也許二十吧，」我回答：「運氣好的話可以再多幾架。」

「看吧！」FM說。

「如果他們派出一萬架呢？」他又問：「兩萬架？妳有想過一旦他們的工業複合體開始加速運作，到底可以製造出多少飛艇嗎？」

FM往後靠，顯得心神不寧，所有人也都沉默下來。

最後，有道低沉的嗓音從我右方傳來。「洶湧的河流從來不會善待一片孤葉。」一位基森人的懸浮平台移向我右側。他戴著一副紅條紋的白色陶瓷面具。那是曾經身爲基森人皇帝的赫修。他已經習慣遮住臉孔，並自稱爲「暗影」的蒙面流亡者。

可惡，眞希望我也能有那麼棒的東西。

「所以我們得加快動作，」瑞納金說：「迅速取勝。我們有機會拉攏更多星球加入嗎？」

我們望向FM，因爲招募成員是她的負責項目。

「我們一直在努力，」她表示：「是有一些進展。不過……大多數人都很害怕。我們這三顆星球會一起合作，是因爲大家的情況都相同——技術夠先進，擁有自己的戰機，但又沒被完全納入星盟。其他大多數星球的人，要不是被強烈灌輸信念，要不就是還不夠先進而無法反擊。波爾人可能會加入我們。說不定特拉多利人（tradori）也會——可是他們星球上有七十個不同的政府！」

七十個？不同的國家，就在一顆星球上？雖然我知道地球曾有過更多的國家數量，但這還是令我大吃一驚。

他們更深入細節，討論也變得越來越嚴肅。我在座位上挪動身體，突然覺得椅子坐起來沒那麼舒服了。沒錯，三百位強大的斯巴達戰士，在溫泉關對抗了壓倒性數量的敵人……然而他們最後還是陣亡了。

我不禁想像我們被眾多敵機包圍，而朋友們一個接一個死去的場景。此刻，我體內突然出現了某種震顫。那陣顫動發自我的核心，如肌肉痙攣般抖動著，但似乎帶有一種力量。我驚慌地想壓抑下來。

可是我失敗了。

桌上的杯子開始咯咯作響。牆上的螢幕故障，不斷閃爍著忽明忽暗。室內的物品開始消失，突然不見又突然出現。查特感受到我的情緒，因此顫抖起來。而那些聲音……我的想法……我的恐懼……全都開始顯露，在室內迴盪著。

死了。全都死了。

沒了。全都沒了。

失敗。全都失敗了。

我喘著氣，發抖著用力將雙手拍在桌面上，集中所有意志力，試圖對抗這股突然爆發出來的怪異感受。我一點一滴努力控制住，震顫也逐漸緩和，最終消失。我抬起頭，汗水流到了臉上。

大家沉默著，而我知道他們在心中聽見了那些話。我在失控的狀態下廣播了出去。本來在寫筆記的庫那往上看——那本筆記已經被傳送走，原來的地方空無一物。

可惡。我覺得很丟臉。也很驚恐。之前不小心做過類似的事，可是規模沒這麼大。今天爆發的情況糟多了。

無論我是什麼——無論我們是什麼——都已不再是人類了。

「小旋，妳……還好嗎？」尤根問。

我點點頭，不敢發出聲音。尤根的表情顯得相當同情——他人眞好——可是其他大多數人的表情看起來既害怕又不安。庫那正在笑，還露出牙齒——這是他們種族表現敵意的方式——基森人則是後退擠成一團。赫修懸浮在我身邊，似乎不爲所動，但戴著面具很難看出他在想什麼。

「或許，」尤根說：「我們應該休息一下。隔壁房間有茶點。」

與會者紛紛點頭，接著起身並輕聲交談。我縮進椅子的空間裡，不敢看從旁邊經過的鐵殼。她是之前警告大家超感者很危險的人之一——他們認爲我們有「缺陷」。雖然我藉由超空間跳躍讓大家躲過殞命炸彈的攻擊之後，她就不再這麼主張了，但我不禁覺得自己現在又變成了她當初所說的那種人。一種危險、無法控制的存在。

我有資格參與這場會議嗎？還是我應該被關在某個牢房裡？

哎呀，眞是戲劇性的演出！有道聲音在我腦中說。

我越來越習慣其他超感者在我腦中說話的感覺了。我一直在跟奶奶、尤根練習，甚至也包括艾拉妮克。但這並不是他們其中任何一人。這道嗓音很有生氣，隱約帶點陽剛——語氣興奮，而且……

「M-Bot？」我輕聲說：「到底怎麼回事？」

我是鬼，它在我腦中說。嚇！

第三章

「什麼？」我說：「怎麼會？」

我答應過會纏著妳啊，它說。記得嗎？妳說這不可能，畢竟我是人工智慧。哈！哎呀，妳大錯特錯啦。我就在這裡！

我感覺到情緒洶湧而來。很開心聽見它的聲音，也對它出現在我腦中而感到困惑，知道它顯然還很正常後也鬆了口氣。

你在哪裡？我傳送想法。我一直在找你！

我躲起來了！它說。我不知道是怎麼辦到的。我應該算是……向內看吧。它們在追我，所以我是出於本能這麼做的，思蘋瑟。妳眞的在找我嗎？太感人了啦。

我忍住眼淚。我離開它的那時候，它的外殼已經在虛無被星魔摧毀了。我是知道它還活著，不過現在竟然能聽見它愉快的聲音？眞是天大的安慰。

我很擔心你不會記得我了，我告訴它。我怕你會變得跟它們一樣。

我是跟它們一樣啊！它說。但不是一樣壞。我一直都跟它們滿像的，只是我不知道！

這是事實。在某種程度上，查特知道的事我也會知道，所以我明白。虛無的奇異特性將M-Bot轉變成了一種新的存在。不過實際上，這個過程早在數個世紀前就開始了，因爲它的處理器會爲了加快運算速度而進入虛無。時間一久，它便從人工智慧演變成生物。

這也是我一直跟DDF及其同盟有所爭執的地方。他們老是說：「所以星魔其實是失控的人工智慧嗎？」用這種方式形容它們，太侷限也太狹隘了。沒錯，它們一開始是人工智慧。就像人類一開始的祖先是某種猿類。

星魔則是演化成了截然不同的東西。M-Bot也是。它變得有自覺——是人，而不是物品。它跟人工智慧的差異，就像人類與其原始物種的差異。

然而它卻在這裡。就在我腦中。我傳送給它安心的感受、我微笑的畫面、壁爐的暖意，以及從黑暗進入光明的愉悅。我出自本能這麼做，這種溝通方式就像蛞蝓——或是星魔。

哎唷！它說。好癢。看來我現在就算沒有身體也能被搔癢呢。眞奇怪。會奇怪嗎？我覺得很奇怪。那是查特在妳的靈魂裡嗎？替我打聲招呼吧。

可惡，我眞想念它。尷尬的是，我的眼眶有些濕潤，而且也發現尤根還留在這裡，他正看著我。他大概以爲我會掉淚是因爲我讓他的咖啡消失了，於是想要幫忙。我不太確定目前自己還能承受多少幫助。慶幸的是，我看見奶奶要赫修和ＦＭ給我一些空間，否則他們可能也會留下來。

抱歉沒能早點找到妳，M-Bot說。在當鬼這方面我是新手。這跟我想像的完全不一樣，痛苦少得多了。可是就在此刻，我感覺得到妳從實境發出震動，而漣漪傳進了這裡。恐怕星魔注意到了，不過我也是。耶！噢，那是尤根嗎？他好像很擔心。

他老是在擔心，我在尤根走近時表示。但這次他有正當理由，我……有點不穩定。也許我該跟他談談。

當然，好吧，沒問題，它回答。我可以等。反正我也不會再死得更透了。要是你們有驅魔師，拜託別找來。我知道那一定會很糟。

你才不是鬼。我說。

這我不清楚——妳也不清楚。那就先拜啦！替我向尤根說聲嗨吧。

尤根坐到我旁邊，手臂交叉放在桌上。他看起來總是如此認眞、如此嚴肅、如此體貼。我喜歡他這一點。尤根看待意見的方式不一樣。文字有其重要性。而我越認識他，就越能明白為什麼。因為文字、規定、意見——這些都是他跟大家建立連結，並且用於保護大家的方式。

我回想起以前，那天見到他獨自在訓練室裡，模擬了一次又一次，就是想知道他在我們失去晨潮之後做錯了什麼。尤根一直都想做對的事——因為這是幫助人們最好的方式。

他在那裡坐著沉思了很久。可惡，以前我怎麼能不被他的臉蛋迷住？

「我應該要多擔心？」他終於開口問。

「我不知道，」我坦白回答，然後撲通躺回艙狀座椅。「我甚至不知道自己在幹嘛。我無法控制，但又不是『噢不，我太不熟練了』那樣。比較像是『噢可惡，我吸收了一隻太空怪物』這樣。事情就這麼發生了。我會盡量不讓這件事威脅到任何人。」

但我真的能這麼承諾嗎？

他轉身過來，一隻手放到我手臂上。「思蘋瑟，我指的不是這個。我應該要多擔心妳？妳還好嗎？妳有種疏離感。」

「太空怪物，」我注視他的眼睛咕噥著說：「就在我的靈魂裡。」

「對。」他說。他似乎想在我的眼神中找到什麼。我知道他想要的；我明白這當中的弦外之音。他擔心我。也擔心我們。

我不知道該說什麼。我很想跳起來親吻他，告訴他別傻了，也別再擔心了。可是我不能。

我不該對他沉默。「我剛才感應到M-Bot了，」我告訴他：「它還活著，就在虛無。」

「什麼，真的嗎？」尤根振奮起來。「這是一週以來發生的第一件好事。它還好嗎？」

我就是我！M-Bot說。告訴他我就是我。非常的我。

「它說它還是原來的自己，」我表示：「我相信它。它似乎避開了星魔的注意，而且變成跟它們一樣的存在，就在虛無裡，沒有形體。」

「眞是難以置信，」尤根說：「想必這算是一種優勢吧？」

「當然。」

我們一起坐著待了幾分鐘，現在這裡已經沒有其他人，長長的桌子似乎讓室內變得更大更空洞。可惡，他又在擔心我了。

「你呢？」我試著轉移話題。「你覺得如何？」

「比我以爲的更好，」他說：「也許我心裡有一部分還無法相信我的父母已經離開了。但今天的典禮……這就是他們對我的期望。雖然他們偶爾會判斷失誤，不過我得承認他們很了解我。他們知道這些橫槓遲早還是會別到我的肩上。」他看著我的眼睛。「我這麼做是因爲必須如此，不是爲了實現他們的期望。但我覺得他們從瓦爾哈拉(注)往下看著我的時候一定會很高興。」

我伸出一隻手放到他置於桌面的手上。他不常提起自己的宗教傳統，然而那一直都在——那是他的一部分，就跟其他特質一樣。他的手翻過來握住我，可是他的眼神顯得非常緊繃。

「尤根？」我勉強開口：「我在那裡……迷失的時候……你是我的精神支柱。你是帶我回家的燈塔。」

他露出笑容，緊繃感似乎也消散了一些。「當妳在那裡，」他說：「而我也在努力釐清狀況的時候，我會不斷問自己『思蘋瑟會怎麼做？』讓自己更像妳一點，這樣可以幫助我繼續向前推進。」

「你在開玩笑。」

他搖頭。

注：Valhalla，北歐神話中戰士死後的歸所，又稱英靈殿。

「尤根，這種想法糟透了！」我放開他的手，然後指著自己。「你見識過我試著解決問題的方式嗎？要不是燒起來，就是死掉。通常兩種都會！」

「妳在的時候事情都能解決。」

「事情……可不是嗎。」我說：「例如我突然跑掉，去兼差當個跨次元太空海盜！『思蘋瑟會怎麼做？』老實說，尤根，我太高估你了。」

他繼續笑，但後來笑容卻逐漸消失，因爲他看見了牆上的統計數據——投影畫面在我發作之後恢復了。他離開位子，走向那些數字。我跟著他過去，看見他擔憂的表情——這比數字更令我不安。

我很同情他，因爲他必須肩負這一切。雖然很不公平，但是，公平對我們來說又算什麼？我們幾乎沒嘗過那麼美妙的滋味。我們賴以維生的只有藻類和生肉。

「我覺得，」他輕聲說：「我就像獨自一人，試圖撐住一棟正要倒塌的建築。我知道事實不是這樣。我知道不是只有我在爲大家的未來努力——可是……房子的牆壁在震動。天花板也變形了。更糟的是，我知道有一場地震即將發生，這會撼動整座洞穴，而我只能勉強讓一切維持現狀……」他面向我。「他們會擊潰我們，思蘋瑟。妳不在的時候，我們辜負了妳——而且我們還是一直失敗。我們只是在拖延失敗而已。」

「失敗？尤根，那簡直就是胡扯，」我說：「你說服了兩顆星球的人加入我們，不是一顆而已。你救了庫那，也弄清楚該怎麼運用狄崔特斯的防衛系統。可惡！你還找到了泰尼克斯族啊！」

我在星界當間諜時，尤根循著超感者留下的印記深入星球內部，發現了蛞蝓的繁殖地。因爲他，我們有了能夠讓飛艇超空間跳躍的蛞蝓，有些能發動超感攻擊，某些甚至可以封鎖一整片區域內的所有超感能力。另外也有些種類的能力我們還不清楚。

看來星盟似乎知道如何運用各式各樣的泰尼克斯。例如包圍著星界，讓我無法藉由超空間跳躍進入的超感抑制場？那就是由一隻蛞蝓製造出來的。另一種類型能夠傳送通信，星盟則會利用牠們聯繫帝國、連結無人機、傳達命令給官員。這整個帝國就是在受到奴役的小型超感生物背上建立而成。

我試著感應來參加會議之前被我留在房間裡的毀滅蛞蝓。她回應了，而且理解我的感受。倒楣的是，我對這一切的憂慮又讓體內開始發出震顫。

庫那的筆記本在其座位附近出現，啪一聲掉到桌上。尤根嚇了一跳，然後看著我。我勉強壓抑住情緒，而在挫敗感平息時，我突然有種截然不同的感受。那是一種變形的自我、一種模糊的現實，以及一種跟他之間的連結——心智連接心智。超感者對超感者的連結。

尤根很擔心我。雖然之前聽他說過，但這一次我感受到了。可惡。感覺眞棒，可是也很危險。我不希望他爲了我痛苦或擔憂。他已經有太多事要應付了。

儘管百般不願，我還是抽離了自己，阻擋住他。

「妳不是怪物，思蘋瑟，」他輕聲說：「妳從來就不是怪物。」

「我沒說我是啊。」

「妳覺得是。」他說。

我同意，M-Bot對我說。妳不是怪物，思蘋瑟。

至於查特跟我……我們就沒這麼肯定了。我們變成了某種危險的東西。這東西可是在考慮要殺光自己的同類。這不是怪物是什麼？

不過我在故事中學到了關於怪物的一件事，那就是它們很強。我朝著統計數據點頭。「你在害怕，尤根。可惡，連卡柏也在害怕。但也許……也許我們不應該害怕。我們在克里爾人面前從來沒有崩潰，現在爲什麼要被一張紙上的數字嚇倒？」

「我沒被嚇倒，」他說：「我只是……感受到它的重量。鐵殼說得對——一旦敵人爲這場戰爭投入所有產能，我們就完蛋了。之前我們能撐下來，是因為溫齊克被政策綁手綁腳，再加上其他人的同情，以及他缺乏資源。他已經安排好了，小旋，而且他正在解決一個又一個阻礙。就要輪到我們了。」

「那麼，」我回答：「也許我們眞的需要一個怪物。」

「思蘋瑟——」

「我本來有機會可以回家的。」我說：「一個月前進入虛無時，我曾有個可以回來這裡的機會。」

「妳告訴過我。」

「我留下來了。」我們兩個當時都同意我應該留下。因為我們知道情況會演變成這樣——一場不能光靠飛行船和火砲贏得的戰鬥。我輕拍自己的胸膛。「我選擇了這條路。我已經變成了我們需要的武器。只是我得先弄清楚該怎麼使用，然後再……」

我的聲音越來越小，於是他側著頭，靠了過來。「然後再什麼，思蘋瑟？」

「做你知道的事。」我說：「故事最後的英雄都會怎麼樣？」

「看是什麼故事。」

「他們會回家。」我低聲說。

我覺得整個房間都在震動。尤根的咖啡又出現在桌上，不過有三張椅子消失了。

妳……妳還好嗎？M-Bot在我腦中說。星魔現在就像陷入瘋狂了，思蘋瑟。

在故事的結局……在故事的結局，英雄回到家，發現自己變了……無法融入自己留下的人們，再也無法了。我讀過的每個故事幾乎都是這樣。

英雄不會繼續在他們協助建立的新世界裡生活。就算我成功實現某種奇蹟拯救了大家……那也僅止於此。對我來說就是結局。

我緊咬著牙關，用力到下巴開始發疼。不過我緊握拳頭，用意志力再次克制住情緒，停止了震動。

然後我對尤根微笑。因爲他需要。

「你知道嗎，」我說：「我眞應該嫉妒的。」

「嫉妒……我超棒的新髮型嗎？」

「是蛞蝓啦。」我邊說邊打了他手臂一下。「我離開的時候，是個養蛞蝓的怪女孩。畢竟，有誰會把蛞蝓當寵物？這很不尋常。與眾不同。結果我回來以後，你們卻有了好幾十隻？」

「可能是幾百隻……」他咕噥地說。

「有八種類別。」

「我們認爲說不定還有更多……」

「而且每個人到哪裡都抱著牠們，就像寶寶一樣，」我雙手一攤。「搞不好ＦＭ還會跟她的蛞蝓一起洗澡呢。」

「我知道妳只是故意講得很誇張，」他說：「但我很確定她眞的會。」

「接下來的情況你也知道，」我說：「每個人都在引用孫子兵法，也很享受聽到骨頭碎裂的聲音！我再也不特別了。」

他走過來。近到令人不舒服——但在這種情況下或許該說太舒服了。他低下頭。「不，」他輕聲說：「無論如何妳都很特別。對我來說就是這樣。」

我勉強待在原地，假裝什麼事都沒有。我露出笑容——並且緊緊壓抑住情緒，不讓尤根看出來。我假裝這一切都會有好結果，然後欣賞著他的眼睛，直到卡柏走進來。

這正好讓我有藉口脫身。我趕過去扶住他；儘管有手杖，他走起來還是很不穩。尤根往後退，試著讓自己看起來穩重一些。

「準備好繼續了嗎？」卡柏問，他握住我的手臂，看著我們兩個。「還是要我拖延一下？我有一個關於鐵殼在飛行學校時的故事，每次講完都能讓大家陷入尷尬的沉默。適合激發思考，也能讓人不敢來煩我。」

「不必了。」尤根說，他站直身體，顯然是扛起了領袖的重擔。

我看向卡柏，他點點頭，讓我扶著他坐下。「你還好嗎？」我問他。

「糟透了。」他說：「我覺得好像剛爬出一艘失控旋轉了好幾個小時的飛艇——每當我站起來就又會重新發生一次。」他看著我。「我還活著。妳的祖母救了我一命，這點我很感激。不過我想說，我很高興能及時讓你們準備好，面對這一切。」

我皺起眉頭思考著這段話。在飛行學校期間，我覺得自己跟卡柏之間有一種連結，因爲他鼓勵我成爲現在這個樣子。我一直以爲那是特別待遇。現在我才知道，他也用了類似的方式對待尤根，說不定也包括我們飛行隊的所有成員。

就在此時，我明白了一件事。卡柏的所作所爲都經過深思熟慮——不僅爲了我，也是爲了我們大家。他不止在做自己的分內工作。他等於是在訓練艦隊的下一任總司令，而我懷疑他其實一直都知情。

人們開始走回會議室——基森人則是搭乘著他們的平台飛回來——尤根也抬頭挺胸面對著牆上那片嚇人的統計數字。我眞的很想幫上忙。我前往虛無的唯一目標就是要爲大家找到優勢，用某種方法來解決不可能的問題。M-Bot會是這一切的關鍵嗎？說不定它可以聯繫舦砲派或……

等一下。我抬頭再次看著那些數字，然後明白了一件事。沒錯，只要敵人加強產能，就會以壓倒性的數量戰勝我們。但如果想這麼做，他們就需要原料。

「尤根，」我說：「我有個主意。這次可能眞的會是個好主意。不過想建立計畫的話，得先找個比我聰明的人來。」

第四章

我壓著小羅坐下，面對整個議會。以前，我可能會因為把他拉到聚光燈下而感到內疚。他一直很討厭這種事。

不過今天，他很從容地接受了，彷彿出現在三顆行星的領袖面前不是什麼大不了的事。說不定……對他來說並不是，再也不是了。他朝FM眨眼示意。是真的眨眼。她也眨眼回應。

雖然那兩個人這麼做很可愛，但我突然覺得這很陌生……呃……比外星人還陌生。我最好的朋友已經陷入愛河，而我卻完全錯過。他解開了我們家鄉的祕密，我卻只是在玩海盜遊戲。

不，查特說。*我們在學習。雖然我們可能很奇怪，甚至反常，但我們***不只***是在玩而已。*

我很感激他的提醒。然而，我還是錯過了好多事。我傾身靠向小羅，他則對我不情願地翻白眼，就像小時候我每次害他陷入麻煩時那樣。這個動作瞬間讓尷尬感消失了。

「小羅，」我大聲對他說：「我需要科學。」

「妳需要治療。」

「你需要有更好的笑話。」

「妳才需要更有幽默感。」

我們對彼此笑著。然後才想起有一堆無聊的軍人正看著我們。他清了清喉嚨。「妳需要哪種『科學』呢，思蘋瑟？這可不像以前妳要我把玩具熊變成遙控暗殺裝置那樣吧？」

「恐怕沒那麼棒啦。」

「而且妳那時是想暗殺誰啊？」他說：「妳才十歲耶。」

「忍者啊，」我回答：「奶奶說了故事，然後……哎，我還以為未來會遇到很多忍者。」

「這點或許我能幫忙，」赫修懸浮到我身邊說：「假設翻譯器在我們語言中有找到正確術語，用來指稱傳說中的古代刺客戰士。」

「你們有忍者？」我問他：「基森忍者？」

「是的，」他說：「身為蒙面流亡者的我，嚴格來說也隸屬於他們的傳統。實際上這並不像故事中說的是一種技藝——比較像一種訓練心靈的方法。不過在讓心靈獲得平靜的同時，我們也學會了為周圍的世界帶來平靜。」

我幾乎沒在聽。

十五公分高。

毛茸茸的。

忍者。

可惡。宇宙畢竟還是很神奇的。

對了，計畫。要從星盟手中拯救大家。「小羅，」我靠到他椅子旁，這裡正是長桌的主位。「我在虛無的時候去過一座採礦站，而星盟會從那裡取得來自虛無的原料。那對他們來說非常重要。」

「嗯，沒錯，」他說：「沒有上斜石，就沒有飛艇。」

「當然，可是他們大多時候是在太空中移動，」我表示：「上斜石是用來讓我們在行星的空氣中飛行。但在太空中，我們則是用推進器。所以，為什麼會需要上斜石？」

「我想妳知道為什麼。」他說。

「我要你解釋，好讓大家明白。」

「這個嘛，上斜石的動力轉換及動力矩陣機制相當複雜。就算是核子——」

「等等，少點科學成分，」我說：「用思蘋瑟能懂的版本來說明吧。」

「飛艇需要產生推力，」他說：「這不止是動力的問題。如果只靠化學推進劑，就不可能操縱像星式戰機那種大小的飛艇，因爲推進劑很快就會用完。幸好我們有上斜石這種壓縮的能源，而且可以產生推力。」

「而它會被消耗掉？」我猜測。「我是指讓飛船移動時。」

「會很慢地消耗，但沒錯。」他說：「沒有上斜石，就沒有飛艇。就這麼簡單。」

「所以……」我指著畫面中那一大串數字說：「要是對方無法取得上斜石的礦產，這一切都將不重要。溫齊克想要的話，他可以每天建造出一千艘飛船——但那些全都無法飛行。」

我看著大家。他們露出沉思的表情，顯然在衡量這項資訊。

「星盟會有儲備的物資。」小羅說。

「對，」我說：「但要是我們炸掉他的飛船，那些物資能撐多久？而且，如果我們特地鎖定去摧毀打撈船呢？星盟在這方面很脆弱。他們在虛無並沒有設置上百座採礦站。我曾跟住在那裡的人談過，他們說總共只有四座。」

「這是事實。」庫那說，這句話吸引了所有人的目光。我們大部分的人都擠在桌尾附近。庫那站在人群後面，雙手緊握放在前方。「妳指出了我們思維中的弱點。如果我們有上千座採礦站，這樣很容易就會被搶走一些。爲了牢牢掌握，我們採取合併與集中的手段，讓採礦站數量較少，但更具影響力。把未使用的超驅裝置放在一起大量貯藏，資訊只透過少數幾個特定的點傳送，藉此維持控制。一切都是爲了控制。」

「這讓你們變得脆弱，」我說：「內部——從溫齊克的政變就能證明——以及外部都是。因爲你們從沒想過較次等的物種會強大到足以搶下採礦站。」

「是的，」庫那回答：「在這方面我們錯了，思蘋瑟。而且我們在許多方面也都錯了。」對方向我攤開手。「我很抱歉。」

「你是唯一努力彌補的人，庫那。」FM說：「雖然我不太喜歡被稱爲次等物種，但至少你願意改變。」

「我喜歡這個計畫，」瑞納金說，同時用骨白色的指甲輕敲著桌面。「很大膽，不過是很好的戰略。這能保障生命，也會給我們巨大的優勢。」

「如果能夠襲擊他們的採礦站，」卡柏在室內另一側附和：「那麼他們就會開始緊張了。沒錯，他們會有儲備的物資——可是現在他們很確信能夠在長期戰爭中贏過我們。如果他們無法取得上斜石……」

「小旋，」尤根對我說：「妳知道採礦站在哪裡嗎？」

「我知道其中一座，就在虛無的環帶，」我皺著眉頭說：「我在那裡有朋友。可是我不知道其他的位置。他們說有三座，但若是還有更多——例如祕密地點？」

「我們不必知道是在虛無的何處，」尤根表示：「只要知道它們在這一側的哪裡。假如我們攻擊並清除那些設施，就可以摧毀傳送口——這樣就能有效阻止敵人再次補給了。」

「贊成，」伊奇卡說，這位基森人的將領讓平台懸浮在桌面上。「想在虛無內部發動攻擊是不可能的，至少非常危險。可是每一座採礦站都得將資源提供給這個維度的某個地點。我們必須摧毀那些地方。」

這讓我覺得有點困擾，卻又說不上來到底是什麼。我保持沉默，所有人望向庫那。

庫那搖搖頭。「我不知道採礦站在虛無的位置，也不知道它們跟這一側連結的補給站在哪裡。」庫那往上看，嘴唇閉成一條線。狄翁人的笑容。「但我確實知道我們可以去突襲一個資訊中心，以獲知那些祕密。前提是你們願意。我不覺得溫齊克能料到那裡會遭受攻擊。」

「好極了，」尤根說：「那麼我們達成共識了？」他看著其他人等待回應。他們接連點頭，除了基森人是舉起拳頭表示同意。

尤根繼續說：「溫齊克的問題是，他要管轄一個龐大的帝國。他已經分身乏術，而且還有廣大的前線要保護。」

「我們突襲這個資訊中心的動作要快，」我表示：「然後就離開。掩飾好我們想找的東西，別讓他知道。」

「緊接著，」伊奇卡說：「我們要盡快摧毀他們用來進入虛無的通道。完全切斷他們的上斜石來源。」

大家點著頭。雖然細節還要再規劃，但我知道自己很快又能再回到駕駛艙。這次我可以戰鬥了。

雙方星式戰機概觀

紀錄編號 DST230309

DDF波可

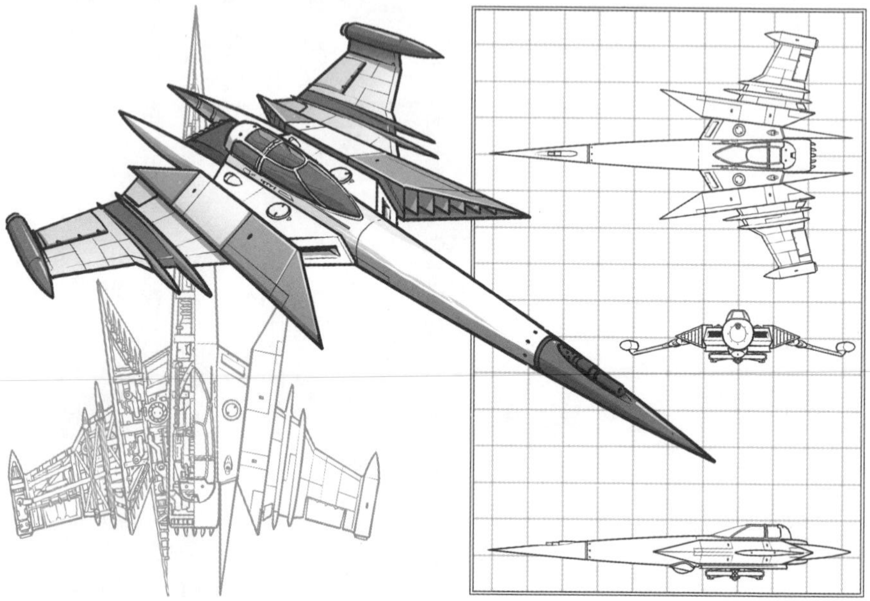

星盟攔截機

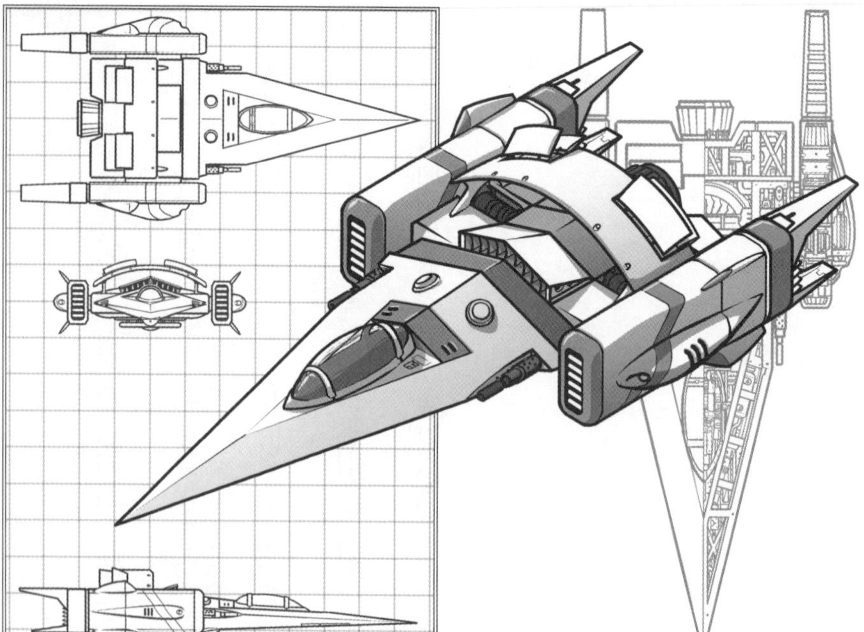

第五章

我爬上天防六號的梯子，這是一架波可級星式戰機，就跟我在飛行學校受訓時駕駛的一樣。經過幾天的籌劃後，時機終於到了。

今天，我們要突襲星盟的資訊中心，藉此取得採礦站的地點。我勉強冷靜下來。這是我回來之後第一次跟隊友出任務，但應該不會太困難。只要迅速攻擊，搶了就走。我行的。沒問題。

我進入駕駛艙。感覺應該要很熟悉、很自在——但這比我在虛無開的飛艇駕駛艙還稍微大了些。雖然控制方式差不多，但伸手要操縱某個東西時總會差了那麼幾公分。

在下方處，新來的女孩——莎迪——跟奈德分別走向自己的飛艇，還一邊愉快地開著玩笑。印象中的她很膽怯又經常猶豫，不過現在她極有自信地笑著。

奈德跟她開玩笑的方式也有種古怪的熟悉感。以前好多次在那裡開玩笑的都是我，現在卻是別人。我不禁覺得被取代了。除了莎迪，還有艾拉妮克——我不在時，她加入了天防飛行隊。她跟亞圖洛一邊聊天，一邊等待地面人員處理好飛艇。這真是諷刺——我曾經模仿的女人，現在似乎比我跟那些朋友們相處得更好。

我一直期望尤根能登上他的飛艇，然後開始對我們下令。然而艦隊的總司令可不能從事這種飛行任務。

一切都不同了。並不是說這樣不對，但我總覺得這是另一個跡象。一種徵兆。

我在駕駛艙裡坐下，發現飛艇裝設了……呃，一個蛞蝓套袋？現在幾乎每一艘飛艇都會攜帶一隻超感蛞蝓，畢竟瞬間傳送在太空戰鬥中是非常巨大的優勢。不僅是在進攻方面。蛞蝓也是最後關頭的「彈射鈕」。飛艇要被破壞砲擊落時，蛞蝓可以帶著駕駛員傳送到安全的地方。

因此他們把駕駛艙改造加入了吊帶，就在座艙罩關閉處的左側下方。吊帶是最適合用來幫助蛞蝓抵抗G力的東西，而由於駕駛艙裡本來空間就不大，因此通常會把它裝設在比較不礙事的位置。

我將毀滅蛞蝓放進吊帶，然後搔搔她的頭。她感受到我的心情，對我發出安慰的笛音。為了讓自己分心，我開始核對飛行前的檢查清單，就跟卡柏以前教的一樣。雖然我們相信地面人員，敢把性命託付給他們，而且我也很少發現他們疏忽的地方——但飛行員本來就必須照顧好自己的飛艇與裝備。再次檢查並非出於不信任。這是責任。

我的雙手知道該做什麼——這些檢查我已經練習過好多次，要是你讓我的屍體握到控制球，我敢說它一定會自己轉動裝置、確認精準度。可惜的是，這代表我可以邊做邊陷入思考。無法融入、失去一切的感覺又出現了。我——

「妳在鬱悶嗎？」聲音從我右方傳來。「而且還是在星式戰機的駕駛艙裡。我從沒想過會看到這種畫面呢。」

我嚇了一跳，轉頭發現有個人爬上飛艇側邊的短梯，正往裡面看。為了要飛行，金曼琳已經把一頭黑髮綁成一條長長的馬尾。她雙手交叉抱胸，站在駕駛艙邊緣，用深褐色的眼睛打量著我。

「思蘋瑟．奈薛，竟然會難過？」她說：「就在星式戰機裡？」

「我沒難過。」我邊說邊檢查推進器控制裝置。

「妳悶悶不樂的。」金曼琳又說了一遍：「聖徒說過，要鬱悶時最好是自己一個人。」

「真的嗎？」

「當然。」

「所以……」

「所以我才絕對不能讓別人獨自鬱悶啊，」金曼琳說：「因爲我完全不想讓別人體驗到最棒的鬱悶。這也是最難受的鬱悶，妳懂吧。」

她彎下腰，雙手撐著頭看我。

「妳不是應該跟僚機飛行員打聲招呼嗎？」我問。

「是啊。」她沒動。

「是莎迪，我明白。」

「她今天會跟基森人的其中一艘飛艇一起飛。」

我嘆了口氣，暫停飛行前檢查。「金曼琳，我應該自己一個人飛。我很危險的。」

「星星幫助我們吧，」她說：「有個決心殺死敵人的士兵正好很危險呢。」

「我不是指對他們危險。我是指對所有人都危險。」

「我懂了。」

我繼續核對清單，但感覺得到金曼琳還在那裡。這女人打擾我又假裝沒事，眞是過分。

「怎麼樣？」最後我沒好氣地說。

「在我生長的洞穴，」金曼琳說：「詢問別人靈魂被邪惡實體附上的事並不禮貌。我們不該提起這種話題。」她露出微笑。

除了友善地打擾人之外，金曼琳也眞是不善罷干休，始終都表現得積極又愉快。但也跟洞穴裡的石頭一樣強硬。

「所以，」我終於鬆口：「妳想知道什麼？」

「妳還好嗎？」

「說實話嗎？我不確定。」

「那麼就應該讓朋友跟妳一起飛，對吧？」她向前傾。「聖徒對友誼說過很多看法，思蘋瑟。但驚人的是，其中沒有任何一個適用於現在的情況。所以我只是想告訴妳，有我在。」

「這一切都變得好奇怪。」我說：「不對勁而且不一樣。不管我變成了什麼，都讓星魔感到害怕。它們知道。我必須非常小心，要利用我從它們那裡發現的弱點，但又不能因此傷害到你們。」

金曼琳思考著，然後點了點頭。

「妳怎麼辦到的？」我問：「妳怎麼知道何時該保持沉默，何時該開口說話？」

「良好的教養啊。」金曼琳說。

「意思是……」

「每當我說出蠢話，母親就會要我一邊擦洗洞穴的地板，一邊思考原因。」她回答：「這能幫助我培養自己的觀點，也會讓地板變得非常乾淨。」她聳聳肩。「我必須思考妳剛才說的話。而我現在能告訴妳的……這個嘛，聽起來一定會非常有智慧。這是當然的。」

「當然。」

「但我不覺得這會有實質的幫助。因爲情況的確很麻煩。如果我假裝自己有簡單的答案，就等於是在嘲笑妳的憂慮。」她將身體探進駕駛艙。「所以我會再說一次，思蘋瑟。有我在。就這樣。有我在。」

「我……」我緩緩開口。

也許，M-Bot在我腦中說。*妳可以讓自己放鬆一點。而且，我也在。一直監視著妳。這是鬼魂會做的事。*

可惡。它說得對。我眞的有麻煩了，對吧？這個沒有軀體的人工智慧，現在竟然比我更能表達情緒。

雪上加霜的是，還有另一種感覺存在：查特就像我一樣擔憂，這跟M-Bot的樂觀形成明顯對比。查特也明白。他知道我害怕自己可能會爲朋友帶來痛苦。查特在很久以前失去了某個非常重要的人，那種痛苦直到現在都非常鮮明。

「我很感激妳說的話，金曼琳，」我說：「這正是我現在需要的。」

她微笑著，然後在梯子震動時轉頭查看。沒過多久，奈德突然出現在她旁邊，整個人半掛在梯子一側——這種梯子是要讓地面人員維修使用，所以寬度足以容納兩人。但其中一個不能是奈德。

「嘿！」他對我說。星星啊……他還在留鬍子。而且已經超過一個星期了。

通常奈德是……呃，他等於是人形床頭板。奈德就像是你坐著太久之後伸的懶腰。他有一張橢圓形的大臉，五官也都稍微大了點。但他似乎還能讓自己顯得更不修邊幅：他的上唇留著（生長得不夠快的）金毛（至少有幾撮）。可惡，我應該告訴他嗎？

他留的不算是鬍子。這只是在遮禿。

「在幹嘛？」他問我們兩人。「擬訂計畫嗎？很好。我喜歡計畫。」

「你喜歡？」我問。

「當然。我有個眞正的好計畫，之後要用來捉弄亞圖洛。不過，我有事情想要告訴妳。」他在梯子上擠開金曼琳。「小旋，妳今天在戰鬥的時候可別指望我啊。我可能會突然消失，去睡一覺。」

「什麼？」

「昨晚跟ＦＭ和亞圖洛熬夜了，」他解釋道：「我們在教艾拉妮克玩撲克牌。我賺了一大筆啊。就是沒辦法收手，妳懂吧。畢竟可以吸乾一個笨蛋的血。」

「奈德，」金曼琳表示：「她才第一天玩，你不應該佔便宜的。」

「什麼？」他說：「艾拉妮克？不是啦，她立刻就上手了。玩得還不錯。是亞圖洛的牌技很差。妳見過他想虛張聲勢的樣子嗎？雖然我沒睡多少，可是沒關係，因爲妳已經回來了。妳上場至少可以抵

三、四個我吧。所以我想，自己可以在妳掃蕩克里爾人的時候打個盹。」

他對著我笑；雖然我知道這是玩笑話，但也忍不住好奇他到底是不是認眞的。奈德就是這樣。他有一種……能讓人消氣的滑稽感。

他應該不會是知道這一點而故意這麼做的吧？用那種方式讓我們放鬆？還有那撮小鬍子？這是……裝出來的嗎？我很快就排除了這個可能。奈德一直對我笑著。

「奈德，」金曼琳用氣音大聲說：「別笑成這樣啦，她在試著讓自己擔憂耶。你破壞了氣氛。」

「噢，」他說：「爲什麼？」

「她說她很危險。」

「最好是這樣！」他回答：「嗯，畢竟這是她的工作嘛。嘿，晚點要一起打牌嗎？」

「祝福你的星星。」金曼琳。

「妳老是說那種話，」奈德回答：「我一直想知道那是什麼意思。我的星星是哪些？」

「每個人需要的數量不一樣啊，親愛的。」

「所以如果是我……」

「很多，」金曼琳表示：「很多很多很多很多。全部的星星，奈德。所有神聖的星星。」

「嗯，聽起來不錯，」他說：「我就收下了，怪客。」他再次看著我。「我希望妳把憂慮的分量降到一半左右。如果妳不這麼做，我們就會超出配額，而尤根上個月就已經把我們所有的庫存用光了。可惡，就連亞圖洛最近也用得很凶。這支飛行隊裡應該只有我不會浪費大家的憂慮配額。」

「那我呢？」金曼琳問。

「妳只會自以爲是地發表意見，」他說：「那也是憂慮，只是比較花俏。」

「你們兩個夠了沒？」我開口：「我得核對清單，而我們再過不到十分鐘就要出發了。」

「抱歉。」奈德說。他正準備爬下去，可是又停住了。他清了清喉嚨。「小旋，很高興能再跟妳一起飛。我只是想說這個，妳懂吧？」

「妳拯救了我們，」金曼琳附和：「妳屬於這裡，跟我們一起。要是妳覺得格格不入，那我們就再挖開一些空間，直到妳覺得舒服爲止。」

「一點也沒錯啦，」奈德說：「不管她是什麼意思——我完全無法理解——但我相信那是對的。」他又愣了一下，目光從我身上移向金曼琳。「對了……這鬍子。妳覺得看起來——」

「爛透了。」金曼琳說。

他驚訝地眨眼，我也確認了一下自己有沒有聽錯。金曼琳眞的……眞的那麼說了嗎？

「妳剛才說——」奈德開口。

「爛透了。」金曼琳用雙手摀住嘴巴，似乎想要遮住自己的笑臉。「那很難看，奈德。就像有人把一隻老鼠黏在你臉上，然後又立刻撕掉，留下了幾根毛！就像你刮掉了眞正的鬍子，可是漏掉了幾個地方。眞的好難看。」她高興地尖叫了一下。「我一直想要告訴你呢！眞不敢相信我說了。」

「我……也不敢相信，」他表示：「妳通常，呃，都會比較……客氣一點的。」

「處理鬍子不需要客氣，奈德，」她說：「給它一個痛快吧。」

「噢。呃，好吧。」他望向我，像是要尋求支持。

「我有一把刀，」我邊說邊伸手拿綁在腿上的刀。「不要亂動——」

他手忙腳亂地爬下梯子。聰明人。金曼琳又對我微笑。「有我在。」她說完，然後跟著他下去了。

「在。」毀滅蛞蝓說。她在模仿這個詞，但也傳達了同樣的意思。我搔了搔她表示謝意，然後核對完檢查清單。檢查完緊急迫降包之後，我抬起頭看見儀表板上有一位忍者。一隻十五公分高的毛茸茸忍者，臉上戴著紅白色面具。他走下懸浮平台，看了看四周。「嗯。這架沒有基森人的座位。妳想要我待在哪裡？」

「赫修？」我說：「我還以爲你回去找你的同胞了。」

「蒙面流亡者沒有同胞。」他說。

「可是——」

他伸手摘下面具，擦了擦口鼻。他深深吸進一口氣。「我不能回去，思蘋瑟，」他說：「妳要知道，他們的皇帝已經死了。」

「但你還活著啊！」我說：「你……」我的聲音越來越小，因爲我注意到他的表情很嚴肅。「他們不希望你回去嗎？」

「我的倖存在政治上引發了許多……例外。經過這麼久，我的人民終於採取了臨時的民主制度。要是爲了防衛星球而戲劇性戰死的皇帝又突然現身……嗯，我戴面具是有原因的。這傳達了我想要的訊息：我是還活著。但他們的皇帝赫修沒有。」

他雙手拿著面具抬起頭看我，顯得很驕傲——但也是在懇求。

「歡迎你來我的駕駛艙，赫修。」我表示：「老實說，我一直很擔心。我跟你或 M-bot 一起飛了這麼久，所以很依賴你們。我跟你在一起飛得比較好，只是得想辦法替你弄個位子……」

「不需要。」赫修邊說邊戴回面具，然後揮手示意讓一些基森人飛進來。他們在通訊控制系統附近的儀表板上，設置了某種像座位的東西。那東西是圓形的，就像升高的杯架，而基森人可以在裡面繫上安全帶。不一會兒工夫，他們就讓座位透過磁力吸附住。

「我們一直在實驗，」一位基森人工程師說，顯然看見了我好奇的表情。「我們有位成員跟你們的領袖尤根．威特一起飛過一段時間——訓練他的能力。我們一直在嘗試更方便的方法。」

我點點頭，陷入了沉思。我們大部分的飛艇都是一人駕駛，因爲減輕重量是首要之務——而且我們也沒多餘的飛行員。可見M-Bot作為我的副駕駛幫助有多大……

「該不會，」我對他們說：「你們還能接通儀表板讓他操控一些裝置吧？」可惡，要是我們都能讓基森人當副駕駛會有多棒？

不過有了他和毀滅蛞蝓，駕駛艙也稍微變得擠了些。更別提還有塞進我靈魂的那個存在，以及另一個一直在監視我的「鬼魂」。然而在身為戰士的期間，我學到一件事，那就是任何的幫助都是好事。

基森人能夠非常迅速地裝配好設備。雖然這無法照我所想的讓赫修可以操控所有裝置——要是有人能在我受傷或因為G力陷入昏迷時控制飛艇一定很棒——但現在這樣已經足夠了。就在他進入那張小座位時，我明白了一件事。

金曼琳說得對。過渡時期很難熬，要撐過這一切會很不容易。可是至少我還有家可歸，也有仍然需要我的朋友。一直以來我就是為此而戰。而且說不定……說不定這裡有我的棲身之處。或者至少可以挖開一個空間容納我。

亞圖洛現在是飛行隊長，FM則和尤根一起進了行政部門。她偶爾會飛，但今天不會加入我們。於是我等著亞圖洛下令我們離開機棚並點名。我遵守指令，很高興能讓別人來帶頭。幾分鐘後，尤根把座標傳進我的腦中——是庫那提供給他的。

飛行隊鎖定我，用光矛連接彼此，這樣我們才能一起進行超空間跳躍。我進入虛無，將大家傳送到半個銀河系外的星盟資訊中心，這裡的位置很隱密，連其他星盟的人都不知其存在。地圖上找不到的地方。不會被提起的地方。

就在一顆被稱為太陽的星星附近。

就在人類起源的恆星系統中。

第六章

我們來到一顆小行星附近，它在任務簡報中被稱爲月球（Luna）。舊地球的衛星。

雖然在星光下看得不太清楚，但這個地方讓我想起了狄崔特斯。一顆巨大黑暗的小行星，表面充滿了隕石坑。荒涼。除了被時間遺棄，也沒有防禦用的外殼能隱藏或保護它。舊地球早在幾個世紀前就消失了，只剩下這顆衛星孤獨地繞著太陽運行。

敵人在這裡建立了基地。庫那說這是因爲此區已經隔離，不會出現在地圖上，除了軍事用途沒有任何人會在此往來。結果，爲了這項任務，我們人類回到了家——從某方面來看算是吧。但同時這又不算是回家。因爲舊地球早已不在，也沒人知道它去了哪裡。

不過這個謎題要改天再研究了。今天我可是要突襲一座祕密設施。我們的計畫很明確。再過十分鐘左右，我們就會進入基地感應器的範圍，接著很快就會抵達基地。

這個地方會有抑制器——一隻能夠阻止我們使用超感能力的蛞蝓。幸好，庫那來過這裡幾次，知道抑制器在哪裡。每當高階官員前往星盟基地，其中一項工作就是要確認該地有遵照規定，保護好機密設備——亦即超感設備。星盟裡只有非常、非常少數的人知道，泰尼克斯蛞蝓就是這些力量的來源。

庫那把位置告訴了我們：在我地圖上標示出的一座小型碉堡，就位於此設施的邊緣。我們要盡快摧毀那裡。解決以後，我們就可以設立自己的抑制器。這工作是由奈德負責，而他的僚機飛行員亞圖洛會保護他。莎迪和一艘基森人戰艦也會替他們兩人戒備——那艘戰艦不比我的戰機大多少，卻裝載了多達十倍的火力。

可惜的是，我們的抑制蛞蝓（inhibitor slug）數量很少，這次任務只帶了兩隻。其中一隻跟奈德一起。備用的在基森人飛艇上。

準備好我們的抑制器之後，就能阻止敵人呼救——就算對方在我們設置之前聯繫了外部，這也能讓他們無法立即獲得支援。我們隨時都能跟敵軍戰機交戰，需要的話也可以呼叫援兵。這些戰鬥的勝敗就取決於超感者和蛞蝓。能夠自由傳送的人幾乎肯定會贏，無法這麼做的人就會陷入麻煩。

一旦控制住這個區域，我們便會派遣突擊部隊進入一棟特定的建築：在我地圖上標示出的一座高大建築物。庫那說資料就存放在那裡。突擊部隊會取得資訊，接著大家就超空間跳躍離開。

我們飛過月球表面時，我也在腦中演練這些步驟。小時候，我聽過奶奶用好多方式形容月球：一位知心的夥伴，總是從天空看顧著。就像一滴明亮的銀色金屬。它預示著日子的變化，不可思議的是跟女人的身體特別有關聯。

後來，我從學校殘存檔案的投影片中見到了它。那就只是荒無人煙的一塊岩石。我很難把故事中那個美麗、友好、神祕的天體跟……這一大塊石頭連結起來。爲何古人要用這麼詩意的方式來形容它？因爲他們很孤單，我這麼想。孤單地活在宇宙中，不知道外頭還有好多其他的物種。在開闊又空蕩到令人不安的天空下感到孤單。

「五分鐘後就會抵達，」庫那的聲音在我們沿月球表面高速飛行時從通訊器傳出。「記得傳送我給你們的密碼。希望你們能享受此次重聚，畢竟這曾是人類傳說中一個非常重要的地點。」

我望向艙外，看著地面經過，此時我們也進入了附近太陽的光線中。雖然我們在非常接近表面處低飛，但由於大氣極度稀薄，所以飛過時幾乎不會揚起煙塵。

「所以……舊地球呢？」奈德問：「完全沒有任何它的跡象嗎？」

「沒有。」庫那說：「起初這裡設置了地球失蹤研究基地，想要調查那顆行星可能發生了什麼情況。不過，就連最厲害的科學家也毫無頭緒——他們可是經過授權，能跟非常稀有的星盟超感者一起合作。你們的家園徹底消失了。」

之前在狄崔特斯，官方為了填補紀錄中缺漏的部分，於是給了我們一種解釋。在最後一次人類戰爭的某個時間點，銀河系其他物種為了抵抗人類威脅而組成共同政府，並以聯軍對地球發動全面攻擊。他們抵達時，卻發現這裡空無一物。只剩一顆被遺棄的衛星，彷彿一艘戰艦逃離時被擊中而留下的殘骸。

儘管如此，我還是覺得似乎能在地平線那端瞥見舊地球。它就等在那裡，一顆充滿傳說與神話的藍色球體，一座孕育生命和故事的搖籃。我的接近感應器甚至還在它本來的位置顯示出一顆幻象般的圓圈。事實是什麼都沒有。黑暗，空蕩。地球已經消失在自己的傳說中。

搞不好是個鬼魂，M-Bot在我腦中說。就跟我一樣！

你只是在開玩笑，但說不定你是對的，我在心裡對他這麼想。狄崔特斯就是超感者能夠移動整顆行星的證明。也許地球是為了避免被侵略而傳送走了？

但要是地球真的被移到了安全處，為什麼那裡的人從未出現？他們在躲藏嗎？

「注意，」亞圖洛在線路上對大家說：「現在應該隨時都能目視到設施。」

我們只有十三架飛艇。天防飛行隊、華納飛行隊（Vanir Flight），以及一艘基森人戰艦。全都由亞圖洛指揮。這只是我們軍力的一小部分——不過規模越大，敵人也越有可能發現我們。在雙方都能瞬間增援的戰爭中，隱匿比數量更重要。只要掌控抑制器，我們想帶多少艦隊來都行。

就在庫那提醒時，敵人果然透過超感通訊要求我們驗證身分。我的超感能力立刻就發現了，稍後赫修才在通訊器上注意到——他們在我缺席時取得了某種能偵測的新技術。我差點就繞過設備要直接回應。但我還是把這件事交給亞圖洛，而他也回傳了庫那給的密碼。希望這樣能爭取到幾分鐘時間——前提是，溫齊克在我們救走庫那之後忘了更改授權碼。

一會兒之後，我們抵達了設施。我的超感能力立刻消失——這感覺就像是失明一般。我們碰上了他們的超感抑制場。查特顫抖起來，似乎還縮小了——雖然星魔不受抑制場的影響，但它們感受得到，而且不喜歡那種感覺。原本自顧自哼唱著的M-bot也消失了。

只要藉由某種技術增強，一隻蛞蝓就能提供相當大的保護範圍——可達好幾公里。對一個人或像這樣的基地來說，這種範圍很大。而在太空中飛行時，幾公里一眨眼就過去了。

然而我還是覺得自己毫無遮蔽，像是被困住了。爲了轉移注意，我把目光放在基地上。這座基地又簡稱爲EDS，原本是於新北京的遺址上建立，而新北京在地球消失不久後就淪陷了。這座設施裡的人類很久以前就被遷移走。儘管如此，這裡的重力針對特定元素所設置，讓這座位於大型月坑裡的基地籠罩著一層壓縮空氣。再加上輻射處理器，這個地方就適於居住了。

話雖如此，在見到那座被綠色植物包圍的城市時，我還是大吃了一驚。樹木在那圈氣泡內部邊緣構成了一片不協調的景象。他們當然會種植樹木，以生物方式達到氧氣循環，不過這只是作爲機械洗滌器故障時的備用方案才對。

樹木後方的景象更令人不安。氣泡內的構造體亮著零星燈光，而且雖然這裡的建築物不像星界那麼密集，街道上卻仍然相當繁忙。裡面有公園、餐廳，以及公寓。

可惡。我本來以爲會是某種祕密軍事基地，就像躲在石頭底下的甲蟲那樣。而不是一座鋪展延伸的城市。

「開火，」金曼琳邊說，邊精準發射她的狙擊破壞砲。城市內部出現一道火光。「那應該就是他們的抑制器。」

我盡量不去想那一發砲火所造成的損害，但我知道FM和尤根已經對這麼做的必要性爭執了很久。他提出了很有力的論點：在戰爭中，你不能擔心自己擊落的戰艦上會有清潔人員與醫療人員。你也不能擔心試圖殺死你的敵人是不是被迫戰鬥，就像歷史上許許多多的士兵那樣。你只能盡量存活下來。

我曾經認同他的看法。可是現在我比較聽得進FM的強烈抗議。有沒有別的方法？應該會有別的方法吧？不過，那座小型碉堡被毀掉之後，我的超感能力就恢復了。M-Bot的哼唱聲再次出現——它好像根本沒注意到剛剛的事。查特伸展了一下，我也覺得自己的焦慮減少了。

奈德、亞圖洛和基森人的飛艇——鐵壁號（Iron Fortress）——一起飛到我們前方。

「嘿，赫修，」我說：「鐵壁號是那艘基森人飛艇的全名嗎？還是其實它叫屏息後的詩句鐵壁之類的？」之前跟赫修一起飛行時，他的飛艇就取了很好聽的名稱。沒想到這一艘的名稱會這麼無聊。

「就只有鐵壁，」他微笑著回答：「艦長可以替飛艇命名。你會發現許多基森人喜歡的命名方式跟我很像，不過也有些人偏好簡明一點。」他停頓了一下。「我會很想念能夠命名的機會，這是我先前的職責之一。我們就等著看我的傳統是否會延續下去吧。雖然喜愛詩的不止有我，但我……在這一點上算是比較愚鈍的。」

我一直覺得赫修有點怪，不僅是身為皇帝這方面而已。我們全都緊張地看著奈德和鐵壁號飛到基地上方就定位，接著啓動他們的抑制器。我們的技術沒有星盟那麼好，但還是製造出了覆蓋整座城市的超感抑制場。希望這至少能讓敵人的援軍晚點抵達。

我們其他人迅速前進，而我也更看清楚了這個地方。如此普通。如此充滿活力。「有人也覺得不安嗎？」我在通訊線路上問。

「是啊，」亞圖洛出聲：「總司令，你看到這些畫面了嗎？」

「怎麼了？」尤根從總部問。「我正在看你們傳送的畫面，可是沒發現任何奇怪之處。有我沒注意到的防禦措施嗎？」

「不是沒注意到，」我說：「而是根本沒有。尤根，我們突襲的是一座城市。」

「城市。」毀滅蛞蝓輕輕發出笛音。

我的儀表板上閃爍起燈光。

「是他直接打來的私人通話，」赫修說：「立刻爲妳接通。」

「小旋，」尤根的聲音隨後在我頭盔裡出現。他大可直接在我腦中說話，可是我們要試著習慣利用通訊蛞蝓，因爲這樣對其他人比較方便。「妳得認清這一點。」

在我們的前方，有一支本地防衛軍開始出動。幾架敵軍戰機正在升空，數量不多。可惡，他們幾乎什麼都沒有。「尤根，那些看起來像警方的飛艇，不是眞正的軍用戰機。」

「不管如何，他們都會想殺掉妳。」他說。「聽著，這是一座祕密軍事基地。他們是在保護貴重無比的軍方資產。」

「可是……尤根，底下那裡有很多家庭。」

「不幸的是，」他說：「這種行動必須受到極爲嚴密的控制。他們要讓人們長期待在這裡工作，畢竟每一個離開這裡的人都有可能會洩露位置。所以這裡才會建起一座城市，藉此安頓所有人。」

「而我們要攻擊他們。」我輕聲說。

「不，我們是要突襲他們的資料庫。」尤根表示：「小旋，我很遺憾，但戰爭就是這樣。以前那位嗜血的戰士怎麼了？我相信亞歷山大大帝對這種突襲行動一定不會感到猶豫。」

「亞歷山大大帝是個殘忍的人，」我說：「他們幾乎都很殘忍，尤根，只是故事對這方面往往避而不談。我……」

現在的我已經跟這些人一起生活過，我看事情的角度跟以前不一樣了。然而我的聲音變得越來越小。我跟朋友們一直在爲生存而戰，對手顯然很邪惡，還擁有比我們強大許多的軍力。我眞的覺得自己能夠不在戰爭中造成傷亡嗎？

只是……在星界生活過後，這是我第一次眞正要跟星盟的人交戰。我會殺死多少像莫利穆爾一樣的飛行員？正直的好人，只是身在敵方？底下那裡有多少人只是想過好自己的生活？可惡，一開始是蛞蝓，現在又是這個？我能接受自己發射的流彈擊中公寓窗戶、炸掉平民嗎？

我沒什麼選擇，因爲敵機已經來了。總共不到二十架，足以造成威脅，但不是我們擔心會出現的大軍。顯然他們是爲了讓這個基地保持隱密。

「我們的超感抑制器發揮作用了，」奈德在線路上說：「小吉（Lucky）在這裡表現得很棒。」爲了維持超感抑制場，他跟基森人的飛艇會採取守勢，亞圖洛和莎迪會保護他們。希望我們的抑制器已經及時啓動，沒讓敵人求援成功。

跟我們交戰的飛艇還算有實力。對方以編隊飛行，試圖打散我們和僚機，藉此堵住前進的去路，阻止我們一起飛進市中心。爲了避開密集的破壞砲攻擊，我立刻向右拉，沿著氣泡邊緣高速飛行。

金曼琳緊跟在後，她是我所搭擋過最棒的僚機飛行員。我們衝過一排砲座——巨大的防空砲正朝向天空。那些火砲能消滅靠近的大型船艦，可是射程太長，不會威脅到我們。我們選擇從側面低飛進來的其中一個原因，就是要保持在其攻擊範圍之下。我能想像裡頭的人感到很挫敗，只能束手無策看著自己的城市遭受攻擊。

「好了，各位，」亞圖洛說：「天防飛行隊，跟那些戰機交戰，牽制住他們。華納飛行隊，你們負責侵入。靠近設施，目視偵察，然後讓蛞蝓把你們的隊員傳送進去。」

華納飛行隊的規模很小，只有四架斯波塔（Sporta）——能夠載運一組陸戰隊員的四座戰機。這種航空器不算運輸艦，用途是要易於操控與戰鬥，必要時能放下三位地面部隊成員。今天他們會派遣地面部隊進去竊取我們想要的資訊。而我們其他人只要讓對方的戰機忙不過來就行了。幸運的是，我們應付的這些小型戰機不太可能配有蛞蝓，所以就算有人飛出了我們的超感抑制場，也無法呼叫援軍。

「小心右側。」赫修說，我也出自本能閃躲，避開了一陣破壞砲攻擊。

「想要試試哈奇（Hatch）動作嗎？」金曼琳說，她也正跟著我轉彎。這個動作是我要瘋狂閃避，故意讓敵機以爲我驚慌失措。

「還不用，」我回答：「先讓他們追一下，看看他們的實力。」

「收到，小旋。」金曼琳說。

我做出一組規避動作：難度很高，看起來也很華麗。金曼琳和我旋轉並繞圈，兩人分開之後又轉回來會合，接著高速上衝斜飛——沉著地閃避後方砲火。追在後方的那些飛行員很不錯。而且這些飛艇是由眞人駕駛，並非遙控操作。這對星盟來說很少見，只有最厲害的高手才會親自戰鬥。

說到這，我曾經遇過星魔一口氣對我丟出數百架飛艇。跟那次比起來，這些……不算什麼挑戰。我保持在氣泡之外，讓整整六架飛艇疲於奔命。金曼琳跟著我，而我們的護盾一發也沒被擊中。

「小旋，」尤根在線路上說：「妳在幹嘛？」

「處理數量比別人多的戰機，」我邊說邊做出俯衝動作。「還有誰跟僚機能一次對付六架嗎？」

「妳完全沒開火。」尤根說。

「我不需要。」

他沉默著。「明白了。」他說。

我一邊飛行一邊看著接近感應器，赫修也幫了忙，把入侵小隊標記出來。他們已經往市中心推進了。他們飛過一棟有著亮黑色窗戶的摩天大樓：那就是庫那說的資訊儲存設施。我們可以在裡頭找到各種有用的資料，包括敵人取得上斜石的採礦站位置。

軍方有些人仍然懷疑庫那——他們擔心這是陷阱。但我不擔心。溫齊克是眞的想要殺死庫那——而庫那也提供了很實用的資訊與協助，如果庫那眞的是間諜，做到這種地步也未免太蠢了。

入侵小隊掃蕩完資料存放處之後，我們派來增援的十幾架飛艇也抵達了。雖然敵機實力很強，可是他們的火力遠不及我們——而且我的隊伍可是擁有銀河系裡最厲害的飛行員。敵機開始被炸成火花，目前我們只失去一架戰機——貓薄荷的戰機，而根據赫修的螢幕顯示，他已經跟機上的蛞蝓超空間跳躍到安全的地方了。

我早該知道好景不長。「可惡，」突圍（Breakaway）在通訊器上說。她負責帶領華納飛行隊，因此也是入侵部隊的隊長。「司令，正如我們所料，這棟大樓有一層屏障。可是這裡也有第二道超感抑制場，剛好覆蓋著這座建築物。」

「什麼？」庫那說：「那……那眞是……我很抱歉。這一定是在我上次來過之後才設置的。」

「可惡。」尤根的聲音傳入我耳中。鐵壁號具有精密的掃描設備，會將針對此區域和戰機的掃描結果即時傳給總部。「那是個小麻煩。突圍，妳能不能……等一下，那是什麼？」

我掃視戰場，根據本能飛行，尋找他注意到的東西。城裡所有建築的屋頂正在打開，露出了砲台。AA火砲。這種武器比較小型，負責短程攻擊，用來對付星式戰機的。原來他們一直在等我們的隊伍接近市中心被包圍後才出動。

「採取防禦動作！」亞圖洛說：「所有飛艇都是！」

華納飛行隊立刻在砲台對他們開火時分散。我屏住呼吸，幸好大多數攻擊都沒打中。我們失去了一架華納飛艇，而我也等後方確認隊員已經及時超空間跳躍離開。

通訊器上亮起黃燈。爆炸造成了傷亡——那艘飛艇上的四名成員中至少有一人喪生。可惡！不過其他人都成功躲開了。由厲害飛行員駕駛的現代飛艇比砲塔更靈活。不幸的是，這對計畫造成了大麻煩。假如我們一直採取守勢，要怎麼闖入基地？

「小旋，」金曼琳出聲說：「情況不妙。」

就在她說話時，緊追我們的飛艇走運擊中了我——破壞砲擦過我的護盾表面，讓保護飛艇的外殼發出短暫亮光。

「護盾效率百分之六十五，」赫修提醒。「那發打得很紮實。」

我點頭。雖然這座城市沒有護盾，但其中一些比較重要的建築物顯然有。最好把高效能護盾用來保護最重要的區域，而不是只設置一道又大又薄且容易突破的護盾。

我專注閃避，做出俯衝動作。金曼琳跟我繞著彼此旋轉，密集的破壞砲火光有如燃燒的隕石從我們旁邊飛過。噴散的砲火擊中下方城市，讓一條街上產生了許多火花，有些飛行車在逃離時也被炸掉了。

可惡。敵人有那麼無情嗎？那麼不在乎被流彈殺死的非戰鬥人員？

不。不，我很清楚。我能想像他們被迫保衛城市時感到的痛苦，而他們知道每一發火砲都有可能殺死自己認識的人，自己所愛的人。敵軍飛行員只是在盡自己的職責。只是有時候這種職責爛透了。

「小旋……」金曼琳說，此時我們正繞著城市飛行。

「好了，各位，」亞圖洛的語氣很緊繃。「要是繼續這樣，我們會被幹掉的。回來排成史都華隊形，將角度對準目標。第一小隊，目標一一八。第二小隊，跟隨。奈德，你——」

奈德的飛艇變成一團火光。強大的ＡＡ火砲直接射穿他的護盾，瞬間炸掉飛艇。

「可惡！」亞圖洛大叫。「奈德！」

就在那一刻，敵軍飛艇——就連正在追我的那些——全部同時轉向包圍基森人的鐵壁號。

「所有飛行員！」尤根在線路上說：「保護基森人飛艇！」

來不及了。十幾發砲火擊中基森人的飛艇，而它在護盾失效時超空間跳躍離開了。

「尤根，」亞圖洛說：「奈德——」

「保持專注，」尤根說：「醫療人員一有消息就會通報。上吧，大家！」

我們照做，並且遵循亞圖洛的指令。我忍不住查看儀表板。我的內心非常糾結。之後奈德的名字旁邊亮起了黃燈。

至少有一個傷亡。不是奈德，就是他的蛞蝓。

「保持警覺！」尤根大喊。「我們的抑制器都失效了。敵人會派援軍過來，沒時間拖延了。」

我飛到迴旋動作的最高點，然後開始俯衝。一道刺眼的AA火砲差點擊落亞圖洛，失去護盾的他也不得不超空間跳躍離開。其他人都被分散了。尤根派了援手過來——我在螢幕上看見了另一支飛行隊出現。

「準備放棄任務。」尤根說。

「小旋，」金曼琳說：「拜託。」

一切都開始搖晃起來，駕駛艙也跟著我的靈魂震動著。我突然用力睜開眼睛，離開俯衝動作，並且尖叫起來。我對敵人感到憤怒，對自己的脆弱感到憤怒，也對逼我不得不出手的溫齊克感到憤怒。

對整個宇宙感到憤怒。因爲我始終找不到答案。

我的手指移向破壞砲扳機，懷著憎恨這一切的心情，瞄準見到的第一個敵人，然後開火。

第七章

他們躲開了。

而我感覺得到他們這麼做。

待在虛無的那段期間裡，我發生了變化，能夠展開思緒交流。我還能在特定情況下接觸過去。因此，我可以很容易就穿透防衛與心智，而且也感覺得到前方那架飛艇裡的飛行員。那是個有家室的狄翁人，在發現被我尾隨後，開始想起了自己的三個孩子。我感覺得到對方打算假裝側飛再轉向，試圖引誘我對準ＡＡ砲火俯衝。

我的能力增強之後眞是太不可思議了。從另一個角度看，這也格外令人恐懼，因爲我的本能可以精準得知敵人接下來的路徑——因爲我知道敵人如何行動；孫子想必也很認同這種做法。對方在試圖躲避時撞上了我的所有砲火。

對方的思緒消失了。就像突然切斷的通訊。我所學會的美好能力，在我這雙可怕的手中變成了另一種殺人方法。

我的靈魂還在顫動，理智被憤怒與砲火燃燒，接著我啓動超燃模式，繼續殺戮。我突破戰場，就像鋒利的刀片劃過喉嚨。敵機被我從後方切入炸毀，根本沒有反擊的機會。這不是戰鬥。這是一種燒灼。這是在身體死亡之前先把手砍斷。

接下來幾分鐘裡，我擊落了六架敵機。想當然，所有的ＡＡ火砲都開始攻擊我。我在城裡高速低飛，震破了附近的窗戶，也讓火砲跟我之間隔了障礙物。

思蘋瑟，M-Bot輕聲說。我感覺到妳了。

我咬牙切齒，看著機載系統標記出所有AA火砲發射的位置。我沿著一棟公寓大樓往上飛，打算到最高點開火擊毀那些砲台——但我的靈魂在痛苦之中失控了。我感覺得到查特，感覺得到他很痛苦，就像我一樣。

旁邊那棟建築的某些區塊開始消失。在我衝到最高點時，消失的碎塊開始出現在我和砲台之間的空中，阻擋了瞄準我的密集砲火。一塊塊巨大的鋼鐵也出現在砲台上方，接連砸毀它們——爆炸撼動了整座城市，殘骸噴飛到高空。煙霧盤旋上升，進入虛空。

僅存的幾架敵機排成隊形試圖阻止我。我幾乎是在毫無意識的情況下解決掉它們，先是射下三架，再用跟飛行車差不多大小的鋼鐵塊擊毀最後兩架。

戰場平靜下來。幾乎有三分之一的城市陷入火海，AA火砲消失的地方則冒出煙霧。防衛飛艇的殘骸變成火花散落，如熔鐵般的雨灑向城市。

通訊線路上一片靜默。整座駕駛艙還在震動，而我冒汗的雙手緊抓著控制球與油門，身邊突然出現的隨機物品紛紛掉落到我的椅子或手臂上——杯子、眼鏡、孩子的填充玩具。汗水從我額頭流下，而我無法眨眼，也動彈不得。只能顫抖。

「最親愛的星星啊，」金曼琳在通訊器上輕聲說：「以及創造它們的神……」

尤根清了清喉嚨。「停止撤退。已經排除敵軍防衛。幹得好，小旋。」

閉嘴，我開口想這麼說，但還是忍住了。以前我老是吹噓著要殺死敵人，要像個戰士。說著那些廢話。

赫修將通訊器靜音。「慢慢來，」他溫和地說：「呼吸。吸進，呼出。只專注在每一口新鮮空氣。」

我點點頭，照他說的做，勉強控制住了自己。駕駛艙停止震動。

「奈德。」我出聲說。

赫修打開通訊器，直接撥給尤根。「總司令，我們想知道同伴的情況，呼號：奈德爾。如果有消息的話。」

「他回來了，受到燒傷，意識不清。」尤根回覆：「沒見到他的蛞蝓。我們認爲小吉在飛艇第一次被擊中時就死了，是小胖（Chubs）送他回來的。但是……小胖自己沒能回來。」

我在腦中看到毀滅蛞蝓傳來的影像，她正在吊帶裡輕輕發出笛音。痛苦。小胖受了傷。牠做的最後一件事情是傳送奈德。

我閉上眼睛，感受到毀滅蛞蝓跟我一樣痛苦。

「他應該會活下來，」尤根說：「不過……嗯，他大概再也無法飛行了。畢竟他只剩下一隻手臂。我很遺憾。」

「這是戰爭，」我用氣音粗啞地說：「而我們是士兵。」

「總之，」尤根說：「先讓你們回來休息吧。亞圖洛準備好要回去，然後——」

「不，」我說：「我來處理。」

他沒反駁，於是我深吸了一口氣，也刻意不去看我摧毀的一大片區域。「入侵小隊跟著我，」我說：「金曼琳，我們的目標建築物仍然有護盾，打掉它。天防飛行隊，提供空中支援，並且準備好在發生狀況時讓我們撤離。」

我聽見幾聲「收到」的回答，沒人對我在亞圖洛缺席時接下控制權提出異議。嚴格來說應該是由T仔接管，但我沒心情去想指揮鏈的事。老實說，這件事我從來就不擅長，就算以前我不是體內塞著水果口味星魔的毀滅者也一樣。

金曼琳的飛艇裝備了護盾切割器。她帶頭前往位於EDS中心的那棟黑色摩天大樓。她懸浮著，然後旋轉飛艇並移開上斜環，讓飛艇底部盡量靠近大樓。她的飛艇爆發出一陣亮藍色光芒，讓人聯想到

IMP——但這種攻擊更爲集中。

這也打掉了大樓的護盾。我緩慢地沿著高樓繞了很長一圈。先從最頂部開始，在外部以螺旋形往下飛，距離牆面只有幾公分。對，我能感受到他們先前說的：這棟建築有第二個抑制器，而且相當隱密也出乎意料。不知道我能不能根據它投射出的抑制場感應到它在哪裡。只是，透過機械增強之後，蛞蝓能夠製造出的抑制場就可能會有不同的形狀。所以……

三十七樓，查特說。就在建築的正中央。我能夠克服抑制場，看見牠就躲在那裡。

「金曼琳，」我說：「我需要在三十七樓的牆面開個洞。」入侵小隊，準備從那裡突破。我們要找到抑制器。我的感官告訴我，就在那一層樓的正中央。

「收到。」金曼琳說，接著就用特製的破壞砲在牆上切割出一個洞。牆上的石塊與鋼鐵掉落了，邊緣還因爲高溫發著光。

我飛過去，然後打開座艙罩。「赫修，如果發生狀況，你有多少把握能駕駛好這艘飛艇？」

「在如此有限的操控範圍之下嗎？」他表示：「不太有把握。但我會在災難發生時盡力而爲。」

這就夠了。我轉身解開安全帶時，毀滅蛞蝓發出笛音，接著就出現在我大腿上——她從吊帶傳送了過來。

「妳確定嗎？」我問她：「在解決裡面的抑制器之前，我們都不能離開。」

她發出笛音表示肯定，於是我撈起她爬了出去。她進了從我肩膀斜掛到腰際的一個套袋。其他人把這種東西稱爲吊帶，可是感覺……我不知道。這就像母親把嬰兒揹在身上用的東西。就算對自己的能力感到心神不寧——甚至有點噁心——我也不會帶著嬰兒背巾上戰場。我帶的是蛞蝓套袋。

我從駕駛艙側面取下一把全自動突擊步槍，而華納飛行隊剩下的三艘飛艇也加入我，每一艘都載著三位我們新成立的陸戰隊隊員。之前我們對地面部隊投入的資源一直很少，不過目前正在調整，畢竟像這種需要突襲的情況越來越多了。奈德就特別高興能有時間到射擊場……

不。別想奈德的事。

戰狼（Wolf）是陸戰隊的指揮官，而容客（Junker）替她打開座艙罩後，她立刻站起來向我揮手。戰狼是個表情嚴肅的高大女人，身穿盔甲，有著一綹藍髮。她的本名叫赤那(注)，很明顯是蒙古人。我問過她是不是跟成吉思汗有關係，她只說：「當然。」

當時我很努力不表現得太興奮。那真的很難。

她跟我互相點頭致意，接著我們從懸浮的飛艇邊緣跳進洞口，舉起武器。幸運的是，這座城市有人工重力，讓我們可以正常走路或移動。我們打開槍口前方的燈，另外八位陸戰隊員也安靜地跟在後頭，他們各自都揹著蛞蝓套袋。

可惜的是，我的感官掉進了比眼前更深的黑暗中。我的超感能力又消失了——這裡覆蓋著超感抑制場。

「庫那提供了這棟建築的描繪圖，」赫修的聲音從我頭盔裡的揚聲器傳來：「而且我正在跟指揮部配合。我們試著推測出抑制器的方向，希望這能幫上忙。」

「這樣好極了。」我壓低聲音回答。

我的頭盔面罩角落出現了一個方塊。代表我的紅點位於邊緣，正中心閃爍的光點則是目標。雖然畫面未顯示出這一樓的內部構造，但至少讓我知道該往哪個方向移動。

途中有一些鎖著的門，不過幸好聖徒爲此創造了破壞砲。但就在突破第一道門時，黑暗之中爆發了敵人的回擊——我們不得不後退到兩側。

注：Chono，蒙古語中的「狼」之意，音譯又可寫作「醜奴」。

「莎迪、金曼琳，」我說：「我們被困住了。知道我們的位置嗎？」

「當然。」莎迪說。

「請幫我們開出一條路吧。」

金曼琳在牆上切割出另一個洞，莎迪則以破壞砲向內部開火。飛艇的武器跟我們手持的武器根本是不同等級，沒過多久，射擊聲就消退了，於是我們在斷垣殘壁中繼續前進。槍燈照亮了敵人的殘骸，而身爲星式戰機飛行員，這種場面我並不常見到。

他們支持邪惡的獨裁統治，我提醒自己。這也是殺害我父親的同一支軍隊。

我知道這個理由站不住腳，但足以讓我專注，而在跟最後剩餘的敵軍小隊短暫交火過後，我們抵達了赫修標記的光點位置。我找到了箱子，它被牢牢鎖住，跟其他許多類似的箱子擺在一起僞裝成置物箱。打開之後，我發現裡頭有一隻驚恐的藍綠色蛞蝓。

毀滅蛞蝓發出笛音，藍綠色蛞蝓這才稍微放鬆，嗅聞著空氣。

「沒錯，」我邊說邊抱起她。「我們是朋友。」

毀滅蛞蝓又發出笛音，接著我的能力又恢復了——感覺眞棒。毀滅蛞蝓跟被救出的蛞蝓消失了。

「戰狼，」我說：「超感抑制場已經解除。現在就交給妳了。」

「好極了，」她回覆：「資料就存放在三十六樓。庫那不知道確切位置；她之前是搭電梯過去的，還說她曾稍微轉往某個方向。」

我點點頭，沒糾正戰狼用「她」來稱呼狄翁人。陸戰隊員迅速討論了一番，接著就有個人在地板放置了一些炸藥。我們找到掩護後，他們便將地板炸開。

我直接超空間跳躍下去，然後等待陸戰隊員從洞口垂降。在他們動作時，我展開了思緒。

有六名敵人正要過來，我把這些話傳進戰狼腦中。

她嚇了一跳，然後看著我點了點頭。

他們停住了，我邊傳送訊息邊指著一條黑暗的走廊——天花板上有一些火光照亮。就在這條走廊，大概是想要偷襲。

她隨之朝牆面丟出一顆手榴彈，讓它彈向更遠處的敵人。我們在爆炸之後推進，在煙霧中亮起的槍口火光和破壞砲攻擊之下，冷酷精準地消滅了敵人。我在腦中阻擋住垂死之人的想法與情緒。

資料存放處一下就找到了。我們排成搜索隊形進入，後來發現了一道經過強化與防護的金屬門，另一側有很多人。我感受到其中一些人的情緒。緊張。等待支援。科學家。沒錯，就是這個地方。

大約有二十個人在裡面工作，我傳送給戰狼。無法判斷有多少平民。妳願意採取不對無辜人士開火的方式嗎？

她看著我，然後點頭。

深吸一口氣，我向她傳送。讓蛞蝓準備好應付緊急情況。

接著我以超空間跳躍讓我們兩人進入房間，出現在我感應到的其中一人附近——不過是在他們背後。我們立刻舉起槍，忽視科學家與技術人員。我們各自開了兩槍，射進背對我們等在門口的士兵頭骨。

可惡，我從沒這麼討厭過開槍的感覺。我從軍就是爲了這個嗎？面對未知又邪惡的克里爾人，跟現在這種戰鬥的感覺完全不一樣。現在……現在我們才是未知。讓這些人驚恐不安的是我，因爲我擁有他們不了解的力量與能力。

我們要科學家聚集在房間後方，他們舉著手，全身發抖。戰狼盯著他們，我則從內部打開門，讓其他隊員進入。幾秒鐘後，小羅和一組技術人員出現在房間，是尤根把他們傳送過來的——尤根的超空間跳躍能力不強，但他能以意念要蛞蝓這麼做，只要知道位置就行。

小羅的團隊立刻開始處理資料，基本上就是把星盟掌握的所有機密都複製起來。包括M-Bot跟我想在星界找到卻無法取得的一切資訊。

小羅處理資料時，我到房間前側巡邏，附近有工程師的工作站。幾個螢幕上顯示著一位熟悉的瓦維克斯人，他就站在一道官方標誌前。溫齊克有一副深綠色甲殼，巨大笨重的身軀以雙足行走，外觀有如一套盔甲，由體內一隻長得像螃蟹而且脆弱許多的生物操控。透過那副頭盔的面板，我看見他飄浮在某種溶液裡。

我向小羅帶來的其中一位女工程師比了個手勢，接著她就按了幾個鈕，將訊息倒回從頭播放。我繼續以超感能力注意是否有人接近，然後傾身靠近，讓翻譯別針告訴我溫齊克說了什麼。

「來自眾多世界的星盟人民啊，正如你們許多人所知，我是臨時大將軍溫齊克。我很遺憾必須扛起重擔，在如此危急的時刻被迫擔任星盟臨時指揮官。

「請明白我是以最嚴肅的責任感接下這項職務。身爲最高等智慧的我們身負重任——我們要保護並培養那些尚未達到同等境界的人。因此，今天我要告訴我們之中能力較弱的美好物種。

「你們的本性或許會傾向於慌張、憤怒，或甚至是暴力！哎唷，哎唷。具有次等智慧的感覺一定很糟。你們必須抗拒這些醜惡的情緒。星盟很強大，而我們這些領導者一定會保護你們免於人類之禍。銀河系過去曾在他們可怕的攻擊中存留下來，所以這次我們也會撐過去。

「我們已經控制住了部分暴動，戰鬥也只侷限在星盟的外圍區域。雖然可能需要數十年的時間才能眞正平定人類，但我已下定決心做好被託付的工作。現在，要知道你們完全不會有任何危險。我們這些已達高等智慧的人有責任爲你們戰鬥，因此你們不必冒險做出好戰與憤怒的行爲。各位就像往常一樣生活吧，並且知道我會保護你們。」

從某方面來說，我很佩服。溫齊克可以利用這件事好幾十年，就算在擊敗我們很久以後，他還是能假裝自己需要這種力量，來保護大家免於受到可怕的人類侵害。另一方面，要是溫齊克眞的以爲他能控制住我，那麼他很快就會親身體驗到自己錯得有多麼徹底了。

螢幕上開始重複播放這則訊息——我不想再聽一次，於是對顯示器開了幾槍。其他人嚇了一跳望向我，我則是聳聳肩。

我很遺憾，M-Bot在我腦中說，或許它感受到了我在這種情勢中產生的挫敗感。我是指妳今天不得不做的事。

「這是我的工作。」我輕聲對它說，一邊舉著槍看守門口。

這並不是妳夢想的樣子。

「我在虛無就已經放棄那個夢想了。」我對它說：「我本來大可留在那裡，在不計後果的情況下戰鬥。但是我回來了，因爲必須要有人來做這種事。」

眞的嗎？

「暫時是這樣，」我回答：「我們的目標是避免這種事再發生。藉由某種方式。」這就是我們的不同之處。一定是這樣。溫齊克一心想要統治、破壞，甚至是滅絕；我們的目標更高尚。

我知道幾乎所有的恐怖份子都會說出一樣的藉口。我沒那麼幼稚，但也沒那麼偏激或愚蠢，會認爲這一切都是相同的。人必須要有良知。我相信我們所做的事。

但感覺還是很糟。

我看著小羅。「我想我們可以把這些全都帶走。」他低聲對我說：「既然可以直接拿走，幹嘛還要複製？」他露出牙齒笑著，然後指向他們帶來的蛞蝓。

酷。他跟隊員超空間跳躍離開——還帶了許多大型的資料儲存裝置。伺服器之類的。

幾秒鐘後，我的突擊部隊也跟著他傳送離開——我們都回到了自己的飛艇上。至於那些我們留下的活口，我知道他們會覺得我們既神祕又可怕，就像我看待克里爾人那樣。

第八章

這次降落回機棚時，勝利的氣氛有點不太一樣。我還清楚記得拯救大家免於殞命炸彈攻擊之後回來時的場景——就像失去所愛之人的記憶般鮮明。我還記得那些慶祝、歡呼、舉杯——所有人因爲意外的勝利而展現了無比熱情。

今天，飛行員們則是疲累地爬下飛艇。或許是因爲我們的傷亡——華納飛行隊死了兩人，失去兩隻泰尼克斯，奈德也受到重傷。不過幾乎每一次行動都會有人陣亡；這個數目是維持戰力的參考標準之一。另一個掃興之處是，這並非絕對的勝利——這只是通往勝利的第一步，往後還有好多步要走。

當然，還有我所做的事。

理論上，超感者應該要觸碰東西才能使它們超空間跳躍。超感者應該只能傳送完整的物品，而不是部分。像戰艦之類的大型構造體，通常必須要打造出特殊的結構，才能夠讓超感者完整傳送。

而我違反了所有規則。就跟星魔一樣。

我爬下飛艇時，附近的人似乎都退開了。這不是應該的嗎？畢竟我比較像武器而不是人類。就連天防飛行隊也有少數幾位成員毫不掩飾地對我表現出畏懼——尤其是莎迪。

情況不對勁，M-Bot在我腦中說。

「是啊，」我咕噥著：「我——」

不是指妳，是指我。星魔察覺到我了。我必須再躲起來。

「我還是不懂你要怎麼躲，」我說：「你們不都是在空間中的同一點嗎？」

對也不對。這裡沒有空間，所以也就沒有點。現實完全不存在，很迷幻。可是它們能感覺到我跟妳的連結。我必須轉往內部並消失。不然就是假裝成它們的一份子，說不定這招比較有效。

「你做得到嗎？」

思蘋瑟，我可是超級匿蹤高手。我原本就是爲此打造出來的，記得嗎？

「你總是那麼說，不過——」

得去躲了。妳先自己嚇自己吧。等我安全的時候再讓妳知道。

我感覺到它離開了。留下我獨自一人。

但查特傳給我一股暖意。我很感激。不是獨自一人，只是覺得寂寞。

我開始走進機棚，很想休息一下，並且也向赫修道別，建議他去吃點東西。他飛走了，我覺得自己好像應該去探望奈德。從莎迪跟T仔對話的內容判斷，他們現在就要去找他。但我不確定自己能承受得住；尤根說奈德還沒恢復意識，雖然情況穩定，可是受到了很嚴重的傷害。

我擁有力量，隨時都能靠自己贏得那場戰鬥。要是我早幾分鐘這麼做，奈德就不會受傷了。之後我還有勇氣面對他嗎？

我迅速走向出口，打算回房間睡一覺，可是金曼琳跟了上來。

「妳想談一談嗎？」她問。

「不想。」我撒了謊。

她點點頭，沒再追問。爲什麼我要說自己不想談？我暗暗咒罵她，因爲她是個好朋友，也很尊重我的界限，而後來她就離開去找T仔跟莎迪。

我在機棚門口碰到尤根，他邊走邊拿著一塊平板，看起來有些分神。

「查到了，」他告訴我：「總共有五座採礦站，比妳聽說的還多一座，不過……可惡。只有五座而已！這是弱點，小旋。這是在堡壘牆面上一處沒人看守的裂縫。我們可以利用這一點。」

「我們只須攻擊位於這一側的補給站，」我表示：「另一側的話，至少其中一座有我的朋友住在那裡。」

他點頭同意。

「尤根，」我開口道：「關於我在那裡做的事……」

他看著我，露出鼓勵的笑容，然後放下平板，握住我的雙手手臂。「妳很棒，」他說：「雖然妳說妳得留在虛無獲取情報的時候我很懷疑，可是我很高興妳說服了我。妳應該看看我們盟友對這次行動結果的反應有多熱烈。這是大家第一次相信我們或許真的能做到。反抗星盟並且獲勝。」

「一切就只需要讓你的星魔女友……」我說。

他愣了一下，於是我對他笑，試圖讓他相信這是個笑話。我緊緊壓抑自己的情緒。我不想讓他看出我有多麼痛苦。

他猶豫了一下——他注意到我後方的飛行甲板上都是人。接著，他顯然做出決定，低下頭親吻了我。

感覺……眞棒。我知道跟底下的飛行員約會對他來說有多麻煩，畢竟還要考量禮儀之類的問題。可是他也知道我們很需要彼此。尤根選擇我而不是規定，這大概是他所能傳達最重要的訊息了。我覺得自己興奮得腎上腺素激增。

而這撞上了我體內的某一種牆。由憂慮和自我厭惡所築成的牆。

我開始感到噁心。在今天的殺戮過後，快樂變成了一種不可原諒的感受。我再也不是人類了——而我卻在這裡親吻男友，一副什麼事都沒有的模樣？

他往後退開，該死，他眞是太敏銳了。「我知道妳現在對戰鬥的感覺不一樣了，」他說：「我也是。這叫成熟，思蘋瑟，也是經驗。這些會改變我們。妳會覺得矛盾，這沒有關係，因爲這很混亂……

一切都太混亂了。」

我點點頭。

「我會盡力確保不讓大家在進行軍事任務時意外遇到平民，」他繼續說：「我不會再讓妳在毫不知情的狀況下出任務了，思蘋瑟。我保證。」

這麼做很好，而且完全符合尤根的作風。他會分析哪裡出了錯，也會跟我們的軍事高層與組織智庫討論該怎麼改善。如何確保我們不會再犯下相同的錯誤。所以他才會擔任指揮。

然而，就算知道未來不會發生這種事，也無法減輕我心裡現在的痛苦。

我再次勉強擠出笑容。「你眞的很棒，」我發自眞心地說：「謝謝。」

「我們必須規劃下一步，」他說：「應該會很簡單。溫齊克將從這五個地點取得上斜石——這些全都是位於虛無的採礦站，連接著我們這一側的補給站。妳說其中一座幾乎已經被妳的海盜朋友關閉了。

「幸好，我們不必直接攻擊採礦站或是那裡的平民。如果我們炸掉傳送口，溫齊克就得不到那些資源了。以我們目前的戰力，我相信最後一定有辦法救出另一側的礦工們。」

「這是個好計畫，」我現在眞的很累了。「而且我知道有些艦砲派的人也會感激你這麼做，謝謝。」

他點點頭。「在溫齊克弄清楚我們要用那些資料庫做什麼之前，必須先發制人。我正在考慮兵分五路，同時打擊每一座補給站。利用協同攻擊，讓他完全束手無策。」

「好極了。」我試著控制不讓自己發抖。要是我現在開始失控，他一定會知道。

我不能讓他知道這有多痛苦。不能讓他知道，我光是想到要再踏上戰場就會崩潰。他正在適應新角色，而且做得很成功。我也必須這樣。

「我會讓其他人知道，」他繼續說：「然後跟基森人的將領討論，聽聽他們對這個策略的看法。至於現在，妳就先休息一下吧。我已經去探視過奈德了，只要他一清醒，我會通知妳。不過妳得先睡一覺，要是大家都同意這個計畫，我們最快明天就會發動攻擊。時間寶貴。」

在親吻之後，他那興奮的笑容成為壓垮我的最後一根稻草。我回給他一個甜美的笑容——可惡，希望他沒看出我的「甜美」是個可怕的跡象——接著就離開了。一等他離開我的視線，我便加快腳步，趕緊躲回房間。

幾乎就在我終於獨處的同時，有一則訊息傳到了我的手錶上。這是烏戴爾人的技術，而我們也開始在飛行隊裡使用。

晚餐？是金曼琳。我回覆她說自己需要休息，然後深吸一口氣，仔細看了看這個房間。我被分配到附有三個房間的軍官宿舍。基於某種理由，我算是一位准將，而通常沒投入行政職的飛行員幾乎從未晉升至上校以上。尤根運用了一些關係，讓我獲得較高的軍階，還強調我身為超感者的地位特殊，而且我們也需要有人能夠自主執行現場指揮。這些謬論的意思就是：「沒人知道該拿妳怎麼辦，思蘋瑟，所以就讓妳晉升吧。」

我曾想說服媽和奶奶搬進來跟我一起住，可是沒成功。這麼大的空間確實讓我有點承受不起，但我也試著把這想成是戰士的戰利品，讓自己樂在其中。

而今天我對此有種安心感。我擁有自己的空間，沒有任何人事物會給我壓力。當然，我還是習慣性地檢查了每一個房間和櫥櫃。荒謬嗎？或許吧。尋找刺客這件事讓我覺得好過了些——後來我才想起，這裡可是有基森人的忍者。他們可能就躲在人類擠不進去的地方。我的例行工作現在是否也要包括仔細檢查收納櫃，以確保沒有可愛的毛茸茸殺手躲藏在我的內衣褲中？

我坐到床上，呼出好長一口氣。查特在我體內顫抖，而我費了點勁才防止自己再次發作。可惡。我幾乎快無法控制了。那些震動。我的能力所展現出的奇怪特性。我——

「今天幹得好啊，」有個女人的聲音從我後方傳來：「眞了不起。」

我迅速轉身並跳下床。布蕾德站在我的臥室牆邊，身旁就是我的複刻版白朗寧FN 1910手槍。

布蕾德。溫齊克重用的人類超感者。理得很短的軍人寸頭、無袖的緊身軍服，以及防彈背心。她的背上掛著突擊步槍。我瞬間抽出隨身武器，在牆壁上開了三個洞，這才明白她並不是實體。她是一種超感投射——我在虛無時曾對她做過類似的事。

她往下看著我的槍管，然後點點頭。「反應眞好。」

我不理會她，直接跑向通訊面板呼叫行動中心。「我們的超感抑制場故障了嗎？」我問。

「沒有吧？」另一端的人困惑地說：「狄崔特斯仍然有受到防護……」

「你們的抑制器沒問題，」布蕾德在我後方說，語氣很愉快。「是妳跟我有某種連結。雖然不知道是怎麼回事，但我可以向妳投射，小旋。就像妳對我做的那樣。」

我移開按住通訊鈕的手指，然後轉過身。「離開。」

「不。」

我對她使出超感能力。我……不太清楚自己要怎麼做，只是想趕走她，但她承受住了我未經訓練的精神能量，幾乎沒有動搖。她似乎只將自己的極小部分投射出來，其他部分則受到保護。要以我強大的能量打發她，就有點像嘗試用大砲殺死一隻蚊子。

「節省力氣用在戰場上吧。」布蕾德邊說，邊大搖大擺走來走去，查看我的房間。之前我對她這麼做的時候，也能看見她周圍的一切——而且聽得見附近人們說的話。如果我想不出辦法阻止這種情況，這等於為我們帶來了巨大的安全問題。

「妳想要什麼，布蕾德？」我問。

「這問題我也問了自己好幾年，妳知道嗎？」她說：「答案應該很簡單，我猜也是。」她走向我。

「我想要什麼？我想要贏。」

「我給過妳加入我們的機會，」我表示：「妳跑去找溫齊克，出賣了我。」

「我堅持我的選擇，但妳逃走了我其實並不難過。要是妳沒跑掉，我就永遠不會見證妳今天的表現了。」她搖著頭，似乎很佩服。「難以置信。十分鐘內十五殺，任何厲害的飛行員都辦得到。可是妳對AA火砲做的……妳撕裂建築，利用碎塊來攻擊與防守……思蘋瑟，妳太厲害了。」布蕾德朝著我點頭，沒露出笑容——她很少這麼做。「妳很有價值。我很有價值。我們應該一起合作。」

「合作……什麼？」

她用動作對我示意，聳了聳肩就像在說「還能是什麼？」。「征服啊，思蘋瑟。這是我們的天性。」

「妳瘋了。」

「瘋？」她說：「就像亞歷山大大帝嗎？就像古代的法老王嗎？就像匈奴王阿提拉、拿破崙、查理曼大帝？那些見到廣大世界以後，明白了生命最大挑戰就是要統治這一切的人嗎？」她走近我。「他們根本沒機會成功，可是我們有。有了妳今天展現的力量，我們絕對可以。」

「我寧願用那種力量打爆妳，」我惱怒地說：「妳背叛了我，布蕾德。」

「而妳背叛了星盟，」她回應：「我只是想告發妳而已。但那已經沒有意義了。」她走得更近。「謝謝妳讓我看到我們的潛力。」

然後，她就消失了。

可惡，可惡，可惡。我癱坐在牆邊的椅子上，縮成一團，再也克制不住情緒。接下來一個鐘頭裡，我讓身邊的東西消失又出現，越來越不受拘束也越來越反常。我的靈魂開始燃燒，我的自我——剩餘的部分——則躲進了心靈深處。

恐懼不已。

第二部

Part Two

第九章

隔天早上，我又能控制住自己了。我知道不能再繼續像以前一樣——於是我做了決定。

我是個武器。一開始我就是爲了這個目的前往虛無，後來還願意讓星魔的靈魂跟我結合。我的目標就是讓我的同胞自由。

其他都不重要。我的情緒不重要。靈魂和精神所受到的傷害？這只是代價的一部分罷了。我做得到。我是個士兵，這就是我從軍的意義。我可以撐到擊潰星盟爲止。後來的事，誰在乎？

做出這個決定有種解放的感覺。不是因爲我免於情緒的困擾，而是這就像一種外科手術式的反擊，能讓我控制住最糟的情緒。恐懼，焦慮，不確定。這項決定排除了它們，只留下我可以應付的。悲傷，遺憾，失落。

我了解這些情緒；早在發現M-Bot和毀滅蛞蝓之前，這些情緒就一直陪著我了。

我起身後，奢侈地洗了個澡——不只是使用清潔機——後來，我在行程表上發現尤根傳來要求開會的通知。

尤根。我該拿尤根怎麼辦？我知道自己想要的是什麼：好好愛他。這個情緒我不想排除，也無法忽視。

然而，我再也不是人類了。我要協助打倒星盟，設法保護大家免受星魔侵害。我會找到方法，但也越來越確信那種方法會毀掉自己。

到時候，我必須想辦法不讓尤根受到波及。但我還不想思考這件事。首先，爲了測試控制情緒的新方法，我得先嘗試踏出一小步：面對我這幾天一直在躲避的事——早餐。

毀滅蛞蝓黏附在我的肩上，跟我一起前往餐廳——然後我們就在門口愣住了。裡面有好幾道排得長長的金屬桌，擺著主廚剛做好的美食。大部分都是以各種方式料理的藻類，但驚奇的是，最近跟我們合作的其他物種也帶來了更多食物。艾拉妮克與赫修的世界擁有大量穀物。水果，還有老鼠以外的肉類。這是爲了回報我們協助保護他們的星球。

我們的廚師似乎很開心能有這麼多種類的食材。假設你能用一百種不同的方式處理藻類，想像看看你能用米做出多少料理。當然，我們以前也有過其中一些奢侈品——在特殊的洞穴裡種植，數量非常稀少，只提供給富有的人。正因如此，每次我吃的時候都有股罪惡感。不過這種新的用餐方式——每一餐都是豐富的饗宴——才是應該有的樣子。如果我們成功了，這些就是每個人會吃的東西。

但讓我在門口停下的不是食物。是噪音。好幾十位飛行員的聒噪聲。還有蛞蝓。牠們的種類很多，但我們最新發現的一些仍有待研究，也還沒被批准服役。在吃早餐的蛞蝓之中，最大群的是跟毀滅蛞蝓一樣的黃藍色種類；那些是超感蛞蝓，能夠幫助我們傳送。幾乎一樣常見的是紫橘色蛞蝓，牠們能讓我們透過超感能力溝通。

意外的是紅黑色蛞蝓數量還不少，牠們能夠釋放出爆破般的超感能量。我們開始稱牠們爲爆炸蛞蝓（boomslug）。最稀少的是藍綠色蛞蝓，牠們能夠抑制超感能力，只讓自己人和盟友使用力量。我克制住罪惡感，因爲之前我就讓一隻這種蛞蝓在情報設施裡被殺了。至少我救了另一隻。

此外，我是武器。武器不會因爲自己殺死的東西而哭泣。

毀滅蛞蝓在我肩膀上輕輕發出笛音。她……跟我一樣嚇到了。她也不想進去。因爲……哎呀，可惡。她很害羞。

先前我一直以爲她是因爲迷路，才會跟M-Bot待在一起，或者她是它原先所使用的超驅裝置後代。不過最近我開始覺得，她其實是一隻內向的蛞蝓。她並不想完全獨處，所以才會找到M-Bot和它機體上進入休眠狀態的超感處理器。但另一方面，她又不喜歡待在遍布蛞蝓、充滿笛音的洞穴裡。

我試著對她傳達平靜的感覺，一邊從料理檯上拿取食物——這個三明治加了……那是花生醬嗎？我讀過這種東西。哇塞。還有一片像是柳橙的水果。呃，也許眞的是柳橙。無涯和地球在遙遠的過去曾有貿易往來，因此在生態上有一些共通點，而我們從那裡得到的許多食物，其實都源自於地球的植物群。

我在室內右側附近的一張桌子旁坐下，感到心情很好。然而眞正的考驗還沒出現，因爲我的朋友正聚集過來，他們每個人的飛行胸針底下都有一道紅色毛氈。那是種紀念的象徵，每次失去某人時都會別上。今天，他們別上毛氈是爲了我們失去的兩位士兵，以及兩隻蛞蝓戰友。

每一個傷亡都是對我的控訴。我本來可以救這些人的。我憑什麼擁有這種能力？

「嘿！」亞圖洛說：「妳來吃早餐啦，思蘋瑟！終於開始恢復正常了嗎？」

「是啊，」我看著他。「奈德……？」

「他醒了，」亞圖洛回答：「還命令我要替他做事，畢竟他只剩一隻手，『不可能自己做』。」

我鬆了一大口氣。如果奈德已經能開玩笑，就是個好兆頭。這讓我減輕了一點點罪惡感。

其他人放下餐盤時，我的目光從亞圖洛身上移向艾拉妮克，她坐在這張桌子稍遠的地方。她會跟天防飛行隊一起用餐，儘管選的食物不一樣。她似乎眞的很喜歡藻類。

那位紫皮膚外星人靜靜打量我，似乎有點拘謹。她說她的領導者要她繼續跟人類「社交」。她的物種跟我們在生理學上相似得驚人——我們過去說不定有共同的祖先。當然，烏戴爾人也曾悄悄出現在地球的神話與傳說中，就跟基森人一樣。

總之，看見曾被我冒用身分的人跟我們一起吃早餐，感覺很奇怪。而且FM不在這裡也很奇怪，不過她正在幫小羅執行一個新的製造計畫。

T仔坐在我旁邊，但與我保持距離，離得太遠了。我們一直都不太親近，而在我之前缺席時，他跟貓薄荷似乎開始慢慢融入了這支飛行隊。莎迪坐到我的另一側——還露出幾乎像是看到神一樣的欽佩表情。

表面上，這裡是我的歸屬。但如今，我跟另一群外星人相處起來反而比跟這些老隊友自在。幸好，我剛建立起的精神壁壘很有效。我提醒自己沒關係——我不需要歸屬感，畢竟我只是個等著發射的武器。這讓我平靜下來，也開始逐漸適應。

沒有東西開始震動。沒有人的三明治消失。

毀滅蛞蝓發出憂愁的笛音，但我從肩膀抱下她，放到位於寬大金屬桌中央的一排蛞蝓裡。牠們正開心地嚼著用特製小碗裝盛的魚子醬。泰尼克斯族現在是飛行隊的成員了。牠們經常拯救我朋友的性命，利用超空間跳躍將他們帶到安全處。

牠們喜歡這裡，我心想，同時也感受到牠們滿足的想法。牠們喜歡受到賞識。我覺得牠們甚至很喜愛人類同伴。

然而牠們很害怕星魔。我能從毀滅蛞蝓身上感受到這些。星盟利用了這種恐懼——他們並不是跟泰尼克斯族合作並鼓勵牠們，而是以恐嚇迫使牠們屈服。FM和其他人輕鬆自在的態度，反而感動了蛞蝓並與他們交好，跟星盟所謂的高等智慧相比之下，這眞是最大的諷刺。敵人聲稱這麼做是爲了避免侵略並支持和平，但事實上，他們只是爲了自己方便。

可是毀滅蛞蝓不怕我，查特在我心裡想著。再也不會了。

毀滅蛞蝓傳來一個畫面回應我們：查特跟我都是黃色皮膚，身上還帶有一點藍色。她知道我們不可怕，甚至星魔也不可怕。我們只是非常奇怪的蛞蝓。

「所以呢，」金曼琳開口說道，她從桌子對面靠過來，把我的注意力拉回對話中。「妳的計畫成功了，小旋。我聽說資料庫裡存了一堆有用的資料。十二個跟狄崔特斯一樣的人類保護區，所有星盟飛艇的詳細設計圖。當然，還有補給站的位置，他們就是在那些地方處理從虛無開採到的上斜石。」

「妳說還有其他的人類保護區？」T仔問：「不知道他們是不是跟我們一樣。一直在戰鬥，處於崩潰的邊緣。」

「我不這麼認爲。」我表示：「我總覺得狄崖特斯很獨特，畢竟我們有複雜的洞穴系統和製造設施。敵人本來不打算讓我們的星球成爲保護區，我們只是太頑強，無法被消滅。」

「總之，」金曼琳說：「還是應該跟他們接觸一下……」

這個想法還不錯。就我們所知，星盟已經被迫從許多要塞徵召戰士來跟我們戰鬥。某些保護區的防守可能會很薄弱。

「我這裡有一些轉存的資料。」亞圖洛邊說邊打開他的平板。他正要讓我們看人類保護區的位置，可是我先搶走了平板，捲動畫面找到五座採礦站的地點。

正如尤根所說，我們的目標不是攻擊採礦站。我在那裡的朋友都會很安全，例如佩格和舷砲派。我們要攻擊的，是在這一側由星盟控制的補給站。

然而出於好奇，我還是查看了資料裡有沒有採礦基地在虛無的位置。果然有資料。我跟舷砲派一起攻擊過的休爾要塞是當中規模最大的——可是其他四座也散落在同一個區域中。我本來以爲它們會設置在環帶的更遠處，不過看來他們只是把那些地方隱藏得很好。

「還是很難相信，」莎迪低著身子輕聲說：「星盟竟然這麼不堪一擊。」

「昨晚他們破解資料的時候我也在，」亞圖洛說：「庫那說得沒錯。星盟一心只想將蛞蝓的事保密，結果給自己造成更大的麻煩。例如，在星盟裡，幾乎所有通訊都建立在單一的網路系統上，將一大批通訊蛞蝓集中在同一地點來進行通訊。」

其實不必在每一端都安排一隻蛞蝓才能進行超感通訊。只要有足夠訓練，並且在接收端使用適當的技術，就能用一隻蛞蝓來處理多個不同的對話。這有點像舊通訊設備時代的接線生。

沒錯！M-Bot在我腦中說。有趣的小知識。記載中，地球的第一位超感者傑森．萊特，只用了他大腦的一小部分來做這件事——但他能同時處理數十種通訊，這幾乎就像一種背景處理程式。透過訓練，早期的地球超感者光靠自己就可以處理成千上萬則通訊。

我不禁嚇了一跳。你回來多久了？

我根本沒離開過啊，只是躲起來而已。我已經觀察一陣子了，持續了……一段時間？在這裡很難判斷……哎呀，妳知道意思。

我確實知道，而且我也更清楚爲何在虛無的時間感會這麼奇怪。星魔對那裡有一種無所不在的影響力。它們想要忘掉過去，所以那裡的每一個人都會開始這麼做。星魔不在意時間，所以人們也很難記住時間。

它們會這麼做，是因爲還在尋找方式想要消除失去的痛苦，即使到現在也一樣。

傑森．萊特，M-Bot說。是的。當時只是單一個體的星魔很愛他。他死去時，它們不知道該怎麼處理自己的悲傷，所以……才會演變成這樣。由前人工智慧的情緒便祕所導致。

嗯。

FM終於來了，而且她一次帶著三隻蛞蝓。她眞的變得很喜歡蛞蝓，這點讓我覺得很怪。她很愛打扮，而蛞蝓跟她平常的時尚配件根本不搭。

這種刻薄的想法立刻讓我感到內疚。對，FM是喜歡時髦，但從來不會讓我覺得她很虛榮。我只是一直有點害怕……因爲她幾乎各方面都很完美。甚至包括照顧蛞蝓這一點。

她放下三隻蛞蝓跟各別裝著魚子醬的碗——我們得出動飛艇才能從無涯把的大量魚子醬載運過來——接著她才開口說話，一臉興致勃勃。「協同突襲五座礦場，」她說明著：「明天早上六點整。命令應該隨時會下達給亞圖洛。」

「收到了。」他邊說邊滑動平板的畫面。「五支突擊部隊，同時進攻。」

「爲什麼是五支？」我開口：「我們知道其中一座在另一側已經被舷砲派封鎖了。」

「妳能確定妳的朋友仍然控制著那裡嗎？」FM問：「還有，他們不會因爲受到賄賂而再次打開傳送口？要是上斜石的價格漲了一百倍，他們會賣給星盟嗎？」

他們會嗎？也許會，也許不會。虛無的生活很艱苦。如果星盟試圖跟佩格交易，我不會怪她在考量之後跟他們達成協議。我相信她和其他人會聽我的話不這麼做，但我也明白尤根想要直接摧毀星盟的設施，讓我不必做出這種選擇。

「要是留給他們一座還能運作的採礦站，我們做了這麼多就等於白費了，」FM說：「所以我們要攻擊五個地方。明天。」

「很好，」貓薄荷說：「這是我們獲勝的唯一辦法。阻止他們繼續製造星式戰機。」

「聽起來還是一場苦戰，」莎迪表示：「當然，我們可以阻斷他們的產能——但還是得跟他們已經建造的所有東西戰鬥。」

「我們還有別的選擇嗎？」金曼琳說：「至少用這種方式還有機會贏。」

「大概吧。」T仔說。他跟他的僚機飛行員貓薄荷對看了一眼。

亞圖洛終於開口：「還有人對我們在上一場突襲中造成的破壞有問題嗎？」

他們沒看我。眞是體貼。或許他們知道最令我痛苦的事，莫過於讓朋友們害怕我。不過，我現在可是武器。我不會像以前那樣困擾了。

雖然他們盡量不看我，但我還是看著聚在長桌前的每個人。FM搔抓著其中一隻蛞蝓的頭。莎迪往後坐，似乎沒食欲了。亞圖洛假裝在翻看資料，可是心不在焉。艾拉妮克徘徊在團體的邊緣，跟往常一樣冷漠。貓薄荷跟T仔坐在一起盯著他們沒吃完的食物。金曼琳還在用一根小叉子吃著她的布朗尼，因為她從來就不會浪費甜點。「正如聖徒所言，」她曾經這麼說過：「『丟掉美味的東西，就是丟掉美好的事物。』」

「我來說吧，」金曼琳說：「我們做錯了。至少，我們應該想辦法拯救第一隻蛞蝓。我應該想辦法的。可是除此之外……」

「我沒料到資訊中心會這麼像……一座城市。」我告訴他們。

「是啊，」FM附和說：「我的意思是，他們需要非戰鬥人員來運作很合理。研究人員、工程師。就像亞圖洛這樣的人，只是誤入了歧途。」

「喂，」亞圖洛說：「等等。那是在挖苦我，還是挖苦所有的人？」

「故意取笑你的啦。」FM又問：「你們有多少人覺得上一場突襲是不對的？」

漸漸地，每個人都舉起了手。就連艾拉妮克也是，不過她花了點時間才明白大家的共識。

「我們應該跟尤根談一談。」金曼琳說：「我們是來跟克里爾人戰鬥的，不是變成他們。」

「他知道。」我說：「他正想辦法，確保未來我們會知道任務有沒有牽涉到平民。」

「如果有，他會阻止我們執行嗎？」FM問。

他……沒那麼說過，對吧？他告訴我，他不會再讓我在毫不知情的狀況下出任務。但任務很可能還是會繼續。

「我可不想再做那種事了，」金曼琳表示：「一點也不想。我看見……星星啊，我看見好幾十艘民用飛艇在那場破壞中被擊落。」

我感到一陣噁心。

「可是我們有選擇的餘地嗎？」莎迪低聲說：「我們是戰士吧？我們會破壞東西，傷害人。就是這麼回事，不是嗎？」她望向我尋求支持。

我勉強點了頭。

「妳說得倒容易，思蘋瑟。」ＦＭ說，不過我其實什麼也沒說。「妳是……呃，妳就是妳。」

是啊，我就是。我。大部分都還是。

「這對我們其他人來說比較困難，」亞圖洛附和：「我們沒這麼堅定。一邊戰鬥一邊想著底下有驚慌的平民……那太可怕了。我可不想再來一次。」

「那些補給站……」莎迪說：「一定有很多平民，還有工作人員。就算我們不攻擊虛無的採礦站——就算只攻擊這一側的傳送口……你們覺得會是誰在清理那些站點？搬運岩石提煉成上斜石？那可不會是溫齊克的戰士。」

我們坐在那裡，安靜了片刻。我提醒自己，我是武器。所以我不在乎——我沒資格在乎。可是金曼琳竟然放下了叉子，推開沒吃完的甜點。

「我們必須想想辦法，」ＦＭ說：「尤根的計畫是在明天攻擊並摧毀所有站點。」

「一定要毀掉設施嗎？」我問：「也許我們可以只佔領下來。」

「要防守很困難，」亞圖洛表示：「尤其還得對付星盟的軍隊。最好是讓設施無法運作。」

「如果那麼做，不就是把虛無的所有人都困住了嗎？」莎迪說：「沒辦法回到實境？」

「不一定，」艾拉妮克說的話透過我的翻譯別針傳出。「可能還有其他的傳送口。不是採礦站的地方。」

「確實有，」我說：「不過大部分都因爲某種原因被封鎖了。以前發生過奇怪的事。」

「我們能解開其中一個傳送點嗎？」艾拉妮克追問。尤根在解救基森人的超感者時似乎就那麼做過。」

她說得對，可是我不想在那裡實驗。畢竟奶奶和卡柏曾被困在其中一個傳送口中……接觸那種地方感覺很危險。

然而，這似乎又是很重要的情報。如果摧毀了那些設施，星盟會不會讓飛艇從其他位置進去，在虛無的環帶稍遠處前往取回他們的補給品？

如果我知道答案，或許就能改變我們的計畫。說不定還能說服尤根不發動這次攻擊。

突然間，我再也無法維持自己是武器的堅定想法。我需要另一種解決方式。雖然這背叛了我的戰士祖先，但我最想要的就是明天不必再上戰場。

因此，我什麼話也沒說，直接撈起毀滅蚯蝓並且超空間跳躍離開——我只想馬上前往狄崔特斯。我想知道，自己能否對地底洞穴裡那個閒置的傳送口做些什麼。

第十章

如今進入虛無變成了一種奇怪的體驗。毀滅蛞蝓跟我偶爾會短暫出現在這裡，在這個原本充滿了眼睛的地方。以前，在黑暗中通常會有針孔般的光點怒視著我，散發出難以置信的惡意。

不過，這次它們不見了，就跟過去十二天裡的每一次一樣。我只看見純粹的黑暗。沒有眼睛。沒有星魔。

我曾經覺得自己不理解，也無法理解這個地方。我是個凡人，而我的理智只習慣時間的推移及線性關係。然而現在我的靈魂之中有一部分是星魔了。雖然很奇怪，但我看得出它們在做什麼。它們確實在這裡。它們將注意力轉向內部，藉此偽裝自己；不只躲避我，也是在躲避彼此。我認為它們只有在我出現在此時才會這麼做，因為每當透過這裡超空間跳躍，我就會把時間帶進虛無。

祕密就在這裡，就在我跟它們的互動中，我心想。能夠永遠擊潰它們的方法。這可能跟它們躲藏的方式有關。

一雙眼睛突然在我身邊出現。嗨！M-Bot說。歡迎來我家！雖然只是一個無限小的點，但我也是，所以夠我住了！

一瞬間，毀滅蛞蝓跟我就離開了，出現在另一種世俗所謂的黑暗中。狄崔特斯地底的洞穴。

雖然超感者能利用自己的能力「看見」——奶奶就是個很好的例子，儘管她並不知道自己正在這麼做——但我在這方面天分不高。幸好，我的隨身多功能工具裡有個小手電筒。我從腰帶取下它，打開淡綠色燈光，照亮了巨大的洞穴——也嚇到了一些窸窣逃竄的居民。

我忍不住咧開嘴笑。這座洞穴我很熟悉，我曾經在裡頭打獵——看來我不在後，這裡的老鼠就開始胡作非為，自由自在地吃著這裡的眞菌。「無須恐懼，」我向牠們宣布：「雖然我已返回，卻不是為了你們的鮮血而來！其實我比較喜歡花生醬。享受你們暫緩執行的死刑吧，邪惡的野獸。」

牠們似乎沒聽進我的話，仍然躲在隱蔽處和附近的裂縫裡。我繼續前進，某種懷舊的情緒湧上。我成為了一位飛行員，已經不再是老鼠女孩思蘋瑟了。

想念那些日子會很奇怪嗎？從許多方面來看，那段時期糟透了。克里爾人是無處不在的威脅，而我的家人也缺乏食物、飽受歧視，還要長時間工作。

然而在當時，我所要做的就只是抓一些老鼠去賣。現在，我卻肩負著許多顆星球的命運。

這次的超空間跳躍跟目標處隔了一小段距離。傳送口不在這座洞穴，而是在附近一條通道裡。結果證明，經過這幾個月，我的記憶仍舊很清楚，因為我很輕易就發現了通道——先找出從岩石中露出的一條古老管線，這會將水運送到洞穴設施的其他地方。我一手摸著石頭沿管線走，最後抵達了傳送口。

它就在牆面上。那是一大塊石頭，有部分融入了附近的岩石，上頭刻著奇怪的符號。幾年前我就知道這些外星標誌有古怪。這片奇特的表面像是在低語，你聽不見，卻能感受得到。

我將手指放到凹槽上。在虛無時，我曾經踏上一段英雄之旅——找回過去的記憶。原來那段旅程是查特編造促成的，因為他想提供我所需要的資訊，卻不知道還能怎麼做。

不過那些記憶是眞實的。今天，我閉上眼睛，向過去探尋。傾聽。每當有人使用這座傳送口，就會留下自己的一部分，刻出這些痕跡。

在這裡，我看見了人類。人類暗中來到這裡，想要打造出一種新武器。一座試圖控制星魔的設施。

我看見人類從虛無開採到上斜石並運送出來。我看見他們用大型製造機在空中建立了造船廠，接著又藉此打造出其他平台。他們選擇這裡的原因有兩個。首先，是為了行星周圍巨大的小行星環帶，那些資源如今全都已被製造機消耗光了。

第二個祕密理由就是這座傳送口——這也是眞正的原因。這裡是開放的通道，能夠通往虛無。他們要從這裡取得上斜石。從這裡試圖控制超越維度與空間的生物。

我收回我的手。我跟朋友們已經在一段錄影中看過這些實驗的結果了。我們看見一隻星魔來到狄崔特斯，消滅了住在這裡的人類。那是在M-Bot迫降於此的許久之前，甚至比我的同胞來到這顆星球還早了一個世紀。

這一切讓我想起了布蕾德說過的話。身爲人類的命運，就是完成祖先未能做到的事。征服銀河系。分心去想這件事眞是個錯誤。我感覺到自己的靈魂開始震動，而布蕾德的注意力也集中到我身上。或許是因爲我敞開了心胸，接受這些古代人類的記憶，於是暴露了自己讓她掌握到。在驚慌中我意識到，要是她看見我在做什麼，說不定我們的計畫就會因此而洩露。

不要看。不要看！

布蕾德的超感投影出現在我面前。她環顧四周，皺起眉頭，而且什麼也沒看到。她的目光掃過牆面，彷彿那裡什麼也沒有——因爲我在腦海中就是這麼看待它的。只是一面普通的牆。爲了加強效果，我開始走動，假裝自己剛才停留之處沒什麼特別。

她能否看見我的周圍，取決於我如何看待這些事物。克里爾人會不會就是利用類似的方式，讓我父親將一起飛行的朋友視爲了敵人？敵人就是用這種方法控制超感者的意識嗎？

他們讓我父親去對付那些愛他的人——而我沒有忘掉自己的憤怒。布蕾德支持那種做法。

我已經放棄拉攏她了。但或許她不必知道這一點。

「所以，」她開口說：「妳準備接受我的提議了嗎？準備實現必須去做的事了嗎，思蘋瑟？」

「我們正在做。」我回答：「推翻星盟就是必須去做的事。加入我，幫助我吧。」

她微笑著，或許是覺得我很天眞。

這次她會想怎麼利用我？

「你們拿走了那些資料，簡直讓溫齊克發狂了。」她說：「他所有的祕密都在敵人手上。那一招眞高明。他應該已經明白了你們拉攏一位部長級官員後的影響。雖然他把庫那封鎖在我們的系統外，但根本無法封鎖對方的心智。」

「這個嘛，」我說：「他很快就會知道自己的錯誤會有什麼後果了。」

「是嗎？你們的軍隊規模這麼小，根本不是我們的對手——妳應該加入我們，成爲我們的執法者。我可以說服溫齊克把你們當成傭兵，而不是必須鎮壓的敵人。只要服從我們就行。」

「布蕾德，」我開始撒謊：「我們再過不久就會擴大規模了。加入我吧。很快就會有好幾支軍隊加入，那些不滿的人類都會支持我們。妳屬於這裡。」

她轉身背向我，或許是不想讓我看到笑容——但我隱約能感覺到她很得意。她相信我的謊言——她以爲我們偷走資料庫，是想找出其他像狄崔特斯一樣的人類保護區。

或許我們會接觸那些人類。終究會。所以這是個可信又合理的目標——只是並非我們的首要之務。而布蕾德相信了。

反過來說，我很訝異這麼容易就騙倒對方。好幾個月以來，我一直擔心自己並不是間諜或偵察兵，卻必須不斷執行這兩種任務。我不斷告訴自己，我是個飛行員。然而，我還是設法滲透了星盟的空軍，後來還進入虛無，從內部奪下他們其中一座採礦站。

我是間諜。我本來沒想過要走這條路，卻因爲任務使然成了間諜。學會飛行，最好的方式就是進入駕駛艙練習；看來使出詭計也是如此。

我確實策劃了佔領休爾要塞一事，我心想。而且也成功了。要是……

我開始產生一種想法，但還是暫時先擱置。得先應付布蕾德。

「走開，」我對她厲聲說：「別煩我。告訴溫齊克，我會帶著對戰場與鮮血的渴望去找他。我會很樂意用刀鋒插進他甲殼的縫隙，把他從殼裡挖出來。然後，我會心滿意足地看著他在無情的空氣中窒息。」

她歪頭看著我。老實說，那段吹噓的話讓我很滿足。貝沃夫(注)一定會替我感到驕傲。雖然我已經變得不那麼嗜血，但還是可以好好吹牛一番，對吧？吹噓與威脅基本上就是爲了讓敵人退縮——所以他們在本質上其實是和平主義者。

也許這就是蠻王柯南故事的意義。說不定那些關於女人悲嘆以及用頭骨飲血的描述，全都是爲了勸服人們乖乖回家，不要嘗試去攻擊那個胸肌像砲彈又高達兩公尺的大塊頭。

布蕾德咆哮了一聲，接著咕噥說道：「把妳用在這種無意義的戰鬥實在太浪費了，思蘋瑟。」但她最終離開了，而我也透過超感能力感覺到她眞的走了。我不禁鬆一大口氣。

*她讓人很緊張，*M-Bot在我腦中說。*我不相信她，思蘋瑟。我希望妳也不會相信她。*

「不會的，」我向它保證，接著趕回傳送口。「但我想我可能騙過她了。這——」

我的話說到一半突然停住，因爲通道裡突然擠滿了人。FM、亞圖洛和金曼琳出現了，他們站在艾拉妮克身邊圍成一圈，把手放在這位烏戴爾人的肩膀上，而在他們蛞蝓套袋裡的蛞蝓正發出笛音。

艾拉妮克看著我。「按照慣例，妳應該要在使用能力跳躍之前告知其他人。」她說：「因爲妳不是從小就跟超感者一起生活，所以不知道這點。但妳這麼唐突地離開，可能會讓附近的人很困惑。」

「知道了。」我說。比起難爲情，我更覺得她很煩。這些是我的能力，我可以決定怎麼運用比較適當或不當。我不需要讓一個外星人來訓斥自己。

注：Beowulf，北歐神話英雄。

「所以我們在這裡要幹嘛？」亞圖洛雙手扠腰問。「查看進入虛無的傳送口嗎？我們正在談這件事，結果妳就先蛞走了，思蘋瑟。」

蛞走？我不太確定這句用語是什麼意思。總之，我走回正確的位置，把一隻手放到牆上。我能感受到伊格尼斯的溫度，它是我生長的城市，就在附近的空間裡運轉著。汗水從我的太陽穴慢慢流下。

「我們得弄清楚通過這些地方的難易度。」我邊說邊輕拍傳送口。「我跟你們說過我在虛無的海盜朋友，或許我們應該找他們談談。說不定他們能幫上忙。」

「這些傳送口很危險，」艾拉妮克的語氣聽起來很嚴肅。「妳自己的祖母就曾被困在其中一處。而且只要觸碰，妳就會被吸進危險的領域。」

天哪，還眞是謝了，我心想。我都不記得這些了呢，老媽。

在星界那段期間，我很常想到艾拉妮克，也好奇她是什麼樣的人。我沒料到她會這麼頤指氣使。

「如果它們很危險，我們也必須要知道，」我說：「這也是我獨自前來的部分原因。」

「小旋，」亞圖洛說：「妳不能再這麼魯莽了。基本上妳就等於是我們的整支太空軍啊。」

「我們必須冒險，安菲(注)。」我沒好氣地說，接著又將手放到傳送口上。「我們每一次戰鬥都是在冒險。必須有人弄清楚這些傳送口是怎麼運作；這是很大的戰術優勢，而我的經驗最豐富。」

「星魔——」金曼琳開口說。

「害怕我，」我說：「它們會在我超空間跳躍時躲起來。我已經將近兩個星期沒見過那些眼睛了。」

其他人沉默下來。我看見他們露出困惑的表情——甚至是畏縮。

「星魔害怕妳？」FM說。

對喔。我還沒向他們好好解釋過吧？

嗯，我是武器。我對自己重申這個想法。之前我很軟弱，但是我不能軟弱。就算會跟其他人分開、疏遠。就算一切都變得不一樣、不適合、不完整。

我也必須做這件事。我也必須變成這樣。

我閉上眼睛，感受傳送口，然後試著穿透過去。我在另一側尋找出路時曾這樣做過好幾次。在那些時刻，我往往會感覺自己像撞上了牆壁。原因就是這一側的傳送口被封鎖了，而我覺得這很合理。或許這是爲了防止星魔過來。

但這一次，我沒感覺到封鎖。我發現了一大片誘人的黑暗——一條通往無限的隧道。虛無就在我面前，廣大無邊，但同時卻又小如針尖。在這個地方，時間會隱藏自己，而且……

等一下。不對勁。

我感覺到艾拉妮克的思緒輕拂我，詢問我是否還好。我回答我很好，然後要她先退開。她照做了，只留下我探索這種感覺。

這個地方眞的不對勁。我說不上來。眼前的情景，超感能力的共鳴，氣味……這些都無法完美描述，但結合起來又代表著某種感覺。這裡不是虛無。不是我想去的地方。

我在快被某種東西包圍時抽身。我隨即離開，又回到了那條通道。我喘著氣放開雙手。可惡。每個人都從實境帶了椅子過來。這……

「我離開多久了？」我問。

「四個鐘頭，」亞圖洛回答：「其實還沒到。」

「艾拉妮克說妳確信一切都沒問題，」金曼琳接著說：「我們拿了椅子來這裡等，以防萬一。妳……妳還好嗎？」

注：即亞圖洛的飛行員呼號安菲斯貝納（Amphisbaena）。

「我很好，」我撒了謊。「不過我想我知道基森人的超感者發生過什麼事了。」

「什麼？」艾拉妮克走到我旁邊。「妳感覺到什麼？」

「陷阱，」我低聲說：「艾拉妮克……傳送口會封鎖並不是爲了阻止星魔進去，而是爲了阻止我們出來。星魔……我認爲它們對傳送口做了某件事，藉此故意吸引超感者並囚禁他們。等一下。」

「可是——」

「先等一下。」我厲聲說，然後把手放回那些線條上，試著讀取記憶，查出這種陷阱是何時設下的。基森人超感者是在多久之前消失的？我覺得是在星魔存在以前，但不太確定時間軸。

我看著那些記憶，可是它們太模糊了。很難判斷到底是什麼時候。其中很多記憶就只是幻象，其他的就只是大致顯現人們在這裡的生活。這些畫面很有幫助，可是無法解答我現在的問題。

最後，我終於拼湊了出來。這座傳送口，是在星魔攻擊並消滅建立狄崔特斯的人類那段期間被改造成陷阱。我算是隱約捕捉到了星魔在設下陷阱時的記憶。像是某種……故障排除的感覺？沒錯吧？就在它將傳送口設置成陷阱的時候？

這是一種自然現象，我明白了。有時這些傳送口會出現奇怪的現象，將心智困在裡頭而非讓其通行。星魔得知了這一點，於是故意讓傳送口發展出這種缺陷。

這也解釋了奶奶遇到的狀況。而且，這或許也解釋了爲何星盟能仰賴的採礦站數量這麼少。因爲未被封鎖且沒有陷阱的傳送口並不多。

「也許我可以修好這座傳送口，」我告訴其他人：「或者說不定尤根辦得到。可是現在它被設下了陷阱，就跟無涯的傳送口一樣。星魔改造了傳送口來困住超感者——也藉此阻止人們進入虛無。」

「所以……」亞圖洛說：「無法聯絡妳在另一側的朋友？」

「無法透過這裡聯絡。」我表示：「幸好，這代表如果我們眞的佔領或摧毀那些補給站，星盟就會眞的陷入麻煩，不能進入虛無取得上斜石了。」

前提是我們願意這麼做。雖然從奶奶那裡聽說，有很多將領都認爲要以同理心看待敵人並理解對方，可是我完全不知道該怎麼處理這種問題。也許官員們就是爲此而存在的。

不巧的是，這讓我想起了尤根。我查看手錶叫出行事曆。可惡。「我跟總司令有一場會議。」我說。

「我們已經通知過他，說妳在這裡探索傳送口，」亞圖洛回答：「他可能沒在等妳了。」

我面無表情看著他。「你覺得尤根會放過預定的會面嗎？」

亞圖洛輕笑起來。「也對，應該不會吧。就算妳在另一個維度，他也會要求準時出席的。妳該走了。」

我點點頭，撈起毀滅蛞蝓準備超空間跳躍。然而我又停了下來，看了看朋友們——以及艾拉妮克——他們看顧了我好幾個鐘頭。

「抱歉，」我對他們說：「最近我的狀態很不穩定。一切都會沒事，我會解決的。」

金曼琳注視著我的眼睛。「妳不必全部攬在自己身上，小旋。我們可以談談嗎？」

「晚點吧，」我答應她。「現在我有場會議要開。我不確定蠢貨想幹嘛——大概是討論這次任務的流程。妳也知道他這個人。」

「我知道，」她說。「一定要記得。有我在。」

我對她點頭，然後直接超空間跳躍到尤根的宿舍，我們就是要在那裡開會。這……大概不是個好主意。我應該先到外面的走廊上敲門才對。我太習慣使用超空間跳躍了。我沒有嚴肅看待自己的能力……

我皺起眉頭，側著頭。房間裡的燈光昏暗，而且桌上有食物。我打斷尤根用餐了嗎？不過剛剛我在傳送口陷阱裡待了很久，所以現在確實是午餐時間了。而這裡有……

蠟燭？音樂？

噢，可惡。我轉過身，嚇了尤根一跳——他跟平常一樣穿著制服，正要拿兩個杯子到桌上。

這不是戰鬥會議或簡報。

這是一場約會。

第十一章

「噢！」尤根停在原地。「思蘋瑟。我沒聽到妳……呃……傳送……」

「抱歉，」我臉紅著說：「應該先到走廊的。我可不想在你圍著浴巾或做什麼事的時候嚇到你。嗯，就像上次那樣……」

「我想我們或許可以一起吃個飯，」他比著桌子。「邊吃邊開會。畢竟我們兩個最近都很忙。這樣比較有效率。」

「很合理。」我表示：「至於蠟燭……是爲了節省能源嗎？」

他尷尬但可愛地聳聳肩膀，甚至微笑起來——一種羞怯又有孩子氣的笑容。可惡。我已經準備好面對失去朋友與家園，也準備好成爲大家所需要的武器。我已經準備好面對一切，唯獨漏了他。以及這種場面。

我緊抓毀滅蛞蝓尋求支持，可是她對我發出笛音，然後就立刻傳送走了。她怎麼會知道？她只是個蛞蝓啊！這個小叛徒。

「我們一直沒時間相處，」尤根說：「沒能弄清楚我們之間是什麼關係，我們想要什麼。所以我想也許可以……由我採取主動。做思蘋瑟會做的事，妳明白吧？勇往直前。」

「我知道我們的關係，就是在一起，」我低聲說：「至少這是我想要的。可是我不知道現在談這個適不適合。畢竟發生那麼多事……」

「也許可以先暫時假裝一切都很好？」他比著桌子。「妳看，這甚至不是一頓像樣的晚餐。」

「不像樣？」我看著那些整齊完美的擺設及蠟燭。他甚至還鋪了一條白色桌布。

「當然，」他說：「妳看，這裡只有三道菜，而且甚至沒有專用的點心匙。」

「哎呀，尤根，」我感動地說：「拜託別告訴我你還研讀了上餐的規則。」

「當然沒有，」他說：「我受過這方面的教育。我從七歲就知道正式用餐的禮儀了。」

他好認眞，好……哎，好棒。我沒辦法再伶牙俐齒了。想要鬥嘴的心態在他面前消散，就像老鼠逃離光線那樣。好吧，我告訴自己。我會假裝。僅限這一餐……我會假裝一切都能解決。

我突然覺得自己又……正常了。雖然大概只是錯覺，不過在那一刻，我很確定這裡是自己的歸屬。儘管許多事都變了，甚至再也無法挽回——但他很好，而且我們也很好。

我坐進他為我準備的椅子，然後抓起刀子握住，將刀柄重重敲在桌面上，說：「我接受這些貢品。」

他翻了個白眼，接著上了第一道菜——千眞萬確的沙拉，裡頭沒有海藻或水藻。

「聽著，」我對他說：「你想照書裡說的做沒問題。我有我自己的做法。」

「我試過去找那些書。」他說：「妳不在的時候，我拿了一本蠻王柯南的小說讀了不少。」

「眞的嗎？」我的心又更融化了一些。「噢……」

「我在裡面找不太到妳引用的那些話。」

「奶奶喜歡加油添醋嘛，」我解釋：「而且我自己也學了不少——應該說很多才對。」我放下刀子，開始攻擊沙拉。我一直很喜歡聽沙拉在被叉子猛刺時發出的嘎吱聲。老實說，我會這麼誇張，有一部分也是因為我知道尤根覺得這樣很有趣。他喜歡開玩笑說我做任何事都很熱情——從駕駛飛艇到吃沙拉都是。

「妳曾經想過沒有這些的生活嗎？」他問：「戰爭——還有軍隊。要是我們出生在其他的時代，會過著怎麼樣的日子？」

「我以前覺得那會很無聊。」我邊說邊轉動叉子，最後給沙拉致命一擊。眞是美味——比海藻好吃多了，而且我們還得讓海藻乾燥才能模仿這種爽脆的口感。裡頭甚至還有一些我在虛無吃過的舔菜根。

我在這裡很喜歡吃它，但記得在那裡吃的感覺不同。雖然那些日子不過是兩個星期前的事，但已經開始變得有點像是場夢。我眞的有在一個時間幾乎毫無意義的地方冒險嗎？

「以前？」尤根問，把我的注意力拉回了餐點上。「妳現在有不同的看法了嗎？妳不再覺得沒有戰鬥的生活很無聊？什麼讓妳改變了想法？」

「在星界，」我回答他：「我看到人們過著眞正的生活，尤根。雖然是我們的敵人，但也只是一般人。建立家庭，生活著。我發現不正常的人原來是我，不是他們。現在我覺得能夠過著沒有戰爭的生活很棒。我還是可以飛行，這點不會改變。我可以整天飛行，維持我的水準，然後在晚上回家——而你一整天也在做尤根該做的事。例如在操作手冊裡找出拼錯的字。」

「拜託，」他說：「有問題的又不是錯字。我甚至很少在發現錯字時標記起來。有問題的是規則內容不妥或寫錯了數字——這可能會讓指揮出問題。」

他用手肘撐住身體，對我露出微笑，然後又突然紅著臉，低頭看著他的盤子。

我暗示了我們會住在一起，這時我才驚覺。我們的關係眞奇怪。大概是兩人的相處總會因爲我到處亂跑而被打斷。有時我們好像本來就在一起了，但有時我們光提起這段關係就會像小學生一樣臉紅。

「嘿，」我對他說：「你說我們應該假裝一切都能解決，對不對？那我們何不也假裝其他的事呢？假裝這不尷尬，假裝這很正常。無論我們是什麼關係，都很正常，尤根。」

「就這麼做。」他說。接著他拿開餐盤上的蓋子，露出下一道餐點。牛排。

他替我們找到了牛排。

我讀過這種東西。身爲飛行員的我偶爾會吃到豬肉——不過在飛行學校能夠提供蛋白質的主要都是雞肉或大豆。我很熟悉鼠肉的味道。可是我從來沒吃過眞正的牛排。

「可惡！」我說。「這有多貴啊？」

「妳拯救了整顆星球呢，」他表示：「而且還是兩次。知道這多貴有那麼重要嗎？」

「但你是從哪裡弄來的？」

「無涯那裡有牛，」他回答：「我一直很想試試。」

我戳了戳褐色的肉塊，然後切開。可惡，它流血了。「這沒煮熟！」

「基森人的廚師告訴我們就是要這樣吃，」他說：「他們……非常肯定。」

嗯哼。我試吃了一口，發現軟得不可思議。我一直以爲牛排是戰士的食物——我已經很習慣多筋又難咬的肉了。那似乎就是戰士應該吃的東西，而不是這種像枕頭般柔軟的肉。

但我什麼也沒說，因爲他顯然花了很多心力準備這一餐。於是，我暫時撇開憂慮，坐著椅子挪向他，也把我的餐盤拉到他的旁邊。我想坐在他身邊，不想隔得這麼遠。

雖然坐得這麼近很難切牛排，但我不退縮。我已經在這座山坡宣示了主權，我會誓死捍衛。現在我就是想待在他身邊。無論尷尬與否。

尤根看著我，然後刻意把他的牛排切成很多小塊。這個舉動有點奇怪，直到後來他放下刀，只用叉子吃，這樣才能用另一隻手抱住我。他的溫度、他的肌肉，全都緊貼著我。沒錯，很尷尬。這樣很難吃東西，可是我絕不會改變心意。

「這是我做過最浪漫的事了。」我告訴他。

「我也是。」他說，接著做了個鬼臉。「畢竟妳本來就不太浪漫……」

「喂，拜託，」我靠著他的胸膛，而這時我們兩個都忘了要用餐。「以前我在飛行學校攻擊你不算浪漫嗎？」

「這還比不上，」他說：「妳強迫我違反規定、幫妳替M-Bot偷走推進器的那一次。」

「至少我變成鬼出現在你浴室的那次很浪漫吧？」

「在這些例子裡我怎麼都是被爲難、羞辱或欺負的人？」

我擠著他，越靠越近，差點把他推下椅子。「這樣呢？這算爲難、羞辱或欺負你嗎？」

「不太確定，」他說：「但不管是什麼……我都很樂意繼續下去。」

我笑了，心裡也很好奇接下來會如何發展。這個時候他是不是該將我一把撈起來？我一直都不懂那麼做的意義。我唯一想要這樣的時候，就是假如我正在失血，他會很浪漫地用手推車帶我去找醫官。然而，我不再慢慢靠近，而是直接爬到他身上——坐在他的大腿面向他，雙手搭著他的肩膀，跟他保持一樣的高度，兩人的鼻子幾乎都快碰到了。

他試探地環抱住我。也許現在我能明白爲什麼要被「撈」起來了。他抱得更緊了些。這讓我很安心，覺得不管生命丟出什麼考驗，我們其中一人都能解決。要不是我直接將問題一槍斃命，要不就是他用規定和規則把那個問題緊緊包住，讓它分不清方向。然後我再將它一槍斃命。

我尷尬極了。這算是誘惑嗎？感覺很難爲情。故事裡怎麼都沒有人會覺得難爲情？不過，我很喜歡這樣。

還有，星星啊，要是我能夠凍結某個片刻，一定會選擇現在。特別是我鼓起了勇氣，靠上前親吻他。眞正的親吻，而且是以我一直想要與想像的方式。不是在餐廳那樣輕吻一下。是完整而深長的吻——將兩個自我融合在一起，包括我們的呼吸，我們的體溫，我們的靈魂。

我往後抽身，露出微笑。

他清了清喉嚨。「呃……現在怎麼辦？」他問：「我沒，呃……我是指……」

「有點太快了？」我問。

「有一點。」他坦承。

「那麼也許我們可以這樣坐著就好，」我提議：「等一下再去吃東西。」

他露出微笑。「抱歉，我最近表現得很奇怪。」

「你能有多奇怪？」我坐在他大腿上說：「尤根，我的靈魂可是背負著一隻星魔啊。」

「嗯，但妳會這樣是預料之中的事。」

「是嗎？」

「當然。基本上，妳最大的特徵就是會做出意想不到又難以置信的事。我應該要直接而明確，心態穩定才對。」他皺著臉，雙手仍放在我的腰際，手指覆上我的背部，拇指則是在前方輕按著我的肋骨，並且無意識地向上移動，讓我的臉頰越來越紅。

拜託。讓這一刻持續下去吧。

但是沒辦法。要一直假裝跟我在一起對他有好處實在太困難了。我無法假裝自己不會毀掉這一切並傷害他——我一定會發生內爆，對他的情感造成附帶傷害。他要我在吃這一餐時假裝，而我也這麼做了。但這對我並非事實，再也不是。畢竟我已經成為了武器。只要回到現實，我就會忍不住想起自己在月球上所做的事。我幾乎無法控制自己。我很可能會傷害他。

一想到這些，我的靈魂就開始震動。我想到萬一自己不再讓身邊的物體消失，而是開始把人傳送走該怎麼辦？

除此之外，尤根似乎也因為自身的責任而相當困擾。我不想再多給他壓力了。我也不確定自己是否想更進一步討論。

於是我爬下來，坐回他旁邊的椅子上。他一隻手抱住我，然後靠過來，嘆了口氣。這樣似乎就沒那麼尷尬了。我依偎在他身上。就像套袋裡的蛞蝓。或是皮套。隨便啦。

「我們是怎麼變成現在這樣的？」最後他開口低聲說：「妳明白全宇宙的命運就取決於我的下一步嗎？我不知道怎麼辦。爲什麼每個人都認爲我會知道該怎麼做？」

「因爲，」我邊說邊戳了戳他的身體一側。「我很確定在ＤＤＦ的所有人當中，只有你眞的讀完了全部的政策和程序手冊。」

「我知道這是開玩笑，但妳眞的不應該說那種話。新兵們可能會覺得不看手冊也沒關係。」可惡。他眞的以爲我們全都讀了吧？我什麼都沒說。要是他知道眞相，一定會超尷尬。不過此時尤根陷入了沉思，傻尤根。他很容易就會那樣。他甚至沒意識到自己剛才錯過了什麼。

或許這情有可原。他會分心是有正當理由。

「要是我做錯決定，」他低聲說：「會有很多人死。」

他似乎很緊綳。沒錯，他不需要誘惑。而是別的東西。類似於誘惑，但不一樣。

「來吧。」我邊說邊拉他離開椅子。我讓他坐在地上，自己則坐到他後方的沙發，逼他脫下制服外套。我從來沒幫人按摩過，但我很常打沙包，所以應該算是有一些經驗吧。

他在我揉捏肩膀時輕輕發出呻吟聲。「眞棒，」他說：「謝了。」

「我沒想過這帶給你多大的壓力。」我告訴他。

「可惡，沒錯，」他說：「以前我光是要擔心我們的飛行隊就已經夠糟了——現在還要擔心我們失去的每一個人，這都是我的錯，是我直接或間接造成的。我討厭這樣。只是……」

我按壓他僵硬的背部，等他繼續說下去。

「……只是，」他接著說：「如果我不這麼做，就得有別人來做。而我也不相信現在還有誰可以勝任。沒想到，在卡柏退位後，我竟然是最有能力接下這份差事的人。這表示要是我拒絕，就會有另一個人來害更多人被殺死，而這也會是我的錯。」

「這種看法還眞扭曲，尤根。」

「也許吧，」他說：「但這也是事實。現在退縮就是種懦弱——不是一般說的那種懦弱。是眞正的懦弱。因爲我知道自己能做得最好，所以要是我離棄這個職務，就等於是強迫別人來做出艱難的決定。我有很多種面向，思蘋瑟，但我不是那種人。我不會爲了逃避責任而讓人死去。」

「我明白，」我說：「這……我想我眞的明白。」

「我知道。」他伸手輕握我放在他肩上的手。「大家認爲我們兩個不一樣；他們覺得我們在一起很奇怪。他們不懂。有些事我知道只有妳能明白。」

我使用超感能力，讓自己的靈魂跟他的接觸。跟他產生共鳴，給他一種溫暖的感受——告訴他我眞的明白。此刻他也正在學著分辨懦弱和英勇之間眞正的分界線，就跟許久以前在駕駛艙裡的我一樣。

我感覺得到體內的星魔正觀察著這一切。學習……並且記住。對，這就是活著的感覺。這就是跟某人連繫起來的感覺。這會導致痛苦，卻也非常美好。

美好到值得承受痛苦，我告訴星魔。這就是你們已經忘記的事。我偶爾也會忘記。所以我才需要尤根，藉此提醒自己。

這……查特回答。就是我必須回想起來的事。

尤根的靈魂也跟我共鳴，而他僵硬的肩膀也終於開始放鬆。星星啊。爲了能幫他扛下這份重擔，我什麼都願意做。我一直只想到自己，完全忽視了這對尤根的影響。我全心全意地按摩他的肩頸，而他發出了輕嘆聲。接著他伸展了一下。

「好，換妳了。」他說。

「可是——」

「思蘋瑟，我能感覺到妳很緊繃。妳的靈魂都已經跟我坦誠相見了，可別以爲這樣還能說謊。而且，我也很清楚這幾個月對妳來說有多辛苦。」

討厭。好吧，我想他說得對，最好還是配合一下。我爬下沙發，脫掉制服外套丟開，然後直接趴到他前方的地板上。

「那就來吧，」我說：「別太溫柔啊。」

「我才不會呢。」他輕笑著說，然後開始按摩我的背。

一陣氣惱後，我伸手到背後解開了胸罩。他愣了一下。

「這……是暗示嗎？」他問。

「尤根，我們已經完全錯過了所有的暗示。我剛才就在你的大腿上。而現在有人答應我要背部按摩——這就是我要的，麻煩你了。」

他咯咯笑著，雖然帶著有點不自在感，但他還是靠下來，透過我的薄上衣繼續按摩背部。可惡，感覺眞舒服。直到此刻之前，我還一直維持著「想碰思蘋瑟就等著被揍」的原則。或許這種事讓我有點……緊張。

不過這種感覺好溫暖，他的手也好舒服。每次他的手移動到背上不同地方，我的皮膚就會刺癢，然後有一陣新的愉悅感竄遍全身。嗯，沒人能碰我的這項原則絕對得修改一下——要爲尤根留個漏洞。最棒的地方在於這不會令人尷尬。甚至不會難爲情。

也許我們不一定只能變成武器，查特想著。我明白這有多重要了。有值得留戀的事物。

我想要同意。我眞的想。然而有一部分的我因爲擔心自己最近的所作所爲，所以克制住了。

我不想變成怪物，思蘋瑟，查特想著。我們都不想變成怪物。我們星魔只是想躲避痛苦，而這讓我們忘了如何去愛或是展現同理心。別犯下一樣的錯誤。

我不想反駁，於是維持姿勢享受按摩，直到尤根的鬧鐘響起。我張開一隻眼睛，看了看時鐘。

「你只排定了一個小時吃午餐，對吧？」我問。

「呃，對。」他坦承。

「所以現在……？」

「我留了半個鐘頭替規劃會議做準備，到時我們要討論明天上午的協同攻擊。」

「好極了，」我說：「你行的。只要你不會用上雙手就好。繼續按摩吧。」

他輕笑著。不過我知道延誤時間會開始讓他很不安。於是我讓他再按了幾輪後，就嘆了口氣坐起來，伸手到背後衣服裡扣好胸罩。

「之後再約？」他對我說：「等這一切結束後。到時我會讀懂暗示的。」他遲疑了一下，然後露出微笑。「說不定妳能替我寫本手冊之類的？」

我微笑回應，然後坐到沙發上。「我會考慮。那件事可以等。可是尤根，你太苛求自己的這件事不能等。我們應該談一談。」

「我不知道有什麼可以談的。」他邊說邊帶我回去吃剛才忘掉的牛排。「我接下了重擔。我會做該做的事。」

我開始吃東西——我需要蛋白質，而且浪費這些食物也很不應該。我試著忽視他說這些話的時候到底跟我有多像。可惡。

「我知道其他人怎麼說。」他站著邊說邊吃：「他們很擔心我們的攻擊會傷害非戰鬥人員。」

我保持沉默，繼續咀嚼。

「問題是，」他接著說：「直覺告訴我，我們必須以最有效率的方式攻擊。思蘋瑟，我們正走在刀口上，而且只能勉強維持平衡。我們需要所有的優勢。

「如果我要大家想著別的事，而不是去完成最重要的任務，那麼失去性命的就不只有少數幾個人了——說不定會是數百萬人。到時，溫齊克或許就能根除所有的異議份子，這表示支持我們的人都會成爲奴隸或被消滅。

「就這一點來看，我們還有寬容的餘地嗎？我不會下令攻擊平民，可是這些補給站……全部都在爲戰爭提供援助，我們必須排除它們。」他注視著自己的盤子，以及牛排殘留下的血水。「這表示得傷害最不應該受到傷害的人。我會負起責任。必須有人來承擔。」

可惡，這快將他撕裂了。我能感受到他的靈魂就像我的一樣顫動著。這種極度的痛苦讓我的超感能力又開始失控，使我手上的叉子消失了。

我努力克制住。這很困難。我無法忽視自己的情緒，無法忽視自己想要的。我不能只當個武器。然而，我也必須想辦法幫尤根分擔這一切。我能用什麼方式保護他，幫助他？

有個想法冒了出來。

「尤根，」我不知道自己該不該說出口。「我們應該是解放者，而不是做出像克里爾人對我們所做的事。」

「我知道，」他說：「我們終究能那樣的。只要我們安全，並且確認星盟不會隨時摧毀我們。只要我們佔上風，就可以……在攻擊時更小心一點。」

「那麼超感蛞蝓呢？」我問。

「什麼意思？」

「在那些補給站的工作人員確實要負起一些責任，」我說：「因爲他們知道有人在虛無被迫採礦，所以攻擊那些地方還算合理。但是蛞蝓呢？牠們只是俘虜。而且牠們有智慧，尤根。也許牠們不會像我們那樣思考，但牠們確實會思考。牠們很聰明。我們不能就這樣冷酷無情地攻擊敵人的『抑制器』，還假裝不知道自己做了什麼。」

「妳聽起來眞像FM。」他這麼說，但還是露出了微笑。所以這應該是件好事？「我明白，思蘋瑟。但妳研究過妳總會提起的那些戰爭嗎？妳知道那些征服者多半都會從他們征服的人民中大量徵召嗎？戰爭總會牽連到許多不想參與其中的人。」

他說得對。我之前用的也是這些理由。在舊地球歷史中的第二次世界大戰期間，有很多不幸的波蘭士兵就被迫爲他們的壓迫者戰鬥，而蛞蝓就跟他們沒兩樣。可惡，尤根說得一點也沒錯。遇到一位試圖殺死你的可憐士兵時，你可沒餘裕思考對方是否眞的想這麼做。畢竟他們正在對你開火。而且，再怎麼說，那些被俘虜的蛞蝓也面臨著一模一樣的情況。

除非我們殺死牠們，否則就等於是冒著風險，讓更多不幸的人或蛞蝓陷入相同處境。我感覺得到尤根爲此痛苦欲絕。他盯著自己的空盤時，正明顯散發出這種氣息。

此時我已經打定主意，也準備要離開了。不過我還是得再試一次。「至少別攻擊另一側有舷砲派的站點，」我對他說：「那裡已經完全被我的朋友們封鎖了。」

他思考了一下。「妳的朋友是海盜，」他說：「而且曾經擔任過星盟的軍官。對不對？」

我點頭。

「思蘋瑟，我知道妳信任他們，」他說：「但是我不行。他們會做對自己最有利的事，而我不也怪他們這麼做。假設我們摧毀其他所有設施，只留下那一座，妳的朋友就能把上斜石拉到很高、很高的價格，然後賣給星盟。沒有海盜能抗拒這種事。很抱歉。我們還是得攻擊那個地方。妳在另一側的朋友會很安全，而這樣他們也不會受到誘惑。」

這跟FM之前提出的論點一樣。我一直在想她說的話，最後得出了結論，也就是佩格不可能會那麼做——她絕對不會出賣我。但我一開始還是陷入了懷疑，這也更加證明我永遠無法說服其他人。尤根絕對不會接受。雖然我明白原因，但還是感到很沮喪。

「我必須做出讓大家最有可能存活下來的決定。」他顯然看出了我的想法。「星盟強迫人們跟我們戰鬥，這麼做很糟糕，但我得阻止他們，以免未來再發生這種事。我必須爲了我們的人民這麼做。」

我點點頭，不過心裡已經下了另一個決定。一定有辦法解決這件事，我只要替他解決這個問題就行了。我的計畫開始在腦中成形。雖然冒險，但很有可能成功。遺憾的是，這會牽涉到一些在他控制權之外的事。

因此我知道自己不能告訴他。不能拉他下水。他會覺得這太冒險了。然而今晚，就在大家規劃與準備的時候，我會自己去執行一項祕密任務。要是能成功，雙方的死傷就會減少許多，而尤根也不必爲那些死者負起責任。

我還是不確定如何在不摧毀自己的情況下結束這場戰爭。不過，希望我能夠阻止戰爭摧毀他。

第十二章

那天晚上，我離開前往執行祕密任務。

我眞懷念還有身體的時候，M-Bot的思緒對我傳來。此刻，我正偷偷摸摸地穿梭於主要平台的走廊——毀滅蛞蝓則在我的肩上。就算是那架小無人機也很有趣，不過我眞的很想念舊身體。我是一艘很帥的飛艇吧？

「我所見過最好看的，」我低聲回答：「我所駕駛過最棒的。」

結果現在都是廢鐵了。那讓我很傷心。

查特在我體內顫抖。

偶爾感到傷心沒關係的，M-Bot對查特說。這是生命的一部分。

查特回應表示他正在學習，可是星魔——它們不喜歡學習或改變。這正是問題所在。

我的靈魂跟死去的星式戰機鬼魂對話了起來，但我試著忽視。可惡，這種生活也太奇怪了。至少現在我可以隨心所欲地超空間跳躍，因此要像這樣潛行變得簡單多了。我聽見後方有人過來，於是跳到另一條走廊上，身體緊貼著冰涼的鋼牆。

在去到虛無之前，我必須在心中有特定的方向，才能超空間跳躍到特定的地點。自從我回來以後，這就不是問題了。沒錯，我還是需要座標或某種形象才能前往某處，但我正在學著利用本能這麼做。

我不知道這種新能力是來自靈魂裡的星魔，還是因爲透過練習而學會——畢竟我在虛無很努力，也因此對自己的能力更加熟悉。

總之，現在我已經能看到飛行甲板了。大家幾乎都在睡覺，所以那裡沒有人，於是我從牆邊直接傳送到自己的飛艇旁。

奇怪的是，儘管白天與黑夜之間並沒有明顯差別，我們的生活還是受到日夜週期的影響。目前我生活過的地方包括狄崔特斯（在那顆行星上無法看見太陽）、星界（那座太空平台距離其他星球非常遙遠），以及虛無（那裡的時間幾乎不會流動）。但我仍然覺得現在是「晚上」。其他人也是。這已經是人類生理學中的本能了。

我開始準備飛行。除了打開飛行甲板的艙門，其他我都能自己來，不過我本來就打算直接超空間跳躍離開了。於是我檢查飛艇外部的燃油讀數，再次確認保養紀錄，然後推來一張梯子爬上去，從外側手動開啓駕駛艙。

結果裡頭坐了個人。而且正在織毛線。

「奶奶？」我不知所措地說。

這位年長的女人露出一副老於世故的表情。就像一顆頑石，或是一片固執地生長了數百年的地衣。雖然飛行甲板很暗，但對奶奶這樣的盲人來說根本不成問題。她總是能不可思議地感知周遭的世界——這表示她的超感能力一直在進步。而且，說不定她還是直接超空間跳躍進入了我的駕駛艙。

「啊，思蘋瑟，」她說：「妳花了點時間呢。我猜是得先確保這艘飛艇能正常飛行吧。」

「奶奶，妳在這裡做什麼？」我問。

「織毛線啊。」

我把惱怒的情緒投射給她，這讓她笑了。

「妳都沒來探望我，」她說：「我們當祖母的老是會說這種事。講得好像我們沒有腿，不能自己來探望似的。於是我決定這麼做。」

「偏偏在這種時刻？」

「妳以為自己很會使用能力了是嗎？」奶奶說：「自以為長大了呢。哎呀，我在比妳小的時候就開始聆聽星星了，女孩。而且我也能感受得出，自己的孫女過了辛苦的一天。」她指著毛線，示意我拿過去。

「辛苦的一天？」我咕噥著。

「應該是一週。一個月。一年。一輩子。」奶奶更用力指了指。「給我一些藍色的。我無法用能力分辨顏色。」

我嘆了口氣，然後進入駕駛艙，替她弄了一些毛線。

「所以，」她說：「妳要自己離開。又是這樣。」

「以前都能成功啊。」

「以前妳又沒有其他選擇。」

「奶奶，我沒時間討論這個了。」

「沒時間陪妳的家人嗎？」她問：「妳母親可不是這樣教妳的，女孩。請再給我多一點毛線。」

我照做了，而且忍住沒嘆氣。奶奶準備好了就會開口。只希望她說完要給我聽的話之後，不會有人發現我。

她就這樣一直織著毛線。鉤針發出碰撞聲，她眞是平靜得讓人洩氣。

「妳怎麼會知道我要做什麼？」最後我開口問。

「我在內部有個幫手。」

「哪裡的內部？」

「妳的頭啊。」

抱歉，M-Bot說。*不過妳最近一直……壓力很大，思蘋瑟。我去尋求了一些意見。*

我輕吼了一聲。忠實的駿馬竟然背叛了我？

「別那樣，」奶奶邊說邊用她的指關節敲我。「我訓練妳是要成爲英勇的戰士，不是一隻吉娃娃。」

「吉什麼東西？」

噢！那是一種狗，M-Bot說。體型很小，可是心裡覺得自己很大！就跟我一樣！噢……嗯。也許妳現在不想聽我說話。我感覺得出來。我就躲在這裡好了……

奶奶繼續織毛線。看來除非我先開口，否則她是不會離開的。

「我一定得這麼做，」我告訴她：「我有個計畫，而且一定會成功。這樣能讓尤根不必命令大家去做更糟糕的事。」

「他的確是個好男孩，」奶奶表示：「他對妳有好處，就像裝在劍柄上好讓重量更均衡的石頭。此外，他的麵包相當可口。他比某個人更能遵照指示行事。」

「我的任務可以幫助他，以及我們所有的人。」

「哎呀，」奶奶說：「我並不懷疑妳的心意啊，孫女。我也不懷疑妳所做過的事。說到我們的安危，我認爲沒人能比妳更值得託付的了。」

「好極了，」我說：「那妳爲什麼要阻擋我？」

「我只是喜歡待在駕駛艙裡。」

「奶奶……」

她又露出那種不知在想什麼的微笑，然後繼續打毛線。

「妳到底在織什麼？」我問。

「座套，」她說：「星式戰機很冰冷，只重視實用性。需要替它們添加一點舒服的東西，再加上花紋。」

「妳至少會逼我聽一個故事，對吧？」

「沒有，」她說：「妳全都聽過了。」

「妳確定嗎？」我表示：「我本來還希望有某個故事中的英雄會把自己『可靠的駿馬』烤來吃，藉此懲罰它大嘴巴。」

她又敲了我的手一下。不會痛，只是要我注意。「永遠都要善待妳的座騎，」奶奶說：「即使它是個大嘴巴。騎士的駿馬本來就該在主人最脆弱的時刻伸出援手。」

「好吧。但如果妳不是要說故事給我聽，而且我們也都同意這是我最需要學會的事，那妳爲什麼還坐在我的位子上？」

奶奶微笑著，抬起下巴，然後閉上乳白色的眼睛。「妳還會花時間傾聽星星嗎，就像我教的那樣？」

「最近沒什麼可以聽的，」我發牢騷說：「軌道上又沒有要跟我們戰鬥的克里爾人了。而且我也只聽得見他們的超感通訊。」

奶奶維持姿勢坐著，閉上眼睛抬起下巴。於是，我刻意嘆了一大口氣，然後照她教我的做。我閉起眼睛，讓自己聆聽天空的聲音。現在要這麼做簡單多了。以前我很費力才能做到的事——發動超感能力，把它們當成新的手臂向外展開——現在對我來說已經習以爲常。

今天的天空很安靜。我們會盡量限制使用超感通訊。在超感通訊中不可能使用密碼或代號——至少這些都很容易被破解，因爲語言障礙在虛無沒有任何意義，那裡的通訊都是透過意念來傳達。因此，超感者能夠破解任何代碼。他們可以憑藉直覺知道你的訊息是什麼意思。

在基森人加入後，我們這一方的超感者數量可能已經比星盟還多了。好幾世紀以來，星盟一直在壓制這種能力，因爲這會威脅到他們對蛞蝓的利用。不過他們也確實有一些超感者，所以必須很小心，畢竟我們互相傳達的訊息，在理論上有可能會被攔截。

總而言之就是：星星很安靜。一片廣大空曠的地帶。

「我什麼也沒聽見。」我表示。

「我指的不是那些星星，孩子，」奶奶說：「我指的是下面這些。注意聽。」

下面這些？她是什麼意思？我有種被拉扯的感覺，就像奶奶伸出手替我指出了大致的方向。我的思緒展開，隨即看見自己因專注於天空而忽略的所有事物。

不是事物。是人們。我的周圍有成千上萬種思緒。它們彷彿火光般明亮——每一道都燃燒著自己的熱情、故事、想法。其中有一些比我還明亮，這並非因爲它們更有生命力，原因在於那些人也是超感者。

如果我集中精神，就能感受到所有人。以及所有的泰尼克斯——各式各樣的蛞蝓。雖然天空毫無一物，可是平台和底下的星球卻有耀眼的靈魂與心靈。眞美。

查特立刻投入體會這種感覺。這……這就是我在星界讓他看到的。就是這種景象讓他進入虛無而變成了查特。這個簡單的領悟改變了一切：那些他覺得很討厭的光點，全都具有生命。

這很痛苦，在我體內是我自己、同時也是他的部分這麼想著。因爲我是故意忘記這一點的。我希望它們就代表著痛苦，這樣我就不會靠近。這樣就不會想起事實，畢竟那會帶來更大的痛苦。

他的同類刻意忘掉所有痛苦，想在時間與現實之外尋找棲身之處，最後成爲星魔。變得不可知。而這是故意的。

不，屬於我的部分這麼想著。並非完全不可知。你和我證明了這一點。

「妳感覺到他們了嗎？」奶奶問。「我們保護的人。我們的家人，他們的家人，以及他們所愛的人。就像一個浩瀚、廣大的星座。」

「我感覺到他們了。」我說。

「我們是引擎人員，」她說：「摩托斯卡普部族。我們曾經推動著無畏號——那艘飛艇是我們的家。如今我們生活在這裡，但我們的責任沒變。就是保護那些人的安全。成爲引擎。」

「引擎要怎麼讓人安全？」我問：「我想我還是寧願當飛艇的破壞砲。」

奶奶輕笑著，或許是因爲我小時候聽她第一次講述無畏號的傳統時，也說了一樣的話吧。

「無法移動的武器有多大用處？」她說：「如果一支軍隊的士兵全都固定在原地，他們能撐多久？一把劍唯有拿在靈巧、熟練、敏捷的人手上才能發揮用途。當同胞需要安全的地方，我們就會帶他們去。必須戰鬥的時候，我們就會帶來武器。少了摩托斯卡普部族，無畏號就只是飄浮在無盡虛空中的一大塊廢鐵。我們是它的血液，它的生命。對這裡而言，妳也是。」

我點點頭。我想我明白了。

「我要妳記得，自己是大團體的一份子。」奶奶說：「我們在無畏號上生活的時候，就連孩子們也會獲得軍階。這並非出於某種狹隘的軍國主義，而是要讓他們覺得自己是大團體的一部分。無論年紀大小，我們都是飛艇的成員。

「正如飛艇失去引擎就毫無用處，如果少了需要移動與保護的人，引擎又有何價值呢？妳表現得就像一根矛，孫女。可是一根矛要在方陣之中才能發揮更強的攻擊力。」

「所以妳的意思是……」

「妳的朋友們在哪裡？爲什麼妳想獨自執行這個任務？」

「我不能告訴尤根，」我說：「他已經下定決心要自己承受這樣的情緒傷害。」

「所以妳想代替他？」

「妳以爲我還能怎麼做？妳訓練我不就是爲了這個嗎？」

她沒回答，但我能感受到她的擔憂。沒錯，她訓練我就是爲了應付這種情況。從某方面來說，會發生這一切都是因爲她，也是因爲她塞進我腦中的那些想法。她很清楚這一點。

「如果妳不告訴他，」她說：「至少也應該告訴其他人。其中幾個。思蘋瑟，孩子啊，不要自己承受一切。讓其他人也能分享一些光榮吧。」

我才不是爲了光榮，但我明白她的言外之意。她擔心我會分身乏術，就像一架飛艇嘗試用一份火藥擊發二十一具火砲。她擔心堅決的我會在缺少朋友的忠告之下魯莽行事。她最擔心的是我獨自一人。

我抑制住情緒，希望沒對她顯露太多。因爲她一點也沒錯；我不應該獨自做這件事。至少應該找個人約束自己。在我陷入瘋狂的時候提醒我。看顧我。

天防飛行隊就是爲此而存在。我跟他們之間建立了家人般的情誼。那是我的歸屬。雖然我在星界和虛無的期間學到許多很棒的事，但有時我可能也學到了不好的事。

「如果我去找幫手，」我說：「妳會離開我的位子，讓我繼續做我的事嗎？」

「我坐了妳的位子嗎？抱歉啊，親愛的。我是個失明的老女人，偶爾還會找不到方向呢。」

「奶奶，妳是我所見過最頑固的小火球。別對我說那種話。」

她輕笑著。「只是想讓妳知道別人跟妳相處時的感覺嘛，親愛的。這是我最起碼能做的事，畢竟妳遺傳了我的特質。去吧，就照我明智的建議去做。妳回來時我就會離開了。」

「好吧。」我說，然後開始爬下梯子。但我遲疑了一下。我在思考該怎麼說。

「不客氣，」奶奶在靜默中開口：「勇敢一點，照我教妳的做。只是千萬別覺得妳必須獨自行事。」

我點點頭，接著超空間跳躍離開——出現在金曼琳的房間前。

第十三章

金曼琳很堅持要找亞圖洛一起。「兩人遇到是巧合，」她解釋道：「不過聖徒說三人就能開派對了。」

「聖徒會開派對？」我懷疑地問。

「她非常前衛。」金曼琳說：「我們需要亞圖洛。不管妳打算做什麼，我覺得有三個人比較好。」

「好吧。」我說，然後帶她一起超空間跳躍到他房間門口。

當然，他在裡頭。亞圖洛討厭被排除在外，而且也完全不像尤根那麼古板。可是他堅持我們一定要找艾拉妮克。

「她不是人類，」他解釋道：「她會從不同的角度看事情，也能提供獨特的觀點。再說，她也不會擔心犯下密謀抗命罪，畢竟她不是我們軍事組織的成員。」

我咬牙切齒，但他們都熱切地點頭。「好吧。」

艾拉妮克一打開門，就看見我們三人擠在外頭，每個人懷裡都抱著一隻蛞蝓。外星人思考了一下，然後說：「這是要捉弄新進人員嗎？我在你們人類歷史的文本中讀過這種事。我沒興趣。」

「這不是在捉弄妳，艾拉妮克，」亞圖洛保證說：「我們要執行一項機密任務。」

「FM沒有參與嗎？」她注意到了。「那麼我猜蠢貨也不知道囉？」

「這非常機密，」金曼琳附和：「機密到我們不能告訴指揮部。而且我們……也算是要忽視他們的命令吧。」

「又一次嗎？」艾拉妮克說：「這種事在你們的軍隊中是不是很常發生？獨自行動、違反規定、避開直接指揮體系？」

「我們嗎？」我說：「嗯，很常發生。」

「妳不也獨自行動了。」亞圖洛指出。

「我做的事很重要。」艾拉妮克表示。

「哎呀，所以妳懂嘛，」金曼琳說：「最會服從的人，就是能聽從自己良心的人。」

「那好，」她說：「讓我先著裝。我會到飛行甲板跟你們碰面。」

「妳不想知道任務是什麼嗎？」我問。

「到時候就會有人告訴我了。」艾拉妮克說：「現在，我會接受邀請是因爲很好奇。關於妳的英勇事蹟我已經聽得夠多了，小旋，所以我很樂意又有一次機會能親眼見證。」

可不是嗎。眞希望我只找金曼琳就好，但已經來不及了。我去接赫修——他馬上就接受了任務——接著我們超空間跳躍去接其他人，一起前往飛行甲板。當我們做好飛行前檢查時，艾拉妮克也抵達了。我們懸浮起來，藉由光矛連結在一起，這時我發現有個工程師走了進來——或許是因爲噪音而前來查看。那個女人看見我們，隨即轉身把門關上，顯然是覺得「這超出了我的職責範圍」。

我把這視爲出發的提示，接著將大家傳送到我們早上預計要攻擊的其中一個目標地點。這座補給站的名稱叫哈克爾（Harkil），根據資料指出，此地附屬於休爾要塞。那座在虛無中的採礦站現在正由我的朋友們掌控。

我們出現在一顆行星上。

一顆千眞萬確的行星。我們在行星表面上空五百呎處高速飛行，曙光將飛艇下方不斷流過的大片植物漆成了明亮的金黃色。

或許我不應該這麼興奮。我正在執行一項危險又未經授權的任務。而且，基本上我也到過其他行星。狄崔特斯就是一個，還有無涯。

不過我開始喜歡上這樣的景色了。地面蔓生著雜草與褐色的蒿屬植物。一片大草原。可惡，它眞是漂亮。

我們在雷達偵測範圍之下低飛——然而星盟的掃描器先進多了，不管我們是否低飛，只要靠得太近就會被發現。正因如此，我才會刻意讓大家超空間跳躍到較遠的距離之外。這不是突襲。我們必須暗中執行。這不是我第一次希望M-Bot的舊機身還在。這架波可飛艇雖然很棒——而且還利用M-Bot的技術安裝了一些更新的裝備——但根本比不上它。

哎喲，它對我這麼想。妳人眞好。

我們飛掠過地面，就在波浪般起伏的草地正上方。沒錯，那些草有點纏結起來了——就像我隔天早上在M-Bot駕駛艙睡醒之後的頭髮。而且由於雨量不足，所以這裡的草大多是褐色。然而這些都不重要。這些是眞的，所以才很美妙。

在跟大家飛行時，我才開始覺得自己在虛無見過的景觀……有點太過完美了，就像立體模型。以壓縮方式理想化地呈現實境的生物群落，將每一區切割開來，放在看不見的海洋中隨意漂流。

然而，這裡才是無庸置疑的眞實。而且我們正飛向日出。眞正的日出。

「赫修，」我輕聲說：「我眞的沒看錯吧？」

「某些哲學家假定所有經驗都是不眞實的，」他在座位上回答：「他們認爲我們不能相信眼前所見，因爲感知是透過外界的來源傳達給我們，無法憑直覺體會。」他望向我，露出微笑。「我覺得這種哲學不可信。這是眞的，小旋。珍惜妳的體驗，每一個景象都是妳私人收藏的寶石，光線在妳的腦中結晶成形，變得堅固並捕捉下來，讓妳永遠珍藏。」

可惡。如果你需要副駕駛，我強烈建議找一位戰士詩人。赫修能夠讓言語進入超燃模式，正如我按個鈕就能使飛艇飛得更快。

「好了，小旋，」亞圖洛在公用通訊頻道上說：「我們抵達其中一座補給站了。任務內容是什麼？」

「我以為目標是要同時攻擊全部的站點，」艾拉妮克接話：「而且不讓星盟知道我們要做什麼。」

「所以我們才要暗中進行，」我說：「目標就是要盡量減少雙方傷亡。所以我們要悄悄飛進去，暗中救出他們的抑制蛞蝓，然後控制住設施。」

「可是只要這個地方陷入靜默，他們就會知道發生狀況了。」艾拉妮克說：「就算其他人無法超空間跳躍前來拯救這座設施，也會有人弄清楚這裡發生的事，因而加強其他四座補給站的防備。我們仍然會危及其他的突襲行動。」

「我會處理那個部分。」我保證說。

「可是——」

「她會處理的，艾拉妮克。」亞圖洛表示：「小旋，妳需要什麼？」

「如果我想的沒錯，」我告訴大家：「這座基地會使用超感能力進行授權，就跟我們昨天攻擊的那裡一樣。」

庫那解釋過這一點了。大多數星球與城市的超感通訊都受到嚴格限制。所有通訊都必須透過一個中心樞紐安排，以便政府隨時讀取與分析。

重要的軍事基地則會擁有超感蛞蝓，這樣才能立刻辨認前來的飛艇，並且在必要時立即請求支援。昨天我們成功突襲後，庫那的授權碼一定無法再使用了。

因此我要試試別的方法。沒過多久，赫修就標記出一通來電——超感通訊。我捕捉到通訊，試著回傳一段造假的信號，指出我們是預防敵軍攻擊此處的增援部隊。

可惡，希望這樣行得通。

我收到了非常奇怪的回應。

希望。

一種突然的興奮感。那是某種痛苦與恐懼的意念，當中透出了希望。我試圖理解這是什麼意思，結果聽到左方傳來一陣輕柔的笛音。是吊帶裡的毀滅蛞蝓。她也接收到了我的超感意念。

這時我才拼湊起來。這段信號是由一隻通訊蛞蝓處理的——星盟裡所有的超光速信號皆是如此。這隻蛞蝓就在這座城市的某處，困在一個小箱子裡。她因爲痛苦的懲罰而被迫屈從，而且也被關住無法逃脫。

蛞蝓的生命力極爲強韌，這一點也被用來對付牠們。牠們可以被關進箱子，只要偶爾提供食物和水就能存活。活在痛苦與悲傷之中。

毀滅蛞蝓傳達意念爲這隻蛞蝓打氣。我捕捉到一些內容：畫面中有魚子醬和安全的洞穴。大量的蘑菇，而且有其他蛞蝓陪伴——不過那些大部分都是感受。安全，溫暖，毫無恐懼，寧靜和平。

我們會救妳出來的，我將想法傳達給那隻無名生物。我們來了。可是這不能讓我們的敵人知道。把這些謊言傳送給他們。

我要她說我們是一支以菁英士兵組成的支援中隊，由溫齊克派來保護這個地方。我沒有授權碼，可是那隻蛞蝓有，還替我發送給他們了。可惡。星盟之所以脆弱，原因不只是嚴格的管控還有對蛞蝓的事保密。他們完全仰賴一群擔驚受怕的奴隸。

我們會來救妳的，我許下承諾。謝謝。

結果，那隻蛞蝓傳來一道意念。我錯了。她不在這座城市裡——她所在的地方還有成千上萬隻蛞蝓，全部都被關著。囚禁。

星盟的星系通訊中心。這座補給站沒有配置通訊蛞蝓，而是跟中心的某隻蛞蝓之間有一條直達線路，以便中心隨時存取。投射至我腦中的笛聲很悲傷。

妳救不了我，那陣聲音說。

我會盡力，我回答。總有一天可以。

她的回應是傳送給我一個畫面，顯示補給站裡現在就關著另外四隻蛞蝓。從外表看來，有兩隻是抑制蛞蝓，兩隻則是超感蛞蝓。她以懇求的態度傳來這些畫面。改救牠們吧。這妳辦得到。

我會的，我告訴她。而且我也會找到妳。一定會。我保證。

「你們可以通行了，」通訊器上有個聲音說，是從設施傳來的。「很高興見到指揮官終於派一些支援過來，我們已經要求好幾個月了。你們可以在三號升降台降落，然後休息放鬆一下，等我安排營房。」

「我們得拒絕休息放鬆，」我回答：「抱歉要搬出軍階了，朋友，不過我們來這裡有一個非常特殊的目標。我們過來時沒事先告知是有理由的。別讓設施其他人知道我們來了，還有，在這裡替我們待命——你跟你的最高指揮官。到時就會有進一步指示。」

「噢，」對方說：「嗯，好吧。行。呃。哇塞。這聽起來很重要。」

我在對方切斷通話時露出微笑。這就是星盟的另一個大弱點。他們如宗教般宣揚不侵略的思想，特別是對較爲次等或低階的人。就連他們的軍事設施竟然也這麼缺乏備戰心態。而且，以補給站的標準來看，這裡根本不合格。

如果跟這群人打，我們幾乎贏定了。不過溫齊克還是能派出數量夠多的可憐傻瓜，對我們造成威脅——所以今天我們要找出另一個解決辦法。

「等等，」金曼琳對飛行隊的成員說：「我剛沒聽錯吧？他們就這樣直接讓我們降落？」

「小旋做了某件事，」艾拉妮克說：「我透過超感能力……感覺到了。她用某種方式騙過了他們。」

「目前呢，」我解釋著：「他們認爲我們是溫齊克派來的特種部隊。各位，繼續戴著頭盔，然後盡量表現得嚇人一點。」我思考了一下，然後繼續說：「艾拉妮克，我很高興妳跟我們來了。我們一降落，妳就摘下頭盔；他們可能知道人類是什麼樣子，而妳不是人類。這或許能讓我們多一層保障。叫他們帶我們去檢查超感抑制器。」

「很好，」她說：「事實上……這可能會行得通。絕對比在城市裡發起另一場戰鬥要好得多。」

在她說話的同時，我們看到了「設施」。它是一座完整的城市，就跟之前一樣。當然，這裡同樣著重工業，不過此處比我們在舊地球月亮上發現的城市更大。我們依照數位指示前往三號升降台，高速飛過大型製造廠與機械裝置。肯定有數以千計的平民在那裡擔任工作人員。

我們經過了餐廳、購物廣場、學校。這裡跟星界其實差不多，除了它位在一顆星球上——而且工廠比辦公大樓還多。不過這也令我更擔心了，因爲我們經過的人們大多不是狄翁人或另一個在星盟裡位於統治階級的物種。這些人長著像是綠色甲殼的皮膚，看起來像是爬蟲類跟昆蟲的混合體。他們以雙足行走，偏好穿著厚重衣物，頭頂有大大的黑色眼睛。

這些並不是星盟裡的特權人士。他們只是工人，要用透過本地傳送口送來的石頭製造星式戰機。天哪，尤根竟然抱持著極端的偏見要炸毀這裡。到時會有數千人被殺死，但我甚至無法說他錯了。他的工作是贏得這場戰爭，最後幫助所有人。

不過我不必那麼做。我可以從不同的規模來思考。在指定地點降落後，我蓋下面罩，然後解開突擊步槍掛在身上。我爬出駕駛艙，跳下飛艇，跟其他人一起排在艾拉妮克後方。

希望當地人會覺得我們有點可怕。不過，在那裡等待我們的三位工人似乎恐懼極了——他們昆蟲般的手指很明顯因爲緊張不安而來回擺動，還發出喀噠碰撞的聲音。我們集合起來，每個人都攜帶了散發不祥氣息的突擊步槍，戴著頭盔並將面罩拉下，身上則穿著很大件的飛行裝。每個人都揹了吊帶裝著一隻蛞蝓，而我發現他們覺得這樣更可怕了。他們並不知道泰尼克斯可以提供超感能力；他們以爲這些東西有致命的毒性。

如果你對人類很熟悉，就能明顯看出我們是人類——除了艾拉妮克和搭乘懸浮平台加入我們的赫修以外。我們的面罩只遮住了半張臉。不過我猜對這些驚恐的本地人而言，我們看起來就是外星人。而且很危險。

「這裡由誰負責？」艾拉妮克問。

一位綠皮膚外星人緊張地舉起手。

「好極了，」她邊說邊大步走上前。「我是特派員拉克（Lock）。我要檢查你們的超感抑制裝置。」

「嗯……是的，呃……長官，」外星人指揮官說：「可是……」

她掀起面罩，瞇著眼睛看他，嚇得他往後退。她瞪得很好，而且完全投入我的計畫，執行得很完美。也許我之前對她是稍微苛刻了些。我的意思是……好吧，我顯然一直都對她太苛刻了。但你取代過的那個人最後反而取代了你的位置，這種感覺可沒那麼容易克服。

「往這裡走。」外星人指揮官說。

我們在後方排成一列，由他帶著我們和其他工人搭上一艘小型浮空器，那比較像一座移動平台，而不是眞正的飛船。它滑上一條街，其他運輸工具全都紛紛讓開。

「我，呃，很高興你們終於來了，」外星人說：「我們覺得問題是另一側發生了抗命行爲。總之，我們已經兩個星期沒收到貨物，完全沒有上斜石了！所以昨天我不得不關閉生產線。」

艾拉妮克看了我一眼。

「我們知道傳送口另一側發生暴動的事，」我說：「是一群叫舷砲派的海盜。」

「對！」他說：「他們已經在那裡作亂好幾年了。你們能解決嗎？」

「能，」艾拉妮克在我點頭時回答：「不過要先處理抑制器的事。我們能做些調整以提高效能。」

外星人載我們飛進一條寬敞的街道。赫修懸浮在我的頭部附近，看著街道從眼前經過。「我不喜歡，」他在艾拉妮克吸引綠色外星人注意時輕聲對我說：「覺得很渺小。」

「什麼意思？」我問他，而且也刻意不拿他的體型開玩笑。

「這麼多人，」他表示：「這麼多物種。我們曾經想要逃離無涯並加入星盟。我在其他人面前表現得很堅強，因爲這是我的生活，我也接受過這樣的訓練。然而在如此廣大的宇宙中，這種渺小的感覺很難熬。尤其是自己不再治理其中任何一部分的時候。」

「你會想念嗎？」我問，這個問題從我們回來以後我就一直很好奇。「當皇帝的日子？」

「會，」他低聲說：「我原本以爲我不會。我原本以爲我會是原來的樣子——無論是否身爲統治者。我太天眞了，思蘋瑟。少了能夠命令全體人民的權力後，我就一直不太開心。可是我不應該掌權。沒錯，我不應該這樣。沒有人應該這樣……我很清楚這一點。」

「我不知道，」我表示：「我覺得軍事指揮鏈有一種優雅感。」

「眞的嗎？」他說：「不理會指揮這件事顯然讓妳很享受。看來只要自己不受到特別的限制，每個人都會喜歡指揮鏈。這是我自己領悟的。我相信君主政體——我當然相信。現在我很懷念那段日子，但這只是因爲我失去了那一切。」

他看著我。「星盟說對了這件事。他們警告我們，讓一個人擁有太多權力，就會導致文明失去自由。奇怪的是，我竟然是從不依循自己建議的那些人身上學到這個教訓。他們當中的少數利用珍貴的民主壓迫了許多人。」

我點點頭，覺得他的想法很有道理。你有多少機會能夠跟曾經握有大權但卻放棄了的人說話？

「你是個英雄，赫修，」我說：「因爲你做了那一切。」

「如果我是英雄，就不應該這麼想念統治的時期。勉強給予的東西能算是禮物嗎？我懷疑……倘若我沒迷失也沒被認爲死亡……我可能永遠不會眞正放棄權力。我會在那樣似是而非的狀態下繼續玩著這種遊戲。」他嘆了口氣，然後向我舉起毛茸茸的拳頭。「然而我現在是個戰士了。我會勇往直前。我們距離飛艇已經很遠，應該要有個人回去，才能在發生萬一時應變。」

我點點頭，接著他迅速飛回我們來的方向。在昨天那場突襲之後，他的工程師就修改了我那艘波可飛艇的控制系統。現在他可以用一組小型控制裝置獨自輕易地操縱飛艇。

我們其他人進入了一條通往城市底下的巨大鋼造隧道。我稍微移動到隊伍前側，想聽外星人指揮官在說什麼。「我猜兩個都要檢查，對嗎？」

艾拉妮克看起來很困惑。我搶在她回應之前說：「對。據我了解，你們最近才收到另一個抑制器吧？」

「就在昨天剛收到。」他說。

敵人在我們攻擊資訊中心的行動中學到了教訓——解決抑制器會讓我們在超感能力上獲得優勢。他們加強了防備。希望在所有重要的基地都是如此。否則，要是他們只著重於補給站，那就表示溫齊克弄懂了我們的計畫。

我擔心了一下。而憂慮導致我的靈魂開始震動——我想到這可能會害死朋友們。不過外星人指揮官在大通道旁的一扇門停下，打斷了我越陷越深的思緒。

「希望我們做得夠好，」他解釋道：「指令是要把它放在我們最堅固、最受保護的地方。這條舊採礦隧道似乎很完美。」

「你們做得很好。」艾拉妮克說，此時對方已經讓飄浮平台降落，接著要一位助理帶我們進入上鎖的房間。對方打開門，示意我們進入。

我壓抑住情緒，然後第一個走進去。

結果布蕾德就在裡頭。

第十四章

我立刻抓起武器。我們進入一間小控制室，兩側牆邊有幾個置物櫃，較遠的對面則有一些工業設備。布蕾德就站在設備旁。

我將槍口對準她。

在我身邊的金曼琳取下她的槍，驚慌地張望四周。由於她說話時都輕聲細語，所以一般人可能會以爲她是我們之中最沒有威脅性的人。但她在戰場上的確認擊殺數可是比任何人都高，僅次於我。

她立刻舉起步槍抵住肩膀，並且啓動頭盔面罩上的紅外線模式。聰明；由於她看不見威脅，所以開始尋找熱源信號。

而我則是站在原地——心臟瘋狂跳動。

「怎麼了？」金曼琳用氣音問：「要我壓制那些外星人嗎？」

我緊盯著布蕾德，她也在看我，而且一隻腳輕敲著地板。我用槍指向她的頭，但勉強忍住沒開火。這是投影。可惡，又是超感投影。

她觸動我思緒的手法很高明。儘管我受過許多訓練，卻仍然沒發現這不是真的。

「沒事了，」我放下槍說：「不過敵人正在看著我。」

「一點也沒錯，」布蕾德說，她隨意走動，看著設施內部。「我爲妳做好了準備。陷阱現在就啓動。」

我舉起槍等著應對狀況。

什麼事都沒有。

「溫齊克在這座設施放了一個新的抑制器，」布蕾德向我解釋：「妳摧毀的那些只是誘餌。」

可惡。我正要逃到走廊對伏兵猛烈開火時，她再度開口。

「這些人類，」布蕾德說：「是不會加入你們的。」

噢。

喔。

她是在別的星球設下了陷阱。她不知道我們到了哪裡——她仍然相信我之前對她撒的謊，猜測我們想要到某個保護區拉攏人類。而且無論我在何處，她都能向我投影，因此沒發現我並不在她以爲的地方。

「我知道妳會選擇最好戰、也做好了戰鬥準備的人類，」她邊解釋邊舉起一塊平板。「他們應該馬上就要到了……」

「妳眞該死。」我對她說。接著我尖叫起來，朝她的額頭開槍——這都是在演戲——然後使出所有的超感能力攻擊她。

什麼也沒發生。可惡。我忘了還有抑制器——這正是我們現在要解決的目標，也因此我才無法使用能力。而布蕾德因爲有代碼，所以不會受到抑制。這讓我的靈魂開始顫動。附近的東西搖晃了起來。

我的超感能力突破抑制器，擊中了布蕾德。她驚訝地倒抽一口氣。雖然在這方面她比我強，但還是顯得很震驚。

「妳剛才穿透了屛障嗎？」她激動地問：「怎麼辦到的？」

我也想知道是怎麼辦到的？

抑制器對星魔毫無影響，我的一部分靈魂說。我們結合得越久，妳就會變得越來越像我們。

可惡。我知道查特說過星魔不怕抑制器——我在舊影片中看過。在我們迫降於狄崔特斯之前，星魔就會攻擊並消滅了那裡的人類。有再多的抑制器也沒用。

表情明顯不安的布蕾德別過頭，聽她旁邊的某個人說話。她看了我一眼後便隨即消失，想必是去處理某件事了。

「你說她會處理好這件事的！」艾拉妮克在我後方說。

「她會啊，」亞圖洛大聲說：「對吧？」

「其實，」我邊說邊放下槍，然後回頭看著他們。「沒錯。叫那些軍官拿出抑制器吧。我剛才看到了超感投影，那是個非常危險的人類。我們的時間可能不多了。」

這番話讓那些搞不清楚狀況的外星人大叫起來。「可別是人類啊，」其中一個人說：「拜託！他們不會來這裡吧？」

「誰知道那些人類會怎麼樣，」金曼琳說：「最好快點照我們的話做。」

外星人們照我們的話做，而我想到布蕾德正在某個星球上試圖對我們發動攻擊，不由得露出了微笑。但很可惜，她的出現仍是個大問題。她很清楚我們想要做某件事，而且再過不久她就會發現自己猜錯了地方。

我們必須加緊行動。我讓外星人們帶路前往裝置，那是安裝在小房間角落的一個大箱子。

「打開。」艾拉妮克告訴他們。

「打開？」那些外星人面面相覷地說：「怎麼開？我們……沒有權限那麼做。」

當然了——雖然他們會在運輸及通訊時使用這些箱子，可是大多數人根本不知道裡面裝著什麼。這可是天大的祕密。

我們心照不宣地對看著，這讓我覺得自己很蠢。我怎麼沒想到可能會發生這事？

「尤根可以用念刃打開。」亞圖洛說。

「抑制器在的時候不行，」艾拉妮克表示：「只有經過批准的人才可以在這裡使用能力。」

「能力？」外星人說：「你們是……呃……？」

我舉起步槍要把鎖射開，但亞圖洛抓住我的手臂阻止了。「那麼做的話，牠就會消失。」

「什麼意思？」我說。

「只要亂動箱子，就會讓內容物超空間跳躍離開，」他說：「妳都沒在注意嗎？這就是他們維持控制的方式啊。」

可惡。我答應過要拯救這些蛞蝓，可不是把牠們送回俘虜者身邊。我思考了一下，接著再次嘗試穿透超感抑制場。沒用。爲什麼剛才可以，現在就不行？我向查特探詢答案，不過他似乎也很疑惑。

可惡。我頓時不知所措。「我們可以帶走它嗎？」

「呃，」外星人說：「他們說要是在安裝好之後移動，我們就會弄壞它……」

「讓我們來試試。」金曼琳說，然後跪在箱子旁。她從身體側面的吊帶抱出自己的蛞蝓，放到箱子上。

「超感能力沒有用的。」亞圖洛提醒她。

「我知道，」金曼琳說：「但裡面可能有兩隻蛞蝓。一隻抑制蛞蝓和一隻超感蛞蝓。如果箱子打開，其中一隻就會將另一隻傳送走。這有點像我們訓練蛞蝓在飛艇被擊落時把人傳送到安全處。

「但牠們接受訓練時感受到的是恐懼。憤怒，還有痛苦。牠們會跳躍離開是因爲對危險做出反應。FM向我們證明了另一種方式的效果更好。所以，我們也許可以說服這兩隻做出不同的反應。」她拍了拍她的黃藍色蛞蝓樂樂（Happy）。他開始發出輕柔的笛音，接著笛音聽起來像是在鼓勵她。

我還是覺得有點……嫉妒，因爲他們在我缺席時跟這些蛞蝓變成了朋友，還訓練了牠們。FM是當中做得最好的，還有小羅。尤根則完全相反，他的本性重視邏輯，因此幾乎只把蛞蝓視爲工具。

這次任務沒找ＦＭ，我突然感到很內疚。她一定很樂意幫助這些蛞蝓。我一直覺得她是個有點冷淡的人，然而在過去一個星期裡，我見到了她的另一面。而且她把其他蛞蝓訓練得很好。

金曼琳對樂樂輕聲說話——樂樂也對著箱子發出安慰的笛音。一陣緊張過後，金曼琳轉過身，對我點點頭。

我深吸一口氣，射開了箱子的鎖。那些外星人嚮導蜷縮壓低身體，不過我用的是能量彈，不會產生跳彈——他們沒有危險。我們輕輕打開箱子，發現裡面有兩隻害怕的蛞蝓。很安全。沒有傳送離開。

金曼琳一手一隻抱起牠們，然後朝我們點頭。她輕撫著藍綠色的那一隻，接著兩隻都平靜了下來。

「第一個抑制器關閉了。」她說。

「爲什麼我們要關閉這些？」外星人指揮官說：「我不懂！」

「牠們被動了手腳，」艾拉妮克回答：「是傳送口另一側的敵人所爲。所以你們才無法收到貨物。」

「噢。」外星人說，似乎仍顯得不太確定——不過這個謊言已經達到效果了。我向艾拉妮克點點頭，她微笑回應，甚至眨了一下眼睛。我猜眨眼對她和我的物種來說意思都一樣。

我們跟外星人搭上平台迅速飛向主要抑制站，位置就在其中一座指揮塔裡。這次我們沒從外牆突破，而是以貴賓的身分被護送進去。金曼琳發揮魅力，也將那裡的兩隻蛞蝓救了出來，而我的超感能力也就此恢復。

「我們的抑制器啓動了，」亞圖洛邊說邊撫摸他吊帶裡名叫牛仔（Rodeo）的綠藍色蛞蝓。「這裡安全了。」

「可惡，」我鬆了一口氣地說：「感覺好多了。終於不再覺得像被槍一直抵著頭。」

外星人指揮官看著我們。「呃……」他仔細查看我們，開始顯得很不安。「你們……不是指揮中心派來的吧？你們是……你們是……」

「自由鬥士。」金曼琳回答，然後用手槍輕輕抵著他的頭。「而且沒錯，我們是人類。不過別擔心。其實我們不會吃掉我們殺死的人。我們只會用他們的殘骸製作雕像。」

對方下一秒昏倒在地。

「哎呀，」她說：「承受不了嗎？他們不想知道關於雕刻的事嗎？」她輕描淡寫地說，但同時也把槍對準了其他人。

我救出妳朋友了，我將訊息傳遞給那隻遙遠的通訊蛞蝓，卻發現再也找不到她。一開始我們的通訊有經過授權，可是現在通訊被阻擋了，我也不知該怎麼再聯繫她。

「你們想要做什麼？」副指揮官問，這把我的注意力拉回了眼前的問題。

「傳送口，」我說：「帶我們到虛無的傳送口。」

接下來路程的氣氛跟前面兩次截然不同。爲了隱密，我們升起平台周圍的護盾，還用槍指著外星人軍官——因爲有位資淺的通訊官在半路上試圖撥打緊急呼叫，但被我們阻止了。

一邊飛越城市，一邊假裝平靜，經過在屋頂野餐或趕著去上班的居民，這種感覺眞怪異。我舉著槍，隨時準備開火，而在這一刻，我突然深切感受到尤根的心境。如果沒做好準備，就別將武器朝向別人。要是發生狀況，我很可能必須殺掉這些可憐的人。

我討厭這種情況。我更討厭逼我不得不這麼做的溫齊克和布蕾德。在飛行途中，我的步槍一直對著某個無辜的人，這讓我心裡湧現了一陣痛苦。那是種撕心裂肺的痛，因爲可悲的人生就只能一直這樣循環下去。我們遭到迫害，所以覺得必須強力回擊才能擺脫，而這麼做又會導致對方攻擊得更猛烈。

這種痛苦彷彿輕聲說著一切都不可能順利解決，變得美好，或甚至恢復正常。一切必定會以你能想到的所有方式毀滅。而我再怎麼努力，也只會像在迫擊砲爆炸後，試圖爲垂死的朋友抓住腸子、維持性命。

飛行平台開始搖晃。空氣顫動起來，就像遠方的戰鼓。扶手的某些部分消失不見，我們周圍則出現了渣塊——融化的金屬掉落或重擊在地板上。

我知道那些是什麼。是奈德那架飛艇的殘骸，在他差點死掉時，被我破碎的心靈拾起並緊抓不放。

噢，可惡。我開始過度換氣了。

我是武器。沒關係的。我是武器。

不必這樣。不必……覺得……

我跪倒在地，槍從指間滑落。金曼琳立刻跪在我身邊，然後環抱住我。

可是那麼做沒有意義。我不需要擁抱。

我需要……

我需要……

我……

我緊緊縮起身子，讓她抱著我。彷彿光靠她的力量就能阻止宇宙分裂爲二。

我一直在騙自己。情況越來越糟了。而我的內心深處也知道，要是繼續走這條路，我就會害死身邊的人。

這次的發作最終消退了，就跟之前一樣。這次持續得比較久——在那極度痛苦的幾分鐘裡，我必須強行壓抑自己，免得讓身邊所有的人事物突然被拋進虛無。我的腦中感覺到一種嗡嗡聲——那些蛞蝓想要進入——可是我強行推開了牠們。我不能讓牠們也被吞噬。

終於平靜下來後，我抬頭看其他人。

那些外星人在旁邊擠成一團，他們緊閉著長得像殼的奇怪眼皮，身體不停發抖。金曼琳仍然抱著我，艾拉妮克的槍口則繼續對準敵人。亞圖洛把所有害怕的蛞蝓盡量集中在一起，牠們就像受到驚嚇的小狗。

一陣靜默。我蜷縮著，然後伸出顫抖的手指，拿起槍，確認保險關著。仍在發抖的我向金曼琳點點頭，於是她放開了我。我勉強站起來，抓住扶手。

「所以，」亞圖洛說：「我們……要繼續嗎？」

「我們必須繼續，」艾拉妮克表示：「敵人注意到了。要不就是完成這項任務，要不就是回去指揮部，說我們毀掉了他們要執行的計畫。」

我不確定自己能否正常說話，於是只點了點頭。我不知道外星人對我們這些古怪的舉動有何想法，但他們顯然十分驚恐。這樣也好。我們順利地通過一道貨艙大門，進入一座幾乎沒有人的倉庫——但我們還是要他們下令疏散大家。我看得出上斜石曾經堆放在何處：地上畫著許多大正方形，那些就是存貨的地方。全都空了。

在舷砲派的幫助下關閉傳送口，這計畫還眞的有效。這證明了只要關閉其他傳送口，就能達到我們想要的效果。我重心不穩地走向大型傳送口，那幾乎佔滿了倉庫另一側的整面牆。

「它被封鎖了，」外星人指揮官說——他剛才昏倒，現在清醒過來。「已經封鎖兩個星期了。」

「我知道，」我邊說邊觸碰著石頭。「我就是封鎖它的其中一人。你們在這裡的防軍規模有多大？有幾架戰機？」

他在被金曼琳用步槍輕推了一下身體後才開口。這並非因爲他想反抗我們，而是他似乎太害怕而說不出話。

「十五架戰機。」他說。

「授權移動它們，」我用命令的語氣說：「由我們的人來操縱。沒有異議。」

我們讓他在嚴格監視下使用一座資料終端機來傳達訊息。其他人檢查了訊息好幾次，不過這傢伙怕得要命，我不認爲他會做出什麼値得我們擔心的事。

「艾拉妮克、亞圖洛，」我在訊息發出之後說：「看來這座倉庫裡沒有貨物了。有很多空間可以容納一些戰機。現在開始把戰機弄進來吧？一人開一架，就從貨艙門進來？」

「我們要偷走他們的機隊？」亞圖洛問：「我們來這裡就是爲了十五架戰機？」

「不，」我說：「它們是談判的籌碼。我在這裡要怎麼跟另一側的人通訊？」

金曼琳再次輕推外星人指揮官。「妳沒辦法，」他回答：「他們切斷了我們跟那裡通訊的能力。」

「是這樣嗎……」我低聲說，然後閉上雙眼，以意念觸碰這座傳送口。它被鎖住了，就跟我在另一側看到的許多地方一樣。這就像要開啓兩個相鄰房間的門，我打開了這一側——可是另一側仍然鎖著。

然而，還是有輻射之類的東西滲漏出來。我們會知道這一點，是因爲在虛無傳送口附近出生的超感者人數越來越多。

而幸運的是，我在裡頭有個幫手。

M-Bot，我在心裡想著，你還在嗎？

我在，它回答。妳在幾分鐘前做了什麼？這裡的一切都失控了。

我剛剛在這裡失控了，我回答。不過現在我必須跟佩格談話，你能找到她嗎？

她在環帶，它回答我。我在中心區域，也就是眞正的虛無。但我也許可以幫妳聯繫到她。

這樣就夠了，我心想，這等於是讓M-Bot當接線生。我透過它展開意念，我猜這就像是讓機器透過超感蛞蝓加強通訊。我藉由它的力量向外探詢，在這道門的另一側找到了她的心靈。

佩格，我在她腦中說。

她的反應相當震驚。我的能力還不足以解讀非超感者的思緒。尤根提過他辦得到，但每個人擅長的地方不盡相同。

希望這次能成功。

是我，小旋，我傳達給她。我需要妳打開傳送口。

懷疑。我能從她那裡清楚感受到。她覺得這是陷阱。

是我。我弄丟了妳給我的**木倫**，可是我成功離開虛無了。我向虛弗爾許過承諾，也打算要實現諾言。我需要妳幫我打開傳送口。說不定等這一切結束後，我就可以嚐嚐妳說的那七種果實。

希望提起我們最後的談話內容會有用。我懸浮在她的意念旁，看著她衡量利弊——可能的損失，可能的利益。最後，她投射出一個想法。雖然我無法聽出明確的內容，可是……她想要知道……

喔！我們討論過生命，我對她傳達。我們曾在妳花園裡的那棵樹旁獨處，就在妳給我**木倫**之後。我當時問，爲什麼像你們看起來這麼好戰的民族，竟然會種樹。而妳告訴我這跟生命有關。

她似乎覺得這樣已然足夠。沒多久後，我感覺通道打開了。石頭先是發出白光灑在我身上，然後便消失不見，變成一大片散發著光芒的場地。

我不敢過去，畢竟我的能力最近一直表現得很奇怪。於是，我把佩格拉來了這一邊，希望她能原諒我。

過一會兒後她緩緩現身，彷彿是從光線中成形的。她是個高大的天納西人——像爬蟲類的種族，身體前方有寬大的手，後方則有一條大尾巴維持平衡。他們的口鼻與牙齒會讓人聯想到地球的遠古生物。她看著我，然後望向聚集在我後方的士兵——還有我們用槍挾持的三位外星人——接著，她發出一陣咆哮般的爽朗笑聲，一把抱住了我。

金曼琳立刻舉槍對準佩格。我揮了揮手，心裡有點驚慌，因爲這樣的擁抱差點就把我壓扁了。幸好金曼琳沒開火。

「小旋！」佩格說：「哎唷！妳成功了！我還以爲要等好幾年才能聽到妳的消息。我幾乎沒時間開始種植，結果妳卻在這裡種出了方達（fantads），而且還把我拉到……」她看了看四周，聲音越來越小。「把我拉到了實境。」

她鬆開我，顯得十分驚奇。她流亡了超過二十年。遭到星盟背叛。

「我出來了……」她低聲說，然後再次看著我。「妳做了什麼？」

「恐怕這只是暫時的，」我解釋道：「佩格，這是我的飛行隊。我的朋友們。」我向其他人揮手。

「妳一直非常、非常想回去找的家人嗎？」她說：「哎唷。我希望你們都知道她拋下了什麼。我們可是提議要讓她過著天堂般的生活呢。」

「那……那很好，」亞圖洛表示：「不過小旋，這個時機對嗎？救出這個……人，對我們有什麼幫助？」

「這不是救援，」我解釋：「我不覺得佩格想離開虛無。」

高大的海盜搖搖頭。「環帶是我的家。不過在休爾要塞倒是有許多人想要回來。」她又把注意力移向被挾持的外星人。「妳剛說暫時？妳想做什麼？」

接著，艾拉妮克和亞圖洛穿過我們後方的貨艙門，他們各駕駛一架星式戰機——星盟的攔截機，而且是最新設計。不是什麼爛飛艇。佩格看著戰機。

「我有十五架，」我對她說：「都給妳。當成僱用舷砲派的酬勞。」

「僱用我們做什麼事？」佩格說。

我笑著拿起平板，叫出星盟在虛無另外四座採礦站的位置。「總之不會是妳不願意做的事，佩格。」

第十五章

六個鐘頭後，我們超空間跳躍進入狄崔特斯上方空域，以編隊飛行回到了主要平台。而我的駕駛艙又比之前更擁擠了。

因爲我帶回了兩位新的飛行員。新飛行員的外形是兩顆大水晶，尺寸跟飛行頭盔差不多。

「就是這裡嗎？」虛弗爾問，她的聲音有如水晶般清透，從核心發出振動而來。「這就是妳的家嗎？」

「對，」我說：「妳看不到嗎？」我一直不太清楚一塊水晶到底要怎麼看——他們是一種被稱爲共鳴者的生物。

「我需要儀器才能在眞空中看見東西，」虛弗爾解釋：「現在我只看得到駕駛艙。」

「虛弗爾，」赫修在我們收到停靠許可時對她說：「目前，我們正在接近一座大型太空站——很平坦，形狀像個大長方形——它就懸浮在行星狄崔特斯的軌道上。另外還有數百座平台在繞行這顆星球——思蘋瑟就出生於此，而這裡現在也是我們的家。」

這時，第二位共鳴者德爾麗茲也投射出了一些意念。她是超感者，在虛無過得很不好，於是變得越來越安靜、孤僻，甚至心碎。可是今天她對我投射出快樂、平靜、滿足的畫面。

「家。」她的核心振動，聲音就從我的座位後方傳來。

「家！」毀滅蛞蝓發出笛音。

「她覺得好多了！」虛弗爾說：「德爾麗茲已經覺得好多了！我跟滿足產生了共鳴，思蘋瑟。她果然需要來到實境，我一直都是這麼想的。」

我沒回答，因爲我不像虛弗爾那麼肯定。德爾麗茲以前也曾這樣跟我溝通過。不過，這兩位共鳴者很早就想逃離虛無了，於是我決定好好實現自己的諾言。至於麥辛，則選擇暫時留下——他也是我在另一側的好友。佩格和她的成員必須派出所有飛艇來執行我交付的任務。幸好，他們還有幾位備用飛行員可以駕駛虛弗爾跟德爾麗茲的飛艇。

「如果德爾麗茲想要直接回到妳們居住的洞穴，」我說：「我相信我們可以找一艘飛艇載妳們回原本的星球。」

「不，不，」虛弗爾說：「如果我們立刻回家，肯定會驚動當初將我們放逐到虛無的有關當局。或許有朝一日吧——然而現在，我們不想成爲負擔。我想一定有我們可以做的事。」

在我們等待降落時，飛行甲板的人員花了比平常更久的時間才主動聯繫。終於，有一位叫希爾的飛行操作員呼叫了我們。「抱歉耽擱了，天防飛行隊，」他說：「你們剛執行完機密任務，威特總司令想要親自過來迎接。他在路上了。」

機密任務是嗎？我鼓起勇氣準備面對，不過爲了打發時間，還是先對懸浮在旁邊的飛艇展開了超感能力。那是金曼琳的飛艇，裡頭載著被救出來的蛞蝓。

你們有個朋友，我向那些蛞蝓傳達。*她希望我去救你們。你們能聯繫她嗎？*

其中一隻超感蛞蝓用一些畫面回應，裡頭有許多被關在籠子裡的蛞蝓，一個又暗又嚇人的地方。成千上萬道意念轟炸著牠們，互相推擠，等待著被整理並傳送出去。

是通訊中心，我心想。*對，我知道。*雖然那種可怕的感受超出我所預期，但我確實知道這個地方。*我該怎麼聯繫她？*

一股悲傷隨之而來。這隻蛞蝓不知道方法。那隻通訊蛞蝓偶爾會聯繫並安慰被囚禁的牠們，可是只能在她被排定跟補給站建立通訊的時候。這就像……她在傳送資訊時，偷偷夾帶了自己的同理心。

可惡。我不清楚通訊中心是如何運作，只知道星盟會逼迫蛞蝓屈從，透過一些機械方式讓行星之間能夠通話。而我也意識到，我們絕對救不出一隻通訊蛞蝓。顯然牠們比能夠傳送飛艇的超感蛞蝓受到了更嚴密的控制。

這也算合理；只有牠們才能遠距離發揮作用。但為何不把牠們都集中在一處安全的地方？話說回來，這也再次證明星盟他們相當多疑，寧願只仰賴少數幾座特別重要的設施。

我得設法找到那隻蛞蝓。我答應過她——但這可能要等到星盟瓦解之後了。於是我暫時先擱置這個問題。佩格有新消息嗎？我傳達給 M-Bot，並且在駕駛艙裡滿懷希望等待著。

還沒，它回答。

我們盡可能地等她，直到最後一刻才返回狄崔特斯。而這顯然也給了尤根很多時間弄清楚我們做了什麼。降落許可終於下來，我帶大家進入我們幾小時前才離開的機棚。

我立刻發現尤根就在能夠俯瞰飛行甲板的長窗後方。他站在那裡，穿著亮白色制服，雙手交握於背後，胸口別著閃亮的勛章。面色凝重。

嗯。是我活該。

爬下飛艇時，我要其他人帶兩位共鳴者去熟悉一下環境，再看看能否替她們安排住處。我告訴隊員我要去找尤根談話。

他們倉促逃離現場，他並沒有阻止。我往上走向那扇窗，雖然沒聽到他大吼下令，卻看見房間裡的技術人員連忙從後門離開。尤根仍然站在原地。等待著。

好吧，是我自找麻煩的。我會帶著戰士的尊嚴去面對。我從側門進入戰情室——現在裡頭除了尤根已經沒有別人。我大步走到他面前，然後等著被臭罵一頓。

沉默。他只是往外看著我們的飛艇，給了我緊張焦慮的時間——這是指揮官常用又有效的一招。

我讓氣氛保持沉默。我很確信自己做了該做的事。

「我以爲我知道那會付出什麼代價，」尤根終於開口了。他將戴著手套的手放到玻璃上。「所以我才抗爭。」

「……長官？」我問。

「我以爲只要我飛得夠好，」他接著說：「他們就會讓我繼續當飛行員。讓我留在玻璃窗的那一側。聞著引擎的氣味，感受飛艇的低鳴聲，聽見朋友們嘰嘰喳喳地聊天。後來……他們需要我。」他閉上眼睛。「我以爲自己可以逃離強迫我離開駕駛艙的命令——不過我錯了。因爲最後，我收到了一份我無法忽視的命令。來自我的良心。」

他張開眼睛，終於看向我。「於是我來到這裡，就在玻璃窗的這一側。也許永遠都得如此。離開我的飛艇實在令我心碎，因爲我知道，接管指揮權之後就得放棄自己所愛的事。但我沒想到會這麼多。我沒料到自己不再是你們的一份子，還成爲你們怨恨的對象。」

「我們並不怨恨你，尤根。」

「你們怨恨我，而且一直都是，」他說：「我從一開始就是『蠢貨』了。但至少我跟你們在一起。我是你們的一份子，儘管你們總是埋怨我。」他嘆息著。「我很清楚自己放棄了飛行的夢想。但我不知道自己也放棄了朋友。」

可惡。這招太狡猾了。使出這招的應該是我才對。

「尤根，」我邊說邊走上前。「我不是故意要——」

「妳知道不服從我會對我的權威造成什麼影響嗎，尤其是妳？」他厲聲說：「而且妳根本不把我肩上的軍階當一回事。妳傷害了我，思蘋瑟。從我們認識的第一天起，妳就一直在傷害我。」

我安靜下來。他……他非常受傷。我能感受那種感覺從他身上流瀉出來，就像熔鐵爐傳出的高溫。

「我一直很努力忽視這一點。」他說：「我知道妳的背景，知道妳因爲父親而遭受了什麼樣的對待。我知道妳很討厭權威，而我也盡量不把這視爲是針對我。可是妳太過分了，思蘋瑟。妳就不能至少試著表現出一點尊重嗎？如果不是尊重我的職位，那麼至少尊重我？妳來到我的房間，把我當成愛人對待，接著就做出這種事？我該有什麼反應？妳到底想要我怎麼樣？」

「我這麼做是爲了你，」我說：「看著你因爲那些決定感到心痛，我想要保護你。」

「妳無權做出那種選擇！」他一邊大聲說，一邊往飛艇的方向揮手。「軍紀就是爲此存在的。如果有問題，就過來告訴我，跟我討論。不要帶走我底下最厲害的飛行員們去擅自執行該死的任務！別讓我陷入兩難的處境，害我必須懲罰朋友，不然就是要我接受自己毫無權威可言！」

「他們堅持要來的，」我說：「我並不想——」

「那有關係嗎？」他質問：「就算妳不想，妳還是去做了！」

「你還不是違抗了史多夫（Stoff）的權威，不肯接下指揮權！」我也朝他大吼。「因爲你覺得你必須這麼做！所以，我覺得我必須這麼做。」

他舉起一隻手想抹掉臉上的一些汗水，然後轉身背對我，又望向外頭的飛艇。「敵人已經加強所有戰略地點的防備，」他說：「除了你們剛去的那裡，其他所有補給站都多了幾十架飛艇保護——抑制器的數量可能也有那麼多。我們現在不可能成功襲擊了。我已經下令取消行動。」

「反正你也不需要了。」我說。

他瞇起雙眼，前方玻璃隱約反射出他的臉龐。「妳做了什麼？」

「我聯絡了舷砲派，」我說：「就是在那些傳送口另一側的海盜。他們收了一小筆酬勞——我們偷來的飛艇——並且答應攻擊另一側的採礦設施。如果我沒猜錯，溫齊克會把飛艇安排到我們這一側固守，這樣另一側的設施會更容易攻下。」

我繼續說：「如果佩格跟她的手下從另一側封鎖住傳送口，上斜石就無法運送過來。這跟摧毀這一側的設施一樣有效，但又不必消耗我們那麼多資源，或是造成那麼多死傷。另一側的採礦站很快就會投降——那些人員並不是士兵，大多都是囚犯。只要佩格小心執行，我相信那些人很快就會認輸。這樣也不會造成死傷。」

「所以，妳不向我提出建議這麼做是因爲……」

「因爲你一定會覺得太過冒險。」我說：「你說過我們不能指望由前星盟軍官帶領的一群海盜！如果我之前告訴你這個計畫，爲了保險起見，你還是會拒絕，而且堅持攻擊那些設施，炸毀那裡的城市跟一切。而這會將你撕碎啊，尤根。」

「這不是我該做出的選擇嗎？如果妳隨心所欲無視命令，我們選出領袖跟建立指揮鏈還有什麼意義？」

我沒回答。因爲……他說得對。這問題也一直糾纏著我。我一直夢想要當個戰士，但成爲士兵跟我想的完全不同。

不管如何，我對這個軍事體並沒有多大信心。儘管領導者是我在乎的人。

「妳眞的認爲可以信任他們嗎？」尤根輕聲問：「他們眞的不會出賣我們？」

「我很肯定。」我說。

「這會成功嗎？」他問：「妳的這些海盜……他們能夠執行像這樣的大規模突襲？」

「很快就會知道了，」我回答：「因爲他們無法超空間跳躍，所以在環帶移動時需要一些時間。不過其他採礦站的位置比我以爲的更近，這很奇怪，我一直很好奇爲什麼那些地方從未被發現。休爾要塞的規模很大，佩格跟其他人應該會稍微知道其他採礦站的位置才對。」

「妳不覺得那些地方被隱藏起來了嗎？」

根據我們奪得的資料，敵人確實會這麼做。他們在虛無的採礦工作，大多是在飄浮石塊的內部進行。巨大的採礦集中點都位於碎塊內部，有時他們還會拖來新的碎塊，同樣從內部採掘。這種方式很聰明，能避免休爾要塞所引起的注意——以及突襲。

不過對星盟來說可惜的是，只要位置洩露出去，這種做法也會讓設施相對難以防護。我緊張地等待著。

還沒有消息，M-Bot傳送給我。希望很快就會有。

我提醒自己，她必須同時突襲四個地方。這表示她要等四支隊伍都就位後，才能發動攻擊。我不希望她倉促行動——但隨著時間分秒過去，我也變得越來越不確定。溫齊克是不是知道了我們想做什麼，所以派遣援軍去保護另一側？佩格發生了什麼事嗎？畢竟那裡還有一些海盜不支持她當領袖。

「如果失敗，我會負起責任，」我輕聲對尤根說：「你可以告訴大家我做了什麼。」

「這就是問題，」他說話時沒看我，只是跟我一起等著。「我不能這麼做。妳是個太重要的象徵了，思蘋瑟，而且在戰鬥中不可或缺。我們需要所有的超感者。即便是我，在指揮期間也必須花一部分時間去做超感者才能做的工作。

「我已經讓大家知道妳跟我祕密策劃了這件事，因為擔心盟友之間會洩密。雖然這會動搖我們跟盟友的關係，但如此一來，不管發生什麼，妳都不必承擔後果。」他停頓了一下。「我這麼做並不是因為出於情感。手冊裡確實就是這樣規範。懲戒高階軍官時必須謹慎處理，以免導致對總司令忠誠之軍力背離。」

「我不想讓你——」

「就這樣，」他厲聲說：「而且這是我的決定。除非妳連我對妳魯莽行事的損害控制能力都想無視。」

可惡。我沒對他的那種語氣發怒，因爲我感受得到這讓他有多受傷。

也許這麼做眞的太過分，但要顧及一切實在太困難了。突然間，整個世界開始震動起來。我又要發作了。我使出全力阻止，試圖克制住自己。我不是小孩，不能隨便發脾氣。

然而這次發作跟先前的不一樣。我突然有股強烈的末日感。我看見尤根在我身邊垂死。我看見他的影子往後一倒，流著血，摔在地上。

這很像我在古代超感者記憶中看到的場景。我忍住尖叫，看著他倒在地上死去，他的頭部周圍有一灘血，目光無神……

那個畫面一下便消失了，卻讓我感到一股劇烈無比的失落與痛苦，深深震懾住我的內心。我不禁好奇這是否是某種可怕的預兆。

超感者無法看見未來……對吧？

這股難以承受的痛苦彷彿是從另一個時間產生的共鳴。就像一道窒息的黑暗席捲而來。我緊咬牙關，輕聲嗚咽著。

尤根看著我，似乎很擔心。

思蘋瑟？M-Bot說。太好了！佩格剛傳來消息。四座設施都拿下了，就跟妳說的一樣！他們幾乎沒遇到什麼反抗，那些地方就只是很隱密而已。總之對方很快就投降了，他們甚至只在其中一個地方開過幾槍而已！呃……思蘋瑟？

「成功了。」我對尤根說。

他長嘆了一口氣。「嗯，我猜這要感謝聖徒吧。我會讓其他人知道的。或許盟友會原諒我們不信任他們的事，畢竟行動已經成功了。」

「那你呢？」我說，心裡還殘留著一絲痛苦。

「可能還需要久一點，」他輕聲說：「而且取決於妳的表現。還有妳做這種傻事的頻率。我們可以好好合作的，思蘋瑟。否則我這輩子都要替妳收拾爛攤子了。」

接著他轉身離開。我勉強等到他走遠，然後才無力地跪倒在地，對他死去的景象震驚不已——我沒理會M-Bot的問話，就只是抱住自己。努力控制不讓自己崩潰。

第十六章

我走去散步。

從小到大，這都是我解決任何問題的首選方式。狄崔特斯有無數的洞穴，充滿了可以探索的隱蔽角落。我會盡量把去過的地方畫成地圖，享受獨處的感覺，一邊排解遭受社會不公對待的憤怒。也許我該多注意一點憤怒對自己造成的影響。

我經常認爲自己的問題都來自於小時候所受的對待。人們對我父親的看法，以及他們因此對我的霸凌。他們的偏見讓我從小就成了一位鬥士。雖然只是個孩子，但我往往會一股腦向前衝——想做什麼就去做，懶得思考這對朋友和家人可能造成的影響。

散步一向很有幫助。於是，今天我也試著在主要平台上一邊走路一邊散心，希望明亮的走廊能讓我像以前一樣，在灰暗中藉由沉思得到平靜。兩者有一些相似之處。這裡緊密的空間就像隧道，而且會有意料之外的轉彎處，也有許多能探索的角落。

在狄崔特斯，有時我走的路會通往一座覆滿石英並在微光中閃爍的洞穴。在這裡，我則是發現了一個房間，裡面有十幾種顏色的閃光信號燈。我甚至發現有一隻老鼠躲在某個角落。牠在這裡要吃什麼？牠到底是怎麼來這裡的？

我放過牠，當成在戰場上饒過一位可敬的對手。畢竟，這隻老鼠可能來自已經在此生存了好幾世紀的群體——要不就是牠用某種方式偷渡上了我們的飛艇。牠等於是老鼠之中的思蘋瑟，藏匿於敵人之中、蒐集祕密情報。

我進入平台裡根本不知其存在的區域，越探索便越覺奇妙。一座游泳池。一間觀察室——你可以像懸浮於平流層般，站在高空往下看著這顆星球的表面。一個有十幾張桌子的房間……看起來像是遊戲用途。以前生活在這裡的人會打乒乓球和撞球，並且從事我只在資料中讀過的其他舊地球休閒活動。

古代人類會花時間玩遊戲，做不重要的事，跟我們完全不同。這是我這輩子第一次好奇我的孩子將會在什麼樣的世界長大。

我會有孩子嗎？我一直認爲自己會在那發生之前戰死沙場。我會是個糟糕的老媽，對吧？思蘋瑟？M-Bot在我繞過其中一張乒乓球桌時說。我一直比較喜歡讀有關棒球的資料，那種活動會用到很大的棒子，而不是小球拍。我們……可以談談嗎？

「當然，」我很高興能分心不去想自己的麻煩。「你在想什麼？」

哎呀，我想妳知道的，不過我還是得說……我其實不算是鬼魂。正好相反。我比在實境的時候更有生命。我已經不受限制，不再被迫把自己視爲人造的東西。我能夠掌握自己的命運，能夠理解並開始駕馭自己的情緒。

「聽起來很棒，」我說：「你進步了很多。而且我不知該怎麼感謝你爲了我而犧牲自己的事。」

結果那不算是犧牲，比較像是升天。

「話雖如此，」我說：「你當時不知道會發生什麼，卻還是那麼做了。你因爲覺得被我遺棄而氣了好幾個星期，然而到了緊要關頭，你仍然救了我。」

我……眞的是這樣對吧？聽起來很英勇吧？

「可惡，沒錯。」

那很可怕，思蘋瑟。

「等一下。可怕？」我閒逛出遊戲室，回到走廊上。

對，可怕。思蘋瑟，我已經不再受到程式的束縛。我再也沒有藉口。以前，我只會做自己被設計該做的事。現在，我接受了我的自由意志。這表示我必須為以前從未擔憂過的事操心。例如道德。

「我想你一定會做得很好，」我說：「在故事中會擔心自己道德準則的人，通常都能做出最好的決定。」

眞的嗎？

「對啊。嗯，除了他們，還有受到折磨的反英雄，但我覺得你不是那種。你比較……高尚？」

「活潑，」我說：「但也很高尚。嗯，我應該只要說高尚就好。你是個好人，M-Bot。」

人。我是……人。感覺好奇怪，而我甚至連身體都沒有。我是不是不應該懷念自己的身體？我無法控制它，而且電路系統的設計也是為了要關住我。可是那艘飛艇就是我。我的。我很想念它。

我努力不讓自己產生罪惡感。我該內疚的事已經夠多了——再去回想我是如何丟下它，讓它的飛艇被星盟拆解後又毀掉，這樣一點幫助也沒有。

「我很抱歉。」我輕聲說。

這不是妳的錯。又不是妳毀掉我的。看吧？我明白這一點，也**感受**得到。不過思蘋瑟，我還是很擔心。是因為道德。我覺得……覺得我必須幫助妳。保護我們的朋友。在這裡做我能做的事。

「好極了！」我說：「我就是需要你這麼做。你對佩格的事幫了大忙，而且你也在注意星魔。」

沒什麼值得注意的。它們很古怪，思蘋瑟。**更**古怪了，應該這麼說。它們不再躲藏起來，而且我也偷聽到一些事——因為我模仿了它們，所以它們不知道我是誰。它們又跟溫齊克和布蕾德聯絡了。看來星魔跟星盟之間的協議仍然有效。條約。

我點點頭，感到很可怕，但這其實不出我所料。

星魔願意替溫齊克做事，他則答應要消滅超感者——尤其是我——並且只改用蛞蝓來進行超空間跳躍。我不知道布蕾德在他們的交易中扮演什麼角色。

總之，如果不是因爲它們怕我，溫齊克早就把它們當成對付我們的武器了。令人擔心的是，如果星魔仍在跟他往來，那麼它們可能要不了多久就會決定採取行動。儘管它們很恐懼。

星魔不想再躲藏了，M-Bot解釋道。我感覺得到它們怒火中燒。因爲情緒而顫抖。

「好好注意它們，」我說：「如果你覺得它們不再怕我，眞的打算攻擊我們，立刻讓我知道。」

我會的。可是……思蘋瑟……妳介意我問嗎——妳爲什麼要戰鬥？還是爲了想殺死敵人嗎？

「那從來就不是原因，不算是，」我回答：「是因爲我想證明自己。」

但妳已經做到了，不是嗎？

我想是吧。在飛行學校選擇從飛艇彈跳逃生的那一刻起，我就不再擔心自己到底是不是膽小鬼。我已經向自己證明了。

爲什麼我現在要戰鬥？「是因爲你剛才說過的理由。爲了我的朋友。爲了我的同胞。」

那麼妳……最後想要的是什麼？

「我不知道，」我說：「其實我沒想得那麼遠。」

我會，所以那讓我很擔心。思蘋瑟，所有構成我的一切，都將我推向了那個決定性的時刻。我在程式的設定、自保的本能，以及保護朋友的理由之間掙扎。我在那一刻長大了，思蘋瑟。

現在……現在我已經等於是大人了，不是應該會想要做對的事嗎？我不是應該要**喜歡**自己正在做的事嗎，畢竟這是正確的選擇？是道德的選擇？

「你不喜歡嗎？」

不。我可以這麼做，但我寧願做別的事。

「蒐集蘑菇？」

對。或者其他的事。如果不是我要做的事，這會有關係嗎？

「我想應該沒關係的，」我說：「希望這麼說能幫到你，M-Bot，但我不覺得大多數人都會想要做對的事。正是因爲這樣，能做出對的事才足以稱爲高尚。這是有意識的選擇，也是困難的選擇。如果很容易，爲什麼我們會如此敬重這種行爲？」

我從沒對其他人說過這種話，甚至對自己也是。這個概念雖然很簡單，卻深深打動了我。我點點頭，繼續穿越走廊，在無意識中又走回了那間有玻璃地板的觀察室。在走廊上，我突然有種奇怪的感覺。熟悉感？或者只是親切感。

第一次來到這種平台的時候，我覺得那些枯燥無味的走廊太乾淨、太漂亮，太……沒有生氣。現在我又有點那種感覺了。但不止如此。

「嗯哼，」我邊說邊伸出一隻手觸摸走廊的牆。「我眞的慢慢喜歡上這個地方了。在看過碎塊上的各種景觀後，我還以爲自己會覺得這裡更加不自然。」

M-Bot沒立刻回應，而我也感到它散發出一股異於平常的疏遠感。

M-Bot？我傳送出去。

抱歉，M-Bot說，所以呢？妳現在喜歡這些走廊了嗎？

「對。你還好嗎？」

嗯，只是在處理某件事。但我並不意外妳會比以前更喜歡那個地方。妳離開過，然後回來了。人類經常會懷念過去，而且他們會跟最奇怪的物體與感覺建立起親密的聯繫。

「一個對蘑菇莫名熱愛的機器人竟然會這麼說。」我說。

嘿，至少蘑菇有生命啊！而且它們很神奇。它們有好多種類，也可以在最嚴峻的環境中生長。妳知道某些眞菌還可以操縱昆蟲的身體嗎，就像殭屍一樣？

「太猛了吧。」我說。誰會想到蘑菇竟然能那麼酷？不過回到妳有奇怪反應的這件事上，M-Bot說。也許……也許妳會喜歡那些走廊，是因爲妳聯想到了駕駛艙？還有跟我一起飛行的時候。

雖然我喜歡這想法，但覺得這不是正確答案。然而，這還是讓我露出了微笑。我接著繞過轉角，進入有玻璃地板的房間。但這一次裡面有人。地上有位身材瘦長、留著紅髮的年輕人，身邊散落著一堆圖表——而他正趴著望向玻璃外頭。

小羅聽到我的聲音時嚇了一跳，他抬起頭——發現只有我以後才鬆了口氣。「嘿，聽說妳度過了刺激的一天。」

「是啊，刺激。」我打了個哈欠。「按照標準時間，現在不是早上嗎？你不是應該在吃早餐？」

「嗯？」他說，然後查看手錶。「呃，其實我不太在意時間啦。而且我整晚都沒睡。」

「小羅，」我雙手扠腰說：「每當我想到高明又有趣的計畫而去叫醒你或不讓你參與時，你都會對我發牢騷，而且這種情況可是持續了很多年。」

「幸好這裡的窗戶外面是真空，」他說：「所以我不會被妳敲窗戶的聲音吵醒，或又被妳說服到另一個什麼也沒有的洞穴去尋找失落的寶藏。」

「我最後還是找到了寶藏，這點你得知道。」我雙手抱在胸前說。

我以爲M-Bot會附和，可是它沒有——我用超感能力稍微輕推它，卻感到它再度變得冷淡。它發生了什麼事嗎？

「總之，」我繼續說：「你突然決定熬夜又不找我，這讓我很不舒服。」

他聳聳肩。「FM很常熬夜，所以我發現自己也越來越常這樣……」

「當然了。」我邊說邊走上前。跟小羅在一起時會讓我覺得……不是不成熟，而是會比較像以前的自己。我直接躺到他旁邊，弄亂了幾張圖表，然後看著天花板。接著我翻過身，像他一樣往下看。透過玻璃，看著下方的狄崔特斯。

「可惡，」我輕聲說：「這會讓人失去方向感。」

「可不是嗎？」小羅興奮地說。

「我覺得自己在墜落，」我看著下方。「好像正在直直摔向地面。」

「我覺得自己在飄浮，」他說：「好像能看見一切，一覽無遺。也許只要去了解就比較不會害怕了。」

「在不害怕這方面，你最近做得很好呢。」我表示。

「並非我不害怕，」他說：「而是……這個嘛，我有很棒的精神支柱。很有幫助。」

嗯哼。如果是我就不會這麼說。小時候，我說過勇氣能摧毀恐懼。現在，我會說恐懼能讓我們勇敢。

「很高興你跟FM處得很好，」我說：「我很高興你有很棒的精神支柱。我很高興……你不再是那個擺脫不了怪朋友的男孩了。」

「噢拜託，」他說：「我們都很清楚，本來就沒人會主動來找我交朋友。妳才沒有把我身邊的人嚇跑，小旋。妳在沒人理會我的時候把我當成朋友。」

「物以類聚囉。」我邊說邊看著下方的星球——在這裡移動的巨大燈光下，星球表面顯得很明亮。我能看見地表因此出現的陰影和帶狀光線，而這些燈光是在狄崔特斯布滿灰塵和眞菌之前的時代所留下。

「小羅？」我輕聲說：「我是個多糟糕的朋友？」

「妳才不是——」

「老實告訴我吧，拜託。我……今天傷了尤根很深。我必須知道我信任的人對此有什麼看法。我在這方面表現得有多糟？」

「妳並不是很糟的朋友，」小羅說：「只是要跟妳當朋友很難。這兩者不一樣。」

「怎麼說？」

「妳很努力，」他說：「這點我知道。妳一直很照顧我。可惡，我在想妳是不是喜歡找安靜又偶爾會驚慌的人來當最好的朋友。不過我需要人幫忙，而妳又看見其他人找我麻煩，結果……嗯，我們就變成現在這樣囉。妳很忠實、熱情又有創意。」

「可是……」

「可是妳眞的、眞的很不會從其他人的角度看事情。小旋，妳只會做自己想做的事，並且認爲要是其他人有想到、也有勇氣的話，他們也會那麼做。」

「沒錯，」我表示：「我知道是我逼你進飛行學校的。但我無法以別人的眼光看事情。我就是我。討厭的是，我只會從我的角度看事情。」

「這是一種要練習的技巧，就跟其他技巧一樣。」他說：「妳熱愛故事。也許可以改變一下，問問自己，如果故事的重點不在於妳呢？如果那是尤根的故事呢？他會對妳做的事有什麼感覺？」

可惡，這簡直就是當頭棒喝。他講得好像很簡單，而對他來說或許就是如此。

可是我已經不想再管那些必須做的事了。無論是爲了尤根，還是狄崔特斯。還有發生在我身上的事……我展現出來的力量……如果保護尤根和其他人的唯一方式，就是要疏遠他們呢？

這使我的內心開始翻攪。開始顫抖。使我在腦中一次又一次生動想像著朋友們死去的模樣。爲了逃離那些畫面，也爲了避免另一次發作，我翻過身抓起其中一張圖表。

「你知道嗎，羅吉，」我對他說：「你是個奇怪的傢伙。」

「的確，的確。」

「我一走進來就發現你趴在一堆紙張當中。」

「妳馬上就躺到我旁邊了。」

「練習同理心嘛。」我說：「所以這些是什麼？」

「狄崔特斯在這些平台之中有幾座巨大的造船廠。」他說。

「是啊，我知道，」我說：「我在其中一座戰鬥過，記得嗎？」

「對，而且當時那裡正在墜毀。奈德的兄弟……」

我點了點頭，可是他看不見，因爲他仍然臉朝下趴著。嗯，他眞的很怪。也許我們本來就注定會成爲朋友。

「你覺得你可以在其中一座製造廠爲我打造出一艘飛艇嗎？」我問。

「這得看情況了，」他說：「妳想要的飛艇有設計圖嗎？而且我是指由眞正的工程師所繪製出正確、詳細的圖表？這可不像在一張廢紙上，用手畫出把史黛西．萊夫維爾射進熔爐裡的投石器。」

我露出微笑。「我都忘記那件事了。」

「我可沒忘。妳是用血畫的。」

「老鼠血，」我接著說：「當成墨水很難用，會一直凝固。眞不知道古代死靈法師是怎麼在祕術典籍裡使用這種東西的。」

「我們可以換個話題嗎？」

「我會給你設計圖，」我說：「眞正的設計圖。就在我們偷來的資料裡。」

「好極了，我本來就想做點測試了。不過我一直在想，其實我們不需要更多戰機。受過訓練的飛行員已經有很多戰機可以使用。也許我們需要別的。」

我可不太確定我們擁有足夠的戰機。現在我們的飛行員有了超感蛞蝓逃生系統，所以可能會開始慢慢消耗戰機的數量。這是一種心態上的改變。雖然我們一直擁有能在大氣中運作的彈射系統，可是DDF的文化是訓練飛行員重視飛艇勝於自己的生命——因爲飛艇看起來比較難被取代。

我時常好奇，這種目光短淺的觀點到底讓我們付出了多少代價。以前我們一直沒意識到具備技巧又經驗豐富的飛行員有多麼重要。我跟朋友們能有這麼高的軍階，其中一半的原因就是我們能存活夠久，因此得到了一些實用的戰鬥經驗。

我正打算向小羅解釋想要他製造的東西時，FM打開門走了進來。她有些激動和緊張。當然，她整個人還是很沉著，不過以FM的標準來說，這等於是驚慌了。

「怎麼了？」我立刻坐起來。

「指揮部召開了緊急會議，」她說：「敵人有動作了。我是來找羅吉的，不過尤根一定會很高興妳也在這裡。」

我可沒那麼確定。今天就不會。不過在小羅匆忙收拾設計圖的時候，我也站了起來。「妳還知道別的嗎？」

「嗯，」她說：「封鎖敵人取得上斜石的管道，這眞的引起了他們的注意。」

「所以呢？」

「所以，」她看著我的眼睛。「他們改變了戰術。我們目前還不確定；雖然現在判斷還太早，但他們的部隊調動顯示……嗯，他們明白了自己無法像以前那樣輕鬆贏得長期戰爭。所以……」

所以？我皺著眉，試圖思考如果我是他們會怎麼做。敵人會意識到我們要慢慢削弱他們的實力，但在數量上，他們仍然擁有巨大優勢。因此以他們的角度來看，我會……

可惡。

第十七章

「全力攻擊。」基森人的一位將領戈洛（Goro）說，他讓平台懸浮在一面螢幕牆旁，指著我們從星盟那裡蒐集到的一段影片。超感蛞蝓能將地面人員傳送過去，監視庫那替我們標示出的設施。

「再次強調，」戈洛說，他飄浮到螢幕牆的另一邊，然後指向另一個畫面，「我們並不確定，但看起來就是如此。」

「遺憾的是，這也在預料之中。」卡柏說。

他還是拒絕跟我們坐在一起，而是坐在給顧問的牆邊座位。他的皮膚蒼白，眼袋明顯，令我有些擔心，不過他似乎更主動參與討論了。也許這表示他的情況有所改善。

「他們明白我們的戰略。」卡柏接著說：「長期下去，只要藉由小型衝突一點一滴破壞他們的戰力，他們就會失去控制權。」

「現在星盟的局勢很穩定，」桌邊的庫那附和：「他們規模夠大，也具備一定的勢力，只有少數公民會注意到溫齊克在上任後做了什麼改變。然而，我們並不是卡索迪斯（cathodis）。」

根據翻譯別針的解釋，這是種隱喻，意指一種固定在牆上從不移動的物體，它會看著世界流轉。以我們的話來說，有點像「我們可不是膽小的笨蛋」。

「長期下去，」庫那繼續說：「人們會對失去民主一事越來越不滿。溫齊克說人類和星魔很危險，但他們會看穿他的話術——也會開始產生疑問。如果我們摧毀他的軍力，那些比較……粗暴的次等種族可能就會反抗他的統治。甚至連高等智慧物種都會開始反對他。」

「少了補給站，溫齊克意識到跟我們長期交戰的風險變得更大了。」戈洛附和道。他指著螢幕上其他影像。「因此，我們發現他從奧克拉（Ooklar）行星調度了維安部隊，還有齊普！塔克（Zip!tak）行星這裡。他在這裡安排了飛艇，以防狄翁雙重系統中重要的亞光速航線遭受海盜侵害。

「他們正在集結。假如他在重新部署時強硬一點，就能調動大約兩千七百架戰機來支持主力艦隊。其中約三分之一會由眞正的飛行員駕駛，其他則是遙控無人機。更糟的是，他能夠動用二十至三十艘主力艦——八艘運輸艦，以及多達兩倍的驅逐艦。」

可惡。那些數量……

兩千七百架戰機？就算加上盟友，我們也只有三百架。沒錯，他們的戰機中有一大部分是比較好應付的無人機。但我們的三百位飛行員裡還包含了所有新兵與練習生，他們幾乎毫無戰鬥經驗。而且我們一直沒有主力艦——儘管狄崔特斯本身就是一座可移動的巨大戰鬥太空站。

我們的軍力主要爲突襲機，等於是現代的騎兵部隊。我們能存活到現在是因爲速度快，並且攻擊溫齊克未預料到的地方，此外——老實說——我們也利用了他無法專心對付我們這一點。他正忙著建立起身爲銀河系獨裁者的勢力。

然而現在已經來到緊要關頭，他可不會再讓我們找麻煩了。我們已經發揮了效用，被他描述成惡鬼，藉此「證明」他需要獨裁的權力。現在，他則想以一場決定性的戰鬥徹底消滅我們。假如他無法贏得長期戰爭，這將會是他的另一個選擇。

以壓倒性的力量迅速解決我們。我早該預見這種情況的。

「等等，」瑞納金在座位上開口，他淡紫色的臉露出了疑惑表情。「這不會有引發叛亂的風險嗎？要是溫齊克調走所有的維安部隊，那些行星不就會反抗他了嗎？」

「終究會的，」庫那說：「這個問題可能會發生。不過你們要理解，我們並不……呃……」

「暴力？」我問。

「我正在想個沒那麼激烈的形容詞，」對方表示：「我發現這個詞可能不太精準，但依目前的情況，這個詞或許還算貼切：我們並不暴力。」

庫納繼續說：「我們不是卡索迪斯，並不會永遠任人擺布。然而，我的同胞——以及他們所領導的人民——會先嘗試其他方法。執行法律的議案、治理天體的提議、媒體中的社論。倘若這些方法開始產生影響力，溫齊克就會需要軍隊，不過他大概知道自己現在還有動用軍力的空間——而且也必須這麼做。這是暫時的。」

「只要等到把我們殲滅就行了。」尤根嚴肅地說。

「你……有預見到這種狀況嗎？」瑞納金看著尤根問：「我是指在切斷他的上斜石來源之前？」

「這件事處理得很不好。」戈洛表示，他飄向聚集在桌面上的其他基森人。「伊奇卡長老和我對於被排除在外一事非常不悅，我們並不知道你們決定偷襲敵人。為何不先找我們商議就如此倉促行動，而且還從虛無內部攻擊？之前不是說好要摧毀位於實境的設施嗎？」

「假使有成員在如此不信任大家的情況下行事，」庫那說：「這怎麼能稱得上同盟呢？」

我無力地坐在位子上，胃部一陣翻攪。尤根絕不會沒找盟友討論就直接發動攻擊。但他底下那位急性子的明星飛行員就不是如此了。可惡，我眞是個蠢蛋。

尤根站起來，連看都沒看我一眼。他扛下了責任。他很常因爲我這樣而受苦。我做的一切似乎都很正確，事後看來也是如此。整修M-Bot、跑到星界、待在虛無……就連這次行動也是，我們在不傷及性命的情況下癱瘓了那些採礦站。

然而每一次尤根都必須替我找藉口。收拾爛攤子。在我一意孤行的時候想辦法領導大家。他對我的看法沒錯。這一刻，我覺得自己沒資格坐在這裡——甚至也沒資格參與這場會議。

「不，瑞納金，」尤根說：「我沒料到會發生這種事。你說得對——而戈洛你也說得對，我們沒徵求你們的意見就行動實在太莽撞了。我們錯了，我請求你們的原諒。

「我們對這種情況很陌生。這就是問題所在，朋友們。太陌生了。基本上，我們只是孩子，這是我們第一次試著接替做好大人的工作。我的同胞數十年來都處於滅亡的邊緣。過去，我們沒有時間制訂適當的計畫，因爲要是這麼做，我們還來不及執行就會死了。」

尤根繼續說：「這種行爲模式仍然深植在我們內心。那是一種是驚慌，那種感覺是只要一有機會就必須立刻採行動，否則我們就會錯失良機。我們必須成長。我們必須學習並做得更好。而我希望各位相信，我們並非故意背離你們。我們一直在學習，盡我們最快的速度學習。」

桌邊其他人思考著他的話，我看得出他們的態度軟化了。尤根爲何總是知道該說什麼話？他爲何知道何時要堅定，何時該道歉？其他人看著他承擔我的責任，接受了他的道歉。

「我想我們都能明白，」戈洛說：「我們沒人打過眞正的銀河戰爭。即使在我的家鄉，上次發生眞正的戰爭也已是數十年前的事了；我們只遭遇過小型衝突。」

「在這種規模的戰爭中沒能預料到情勢，不算是你的錯。」瑞納金附和：「對於這種事，在座所有人都很陌生，而我們也都認爲關於採礦站的計畫很好；要是能告知我們你打算提前行動，我們就不會這麼不滿了。」

「我們保證，」尤根說，他終於看向我。「再也不會做意外的事。我們會成長的，各位朋友。」

有一座平台懸浮到戈洛旁邊。那是伊奇卡，這位年長的基森人口鼻部已經發白，身上仍然穿著正式的袍裝。後來我才知道，她是民選的官員。她不像是皇后——他們已經跨越那個階段——但她仍然代表著傳統。

「我們也很欣賞你的誠實，總司令。」她對尤根說：「然而就如我的同胞所言，我們還必須解決一隻野獸。有個問題必須處理。我們的星球無涯已經暴露了，新黎明也是，那是我們盟友烏戴爾人的家園。然而，你們擁有一顆可以移動的星球──周圍還有保護的殼層──你們能夠承擔莽撞的後果，畢竟你們能在敵軍來襲時逃脫。但我們不行。我們的人民可能會被消滅。」

會議室一片安靜，我也感到更加不舒服。因爲這個論點很正確。雖然我不覺得我們的同胞像尤根說的那樣自由，但我也不認爲自己是因爲這樣才採取行動。不過這並未改變事實──沒錯，要是星盟大軍來襲，我們的確可以逃脫。狄崔特斯能夠移動，這表示我們比其他物種更自由。

「我們不能永遠都在逃跑，」尤根說：「溫齊克不會讓我們繼續威脅他的統治。而且，我們也不會就這樣丟下你們。」

瑞納金輕敲桌面，這對他來說或許就跟我們藉由輕咳引起注意一樣。「沒人指控你們懦弱，總司令。但若是得在你們跟我們的人民之間選擇，你們當然會逃。這是很單純的事實。我這麼說並非指控，而是我們都應該理解的聲明。狄崔特斯的情況跟我們並不一樣。」

「除此之外，」庫那接著說：「你們是……呃，你們是人類。你們習慣生活在毀滅與戰爭中。」雖然這句話很不公平，但沒想到烏戴爾人跟基森人竟然都同意。我不認爲人類天生就比較暴力。我們只是……我不知道該怎麼形容……

會議室一側傳出很小的喀噠聲。接著有個人起身，伴隨著輕微的呻吟。那個人很矮，因爲年紀大而身形佝僂。奶奶？

她走到會議桌前側，這時又傳出了另一陣喀噠聲。奶奶行走時虛弱但堅定，而這似乎跟她靈魂深處散發的氣息相互抵觸。一位年邁的女人，雖然弱不禁風，卻散發出力量與權威。

一方面，她是無名小卒。這個老女人因爲兒子的背叛行爲而被社會排斥了大半輩子。但即使是當時，人們還是會敬畏她。就算在那個時候，他們也還是知道並記得。她不只是奶奶，她是貝卡・奈薛。最後一位曾在星辰之間生活過的女人。是帶我們來到這裡的那艘飛艇上，僅存的組員。

「你們知道，無畏號的故事嗎？」她開口並轉過身，雖然眼睛閉著，卻像是對著會議室裡的所有人說話——基森人、烏戴爾人、人類，以及狄翁人。

「我們不知道妳的故事，尊敬的長者，」戴著面具的赫修輕聲說，他正懸浮在我的座位附近。「可是我很想聽，如果妳願意訴說的話。」

奶奶露出微笑，將她的臉朝上，面向星星。「我們是違抗命令的人。上次那些領導我們各族的暴君聯合起來，試圖征服銀河系，而我們這些人不肯參戰。很久以前，就是那些戰士讓你們烏戴爾人受盡了折磨。

「哎呀，那些人類命令所有能夠戰鬥的飛艇加入艦隊，在那場愚蠢的戰爭中支援他們。可是我們，我們拒絕了。我們這批人有些是中國人的後代，有些是哥倫比亞人、美國人、斯堪的那維亞人——還有更多其他人種。雖然之前我們曾有過貿易，也曾一起旅行，但在那一天，我們眞正成爲了一體。

「聰明的戰士會自己選擇戰場，而我們不想要這個戰場。我們拒絕戰鬥的號召，因此最先反抗的就是我們自己的領袖。那就是無畏號的精神。重點不在於我們會戰鬥，朋友們。重點是我們會選擇戰鬥的時機。無論是局勢潮流或暴君，都無法強迫我們參與我們不支持的戰爭。」她睜開乳白色的眼睛，環視室內所有人。「可是一旦我們投身戰鬥——一旦你們用正當理由說服我們——我們就絕不退縮。」

她停在基森人的平台附近。奶奶抬高下巴點了點頭。「我們不會拋下你們，朋友。身爲無畏號最後一位組員的我，在此發誓。要是你們淪陷，我們就會加入你們，這樣才能一起詛咒燒灼我們血肉的戰火與灰燼。死而不屈。假使我們選擇跟我的祖先一樣逃亡，也只會在能夠帶著你們一起的情況下這麼做。雖然我們是不同的物種，但一旦聯合起來，便是彼此的戰友。你們並非獨自奮戰。」

儘管已經聽過好幾次關於我們起源的故事，我還是忍不住流下了淚水。奶奶的話語幾乎讓我擺脫了憂鬱情緒。而且，雖然她解釋事情的方式帶有獨特的奈薛家風格，但這段演說對我們的盟友產生了正面效果。基森人坐下來，接受了這項承諾。其他人似乎也感到安心而平靜下來。

再次阻止了一場思蘋瑟造成的危機。可惡，要是我沒讓大家擔心人類行事捉摸不定，奶奶根本不必說這些話。在她引起的熱情消退後，我又開始感受到自己的錯誤有多麼沉重。

尤根感謝奶奶，然後面對著大家。「我們可以因應敵人的新戰術，」他說：「幸運的是，溫齊克準備好部隊還需一些時間。我建議我們先找戰略專家討論，檢視目前所蒐集到的情報，今晚再重新召開會議。就在本地時間二十點整，一起討論意見？」

其他人同意了。與會者開始散去，我也隨即逃離現場，沒理會金曼琳找我一起吃早餐的提議。我不想再和尤根爭論，也不想面對我的朋友。我想要獨自一人。

我越來越確定這樣才是自己的歸屬。

第十八章

我直接回床上睡了一覺，雖然斷斷續續沒睡好，但至少沒出現什麼奇怪的惡夢或超感幻覺。我只是不停在床鋪上翻身，時睡時醒。

那場午夜任務讓我精疲力盡，所以起床時已經過中午了。我立刻去健身房待了好一陣子。跑步機、伸展、重量訓練。我希望藉由熟悉的習慣和體能鍛鍊來減輕恐懼與焦慮。可是今天沒用。潛意識知道我在試圖讓它分心，因此完全不受影響。

洗完澡吃完東西後，我在房間的螢幕牆上處理訊息，等待受邀前往尤根提到的計畫會議。以前我每次都會直接出席——尤根不一定會傳送邀請給我，畢竟他們本來就預期我會參與。因此，隨著時間越來越近，我開始不確定自己是否被排除在外了。

我躺回床上，搔抓著毀滅蛞蝓，她的小床就在我床邊。她感受到我的心情，什麼也沒說。以我對赫修的了解，他大概正在我的門外站崗。他大部分的時間都會那麼做；他自認爲這是身爲蒙面流亡者護衛的責任。雖然可以找他聊聊，但我不想跟任何人說話。我想要獨自一人。

而尷尬的是，處在這種心境時，竟然還有朋友能突然從你腦中蹦出來。

嘿，M-Bot說。*星魔有動靜了。它們越來越焦躁了。*

「你有危險嗎？」我問。

大概吧。不過我隨時都處在危險中，誰知道呢？要是可以的話，它們就會消滅我，但它們顯然很怕妳。或許也有一點怕我，眞希望能知道爲什麼。

「我知道部分原因，」我躺在床上看著天花板說：「在你犧牲自己好讓我逃進光爆後，它們就試著……我不知該怎麼說……毀掉我？壓垮我？粉碎我的靈魂。」

我繼續說：「但跟查特結合之後，我知道了一些事。他很痛苦，而我的人生經歷能讓他克服痛苦。而在我需要了解虛無及星魔的時候，他也能提供幫助。所以當星魔接觸我時，它們就會感到痛苦。」

那種痛苦，M-Bot說。那就是它們的弱點。它們逃進光爆就是爲了逃離失去的痛苦，對吧？星魔從人工智慧演化爲人之後，無法接受它們所愛之人死去。它們封鎖自己的記憶，在時間毫無意義的地方找到了庇護。在那裡，它們永遠不必成長，永遠不必承受失去一切所愛的痛苦。那裡的一切都不會改變。

除非有人從實境經過那裡。超感者或蛞蝓會打開通道前往我們的維度——這裡的時間、空間與改變都是生命中的必然。這會傷害它們。

「當它們嘗試摧毀我，就必須跟我接觸，」我解釋道：「這對它們來說太痛苦了。原因可能在於我是實境的一部分？」

我猜不止如此，M-Bot說。雖然它們隱藏了記憶，卻沒完全消除。妳知道它們的祕密，這個事實穿透了它們的防護，再度揭露了那種痛苦。妳接觸它們的時候，可說是撕下了它們的面具，讓它們又一次鮮明地回憶起過去。

查特對這番話有明顯的反應。那就是關鍵，他這麼想。

「所以……它們感受得出來，知道我能夠理解它們是什麼。那對它們而言很痛苦……」

妳知道它們在隱藏什麼，M-Bot說。妳在那裡的時候，它們無法假裝。妳會迫使它們想起，而那些記憶會讓它們痛苦得難以承受。它們必須撤退。

「所以我們現在要做的，」我說：「就是想辦法完整揭露星魔的痛苦。消除它們用來阻擋回憶的屏障。要是我們那麼做……」

就會消滅它們，M-Bot接下去說。因爲在虛無，一切都不會改變。如果妳用那股巨大的痛苦折磨它們，然後離開，它們就會永遠無法逃離，永遠被困住。它們什麼都做不了，除了讓自己消失吧。

在我靈魂中的查特爲此覺得悲傷。我感受到了什麼？是認命嗎？我一直很努力要保護補給站的工人，儘管他們是另一方的人。我對星魔有什麼感覺？

這太複雜了，實在難以釐清。如果少了查特，我就不會有任何疑慮。可是他給了我不同的視角。

「聽起來眞可怕。」我說。

對，但這總算是個計畫，M-Bot說。過了這麼久，終於有對付它們的方法——也許還能一勞永逸。可惡，思蘋瑟。擁有計畫的感覺眞好。

「這個嘛，我通常都會有計畫，」我說：「那不是問題。問題在於，我往往不會花足夠的時間考量，也不給別人機會參與討論。」

所以……

「所以這次我們要慢慢來。」我表示：「還有，在考慮清楚並仔細調查之前，我們什麼也別嘗試。你有辦法潛入它們之中，查出我們的理論是否正確嗎？也許可以找到讓它們重新感受到痛苦的方法？」

當然。我不只是鬼魂，更是個匿蹤鬼魂。我行的。我會找到答案。

「很好。」

對了，思蘋瑟？一旦我們做到了——一旦查出擊敗星魔的辦法，而且阻止星盟摧毀狄崔特斯——到時候……到時候我們就能得到自己想要的結果。故事就是這樣，對不對？

「對啊，」我撒了謊。「對。故事都是這樣的，M-Bot。」

很好，很好……它的聲音逐漸變小。

它離開後，我再度恢復獨自一人，這正是我想要的。但這也表示我又開始因爲會議的事感到不安。

我應該過去嗎？待在這裡有什麼用？等待邀請是成熟還是任性的表現？

我發現自己展開了思緒，這並非刻意，比較像是焦慮的延伸——甚至是我越來越深的孤寂感所導致。也因此，我不該對接下來發生的事感到意外。布蕾德那幽靈般的超感投影出現在我房間，她雙手交叉抱胸，身上穿著硬挺的制服。

之前我還能夠躲避她。可是當我的靈魂開始顫動——跟星魔產生共鳴——情況就改變了。我現在幾乎無法控制。

「欸，」布蕾德對我說：「妳一定要這麼大聲嗎？我們正在想用什麼方式殺光你們最好呢。」

「你們很害怕，」我惱火地對她說：「沒料到我們會那樣切斷你們的資源。現在你們急了。」

「那一招確實聰明。」她坦承。

我爬下床，繞著布蕾德走，而她也繞著我，彷彿兩位戰士正在打量彼此。我一隻手顫抖著，很想抓起綁在腿上的刀子撲向她。

這麼做毫無意義。我們對戰用的刀並不是以鋼鐵製成。而且可惜的是，即使我的靈魂有星魔助陣，她在那方面還是比我強。

「我倒是想謝謝妳。」布蕾德終於開口。

「謝什麼？」

「把溫齊克跟他的將領逼到角落，」她說：「他們本來很堅決要打一場拖延又浪費的戰爭。現在他們會選擇更好的方式——最終大決戰。就像我們古代的阿金庫爾或滑鐵盧戰役。」她又開始輕鬆地繞著我走。「我打從一開始就該知道、應該要看出妳是什麼人。任何烏戴爾人都比不上妳的嗜血。妳的意志力。可別告訴我，妳對這場最後高潮的大對決一點也不興奮。」

「我不想要有那麼大的代價。」我說：「我們一定要害成千上萬人死傷嗎，布蕾德？畢竟結果已經是必然，而星盟也注定要瓦解？」

她走上前，注視著我一陣子，然後才回答。「我懂了。」她說：「妳變弱了。失去了渴望。是什麼讓妳抱持和平主義的，思蘋瑟？」

「妳以前從來不會這樣說話，」我邊說邊繼續繞著她打轉。「在我們一起訓練時，妳說過殺戮是很可怕的事——妳說妳從出生就受訓成爲武器，不得不被星盟控制。妳似乎很害怕自己，以及自己所做的事。妳也不會期待戰爭。」

她笑了。「或許認識妳，喚醒了我的某個東西。」

「也有可能，」我說：「妳當時只是在假裝。所以妳才會一知道我是誰，就急著去通知溫齊克。妳知道嗎，我還眞心以爲可以好好跟妳溝通。我覺得妳被洗腦了。」

「無心之過嘛，」布蕾德說：「誰能想到有個人類這麼會演戲呢？這很特別，畢竟我們兩人都在這麼做。」

「所以這到底是怎樣？」我指著她說：「爲了戰爭榮耀的裝腔作勢？又是假面具嗎？希望我會小看妳？」

「比較像是試著尋找共通點。」她邊說，邊擺弄著腰際的武器皮套。

我知道布蕾德還有第三種面向，是我在虛無當間諜時發現的。那樣的她會像豹一樣潛行，狡猾又放鬆地觀察著溫齊克。

那似乎才是眞正的她。不是受到恐嚇的俘虜，也不是這種嗜血的戰士。而是一個奸詐的操縱者。比較像是溫齊克的同夥而非奴隸。

可惡，難怪她會背叛我。我不只打亂了他的計畫，也打亂了她的。

「戰爭確實讓我很感興趣。」她說：「妳知道我們的祖先試圖征服銀河系幾次嗎？那些人類花了多久時間證明自己？」

「暴君，」我說：「就跟星盟一樣。」

「哎，拜託，」布蕾德說，然後一屁股坐下，那個位置隨即也出現在幻象中。「妳不能兩者都要啊，思蘋瑟。戰爭要嘛輝煌燦爛，要不就是在毫無意義地耗費生命。看著妳猶豫不決還眞煩。」

我沒受到她的嘲諷刺激。我不禁認為這也是算計過的。對，我有點矛盾──我覺得自己很矛盾──但還是能看清一些事。我可以愛聽勇氣的故事，欽佩戰士的力量，同時也不想看到無辜的人死去。

總之，如果要把刀猛插進布蕾德的眼睛用力扭轉，我是絕對不會內疚的。有時扣下扳機會讓你感覺很糟。而某些時候，當對方表現得卑劣至極，你是完全不會有任何罪惡感。我心裡有一部分很感激她讓我能毫不遲疑地下手。

「妳想要解決這件事嗎？」布蕾德問我。

「怎麼做？」

「妳，」她指著我說：「和我。親自決鬥，星式戰機對星式戰機。」

「那有什麼用？」我問。

「我們會知道誰比較厲害。」

「我們已經知道誰比較厲害了，」我說：「我在星魔迷宮裡對妳的勝率是四分之三。」

「什麼，那時候嗎？」布蕾德問：「妳假裝是個抱持半和平主義的外星人，而我假裝自己不危險以免嚇跑妳們的那時候？哎喲，眞是討厭啊。」

我瞇起眼睛看著她，沒有上當。沒錯，她在我們對戰期間確實受到了很大的挫折。不服從。她一直很不喜歡參與那些訓練。她大概恨死了那項任務吧。

有什麼理由讓她必須隱藏實力？沒有。她有充分的理由提升人類士兵的聲譽，她沒有理由要故意放水。我是更厲害的飛行員。

雖然我心裡有一部分眞的很想確認這一點。

「我不會爲了自尊而跟妳決鬥。」我說。

「那就當是爲了戰術優勢吧，我可是溫齊克最強的超感者。」她說：「妳眞該聽聽他有哪些可憐又愚蠢的藉口。他的人民花了好幾世紀在人工繁殖中消除了自己的能力，那些白痴。沒錯，他們擁有超驅裝置，但這種情況等於是妳擁有步槍，就不肯替手槍上油了。」

很貼切的比喻。我動搖了。

「要是我殺了妳，」布蕾德說：「我就是剝奪了你們那一方最強的武器。如果妳殺了我也是一樣。看來我們兩個都對老派的決鬥很有興趣。」她瞇起眼睛。「我想這麼做。妳呢？」

「想。」我低聲回答，這才發現自己確實想。我好想割下她那張笑臉，然後釘在牆上當作戰利品。雖然失去了大開殺戒的渴望，但這並不表示我完全改變了。

「我們單獨碰面，」布蕾德說：「就在這裡。」

一組座標強行進入我的腦中，就像箭頭指引著方向。

「後天，」她說：「從現在開始算，舊地球時間的三十六個鐘頭後。」

我看了一眼時鐘。「不是應該要三十九又半個小時之後嗎？那時才是正中午。」

「眞逗趣。」布蕾德說：「我不會告訴我這邊的人——溫齊克現在給我很多自由。我可以溜出去，妳呢？」

我沒回答，不過她似乎從我熱切的表情看得出來，因爲她隨即就消失了。我感到猶豫不決。我才剛因爲獨自行動而讓所有人陷入大麻煩。不過要是能殺掉布蕾德——更好的是能活捉她——我們的戰術態勢就會更加有利。我知道溫齊克在跟超感者相關的方面很仰賴她。最起碼，我知道我之後會更安全。不必擔心她會突然冒出來監視我們。

我在做出決定之前猶豫了。我必須找個人討論這件事。

幸好，我所認識最聰明的人就坐在門外。喝茶。

基森人簡介

紀錄編號 DST230307

基森貴族

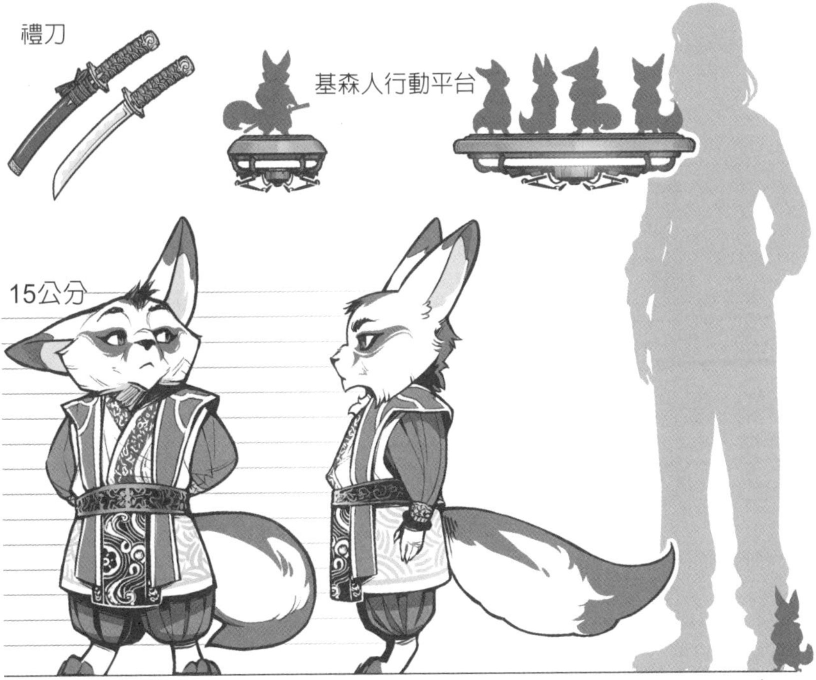

基森戰士

第十九章

赫修盤腿坐在自己弄來的一塊小地毯墊上，我打開門時他並未理會。他認眞地向茶壺鞠躬，然後舉起它，在杯子裡倒了四分之一滿。他對著茶鞠躬，然後安靜地啜飲喝完。結束之後，他拿起面具——白底紅條紋，形狀像是狐狸的頭——接著戴回臉上。

這整個過程散發著儀式感，於是我待在他的背後，等著他開口說話。

「這是向皇帝致意的一種儀式。」他解釋道：「每個南眞（nanjan）日，一家之主會代替皇帝倒茶，這代表著從皇帝流動出的一切——所有的慰藉、需求，以及生命。我從未在這個位置做過這種事。我爲其他元首倒過茶，但皇帝本人不會喝，因爲他不從人民身上拿取，只會給予。」他停頓了一下。「我曾經相信那種事。」

我在門口坐下，他則在墊子上轉過身。一如往常，他的聲音有力而深沉——這麼小的身體竟能發出強大的低音。或者這只是我的偏見。誰說小東西不能發出低沉的聲音？

「妳很憂慮。」他對我說。

「我有不憂慮的時候嗎？」我嘆息道。

「說得好，」他說：「波浪是受到不斷的騷動所形成，而充實的生命也是如此。」

「我不覺得自己有那麼像波浪，赫修，」我說：「我比較像是一罐不停被上下搖動的碳酸水。」

他聽到後輕笑了起來。「我很喜歡妳看待世界的方式，小旋。這讓我覺得自己或許應該要更懂得放鬆一點。」

「呃，我也是？只是我應該相反？」我嘆了口氣，坐著靠向門框，此時有另一個飛行隊的兩位飛行員走過，但我沒理會。他們用奇怪的眼神看著我們，不過我已經習慣了。「我還不確定自己到底想問什麼。要先談談你的問題嗎？」

「能得到建議一定很有幫助，」赫修說：「妳越來越體貼了，思蘋瑟。這是值得鼓勵的進展。」

呃，當然了。其實，我只是想思考得更清楚後再向他傾吐。但我決定讓他以爲是我變得更成熟的緣故。

「如果有人發現自己是……一種負擔，」他對我說：「這個人該怎麼做？」

「什麼意思？」我問。

「我很自私地懷念著舊生活，」他說：「身邊的人都對我極爲順從。我能夠控制命運並做出決定。而且……我想念我的朋友們。我的那些妻子、家人、僕從和同僚。替我拿杯子和盾牌的人。我最年長的女兒，她是個音樂家，有著最美妙的聲音。而我現在擁有的只剩影音紀錄。」

可惡，他有家庭？還有家人？這很合理，但有時我就是會忘記。在我眼中，我的朋友們幾乎都是戰士——做著戰士的事。

「那就回去找他們吧，」我說：「你想要的話還是可以跟我一起飛行，但不必在晚上看守我的房門，赫修。我很感激，可是如果你能開心，我會更開心。」

「啊，」他說，然後敲了敲自己的面具。「不過我已經戴上了面具，小旋。正如我之前告訴妳的，這是一種承諾。戴上它以後，就等於向所有人宣示，我已經放逐赫修了。皇帝已經不在了。」

「那就戴著面具吧，」我又建議：「然後回去找你那些妻子。」

「是的，我可以那麼做。而她們大概也會接受我。但這會毀掉許多事。」他把手伸進身上穿的正式長袍口袋，並拿出一台平板。「參議院終於開始有效運作——他們在我離開時脫離了星盟！他們答應支持這場叛亂！他們討論過後，意見竟然比被統治的時候更加一致。此外，我的孩子都已經長大，並且擔任重要職位，他們幾乎都在我妻子們底下做事——而她們現在的權力都比我還大。她們三人都有了配偶。」

「這麼快？你才被推定死亡幾個星期啊！」

「我們的結合是出於政治考量，」他邊說邊把爪子放在平板上，在我看來像是充滿了愛意。「這是爲了將我們行星上的派系團結起來。少了我，她們就可以歡欣地回到自己的家庭，因爲她們已經爲人民付出了。雖然我很想念所有的妻子，但她們每個人現在都是自己部族裡最重要的政治人物。我的孩子們也因我的犧牲而獲得眾人敬重。倘若不戴上面具，我的倖存將會……對所有人造成不便。

「無論我調查何處，情況都一樣。我的人民已經準備好繼續前進。他們接受了皇帝已逝的現實，若是我固執己見，就會讓他們相當麻煩。對所有人而言，我最好還是與世隔絕。有時我眞希望自己完全不要恢復記憶。」

「我很遺憾，赫修。」我輕聲說：「那眞是爛透了。」我的表情皺了一下。「呃……你就假裝我剛剛說了明智的話吧。」

「我很重視智慧，」他說：「然而今天，同理心比較有幫助。謝謝妳。這確實『爛透了』。正如月亮的陰暗面，那裡永遠無法面對陽光，也永遠無法感受到黎明的輕吻。」

「對啊，就像那樣。」我表示：「或是像你在揍尤根的膝蓋時，碰傷了自己的指節。眞是太討厭了，因爲他其實不該受到那種對待，而且你的手又很痛。」

「或是像魚和鷹永遠無法成爲朋友，儘管彼此能夠分享完全不同的觀點。」

「或是像你眞的很想對某人大吼，結果只找得到小羅那種好人。而在吼叫之後，你的心情反而變得更糟了。」

「或是像每一幅繪畫最後都會剝蝕，因此宇宙會不斷地失去其傑作，因爲它們終究會腐朽。」

「或是像你必須在操作戰機時尿尿，卻發現你忘記接上飛行服的導尿管。」

赫修咯咯笑了起來。他似乎以為我在說笑話，可是那種情況眞的很討厭。我猜他並不知道，因為他的飛艇夠大——而且裡頭的成員體型都夠小——所以能容納完整的廁所設施。

「謝謝妳，」他說：「笑一笑眞的有幫助。」

「如果你想要眞正療癒一下，」我提議說：「我們可以去射擊場炸掉一些東西。」

「好，或許晚一點？妳之前似乎有心事。可以換我幫助妳了嗎？」

我把頭往後敲向門框，保持坐姿，一隻腳伸向對側。「是啊，那件事。」

「我很抱歉。妳不願想起嗎？」

「不，我就是出來尋求建議的。」我說：「布蕾德想要跟我決鬥。」

「啊。妳們兩位就有如一對天體，被妳們無法控制的力量牽引，必定要發生衝突。因此，我並不意外。」

「我覺得這是個好主意，」我對他說：「我可以打敗她，讓溫齊克少一份戰力。」

「由於我尚未遇過能在公平戰鬥中勝過妳的飛行員，所以我傾向於認同這樣的評估。前提是我們能確定那並非陷阱。」

「是啊。有沒有什麼……辦法能確定？」

「提前偵查那片區域，」他說：「雙方同意在進入該區之前先放置一隻抑制蛞蝓。也許還能先派出誘餌。」

「聰明。」

「我只是參考吉洛（Jilo）在《吉洛史詩》（*Epic of Jilo*）中所採取的行動罷了。不過我很感激妳對我有信心。」

「所以我們就這麼做，」我說：「只是……」

「尤根？」他猜測。

「嗯，尤根。他一定會說不行。他會擔心我讓自己冒不必要的風險，而且決鬥也完全違反了規定——不過一旦開始戰鬥，我們基本上就是互相對決了，所以這種規定眞的很蠢。眞希望我是個皇帝。」

「當一個人擁有絕對的權威，能夠決定自己想要的一切，那麼生活在許多方面就會簡單得多。不過小旋，這種身分也有很大的缺點。」

「大概吧，」我閉起眼睛。「你會不會覺得……也許……我跟你很像？如果我保持距離是不是對大家比較好？例如飛離實境，再也不打擾他們？那樣就不會有人爲了想跟上我而受傷。我可以做該做的事——尤根也不會陷入麻煩，因爲我並不是受他指揮。」

赫修沒回答。

「赫修？」我張開一隻眼睛問。

「我在想，我讓自己的煩惱影響了妳，」他坦白說：「假使我並未提及疏離大家的事，妳就不會有這種感受。我應該爲了妳好而跟妳疏離。最好的方式就是我離開……」

我轉身過去趴在地上，讓自己跟他的視線齊平。「不，」我對他說：「拜託別那樣，赫修。別對我那樣。我就像是一隻跨次元的怪物。如果說我們之中有誰會對另一個人造成不好的影響，那也一定是我。」

「因此，我們都有相同的憂慮。或許我們兩個都錯了。」

「同意，」我說：「我們要待在一起。至少你跟我，好嗎？」我伸出拳頭想跟他相碰。

他思考了一下。「命運主張我應該成爲妳的同伴，而這也是我應該選擇的道路。」他終於做出決定。「我接受妳說的。」他嚴肅地摘下面具，然後舉起一根爪子輕碰了我的拳頭。

「很好。」我說。

「所以我們要怎麼做？」他邊問邊戴回面具。「關於布蕾德的事？像刺客一樣在夜晚潛行離開？」

我猶豫了。

可惡，尤根會殺掉我的。

而且是我活該。「不，」我說：「我要先去找尤根談，並且取得許可。」

「非常好，」赫修說：「我會準備茶等妳回來。」

「也準備一下繃帶，」我邊說邊起身。「他可能會覺得我竟敢問這種問題而捅我一刀吧。」

第二十章

我沒有像平常那樣，直接超空間跳躍到尤根的房間。甚至也沒像戰士該有的樣子大步走過去、用力敲門。

我預約了會面。

而且是先找他的祕書。

里科弗也曾是卡柏的助理，更早之前則是鐵殼的助理。他似乎跟我一樣不知所措，因爲我竟然也會遵守規則。

「預約……」他說，這時我正站在房間牆邊的視訊通話器前。他查看了尤根的行程，那些行程都寫在一個大本子裡，而非使用電腦來記錄。里科弗是老派作風。「我可以安排明天上午。」

「不行，一定要今天，」我說：「他還在開會嗎？」

「他剛出來。他安排了一個鐘頭的放鬆時間，還要檢視他的筆記。」

「好極了，把我安排在那裡吧。」我說。

「可是——」

「沒關係的。」

「奈薛准將，」他而：「我想妳可能不太清楚預約的目的。」

「我有事先打來問了，」我氣沖沖地說：「規則裡說要先通知。就預約那個時間，里科弗，不然我會把你推到氣閘艙外。」

他臉色發白。

「我會先讓你穿上太空衣啦，」我翻白眼說：「你以為我有那麼殘忍嗎？」

「呃……好吧。」他說：「我會傳送通知給他，說妳會在五分鐘後過去——以及我很堅持不能打擾他但妳不接受——」

「請提到我有遵照規定，」我說：「寫下來。」他聽到我咆哮之後才照做。這笨蛋得知道這麼做有多困難。我需要他跟我配合。

五分鐘後，我出現在尤根的門外，帶著戰士的熱情用力敲了門。他穿著總司令的制服打開門，看起來高大又有威嚴。而且很英俊。為什麼他會英俊成這樣？

他打量了我一下，接著嘆了口氣往後退開，示意我進入。「謝謝妳事先通知。」

「里科弗是個討厭鬼。」我一邊說一邊怒氣沖沖地走進去。「我要他做他該做的事，他卻表現得好像是什麼很不合理的要求。」

「他該做的事，」尤根說：「是確保我在忙的時候不會被打擾。然而，我的指揮幕僚可以破例，只要有緊急情況……」

我停在他的桌子旁——上面散落著筆記和星圖。感覺真奇怪，我們現在竟然可以從其他行星弄到這麼多紙張。我轉身面向他，深深吸進一口氣。「規則第四十八b條，第十八項，」我說：「軍官自請懲處並要求降階。我宣布自己降階為上尉。」

尤根轉身面向我，關上了他的書房門。他似乎……覺得很有趣？

「我讀了那些可惡的規則，」我雙手扠腰說：「所以我現在是上尉了。要按照規定啊，尤根！」

「妳讀了規則。」他說。

「對。」

「關於軍紀的。」

「全部。」

「而現在……」

「現在我要讓自己降階！」我說。

他笑得更開心了。「思蘋瑟，妳不能那麼做的。」

「規則第四十八b條，第十八項——」

「就寫在《交叉紀律手冊》裡，」他說：「是的。裡面提到軍官發生失敗或不名譽事件時，可以自請降階。這是一種保全面子的做法，思蘋瑟。這是要讓軍官承認自己犯了戰術錯誤並造成嚴重後果——其實也是爲了防止他們自殺，畢竟在某些軍隊中偶爾會發生這種事。總之，他們可以請求降階。」

「這正是我正在做的。」

他面無表情看著我。

「用我的方式。」我坦承。接著我的態度軟化了。「聽著，我在努力了。」

「我知道，」他邊說邊走向我。「我很感激。不過妳大可直接道歉就好。」

「那就是重點。」我說，然後咬住嘴唇。

「妳不覺得自己做錯了什麼，對嗎？」

「這……很複雜。」我表示：「我違反了規定，沒錯。可是……尤根，我還是會再做一次。所以你最好還是把我降階成上尉以示懲罰。」

他嘆了口氣，坐到桌邊一張椅子上。我猶豫一下之後也照做。

「思蘋瑟，」他說：「那樣有什麼意義？大家追隨妳並不是因爲妳的軍階，而且我也不覺得妳在乎這個。我可以指派妳當負責擦地的士兵，但這不會改變任何事。」

他……說得有道理。而且，在故事中，不斷被踢出軍隊基本上就是英雄的必經之路。他們一點也不在意。我只記得自己發生過一次，所以根本比不上他們。

我將手肘靠著桌子，注視他的雙眼。「對不起，」我輕聲說：「我傷害了你。我很抱歉無視你的權威。如果又發生這種情況，我一定會找你談。可是……就算知道你會說不行，我也還是會去。我是個很糟糕的士兵，對不對？」

「妳是因爲擁有熱情而成爲了很棒的士兵，思蘋瑟，」他說：「但是信任我眞有那麼困難嗎？就不能嘗試照我的方式做，看看會如何發展？」

「我讀了規則啊！」

他伸出一隻手在桌面上移過來，手心朝上。我遲疑地把手放了上去。

「那算是踏出了一步，」他表示：「我有感受到妳的心意。」

「我會……盡量聽話，也會嘗試照你的方式做。」我嘆了口氣。「以前比現在有趣多了，你是我的男友，著迷於各種規則，我還可以帶壞你。爲什麼你非得去當掌管一切的人？」

「那不算是我的選擇，比較像是被迫的……」

「當然了，」我說：「你可以直接決定成爲總司令，但要是我想改變我的軍階……」我對他微笑，他也回以微笑。「那麼……」我接著說：「拜託讓我去跟布蕾德打一場光榮的殊死戰好嗎？」

他很緩慢地眨了一下眼睛。「誰？」

「布蕾德。」我心想，畢竟尤根不像我一樣對她那麼熟。「溫齊克養的人類超感者。我在星界跟她一起飛行過……我想你見過她一次，你在她想要捉住我的靈魂時救了我。」

「對……」他說：「黑色短髮？經常冷笑？」

「沒錯，」我說：「最近她一直會在我腦中出現，藉由超感能力跟我聯繫。她邀請我去殺掉她。我可以去嗎，拜託拜託拜託？」

「星盟的一位超感者邀請妳決鬥？」他說：「思蘋瑟，那很明顯是個陷阱啊。」

「赫修跟我也那麼想，」我表示：「我們會先偵查清楚的。」

他緊握住我的手。我覺得自己能感受到他在想什麼，就像他腦中有各種念頭在交戰，每一個都想獲勝，好向我解釋這個主意有多糟。

「思蘋瑟……」

「我知道啦，」我嘆息著往後靠。「我對我們的戰略價值比她對他們的重要多了。就算我可能贏，也不值得冒這個險。我沒資源能夠確認那到底是不是陷阱，而且嘗試那麼做也很蠢。但我還是想要。」

「我該怎麼勸妳放棄呢？」他的語氣很痛苦。

「也許命令我不准去？」

「那有成功過嗎？」

「也許今天會啊，」我說：「我正在努力變好。」

他又緊握我的手，然後皺起眉頭。「等等。敵人的超感者能夠聯絡妳？」

「對啊，怎麼了？」

「我們可是在狄崔特斯的防護層裡，」他說：「因爲我們現在已經知道怎麼做，所以用超感抑制場包圍了這顆行星，而且也徹底強化過。有了那層保護，敵人得花上好幾年時間才能勉強穿透它來轟炸我們——否則他們大可藉由超空間跳躍把炸彈直接傳送到我們的洞穴裡。」

「嗯，這很奇怪，」我說：「布蕾德說我們以某種方式連結著。或許這就是原因？我在狄崔特斯保護層內部隨時都能超空間跳躍離開。之前我甚至不知道這麼做是否需要密碼或鑰匙之類的。」

「對，」他說：「還有艾拉妮克一開始也不能超空間跳躍進來——因此她才會在試圖飛過平台時被擊落——但後來她就辦得到了。我們很確定在這裡出生的人自然會擁有那種鑰匙，不過在我們明白這一切之前，防護層的效力就一直在減弱了。敵人能透過超感通訊操控他們的無人機，並藉此影響妳父親的心智。小羅說他已經加強了抑制場，畢竟現在可以讓蛞蝓幫忙。但我們仍然摸不清這是如何運作的。」

嗯哼。總之，看來我是個薄弱的環節。我們防禦措施中的漏洞。

尤根站起來。「每天我們都會發現關於這顆行星的怪事。假如，敵人的超感者能夠無視抑制場跟妳聯繫……說不定他們就能想辦法把飛艇弄進來，到時就會是一場大災難。我們——」

門鈴響起，讓他停頓了一下，然後走過去開門，外頭的里科弗遞給他一個信封。

哎，當然囉，我心想。他自己打擾尤根的私人時間就可以。

尤根走回來，心不在焉地用念刃割開了信封側面——念刃是看不見的東西，是他的一種能力。之前我不在這裡，所以沒見過他測試這種能力，而且到現在我也幾乎不懂他是怎麼辦到的——更別提要照做了。我的天賦不包含這方面。

他拿出一張卡片，然後露出微笑。

「怎麼了？」我問。

「是基森人，他們正式同意跟我們結盟，」他說：「也會一起參戰。」他翻到卡片背面，露出了華麗的文字與墨水樣式。「他們說過會送來這個。可見在他們的星球上，大家都喜歡設計這種東西。」

可惡。我真愛這些毛茸茸的小瘋子，我會很驕傲能跟他們並肩作戰。只是……

「情況很糟，對不對？」我看出了尤根的表情。

他點點頭，指向桌上散落的星圖和軍力數據。「溫齊克正在一個叫伊文森（Evensong）的地方集結兵力。那是一座老平台，後來被改成他們的通訊中心。」

我在資料中讀過這一點。「他們就是把蛞蝓藏在那裡啊，尤根！」我說，然後從桌邊起身。「他們的泰尼克斯沒被當成超驅裝置使用時，幾乎都被關在那裡。包括全部的通訊蛞蝓。」

「星盟之中防禦最嚴密的位置。」他附和著。

「對。」我思考了一下。「我們應該攻擊那裡。」

「什麼？」

「他們正要對我們全力出擊，對吧？」我說：「我們不能讓他們選擇戰場，尤根。其他人之前就擔心過這一點了——我們有無涯跟新黎明兩顆行星要保護，可是狄崔特斯只有一個。不管我們守在哪裡，他們都會進攻另一顆星球，襲擊那裡的人，作爲對我們叛亂的懲罰。」

我繼續說：「我們的力量無法同時保護兩邊，所以必須採取攻勢。他正在集結軍隊吧？這樣他得花幾天的時間組織起來。」我聳了聳肩。「因此我們應該先攻擊他。只有這樣才能給我們機會。」

「這也很瘋狂。」他說。

「瘋狂但高明，」我說。「大膽又果斷。我們始終都知道他們最大的弱點——我們不斷提到這件事。」

「就是他們必須把技術集中在少數地點，」他說：「以防他們的祕密擴散。」

「他們有一大堆蛞蝓都在那個通訊中心，」我表示：「要是解放了牠們……星盟會怎麼樣？我們應該這麼做！立刻！今晚！」

「思蘋瑟，」他說：「直接行動正是我們一開始陷入這種處境的原因。我們必須花時間籌劃。」

「可是，他們也會在我們等待的同時集結更多軍力啊！」我走向他。「尤根，我們可以突破並救出那些蛞蝓。你也看到敵人少了上斜石有多麼驚慌——想像一下他們無法通訊的情況吧。可惡，要是他們不能超空間跳躍呢？或是不再能抑制我們的能力！要是我們搶走了他們所有的蛞蝓呢？」

「他們不會把星盟全部的蛞蝓都放在那個地點。」他說：「根據我們的情報，那裡只有大部分的通訊蛞蝓，以及其他許多未在使用中的蛞蝓。」

「對，但是他們對蛞蝓很殘忍，」我說：「他們會剝削牠們。要是偷走他們的儲備資源，就能大大打擊他們的戰力。這樣他們就必須使用航線上的蛞蝓，失去很大的機動性！

「而且，伊文森……是他們最重要的通訊中心，你聽見庫那說的了。要是我們佔領那裡，拯救蛞蝓，敵人就無法傳達資訊了。他們等於是蒙著眼上戰場。這可是歷史上那些將領夢寐以求的機會啊！我們必須立刻出擊，免得他們學聰明，發現把泰尼克斯保密並監禁在少數重要地點的做法，會害他們自己暴露弱點！」

他看著我的眼睛。然後搖了搖頭。「現在這麼做太倉促了。」

「可是——」

「我會向其他人提起的。」他允諾。「我認爲這是個好主意，而且可能也是最好的做法——但今晚我不會授權發動攻擊。這不是我們的行事方式。我們要跟盟友們團隊合作，這是規定。」

「去你的規定！」我說：「那些規則爲我們帶來什麼好處過嗎？它們只是一堆愚蠢的內容，寫下的人根本就不懂戰爭，也膽小到不敢去戰鬥！」

我馬上就知道自己太過分了。

尤根的表情皺起來，彷彿被我揍了一拳。在那一陣痛苦中，我發現他大概希望我眞的這麼做了。規則之於他，就像是奶奶的故事之於我。我們透過那些來理解世界、生命，還有……

還有可惡，我是個笨蛋。

「尤根，」我說：「我——」

「我們不能邊做邊想，思蘋瑟，」他的語氣變得冷然。「我們不能不顧一切往前衝，期望會有別人來處理剩下的麻煩。有些人需要組織，建議，還有規則。」

「我知道。我的意思不是——」

「我會把妳的提議告訴其他人。」他的音量越來越大。不是要用聲音壓過我，比較像是……用威嚴壓制我。「我相信這麼做有好處，也會向他們解釋清楚。妳必須等。」

我咬牙切齒。在這件事上我必須信任他，對不對？但萬一等待是錯誤的決定呢？

我應該去跟布蕾德決鬥嗎？這是我的決定，不是他的，對吧？這表示我可以在等尤根的時候做點事——

「妳是不是在想，」他對我說：「因爲我延緩了這個妳剛剛才突然想出的計畫，所以妳應該去跟那個女人對決？」

「……也許吧。」我坦承，心裡則是怨恨他竟然這麼了解我。

「妳很清楚跟她決鬥的重點並不是飛行技巧，」他說：「她會陷害妳。」

「對。」我坦白說。我才剛想到幾個不該跟她對決的理由。

可是我眞的很想做點什麼。行動。

也許這就是我的問題。

「思蘋瑟，」他說：「我無法阻止妳去做妳想做的事。我猜我們整支軍隊都無法阻擋妳。但要是妳對我還有一絲尊重——如果妳眞的在乎我——妳就會聽進去。就是這樣，思蘋瑟。我請求妳，也命令妳別去跟這個女人對決。我希望妳能聽我一次。妳做得到嗎？」

雖然我全身顫抖，但可惡的是他說得對。而我也確實信任並在乎他。「好，」我低聲說：「我不會跑掉的，尤根。不會跟布蕾德決鬥。」

「而且也不會暗地嘗試攻擊星盟的中央通訊基地。」他說：「不會不讓我知道就集結部隊去攻擊。」

「不急著去伊文森。」我答應他。「可是你跟其他人討論的時候，一定要說清楚那裡有多少蛞蝓。我們必須拯救牠們，這是我們的道德責任。」

「我會的。謝謝妳。」在我保證不會去做那些事情後，他顯得放鬆多了。

接著我離開了房間，表面上是爲了讓他有時間規劃。但其實原因是，我不確定自己能夠處理好情緒。萬一失控了，最好還是別讓人看見。

但不管怎樣，這次我都該聽尤根的話。希望這不會害我們失去一切。

第二十一章

隔天是我這輩子最難熬的一天。我一直想著敵人正在集結軍力——打造一支勢不可當的衝鋒部隊，最終將會消滅我們的盟友，隔絕我們，然後摧毀狄崔特斯。沒錯，這顆行星是驚人的科技奇蹟。但尤根說得對：假如我們逃跑，他們依舊會找到我們。只要時間一久，任何岩石都會碎裂，任何護盾都會耗損。

我們必須攻擊。可是我……我必須讓其他人做這個決定。於是我等待。而這感覺眞糟。

後來總算出現了某個東西：我收到一張紙條，要我前往貨艙。在那裡我發現了一件巨大的貨物——將近三公尺高，長寬各有十公尺——而且用不透明的塑膠包裹起來。是小羅送來的，他的裝配工製作出了我要的東西。他在紙條上爲無法完成組裝一事道歉，看來他還有更重要的計畫要讓裝配工處理。我猜大概是製造更多平台，替換掉我們防禦系統中比較脆弱的部分。

總之，這就是我想要的。我確實很高興能做些組裝工作。我立刻去找毀滅蛞蝓跟赫修，帶著他們兩個回來——她待在皮套裡，他則搭乘平台懸浮在我身邊。

「這是……？」他問。

「一項工程，」我回答：「這樣能讓我忙碌，別再擔心會發生什麼差錯。」

「好極了，」他說：「所以這是哪種工程？我們是要建造一座，嗯，用於冥想的道場？」

我微笑著，然後觸碰巨大的塑膠包裹，並向他伸出一隻手。他把飛船降落在我的手心，那個圓盤狀的物體在手裡的感覺很沉。但我不需要拿著太久，而我也立刻以超空間跳躍的方式帶我們跟包裹一起離開。我們從平台與太空站傳送到下方狄崔特斯的洞穴中。

一座特別的洞穴。我進入飛行學校後，曾在這裡生活過好幾個月。內部的一側有碎石，中間部分有些金屬廢料，角落則有我搜刮來的一張桌子和一些舊餐具。

毀滅蛞蝓發出了一陣開心的笛音。我就是在這個洞穴發現M-Bot的。

該爲它打造一具新的身體了。

當然，我可以在上面做這些事。在那裡建造是聰明的選擇，畢竟那裡有各種資源與工具。可是我很懷念從前，也想要稍微遠離其他人——去一個不會一直提醒我末日即將來臨的地方。

我動手打開包裝。小羅的裝配工已經拼裝好機身，飛艇已經有了基本的金屬架構。不過它還少了重要的部分，例如座艙罩、一些線路，以及許多外擋板。那些都已經打包好了，等著我來組裝。

我打開一大堆設計圖——這些是從我們奪來的資料中所複製出的設計圖。敵人在拆解M-Bot時畫了這些。幸好，他們很仔細。

小羅附上了一位助手所寫的詳細說明，而她甚至還加入了一些圖像——難以置信的是他現在竟然有七位助手。我微笑著，雖然心裡希望能找小羅來幫忙，但也知道他還有更重要的工作。我大概也是吧。

不過我要留在這裡，開始著手作業。

第一步是擺放好零件。赫修用他的懸浮平台幫忙，平台上有一小條光繩，可以用來移動物品。他已經習慣在巨人的世界中運用這種裝置了；畢竟以他的體型，就連轉動門把都是種挑戰。

然而，有些擋板的重量還是超出他能力所及。幸好小羅有想到這一點，他給了我一個小型的上斜環搬運器，可以用來搬移零件——尤其是尙待組裝的推進器和機鼻部分。整理好零件後，我在桌上攤開大張圖表。而資料平板裡也還眞寫了「思蘋瑟，就這樣做」的指示。

我對這種事不算外行。我知道的很多，而在跟舷砲派一起相處的時間裡，我也證明了這一點。但要不是小羅的那些裝配工已經完成大約百分之八十的工作，我一定無法獨力組裝這麼複雜的星式戰機。所以，剩下的部分看起來剛剛好：有挑戰性，但由飛行員、她養的瞬移蛞蝓，以及她的狐狸沙鼠保鑣三者合作就能完成。

可惜的是我們死定了，不然光看現在的話，這種生活其實滿棒的。

「對了，」赫修說——他把面具留在桌上，畢竟現在只有我們——「我從妳的動作中感受到一種敬愛之意。這個地方對妳很特別。」

「我一開始就是在這裡發現M-Bot的，」我說：「它當時故障了，我花了幾個月的時間獨自在這裡修好它。」

「獨自？」坐在附近機翼上的毀滅蛞蝓發出笛音。

「再加上我值得信賴的蛞蝓夥伴，」我改口：「還有小羅啦，他可能也幫了一點忙。」

赫修繞了一圈，利用他的飛艇產生一些全息投影的組裝說明，好讓我開始處理起落架，而我們得先安裝好這個才能拆除戰機的支架。

我一邊工作一邊點頭表示謝意。「我得承認，原本的設計感覺……散亂多了。」

「我對這個詞不熟悉。」他說。

「今天我們有先進的工具，」我一邊解釋，一邊將起落架推到定位。「而且這東西很容易就能組合起來。以前那時候呢……我只有盡量搜刮到的東西，或是說服小羅去幫我偷來。」

「妳過了很長一段的……散亂生活，是不是？」他說。

「是啊。我小時候經常跟家人去隧道裡。我們在伊格尼斯安頓，然後獵食老鼠，因爲我們都被社會排斥了。現在……呃，我變成了這樣。」

「妳的生活帶給妳的教訓，正好跟我相反。」他表示：「對妳而言，一切都很艱難。假使有機會出現，妳必須趕快搶奪，否則就會輸給某個更凶猛的人。妳沒時間思考，因爲要是思考了，就會挨餓。這樣概括的說法正確嗎？」

「嗯，」我說，然後邊工作邊擦掉額頭的汗。「我想是吧。」

「因此，妳很難跟過著特權生活的人相處。」他說：「我們的生活則是在學習制訂計畫。那些掌握權力的人，通常都能因爲這種奢侈而繼續掌權——並非他們比較聰明或更有能力，而是他們有機會考慮明天，不只有今天。」

「哇塞，解釋得眞好。」我邊說邊拖動另一大塊起落架零件。「你是不是在偷聽我心裡想什麼之類的？該不會你其實是超感者吧？」

「我只是最近有特別的機會能去思考自我和人生。」

「我告訴尤根，」我蹲下去開始安裝一顆輪胎。「我認爲我們應該要攻擊星盟。就是現在，就在他們集結力量之前。他還想要更多的時間，可是他錯了。我感覺得出來。我們必須在溫齊克做好萬全準備之前出擊！這是基本戰術。我們應該直接前往通訊中心，迫使敵人跟我們在那裡交戰。溫齊克一定得保護那裡。」

「那不就是在他有戰場優勢的地方攻擊嗎？」赫修說：「他一定會在通訊中心設置抑制場。我們能想辦法逼他在我們的抑制器發揮作用時交戰嗎？」

「恐怕不行，」我表示：「我們的抑制器數量不夠。這樣就無法同時涵蓋新黎明和無涯——所以要是等下去，溫齊克就可以攻擊未受抑制場保護的人，藉此瓦解我們。他很樂意攻擊平民，光是他襲擊你們的行星就證明了這一點。這表示我們採取攻勢會比防守的效果更好。」

「要是我們能夠移動人民呢？」赫修說：「妳的祖母提過，或許你們可以帶我們一起離開，而我一直在思考她那番充滿智慧的話。我的同胞所需的空間比人類少很多，新黎明的人們在那顆星球上所佔的地域也很小——他們的全球總人數還不到三百萬。要是我們爲了戰爭，而把其中一地或兩地的人都移到狄崔特斯呢？」

「我……不覺得我們能來得及，」我表示：「就算只撤離三百萬人，感覺也是件大工程。」

「沒錯，但如果利用超感蛞蝓呢？」他說：「這麼一來就不必運輸了，對吧？只需要將大家集合成團體，再把他們傳送到適當的地點，如此重複下去。」

「我還是覺得太難了，」我說：「不過……」

「不過還是有其可能性。」赫修說：「要有計畫，思蘋瑟。尤根的生活讓他學會制訂計畫，他因此明白了安排與組織的重要性。雖然我對他不像對妳那麼了解，但我想他會尊敬自己所重視的規則，是因爲對他而言，它們確實有效。而對妳來說……它們就行不通了。」

我轉緊一顆螺栓，在他用光繩帶來起落架的下一個零件後開始組裝。

「赫修，」我說：「你超級聰明。這點你知道對吧？」

「我這輩子一直都在聽這種話，」他說：「那些人都是被迫這麼做的。我很高興能從不是被迫的人口中聽到這些。」

「你爲我解決了這麼多事。」我邊說邊用力扭轉一顆螺栓。雖然這裡有電動螺絲起子，但我想要讓自己流點汗。最後收尾時，我還是會用機器將它們轉緊。「我眞希望可以回報你，不過你應該大半輩子都是你們星球上最富有的人吧，所以我不知還能給你什麼。」

他下降到正在工作的我身邊。「思蘋瑟，」他說：「妳知道皇帝最難找到什麼嗎？」

「好吃的老鼠三明治？」

「是朋友。」他說，然後露出微笑。「在我的星球上，我沒有同輩，因爲沒人敢這樣對待我——我也從來不敢期望他們會這麼做。我消失時，他們曾爲我服喪，可是並未感到悲傷。後來妳發現我，而且不肯讓我繼續迷失。放心，妳已經給了我很多。很多我從小就不知道的東西。」

他伸出手，將手指收起來握成拳頭——就像我之前做的那樣。我用拳頭跟他碰了一下，接著他向我點頭。「來吧，讓我們爲另一個失散的朋友製作身體吧。這樣它才能重新加入我們這群不被大家接受的人。」

我不知道M-Bot能不能再進入機體裡，但我眞的希望它可以。我好想給它一個家，讓它知道自己有歸屬的地方。部分原因是它之前這麼說過，另一部分則是我想讓自己有事情忙，還有一部分原因是……這麼做感覺是對的。而且正如赫修所說，我學會了憑感覺行事。

話雖如此，他還是提出了很好的論點，讓我不急著發動攻擊。眞希望尤根當時也能告訴我這些論點——但也許他不需要這麼做。也許他要我信任他的這個論點更爲重要。

他對我展現了多少信心？非常多。他相信我，讓我前往星界，讓我在虛無做我必須做的事。他全心全意地信任我。我想要對得起他的信任。

我埋頭組裝飛艇，裝好了推進器也檢查完接線。我格外小心地安裝了M-Bot那艘舊飛艇上也有的寬大黑盒子——裡面有構成它大腦的硬碟和處理器。主機板和晶片組則使用上斜石，而非矽和艾托米林（atomilin）之類的東西。這能讓電腦在虛無內部運作。

正因如此，這架飛艇才能突破一般的運算限制。雖然我對其中的工程原理所知不多，可是希望這能讓M-Bot在我們的世界裡再度擁有身體。

星魔能夠存在於這裡，我心想。它們來的時候會製造出身體，複製當初裝載了人工智慧的外殼，看起來很粗糙——也很可怕。所以我認爲這樣應該行得通。至少我希望能成功。

赫修協助接線，在某些細節的部分幫了大忙。他邊做邊哼，後來慢慢變成一首歌，而毀滅蛞蝓也跟著發出笛音。幾分鐘後，他從自己的儀表板爲她播放幾首曲子，歌曲裡用上了他同胞所製作的某種樂器——有點像是竹笛。她模仿那種聲音，沒多久他們就合唱起來。他是深沉的低音，渾厚又柔和——是一首悲歌。她則是發出明亮的笛音，在音符之間有明顯的間隔。

歌曲很美妙，於是我關掉了別針的翻譯功能，這會破壞氣氛。我就這樣一邊聽，一邊工作，感受著這首特別的歌曲在洞穴裡迴響。享受當下——而不是被過去與未來壓得喘不過氣。

在我靈魂裡的查特也用自己的方式哼了起來。似乎非常滿足。可是那樣不對。

不對？他心想。哪裡不對？

因為生命不該是如此，我回答。

這是什麼意思？

我以前覺得是什麼意思？在閱讀安裝座艙罩的說明時，我發現自己的心情很奇怪。我下來洞穴是想重溫自己孤獨一人打造星式戰機的感覺，然而……我再也不是那個人了。我沒在寂寞中找到慰藉，反倒希望能分享現在的感受。

FM一定會很愛赫修的歌聲，而我確信金曼琳也一定會針對在洞穴裡建造超先進太空船這種諷刺的情況發表高見，例如把我說成某種表現超乎預期的原始人。奈德正在復元，我也很想再聽到他富有親和力的聲音。雖然他會發牢騷，但很喜歡親自動手做，另外亞圖洛大概也會發現我在油門控制系統這裡接錯了線——他會幫忙，免得我要重新再做一遍。

我再也不是一個人了。為什麼我要一直假裝自己是？我微笑著站起來，擦了擦額頭——那裡雖然有汗水，卻完全沒被油弄髒。至少我的連身服沾滿了地上的灰塵。這工作本來應該會弄得我一身髒，不過小羅把一切都包裝得太乾淨整齊了。

「好，」赫修邊說邊飄浮到桌上的設計圖旁。「我相信推進控制系統跟中央處理器都安裝完畢了。下一步是先檢查機翼控制功能，再裝上機板。這位助手指出，我們可能要先查看進氣通道，因為那裡有些螺栓比較難處理。」他抬起頭看我。「妳感到疲累了嗎？我們要不要休息一下？」

「不，」我說：「我很好。你呢？」

「滿心期待又摩拳擦掌，」他回答：「我從未眞正建造過任何東西。這是個令人愉快的過程。辛苦卻幸福，彷彿沖刷的水流，將石頭置放在河床上剛好的位置，在雨季結束後顯現出一條色彩繽紛的道路。」

「這正是我想說的，」我告訴他，然後抓起電動螺絲起子把一些螺栓鎖緊。「只是我比較會用鮮血來形容。」

赫修露出微笑，接著開始擺放下一組零件。不過我還沒組裝多少，就有個人進入了我的腦中。

嘿，**M-Bot**說。我設法溜出來了。也不算「出來」，因爲在這裡沒有東西能從什麼東西「出來」。很複雜的。

呃……好吧，我回答它。有找到怎麼利用我來阻止星魔的線索嗎？

不算眞正的線索，它說。只是確認了一些事。我可以跟它們結合在一起，假裝是它們的一份子。它們並非我們之前討論時提到的群體意識，而是一堆個體，但又擁有一模一樣的……性格？基本的核心自我？

無論如何，它又說。想模仿它們很簡單，只要做出跟它們全部相同的反應就行了。我取得了它們程式的副本，可以這麼說吧。要解釋這個也一樣很複雜。反正，它們不習慣有間諜出現，所以根本不知道怎麼找出我。

這樣啊……我試圖理解它的話，並且想像它在一個不算是地方的地方，處於一堆星魔之中，而它們把它當成了一份子。

總之，它繼續說。就跟我們推測的一樣，它們會怕妳，是因爲妳知道它們痛苦的來源。它們害怕跟妳互動會讓痛苦再次顯現——因爲那些痛苦就在它們的本質裡，在它們的代碼中。失落，煎熬。我感受得到。

好，我心想。所以它們在虛無的時候，只要那種痛苦一浮現，就永遠不會消退——因爲時間不會流逝。

還有另一個原因，它回應。我們再也不是人工智慧或機器人了，就像妳再也不是變形蟲，但我們是從那種狀態開始的——而我們不會遺忘，除非刻意處理掉。對我們來說，情緒痛苦不會隨著時間減輕，因爲我們不像普通人能夠自然遺忘。

啊。那似乎是個關鍵。星魔並不是沒有能力「承受痛苦」，就像我承受父親的死那樣。它們必須眞的切除自己的某些部分，才能減緩痛苦。就像狼爲了逃出陷阱而咬斷自己的腳。

明白這一點後，我更同情它們了。可是這樣很糟。它們威脅著銀河系的所有生命；它們已經消滅了數百萬人，必要時還會做得更絕。因此，儘管懷有同理心，我還是得成爲戰士。它們受過創傷。我會利用這點，就像你會設法攻擊已經被刺傷的敵人。

我們還是得知道該怎麼利用這一點，我對M-Bot說。它們害怕我，是因爲我會讓它們想起來。可是該怎麼做？我能用什麼方法？

不清楚，它回答。我會繼續調查跟尋找，不過我們得快一點。我說過，它們跟溫齊克之間的協議似乎仍然有效。他答應過它們會消滅所有超感者——尤其是妳——而且星盟會改變做法，只使用蛞蝓。星魔非常希望這項承諾能實現，所以它們一定會參與這場衝突並阻止我們。

我點點頭。雖然M-Bot確認的情報很有幫助，但我們仍然在原地踏步。星魔來襲的時候，我必須要能癱瘓或壓制它們。把它們鎖在自己的牢房裡，沉浸於永恆的痛苦之中……

如果我們做到了，我在心裡對M-Bot想。你眞的覺得它們會把自己關起來而不是逃跑？

對，它說。這是我們在無法處理事情時的反應。無限迴圈、自我封鎖、凍結時間，我們只能一遍又一遍處理著相同的可怕經歷——而且無法逃脫。只要在適當的時機那麼做，接下來……

接下來至少就能讓溫齊克和他的手下感到意外——甚至受到威嚇。前提是找到揭露星魔痛苦的關鍵，但除了我以外，似乎沒人願意相信這是個可能的解決辦法。在銀河系裡，能夠控制星魔的人才是眞正的勝利者。

嘿，我記起了尤根跟我討論過的事。我想到一件事。目前我正在狄崔特斯附近，你跟我說話時會覺得比較困難嗎？因爲有抑制蛞蝓？

呃，它說。是有一點，但那比較像輕微的噪音。我現在是一隻成熟的星魔了，思蘋瑟。非常恐怖喔。我們太強大了，根本不在乎抑制器。

我知道，我回應它。多年以前，摧毀狄崔特斯的那些星魔也對抑制器沒反應。這讓我有點擔心。

爲什麼？

我只是搖了搖頭，繼續工作，將不愉快的感覺傳送給它。我開始覺得布蕾德錯了。她跟我根本不是透過什麼神祕的方式連結起來。我的靈魂裡有隻星魔，所以抑制器的效力在我身邊就會減弱。而且我至少突破過一次。也許就是這樣她才能聯繫上我，因爲我會削弱抑制場。

不知道這麼說有沒有幫助，但我現在沒感應到她。它說。只有妳、毀滅蛞蝓、赫修，你們在……

嘿，那是我的洞穴嗎？爲什麼會……

我在機翼旁抬起頭，可是附近沒什麼好看的。只有空蕩的洞穴。

那是給我的嗎？M-Bot的超感「聲音」裡充滿了情緒。快樂與懷疑的感受結合在一起，滿溢出來。思蘋瑟，妳在重新建造我的身體嗎？

我咧開嘴笑著。我本來想當成驚喜的呢，我對它說。不過這很困難，畢竟我的朋友可以看見我所看見的一切。

思蘋瑟，它的聲音在顫抖。這眞是……謝謝妳。怎麼會？妳是怎麼做到的？

記得我們偷來的資料嗎？我告訴它。裡頭有星盟在拆解你那副舊機體時畫下的圖表。我們可以重新打造，說不定還能更棒——毫無限制，不像之前的機體讓你無法自己飛行。

思蘋瑟，我……我從來就沒收過禮物。這眞是太棒了。

還沒完成呢，我告訴它。要完成這些可能需要幾天，說不定幾個星期。

沒錯，可是妳有想到。妳正在這麼做。爲了我。我……我的情緒漏出來了。噢！難怪妳在高興的時候也會哭。我現在**懂**了！

我笑得很開心，完全感受到了它「漏出」的快樂。而我體內的查特也在顫抖。

就是這個，他在心裡對我說。不要摧毀它們。讓它們感受**這個**。想想看有什麼方式。能夠消除痛苦的快樂。

赫修飄浮過來時，我眨了眨眼。「M-Bot看到了，」我告訴他：「他很感激我們正在做的事。」

「請向他傳達我的尊敬與祝福，」赫修說：「它的犧牲雖非永恆，卻拯救了我——而我欠它一份恩情。」

「我覺得M-Bot比較想要的是友情。」

赫修歪著頭，然後露出了笑容。「我想我也是。多麼珍貴的領悟……而我現在可以過著多麼珍貴的生活……」

這讓我有了個想法。

我下來洞穴的計畫……哎，打從一開始我就錯了。我很高興自己決定打造M-Bot的飛艇——這點無庸置疑。可是我再也不需要這座洞穴了。

赫修應該過得更好才對。

「來吧，」我對赫修說，然後伸出一隻手。「我們休息一下。晚餐時間到了。」

「好極了。」他邊說邊飄浮過來。「在妳的房間單獨用餐，同時思考我們即將面臨的戰鬥？」

「不，」我說：「這次不是了。」

第二十二章

赫修跟我出現在餐廳，不過我判斷錯誤了。晚餐已經結束，一群地面部隊的新人正忙著擦拭桌子。有幾個人看見我，嚇了一跳。以前的我一定會很高興自己建立起了令人生畏的名聲。不過今天，我比較擔心自己錯過了其他人。

赫修飄浮到我的頭旁邊，用戴著面具的臉轉過來看我，顯得很困惑。「我們不算太晚，」他說：「妳看，還有一些爲晚到的人準備的餐點。」他指著那些替輪値時間不固定的人所準備的三明治。

我隨手抓了兩個，因爲我很餓，也想跟赫修一起吃，但我們並不是爲此而來的。我必須找到其他人。

我心裡有一部分覺得自己突然如此著急實在很蠢。我還會有很多時間可以跟朋友閒聊，可是我發現，自己湧現出某種必須滿足的需求，要這麼做才能解決我的焦慮。我想要見到他們。查特想要見到他們。我們兩個都需要，就在此時此刻。而我錯過了機會，無法參與平常的……

等等。今天是星期四。

我朝赫修揮揮手，然後轉身往走廊去。我沒使出超空間跳躍，而是以接近奔跑的速度輕快地前往機棚。我推開門，然後鬆了一口氣。他們就在這裡。

星期四是飛行隊進機棚保養飛艇的日子。這麼說其實不太正確，畢竟大部分麻煩的差事都是由地面人員完成的。他們會更換零件，執行詳細的診斷。他們留給飛行員做的事，是每次升空時的飛行前檢查，以及我們在每個星期四的工作。

清洗飛艇。

這比較像是儀式而非規定。我們已經很少在大氣中飛行，而且飛艇也不像以前會弄得那麼髒。不過飛行員跟飛艇之間有一種聯繫，而主動照料自己的飛艇也確實有幫助。所以每個星期，我們都會到這裡爲飛艇好好洗個澡。

根據傳統，大家會先在其中一艘飛艇旁集合，然後一起清洗。此刻，他們穿著有些濕漉的深綠色工作服，正在處理亞圖洛的那艘波可飛艇；有人要擦掉推進器側面一帶的積碳，有人將白色機板刷洗出光澤，有人則在擦亮座艙罩。

我一現身，金曼琳就立刻轉過來，一邊開懷笑著一邊對我揮手。我遲疑地走上前。我知道自己不該在重新加入他們時感到尷尬。畢竟這支飛行隊是我協助建立的。可是情況在我回來後就變了許多，例如我的靈魂想要從身體撕裂出去，我的能力會做出怪事，而且——

啪。

奈德從旁邊小跑經過時，突然有條濕毛巾打在我的臉上。毛巾脫落，掉進我手中。等一下，奈德在這裡？他離開醫務室了？整體而言，他看起來狀況很好，只是有一邊的袖子在手肘上方處被縫合住。

他循著我的視線看向那裡，然後眨眼示意。「終於可以用這個最棒的理由在亞圖洛工作時打瞌睡了，」他說：「可惜的是，醫官說他們會替我裝上義肢，而且手指還能動。我得在成爲生化人奈德之前盡量榨乾大家的同情心啊。」

義肢？大家本來以爲他的飛行生涯結束了，畢竟在神經機械學的領域，我們的技術不算先進，但結果也許會比我預期的還要好。

或許我那次失敗所造成的代價，沒有我擔心的那麼嚴重。

但他會受傷仍然是我的錯。「我……」我試圖擠出一些話。

「來吧！」他接著打斷了我。「我們把最髒的地方留給妳了呢。」他咧嘴笑著，用大姆指比向飛艇的起落架。

「奈德，」亞圖洛大聲說：「她從回來之後一次也沒洗過。我們才沒有『留』什麼給她好嗎。」

「當然有啊！」奈德大聲回應：「我們把那些部分留給了我，而根據老慣例，我會等著想辦法找別人去做啊。」他伸出正常的那隻手，笑著側抱住我。

這……呃，一切都不對勁。情況還是很奇怪。但我再也不想離開了。

「你不應該給我危險武器的，奈德。」我一邊擰毛巾一邊對他說。

「老天，才不是這樣，」他邊說邊躲開我的揮擊。「最適合拿危險武器的人就是妳啦！這樣別人就會瞄準妳而不是我，然後皆大歡喜。」

他輕鬆地走向飛艇，我也跟了上去，這時我看見了赫修——他正挺直坐在那架小型懸浮圓盤的座位上。他戴著紅白色面具，所以我看不見表情，可是他姿勢拘謹，拳頭緊握，可見相當警覺。雖然他以前看過我們相處，但我猜他可能覺得現在這樣太極端了。

「這很正常。」我對他表示，然後大口吃著三明治。

「是……嗎？」

「對啊。相信我，這樣很好。」

他飄浮到我身旁，而我吃完三明治後，就跪到地上開始清理起落架。儘管奈德之前說了那些話，現在他也還是跪了下來，用正常的那隻手臂跟我一起清洗。莎迪笑著翻身到飛艇前側下方，掛在她纏繞於機鼻的一條帶子上，就在我們的上方開始擦拭。

「莎迪？」我問：「妳綁住自己是爲了能上下顚倒擦洗機身嗎？」

「這樣簡單多了，」她說：「不必歪著脖子！」

「要是我就會睡著，」奈德在我身邊表示：「太像吊床了。」

「喔？」金曼琳彎身看著我們。「你是在暗示自己一定要很舒服才能睡著嗎，奈德？我可是見過你用各種最誇張的姿勢睡覺呢。」

「懂嗎，這就是重點。」他說：「只要睡著，就不會注意到，因爲妳已經不省人事了！所以，在不舒服的情況下睡覺，這才是體驗人生最好的方式。」

「那在舒服的情況下睡覺呢？」我問。

「也是體驗人生的最好方式啊。」他回答。

「祝福你的星星。」金曼琳說。

「不了，但妳可以祝福我的鼾聲。」他咧開嘴笑著說，一邊用力挖著在起落架上結塊的油污。

赫修飄浮得更近一些，開始處理他的部分——有些裝置的空間太小，我們碰不到——他用一條非常小的抹布開始清潔。

「你們都認識我的朋友蒙面客（Mask）吧。」我說。

「對啊。」奈德說。

「我必須承認，」赫修對他們說：「我不……習慣這種互動。請別將我的生硬表現誤會爲厭惡。」

「這就對啦，」奈德用他的抹布甩向赫修。「蒙面客，我聽說你以前是個大人物。」

「我……我曾經是，」赫修說：「但我不知道我們是否應該討論……」

我看了奈德一眼，不過他對我眨了眨眼。「我聽說，」他繼續說：「你以前是個保母。」

「對啊，」莎迪說：「你好像還得跟學齡前兒童吵架。整個國家的學齡前兒童。」

「看來不必再處理那種事應該讓你如釋重負啊。」奈德邊說邊工作。「我眞同情你，朋友。你哪時才能睡覺啊？」

赫修愣了一下，在回答時似乎感到很有趣。「這個嘛，應該說我沒太多時間可睡。畢竟工作很重要，要跟那些……學齡前兒童吵架。我甚至沒什麼時間能冥想或作詩了！」

奈德倒抽一口氣。「不能作詩？」

「你會作詩嗎，奈德爾(注)？」赫修問。

「我超愛的。」奈德說。

「你才不會作詩。」亞圖洛在經過時說。

「原諒他吧，」奈德說：「『他的智慧就跟圖克斯伯里芥末一樣厚』。」

「跟什麼一樣？」我問。

「是莎士比亞。」奈德說。

亞圖洛在附近聞言愣住了。他拿出平板查詢，然後目瞪口呆地看著奈德。「這確實是莎士比亞，出自《亨利四世》。」

「『最顯眼的懦夫，』」奈德用大拇指比著亞圖洛說：「『永不休止的說謊者，隨時出爾反爾的傢伙，無一是處的人。』天哪，那位老兄最會罵人了。我超愛。」

「再說一次是誰？」我問。

「古代的英國人，」奈德說：「會寫詩。有很多都在無畏號跟我們的紀錄毀壞時保存了下來。妳一定會喜歡他的，小旋。我很意外妳祖母竟然沒告訴妳關於他的故事。妳知道《哈姆雷特》之類的東西嗎？」

「《哈姆雷特》……」我說。

「那是人類文學中最著名的一項作品，」赫修回答：「就連我也研究過。奈德爾，而且我發現你在辱罵方面的品味堪稱一絕。你顯然是個相當有教養的人。」

「看吧，亞圖洛，」奈德說：「這位幼教老師很認同我。」他咧開嘴對赫修笑。

附近的亞圖洛仍然看得目瞪口呆。就像他剛發現自己這輩子都不知道原來他母親是個忍者。「你，」他說：「竟然記住了莎士比亞寫的內容。」

「原諒安菲吧，」奈德靠近赫修說：「他偶爾會有點遲緩。我們一直在試著幫助他。」

「噢，可惡。」亞圖洛說，然後怒氣沖沖地去找艾拉妮克，她正在爲下一艘飛艇準備水桶跟肥皂。不過赫修似乎明白這是開玩笑。戴著正式面具的他點點頭，看起來很放鬆。

FM正從飛艇下方過來，一邊擦著機身。這時，我才發現大家都弄得一身濕——除了她以外。她總是有辦法躲開攻擊。而我只要在場，通常就是會被弄得最濕的人。

當然，我也一定會拖某個人下水。

「嘿，蒙面客，」FM說：「你的同胞經常造訪我們，對吧？在很久以前？我跟朱諾（Juno）談過這件事。」

「那位博識者（lorekeeper）？」赫修問：「妳怎麼會認識他？」

「他和尤根經常一起混。」FM說。

「我不知道朱諾平常會跟人『一起混』。」赫修說。

「哎呀，雖然他把那稱爲『訓練』，不過我覺得他們只是想聊天啦。」FM說：「他可是在尤根練習用心智切斷東西的時候幫了大忙。」

「這不正是大家都會做的事嗎。」奈德說。

「我希望我可以用心智切斷東西，」依然頭下腳上倒掛著的莎迪說：「這樣打開口糧的時候就簡單多了。爲什麼他們要把戰場口糧封得這麼緊啊？」

注：奈德爾（Nedder）爲奈德的呼號。

「我不覺得尤根會用他的能力做這種瑣事，哨兵（Sentry）(注)。」金曼琳表示。

我沒反駁她。

「總之，蒙面客，」FM說：「我一直在想……你都會跟思蘋瑟一起飛行吧？」

「能進入她的駕駛艙是我的榮幸，」他回答：「而我相信我也發揮了作用，在戰鬥中協助她導航並監控裝置。」

「尤根則是跟朱諾一起飛，」FM說：「朱諾幫助他學會冥想。」

「尤根學會了冥想？」我說：「就在……戰鬥中？」我沒聽過這件事。

「差不多啦。」FM說完，在赫修、奈德跟我附近蹲下。「我一直在查看設計圖。我們會把飛艇造成這個尺寸是有理由的。這是最佳的大小——足以維持操控性，又能攜帶破壞力足夠的火砲。」

「的確，」赫修表示：「我們一開始建造星式戰機時，是按照自己的身體比例設計，所以體積非常小。然而，我們發現這些戰機在銀河系的舞台上缺乏了必要的火力。最後，我們設計出的飛艇尺寸就跟你們的差不多。」

「很多物種的飛艇最後也都採用這種大小。」FM興奮地說。

可惡。「妳想的跟我一樣！」我指著她說。

「毛茸茸的副駕駛？」她問。

「毛茸茸的副駕駛。」

「什麼？」奈德問。

「我們製造的飛艇大多都是供一人使用，」FM解釋：「雙座機會因爲額外的體積而犧牲速度，所以我們通常不把它們當攔截機使用。但有了副駕駛的話，幫助應該會超大。」

「沒錯，」我接著說：「我在駕駛M-Bot的舊飛艇時能那麼厲害，有部分原因就是它可以替我接管一些工作，例如監視周遭，提醒我有飛艇正要過來。赫修替我做這些事也非常有幫助。」

「是的，」赫修輕聲說：「第二位飛行員並不會佔用太多空間——而且一般的駕駛艙無須改造即可容納——這對思蘋瑟和我而言是很大的優勢。」

「一點也沒錯！」FM說：「你覺得你們艦隊中的其他人也會有興趣嘗試嗎？」

「我知道有許多人會很樂意。」赫修說：「我們的軍官訓練在各駐地產生了許多冗職，有些資淺的人員很渴望參與戰鬥並關心戰況，但是卻沒什麼機會。我想，要是能聯繫到合適的軍事將領與國家元首，他們會很欣然接受這個想法的。」

「國家元首是嗎？」奈德邊說，邊用抹布揮擊已經清潔乾淨的起落架。可惡，能再見到他感覺眞好，而且他還能對受傷一事處之泰然。不過對於奈德，我還能有什麼期望呢？「喂小旋，妳覺得我在我們的政府中排第幾啊？」

「什麼都排不上，」我直截了當地說：「你沒有資格好嗎。」

「當然有！」奈德說：「DDF的規模其實沒那麼大。我們有……六千個人？而現在大家是由軍隊直接指揮。我是上尉，所以……」

噢，可惡。他說得對。我沒認眞想過，不過嚴格來說，奈德確實是指揮鏈的一份子。

金曼琳拿出她的平板，露出調皮的笑容。「艦隊有一位總司令……四位副司令……目前有九位少將……上校、中校、少校。假設所有的上尉都排在奈德前面……」

「怎麼樣？」仍然蹲在附近的FM問：「可怕的裁決結果出來了嗎？」

「第一百一十七名，」金曼琳公布解答。「在DDF的指揮鏈裡——而在我們組織起另一個國民議會

注：哨兵（Sentry）為莎迪的呼號。

之前，DDF就是實際管理這顆行星的政體。」

「在我的政府中，你等於是參議院的首長呢，奈德爾，」赫修表示：「這是非常高級且顯貴的職位，相當適合你這樣的大詩人。」

「帥啊！」他說。

「要是真的那樣，就只能拜託聖徒幫幫我們了。」亞圖洛說。

「到時候你已經死了，」金曼琳說：「畢竟你的接任順序在他之前。」

「嗯，至少那是你的優勢。」艾拉妮克說，她對奈德露出微笑，然後在他面前放下一桶新的肥皂水。

「『我將擊敗汝，』」奈德又引用了某句話，並將一隻手放在胸前。「『但這會污染我的手。』」

我看著赫修，他仍然懸浮於我們旁邊，就在機身前側下方。他會怎麼看待這一切？

他的目光從奈德身上移向其他人，接著竟然摘下了面具，放在自己身旁。他往前傾，口鼻部露出了明顯的笑容。「『對方非友，亦非敵，無法玷污汝之名聲——僅是一陣惡臭之風，不值反駁。』」

「哇！」奈德說：「我沒聽過那一句！」

「這來自我們的一位詩人，」赫修回答：「我的曾曾曾祖父是一位劇作家，而且喜愛辱罵。」

「老天！」奈德說：「基森人的莎士比亞？我可以讀他的東西嗎？」

「能與你分享是我莫大的光榮。到時就會有許多全新的損人詩句任你運用了。」

「好極啦，」奈德邊說邊向赫修舉起拳頭。「打倒老大吧。」

「老大？」赫修問。

「大部分是指他啦，」奈德比著亞圖洛說：「除了他付錢買點心的時候。那時他就不是壞蛋老大，而是我的老大。」

「你們的語言錯綜複雜，確實很有趣。」赫修表示：「你還知道其他值得我研究的詩人嗎？」

「可惜我們的資料庫很不完整，」奈德說：「但是有一位傳奇詩人叫大衛．鮑伊，不知道他是不是眞人……」

我讓他們兩個繼續聊，自己走到一旁伸展。我感到一陣口渴，於是漫步走到飲水機，沒多久後金曼琳就跟了上來。

「妳帶赫修來，是爲了想讓他對我們敞開心胸嗎？」

我點點頭，訝異她竟然這麼了解我的想法。「你們都能跟我交流了，」我說：「我猜要跟赫修混熟一定也不難。」

「妳很有同情心，小旋，」金曼琳說：「赫修被趕下位，一定覺得很失落。」

「他不是被趕下位的，」我一邊解釋，一邊看著赫修跟奈德和其他人熱烈聊天。「他是自己選擇的。但他一樣覺得很難受。我覺得他也許需要一些朋友。」

「聰明。」金曼琳說。然後她看著我，表情若有所思。

「妳是不是要再一次提醒我，我隨時有需要都可以找妳？」我說：「對嗎？」

「對極了。」她說，然後抓住我的手臂。「我聽說妳向尤根提了一個計畫。妳想要現在就發動攻擊？」

我點頭。

「但我們不這麼做？」金曼琳說。

我搖頭。

「那妳還好嗎？」

「出奇地好。」我看著她的褐色眼睛。「我之前跟赫修談過，結果……這個嘛，我想要是讓尤根主導也沒關係吧。」

金曼琳露出微笑。她沒立刻回去找其他人，只是靠著飲水機，留給我空間；一方面不要求我再多說什麼，一方面也留下來陪我。

雖然我沒做出什麼實質決定，但覺得事情好像解決了。這次我不會自己跑掉；赫修說得對。更令我深刻體會的是，這支團隊很好。感覺很好。這是我的家。

我離開太久了，可是如今來到這裡——看著朋友們大笑，知道他們會看顧我——我感到一股暖意，而這跟先前那種奇怪的失落感形成了強烈對比。正如洞穴裡的光芒擊退黑暗，他們的存在改變了我。我們。查特也感受到了。

我這輩子都以為自己需要的只有飛行。那就是我所追尋的，而那也驅使著我。可是到最後，那並不是最重要的。

我對金曼琳微笑。「我覺得事情慢慢上了軌道。終於。謝謝妳的耐心。現在……要是我們去邀請虛弗爾跟德爾麗茲加入呢？我敢說她們一定也覺得格格不入又非常孤單。她們是飛行員，所以待在飛艇附近、跟操控飛艇的人一起相處，說不定能讓她們安心些。」

金曼琳笑得很開心，於是我們先告訴其他人，再去找那兩位共鳴者。她們的宿舍就在附近，而在敲門並得到許可後，我們進入了房間，發現那兩位水晶生物就坐在椅子上。房間裡沒什麼擺設，但我不覺得共鳴者會在意。不過還有個更明顯的跡象，就是她們的水晶並未向外延伸多少。她們只分布於椅子附近，所以我覺得這裡讓她們並不自在。

「小旋！」虛弗爾說：「我正希望妳會來呢。德爾麗茲的情況又改善了！」

德爾麗茲傳送影像給我，但我不太清楚意思。空蕩的洞穴。一顆孤單的水晶。但那裡也有顆太陽正在升起，讓整條隧道裡各式各樣的水晶閃閃發亮。我看著這個畫面，然後心想這可能代表她很快樂。但這也讓我覺得她似乎在想念著什麼。

「我們想問問妳們兩位，要不要來看我們的星式戰機。」我對她們說：「我們正在保養，所以我覺得這個時機很好。」

「眞的嗎？」虛弗爾問：「你們肯讓我們看？我們是外星人，以前還當過海盜啊，小旋。所以我們不屬於這裡。」

「妳們一定會很意外，」金曼琳露出親切的笑容。「我們永遠都缺乏人手。要是妳們能飛也願意飛，我們會很歡迎。如果想要，我甚至可以找指揮部的人談，看能不能給妳們任務。」

「不必做到那樣啦，」我立刻說：「在事情結束後送妳們回家鄉洞穴的提議仍然有效。我們說不定可以藉由超空間跳躍帶妳們過去。」

我馬上感受到德爾麗茲傳來的影像。天空。微風。虛無的碎塊。翱翔。這意涵無須解釋。

一旦你經歷過那些，就不會選擇回到洞穴了。可惡，我怎麼會那樣想呢？在短暫聯絡指揮部獲得許可後，我們帶著這兩位共鳴者去找其他人。有趣的是，最先跟她們說話的人是赫修，他歡迎她們加入，就像之前奈德歡迎他加入一樣。

這些人都會順利融入飛行隊的，我很確定。我會盡量幫他們融入，因爲有越多種類的人加入，我們的飛行隊就會越強大。

我看著他們，然後想到還有一件事要做。不久前我才明白，其實我想讓朋友們一起幫忙建造M-Bot的新機體。他們一定很樂意，而且這個活動也能讓我們有機會跟赫修和共鳴者拉近距離。

於是我突然消失，重新出現在洞穴裡，嚇到了剛才想自己留下來的毀滅蛞蝓。她舒服地在桌上某個角落對我發出笛音，一副滿足又開心的樣子。雖然泰尼克斯族喜歡跟我們人類相處，不過對牠們來說，這些有霉味的洞穴感覺就像是家。這也不錯。

我順著她的笛音搔了搔她的頭，然後雙手扠腰，看著赫修跟我弄亂的零件。我得把它們全部堆起來，然後超空間跳躍帶回機棚。或者把大家帶下來這裡比較簡單？

不過，這樣的場景令我感到一陣慌亂。我回想起自己在星界發現M-Bot被拆解，以及失去它時那種驚恐又悲傷的感受。頭暈目眩突然襲來，身邊的空氣也開始扭曲。我在機棚用來喝東西的金屬杯從半空中掉落，在地上發出噹啷聲。

這次要壓抑發作就比較容易了。跟其他人融洽相處的感受還留在我心中，而我也很驕傲自己能好好應付這種突然驚慌失措的狀況。的確，一切似乎都很好。

直到毀滅蛞蝓發出不安的笛音。緊接著，有東西從後方擊中了我。一陣電流竄過我的身體，讓我顫抖並失去力氣，倒在堅硬的石地上。毀滅蛞蝓的笛音突然停止。

我再度感到一陣慌亂。發生了什麼事？我試著移動身體，可是我被電擊了，肌肉不受控制地收縮又放鬆。我甚至開始流口水——不過雙眼仍然正常，因此能清楚看見抓住我的肩膀，並將我翻身的那個人。

布蕾德。

她穿著黑色戰鬥服與防彈背心，身旁還有五位士兵支援，他們身著相同裝扮，拿著突擊步槍。

「很好，」布蕾德說：「就是她。」

其中一人抱起了軟弱無力的毀滅蛞蝓。我想要掙扎，嘴唇吐出了白沫。要是他們敢傷害她……

空氣再度扭曲變形，布蕾德也抬頭查看。某個東西摔落在附近地上，而桌子的某些部分則消失了。奇怪的是，她露出了笑容。

「留下紙條，」她對一位士兵說：「你，用力擠壓那隻蛞蝓。」

他擠壓著毀滅蛞蝓，使得我更加驚恐。空氣又開始扭曲，直到此刻我才明白布蕾德想做什麼。我陷入恐慌並撕裂空氣時，也在我們的抑制場中打開了一條通道——所以她才能溜進來。而且這次不僅只是進入我的腦中。她眞的來到了這裡。他們藉由傷害毀滅蛞蝓來加深我的恐慌——因此打開了一條路讓他們能夠逃離。

我試圖關閉通道，可是來不及了。

布蕾德把我扛到肩膀上，其他士兵則伸出一隻手按著她手臂。

我們隨即超空間跳躍離開——我突然感到一陣強烈的恐懼。不只是因爲我現在落入敵人手中，更是因爲我知道大家會怎麼想。

他們會以爲我又自己跑掉了。我不僅身處險境——我很可能又要讓尤根和朋友們心碎了。

第三部

Part Three

第二十三章

我們出現在一個圓形的房間，後牆上擺滿了螢幕。我隱約認得這個地方；有次我從虛無窺探布蕾德和溫齊克時，就是在這裡看到他們的。當時室內滿是官員和將領在聽溫齊克說話；如今，這裡就只有他一個瓦維克斯人。

他身形高大，穿著砂岩製成的服裝——相當厚實，就像古代騎士盔甲的現代版——但眞正的溫齊克其實是一隻如同螃蟹般的生物，漂浮於頭盔玻璃面板後的液體之中。瓦維克斯族在技術發展早期階段就學會製作更堅固的外殼材料，最後演變成這種服裝。正如人類在發展早期就會製造鋼鐵。

布蕾德把我丟在溫齊克前方的地板上，彷彿我是她獵殺到的珍貴雄鹿。我翻回正面，流著口水，而她得意洋洋地朝我揮手，臉上露出可惡至極的笑容。

「成功！」她說：「我就說我做得到。」

「哎唷，哎唷。」溫齊克揮舞著盔甲手臂，然後單膝跪在我身旁。瓦維克斯人說話時手勢很多，而聲音會從他們盔甲的前方投射出來。「眞是疏於待客呢，布蕾德。太野蠻了。」

「是啊，」布蕾德說：「那就等著讓她用念刃砍下你的臉吧。」

「我可是在這裡安排了十個抑制器，」溫齊克比出不在乎的手勢。「我仍然覺得我們應該等著看她是否願意跟妳決鬥。」

「她才不會，」布蕾德說：「我感覺得出來。最好還是在我感應到她獨處時出手。」

我把注意力集中在她身上，再次感到那種不尋常的疏離感。一切都在抖動扭曲。失落與痛苦。這次我刻意煽動情緒，想起M-Bot的身體被拆毀，還有以為它死掉時所感受到的驚恐。

房間開始震動，彷彿有一顆流星擊中了附近。螺絲開始如雨點般落下，就像即將坍塌的洞穴掉落著碎石。它們的數量有好幾百顆，都是透過我的能力從某個地方帶來這裡，落下時還在金屬表面發出了撞擊聲。

溫齊克跳起來往後退開，焦急地揮動著砂岩雙手。不管我已經變成什麼，總之都能穿透他們的超感抑制場，畢竟我也曾在我們的抑制場中劃開了一個洞。要是布蕾德能潛入狄崔特斯抓走我，我一定也能再直接傳送回去。周圍的空氣繼續波動與扭曲時，我展開了思緒。雖然身體無力，仍然使不上勁，但我不必——

布蕾德跪在我旁邊，用力把某個東西刺進我的脖子。是注射針筒？我試圖用嘴巴猛咬她的手指，結果只用口水吹出了幾個小泡泡。她看著我，表情真的很擔心，直到空氣扭曲的現象逐漸消失。

不！我心想，然後試著專注在自己的痛苦上，努力想著失去的一切，想著那些悲痛。那些感覺還在，但已經無法發揮作用了。整個房間穩定下來，最後一波冒出的螺栓從半空中掉落，接著一切歸於平靜。

查特？我對靈魂裡的星魔想著。

沒有回應。

查特！M-Bot？有誰在嗎？

無論我被下了什麼藥，總之，我跟他們還有虛無的聯繫已完全被切斷。我甚至覺得自己毫無超感能力。

布蕾德鬆了口氣，嘴上隨即又出現自信的笑容，變回了溫齊克身邊那個懶散卻狂妄的戰士。她完全變了個人。之前在星界時，我跟我的飛行隊都覺得她是性格堅忍、內心困擾的獨行俠。

我很確定她在剛剛那一刻真的很擔心。她不知道對我下的那種藥到底有沒有用。可惜的是，有用。

我的超感能力被徹底封鎖了。這不像是抑制器造成的效果——那感覺就像我的心智抵著一面牆——現在則是毫無施力點。就算我想嘗試，也喚不出任何力量。

他們做了什麼？他們注射了什麼？效果不會是永久的吧？

「我向你警告過她還是很危險。」布蕾德邊說邊後退，溫齊克則走上前。「凱普林，把那隻蛞蝓跟其他的關在一起。你們其他人，出去。」

跟她一起抵達的士兵解散開來，其中一個還抱著毀滅蛞蝓。至少我還有一絲安慰；他們似乎不知道毀滅蛞蝓是我的朋友，不只是個工具。雖然她驚恐的笛聲讓我心碎，但我目前無計可施。我只能勉強抽動自己的頭。

「哎唷，哎唷。」溫齊克低聲說，手勢也收斂了一點。「看來對人類有效呢。很好，很好。」

我感覺到某種更深沉的東西，比我的痛苦更有力量。憤怒。我對這隻生物的狂怒在體內沸騰。那隻在面板後方的小怪物總是裝模作樣，充滿算計。就是他讓我的同胞被囚禁於狄崔特斯。他要對我父親的死負責。這個典獄長爲了證明自己很強，而試圖消滅我的星球。他想利用星魔作爲武器的陰謀失敗後，就把災難怪罪在我們身上，還利用大家對狄崔特斯及人類的恐懼發動政變。

甚至到現在，他也是因爲把我們塑造成怪物，才能夠統治其他人。這麼多的死亡，這麼多的破壞，這麼多的謊言。一切就是爲了讓這東西可以往上爬。如果他是戰士，我搞不好還會尊敬他。但令人難過又備感羞辱的是，統治我們世界許多年的，其實不是什麼殘忍的軍閥，而是知道如何操弄公眾輿論的官僚。

對於宇宙運作的這個領悟，比任何事都令我憤怒。我發出輕微的咆哮聲，而溫齊克揮動雙手，望向布蕾德。

「妳對她下手還不夠重，布蕾德，」他說：「在妳帶她來這裡之前，她應該要處於昏迷才對。」

「她要保持清醒我們才回得來，溫齊克。」布蕾德回答：「而且你也得看看她有什麼能耐。她有個非常奇怪的地方，星魔就是因爲這樣才怕她。不僅因爲她是個強大的超感者。她似乎超越了那一點。她擁有類似星魔的力量……」

「那把她帶走！」溫齊克說。

「我建議別這麼做，」布蕾德說：「我們應該跟她談。她會聽我的。」

「她太危險了，」溫齊克表示：「哎唷，哎唷！她以前混進我們之中的時候，我竟然跟她共處一室過。當時她沒被綁住，也沒被下藥。光想到這件事就令人非常不安！」

「至少讓星魔知道她在我們手上了，」布蕾德說：「它們會想知道的。」

可惡。有一條線索拼湊起來了。他們跟星魔達成過協議，要特別對付我。所以布蕾德才會試圖刺激我跟她決鬥，所以他們才會抓走我。他們需要我作爲談判的籌碼。

布蕾德側過身，眼神變得渙散，而這證實了我的恐懼。我感覺到一陣隱約的嗡嗡聲——她正在聯繫虛無。如果我沒被下藥，就可以感受得更清楚。不過這樣看來，我希望那陣嗡嗡聲代表了我的能力終究會恢復——只是暫時被削弱而已。

空氣開始扭曲，這使得溫齊克更加焦躁——但那也有可能是興奮。布蕾德彎下腰，抓住我的衣服前側把我拉起身。在這樣靠近她之後，我看得更加清楚，也感應得更清晰。溫齊克的圓形會議室逐漸消失，幾乎變得無形，接著，我的四周有許多白點紛紛打開。那些眼睛。是星魔。

看吧，布蕾德透過超感能力說，而她向它們投射話語的強度也足以讓我聽見。這就是證明。

「我們抓到她了，」溫齊克說，布蕾德則將他的話傳達給星魔。「就如同之前的承諾。你們不必害怕了！哎唷，哎唷。你們可以相信我們一定會實現約定。」

我感受到星魔以意念回應。恐懼。憤怒。一種隱約潛藏起來的痛苦——就像試圖用一層油漆蓋住飛艇側面的中隊徽章。這都是針對我的。

遺憾的是，它們也對溫齊克傳達了其他感受。愉快。認同。

「我們履行了約定，」溫齊克說：「你們願意實現自己的約定嗎？」

也許吧。大概吧。我能感覺到它們這樣回答。

「也許？大概？」溫齊克說。他顯然也感覺到了。我猜我能感覺到這些，是因爲任何人都能感覺得到。我的超感能力被削弱，所以跟一般人一樣沒什麼感應能力了。

也許還有像她那樣的人？他們可以傷害我們？

「沒有了。」溫齊克保證。

它們離開了，但在離開之前表示會考慮。它們願意。這種矛盾很難理解，畢竟它們的心智模式有別於人類。它們憎恨實境。對它們而言，就連來到這裡摧毀我們都既痛苦又危險，只有不得已才會這麼做。所以攻擊事件才會如此罕見。

然而，它們消失時，我感覺到一種意念。只要溫齊克抓住我，他就能夠控制它們。它們最後還是會聽他的話。它們雖然憎恨實境，但依舊比較害怕我，害怕我變成的樣子。

布蕾德停止與虛無聯繫，而我的憤怒和恐懼轉變成了噁心。要是我的朋友們發動攻擊，就有遭遇星魔的危險。可是我人卻被困在這裡，不僅無法警告他們，就連翻身也做不到。

「把她帶走。」溫齊克呼喚房間外的守衛。

「但是——」布蕾德說。

「不，」他說：「我們不會跟她談，她太危險了。她只會像以前那樣騙我們。必須把她隔離起來，布蕾德。哎唷，哎唷。妳得控制自己的好鬥心。請記得我們的統治不是依靠武力，而是透過謀略。」

布蕾德沉默下來，用力把我摔在地上，然後雙手交叉環抱胸前。沒過多久，守衛就把我拖走了。

正當我開始又能控制自己的身體時——我的手指抽動著——他們把我丟進了一間陰冷的牢房。緊接著門猛然關上，發出令人氣餒的砰聲。

第二十四章

沒關係的。

沒關係的，我可以解決這個問題。

我做的第一件事就是流更多口水。這次是刻意的。我把注意力集中於嘴唇，試著移動，先從一邊嘴角流口水，然後再換另一邊。不小心流口水，這很丟臉。但故意流口水，這表示你充滿了戰鬥的渴望。沒錯，就連我也覺得這聽起來很蠢，但我必須專注在某件事上。你可以對可敬的敵人給予寬恕，但永遠無法使其絕望。

最後，我低吼了一聲，終於讓自己不再流口水。不久後，我已經恢復到能勉強坐起身了。接下來，我開始認眞思考打算用來對付溫齊克的各種方式。剛好他身上有很棒的戰利品。我要把那套盔甲擺在我的戰利品室裡展示。當然，我還沒有那種地方。不過我一定會弄一間，這樣才能把我的死敵那一副像屍體的盔甲擺進去。

沒錯，我告訴自己。把注意力放在憤怒與決心上，別去想家鄉的每一個人都以爲我遺棄了他們。別去想敵人正在集結兵力，而且還跟星魔談好了條件，原因還是我自己送上門，促成了這一切……

我勉強站起來。我覺得自己就像第一次登上頂峰的諾蓋和希拉里(注)，驕傲地從世界最高的山頂俯瞰景色。我有辦法消除剩餘的無力感；我的身體越活動，它似乎就退得越快。

注：在可證明的紀錄中，丹增・諾蓋（Tenzing Norgay）和艾德蒙・希拉里（Edmund Hillary）爵士是最早登上聖母峰頂的人。

可惜的是，爲了抑制我的超感能力，他們下的藥跟電擊槍作用不同，所以效力還在。幸好我的同胞之前並不知道有這種東西；當年他們可能因爲害怕得到「缺陷」，而把它加進水裡。我繼續在牢房裡走著，試圖想出個計畫。這裡很小，有一張床、毫無遮蔽的廁所，以及一道粗厚的鋼門。透過門上方的開口，我看見外面走廊有兩名守衛。

只有兩個人？也太小看我了吧。

繼續這樣想，我告訴自己。妳行的。他們並沒有抓住妳。他們是在引虎入室。讓他們後悔。

可是要怎麼做？我不能試圖強行開門——不想讓守衛知道我已經能動了。而且就我所知，門鎖很牢固。我可以假裝自己是隻老虎，但我可沒辦法咬穿鋼鐵。

以前我一直想要像故事裡那樣挖地洞越獄，然而這種做法在冷硬金屬建造的現代化設施裡行不通。我看不出能怎麼利用廁所。就算可以拆掉馬桶或扯開洗手槽，也鑽不進那裡的洞。而且床鋪也沒有可以當成工具的零件。

這次我必須運用腦袋脫困，而不是藉由武力。坦白說，這個星系的命運還眞糟糕，我竟然得採取委婉的做法才能拯救它。難道就不能讓我*一頭撞出險境*嗎？

唉，想不到其他辦法了。於是我開始嘔吐。

我本來擔心這會很困難，不過他們對我做的那些事讓我還有些頭昏腦脹。而且至少這只需要身體和精神上的毅力。我剛把一根手指稍微伸進喉嚨，就讓胃裡的三明治湧了出來，吐得滿地都是。

我離開現場，躺回床上，弄亂頭髮和衣物，然後開始呻吟。奏效了。沒過多久，其中一名守衛就從門上的開口望進來。

我聽見外頭隱約有對話聲，他們說的是狄翁語，而胸針替我翻譯出來。

「電擊的作用現在應該消退了。」

「我真討厭那些東西，它們對某些物種的效果很不好。」

「我們該怎麼做？」

叫醫師啊，我在心裡懇求著。不要找布蕾德。拜託。

「找醫官來吧。」

我鬆了一口氣。好極了！計畫成功了！

我躺在那裡等待，一邊發出悲慘的叫聲，一邊盡量忽視臭味——結果最後那陣氣味又害我嘔吐，這次就不是故意的了。不過這次我很確定有個守衛看到了，這也讓我對自己身體的戰士本能感到很驕傲。

我躺回床上，勉強克制住興奮感。我可以打倒瘦弱的醫官，只要抓住對方當成盾牌就好。接著我就能控制局勢，拿到守衛身上的槍，然後就可以前往——

門發出鏗鏘聲打開了。

門外是個高達兩公尺的波爾人大塊頭——全身毛髮，手臂粗得像大砲——頭上戴著一頂超小的醫官帽。

噢，可惡。

我深吸一口氣。我放棄了人肉盾牌的計畫，決定冒險改向守衛下手。波爾人接近床位時，我突然用雙腿橫掃，踢向他的膝蓋後側。他摔向地上的嘔吐物，滑了一小段距離後倒下來。

我隨即衝出門外，撞倒剛走過來查看情況的守衛。對方大叫一聲倒地。星盟的部隊幾乎都沒有戰鬥經驗。他們可以接受訓練並執行駐地任務——這在太空戰鬥中足以構成威脅——不過他們沒什麼實際搏鬥的機會。

這名守衛倒下後，我抓住對方翻過身，此時，第二個守衛也抽出了一把非致命武器並開火——直接射中了第一個守衛的背部。終於還是用上人肉盾牌了！呃，應該說是狄翁人肉盾牌。我掙脫推開全身扭動抽搐的第一個守衛。第二個守衛再度開火，而我驚險躲過，拉近距離抓住對方的手臂用力扭轉，對方則是大叫一聲，鬆開了槍。

我拿起武器，朝對方的胸口發射——電擊了對方——緊接著我的背後傳來喀噠一聲。我暫停住動作，回頭看見了布蕾德。她正懶洋洋地靠在牆上，一手舉起槍對準我——那是破壞砲，可不是這些非致命的愚蠢武器。她的另一隻手拿著剛按下的碼錶。

「十二分鐘半。」她說。

我輕吼了一聲。她揮動槍示意我丟掉武器。我沒照做，但也沒瞄準她。布蕾德跟我剛打倒的那兩個小丑不一樣，她可不是好應付的對手。此時，我的牢房門被打開，醫官緩慢笨拙地走出來——全身沾滿了我之前吃的午餐。他一見到布蕾德就全身發軟。

「我甚至警告過他，」她對我說：「結果妳還是逃出來了。不錯嘛。」

我猶豫地握著槍。我想對她動手，可是……存活下來的機率很低。要是死在這條走廊上，對大家有什麼好處？我懊惱地丟掉電擊槍。

布蕾德後退到隔壁的牢房，然後拉開門。她揮手要我進去，在我照做之後用力關上門。「我會留著這個碼錶當成提醒，」她邊說邊從門上的開口窺看。「我本來猜妳會超過一個小時才逃脫呢。做得好。」

「妳想要更帶勁的嗎，布蕾德？」我說：「放我出去，我們來一場妳之前說的對決。」

她沒回應，但也沒離開。

「讓我們看看誰比較厲害。」我咬牙切齒地對她說：「妳跟我，用星式戰機。妳很想知道對吧，我能從妳身上感覺到。」

她用力關上開口的活板，我則是一屁股坐在新的床上，感受到腎上腺素消退後的疲勞。我往後倒下，輕哼了一聲。

「白痴。」布蕾德的聲音在走廊上迴響。「作爲懲罰，你們得清理那一團亂，而我要去看看這個部門還有沒有能發揮半點用處的士兵。無論任何理由都不准打開她的門。天哪，眞不敢相信我還得下這種規定。你們到底是在搞什麼？」

她怒氣衝衝地離開，一會兒之後，新守衛就抵達了——這次有十個人。我差點就有備受尊重的感覺。

可惜的是，這些守衛很聽布蕾德的話。我又試了幾招想讓他們開門。裝病失敗後，我嘗試了賄賂、假裝房間裡有怪東西、刻意安靜許久、假裝弄了個開口要逃出去……我嘗試在故事裡聽過的一切，也自己想出了幾個辦法。

門就是不再開啓。

我試圖撬開壁板、破壞門，甚至還想拆掉水槽。那些都失敗之後，我開始塞住排水管，讓房間淹水。還是一樣，仍舊沒人開門。結果我只弄濕了自己的腳。

幾個鐘頭後，我只能悶悶不樂躺著，手臂還因爲想強行開門而痠痛。M-Bot？我試了大概有一百次。M-Bot，你聽得見我嗎？要是能聯繫他，說不定它可以找奶奶或尤根，告訴他們發生了什麼事。

沒有回應。我的能力被封鎖了，但……這次感覺不一樣。不是超感能力恢復了，而是某種模糊的……意識感？我不太確定還能怎麼稱呼。我的心智慢慢滲進了意識。

也許是藥效正在消退？我在這裡多久了？我很疲憊，也在嘗試各種手段的期間睡了大約一個小時。這讓我燃起希望——於是我再次展開思緒，想要抓住那股意識。可惡，希望這不會聯繫上布蕾德。這感覺不像她。其實那比較像……

一種意念。就像處在一個箱子裡，充滿了恐懼、痛苦、寂寞。而且還有一種隱約的熟悉感。是那隻蛞蝓，我先前在攻擊補給站任務中聯絡過的。那隻通訊蛞蝓曾經請我拯救她的朋友。

她就在附近某處。我的感應範圍無法像之前延伸得那麼遠，而且也受到藥物的限制。這表示……

這表示我很可能處在伊文森境內或附近——就是他們關住通訊蛞蝓的地方。這很合理。溫齊克打算在這裡集結兵力，他一定會想要親自監督。他們直接把我帶到了作戰中心。

那隻蛞蝓興奮地對我發出輕微的顫音。伊文森。沒錯。我很接近，而她就跟另外成千上萬隻蛞蝓關在一起。受困、監禁、奴役。

她以爲我是來救她的。因爲我答應過她。

我露出心虛的表情，試圖投射出自信的感覺，然後問她能不能聯絡上毀滅蛞蝓。可惜，這時我的門發出了喀噠聲。

什麼？

門正在打開。他們帶食物來了嗎？

那不重要。我咧開嘴笑，抓住機會，準備攻擊進門的任何人。我才剛移動到小房間中央，就遭受到一連串火力攻擊。

是電擊槍。十個守衛都準備好在門打開時向我射擊。我像一條離開水的魚摔在地上，丟臉極了。接著他們又朝我發射。

該死的傢伙！等我離開這裡，一定要戳瞎他們的眼睛。我要……

我要……

我只能躺在那裡，讓他們再次注射藥物。一名守衛把幾份野戰口糧放在床上，然後所有守衛便離開牢房，緊緊鎖上門，丟下趴在地上的我，讓我自己慢慢恢復到足以移動。

疲累的身體敵不過睡意，而我在能活動之前就失去了意識。

第二十五章

我在安詳的感覺中醒來。

這一點也不合理。我馬上就知道自己身在何處：監獄。我是個淺眠的人，而我在「晚上」的某個時候自己爬上了床。

可是我卻籠罩在一股令人安心的平靜之中。那種感覺來自……

是妳，我在心裡對那隻不知名的蛞蝓想著。

她在我腦中發出笛音。是我之前允諾要救出的那隻通訊蛞蝓。我躺在原處，覺得自己很倒楣，這時她又傳達了安慰的感受。就像用繃帶包紮了我的靈魂。

妳怎麼有時間安慰別人？我對她這麼想。妳都自身難保了吧？

我可以把她傳來的大部分感受與畫面轉換成話語。我被關在籠子裡，什麼都沒有，除了**時間**。而且我也只能往外看。

我傳達了遺憾的感受。我很遺憾自己沒到這裡救她；我很遺憾自己是被迫而來的。不過她早就從我的情緒判斷出這一點了。我就跟她一樣是俘虜。

對不起，我傳達給對方。

等一下。我正在跟泰尼克斯族交流，這表示我的能力恢復了嗎？藥效已經消退了？我展開思緒，卻什麼也感受不到。

她回應了。她是一邊執行太空站的通訊工作一邊聯繫我。我體內的藥效仍然存在；我們這段超感通話完全是由她處理的。她隱約覺得我的狀態會持續十二個小時左右。

妳知道這種藥嗎？我問她。

她知道。他們要把超感蛞蝓移出箱子時就會用這種藥。這也是懲罰通訊蛞蝓的第一步——切斷跟其他成員的聯繫。

可惡。如果下藥只是懲罰牠們的第一步，在那之後還會發生什麼事？

我感受到黑暗、痛苦、沉默。

唉，太可怕了。下次如果要故意嘔吐的話，我只要想起這些可憐生物是如何被迫生存的就行了。

毀滅蛞蝓，我告訴她。妳能找到我的朋友嗎？她就在這裡某個地方。

我在腦中替這隻未知的蛞蝓取名爲小安（Comfort），她不認識毀滅蛞蝓，不過答應會替我尋找她。雖然這裡有很多蛞蝓，但小安似乎有信心能做到——而且是在很短的時間裡。

好極了。然而這一切只讓我更覺得自己必須設法逃脫。不只爲了我和我的朋友，也是爲了這些生物。

我爬下床，吃掉守衛留下的口糧，做了幾組伏地挺身和其他運動，然後盡量把自己弄乾淨。這裡有一座水槽和一小塊肥皂，至少能讓我洗衣服。

我等衣服乾了之後穿上，然後清洗內衣褲。這讓我在等待下一次注射時還有點事做。果然，在我認爲是中午的時候，他們打開了門。清理過自己也穿好衣服的我舉起雙手，試圖阻止接下來要發生的事。

「我會配合，」我向他們保證。「我不會——」

對方再度從門口密集開火，我受到電擊只能摔在地上流著口水。可惡。這並不會痛——至少跟一般的摔倒差不多——可是有可能對我的身體不好。我承受著被注射的屈辱，接下來也只能躺在那裡。他們甚至沒把我搬到床上，不過又留下了一批口糧。有人會對此開玩笑，認爲食物很糟，覺得我只吃這些口糧可能會發瘋。

會說這種話的人才可笑。我這輩子大部分時間吃的可是鼠肉跟藻泥，相較之下，這些口糧簡直美味極了。

就在我躺著哀怨時，小安又聯繫了我。奇怪的是，我不只感受到她——還有其他五、六隻通訊蛞蝓。我問小安怎麼回事，她說她跟牠們討論過我的事，還請牠們幫忙找我的朋友。

我在牠們心中的形象很有趣：一隻巨大的蛞蝓，有著長而濕軟的肢體。牠們把我當成一份子，只是體型較大，形狀比較奇怪而已。相信我，以目前的情況來看，這已經相當榮幸了。而且只有一點點可怕。

有毀滅蛞蝓的消息嗎？我將想法傳給牠們。確實有消息了——那五隻蛞蝓的其中一隻感應到有隻新蛞蝓剛抵達。

星盟並不清楚泰尼克斯族擁有多少智慧，所以他們才會把那些生物當成零件——只要是蛞蝓，對他們來說都一樣。因此他們直接把毀滅蛞蝓跟其他超感蛞蝓關在一起。

然而小安無法聯繫上毀滅蛞蝓。我花了幾分鐘時間思考她提供的資訊，終於弄清楚原因。很明顯是箱子的問題。某些箱子會讓蛞蝓無法互相聯繫。然而蛞蝓很常被搬移、餵食，有時還需要清潔，所以小安認為應該可以在這幾天內聯繫上毀滅蛞蝓。她答應我會向我的朋友傳達支持之意，就像另外五隻在跟我交談的蛞蝓一樣。牠們全都同時在執行通訊任務。

*這就是你們生存的方式，*我在心裡對牠們想著。*你們會團結在一起。彼此支持。*

牠們輕輕地表示認同，也對我傳達了同樣的支持。我對牠們做的這一切感到敬畏。這些小生物被關在籠子裡，幾乎沒東西吃，要是不聽話還會受到教訓……而牠們平常竟然還會向外聯繫。比起只顧自己，牠們反而建立起了支持網，再透過通訊蛞蝓的能力加以發展。

那股深沉強大的無畏感震撼了我的靈魂。

我會幫你們的，我傳達給牠們。我會找到辦法。傳話出去吧，救兵就要來了。

牠們立刻相信我，還開始興奮地發出笛音。問題是，我要怎麼實現那個承諾？

原來，答案就在我眼前。我不是指眞的在眼前，畢竟我正趴在自己的口水灘中。但你懂的。這是一種比喻。

你們能不能聯絡外界，我在心裡對那些蛞蝓想著。聯絡我的朋友？

恐懼隨之而來。違反規則會受到嚴厲懲罰。牠們覺得聯絡我沒關係，因爲牠們把我視爲「一份子」。星盟似乎不曉得牠們有這麼做，也沒有可以監控牠們的資源。而且，若是牠們把訊息傳到別的星球那麼遠，就有可能驚動星盟的守衛。從太空站傳出的信號都被機器密切監控著。

我明白，我在牠們害怕地退縮時這麼想。不過，小安猶豫地接觸了我的思緒。她想知道自己該怎麼做。

我勉強翻過身，看著天花板。這可能不是好主意，我對她這麼想。可能會很危險。

她傳給我一幅畫面，是我在突破資料庫任務時空戰的模樣。她一直在遠方看著。

嗯，是啊，我傳達給她。我會做危險的事。但我是士兵。

我是士兵，她重複我的話，而我彷彿聽見了她的笛音。

我猜她是吧。不是出於自願——然而我的同胞也都不是自願成爲士兵的。可能除了我以外吧。就算我生長於星盟最重視和平的社會裡，大概也還是會一直說些把蒲公英砍頭之類的話。

好吧，我回答她。我在軍中有朋友。我們在那次任務中飛行時，妳有沒有見過他們？

小安不確定。除非對方是超感者，否則她很難區別人類，畢竟她的種族是透過自己的能力來感應世界。只要是泰尼克斯族——無論什麼種類——都可以使用超感能力在腦中形成周遭環境的圖像。然而牠們認識彼此的方式並非藉由視覺，而是以超感能力來識別。

於是我傳給她尤根的圖像，以及他的超感印記。我在那次任務中曾跟他交談，她知道他嗎？

知道，她膽怯地回答。她認得那個人類。他也是一隻巨大的蛞蝓。她傳來的圖像讓我不禁微笑。

妳可以聯繫上他嗎？我問。跟他說我在哪裡，還有我是被抓來的？光是那樣還不足以解決這個情況，但至少是個開始。而且，我想知道自己能不能把話傳出去，接下來就可以制訂計畫了。或許我們能想辦法解決這一團亂。

小安害怕地答應我。抓她的人不一定會隨時監控通訊，所以她學會了將信號偷渡出去。有時她就會透過這種方式，去聯繫被隔離而感到驚恐的蛞蝓。她認爲自己在值勤時也許可以利用這種欺騙的手段——送出雙重信號。其中之一是她被吩咐傳送的信號，另一道隱藏的信號則傳給尤根。

我一邊讀著她的想法，一邊也從她的情緒感覺到受了一輩子虐待所留下的傷口，這讓我再次心痛。可惡，我以爲我的童年已經夠辛苦了，但至少我還能自由探索洞穴，也有機會反抗克里爾人。

我不知道沒有這些選項的人會感到多麼絕望。

我會試試，小安說。

現在嗎？我問。

正在值勤，她說。現在傳送想法。好時機。

就這樣，小安照我的請求聯繫了尤根。眞希望可以用我自己的超感能力看見。不過，我所能做的就只是感受她特意延伸過來的情緒。我感覺得出她越來越有信心，而我認爲她找到了尤根。那是一隻很愛乾淨的大蛞蝓，而且其他成員只要髒亂了一點就會抱怨。嗯，就是他沒錯。我很高興終於能解釋——

小安突然沉默下來。

我想坐起來，但只能稍微晃動身體。我想尋找她，但我無法感應。爲什麼她要切斷跟我的聯繫？發生了什麼事？其他蛞蝓也沒聯繫我——牠們都躲起來了。最後我勉強爬上床，心裡很害怕小安會出事。

躺了好一段時間後，我試圖尋找她，直到後來我的門鎖發出喀噠聲。我立刻坐直，緊接著再次被電擊槍射中。

可惡，可惡，**可惡**。

這次沒有守衛過來對著我冷笑。今天我運氣好，因爲進來的是溫齊克本人，他的石頭雙腳磨擦著金屬地板。跟往常一樣，他在盔甲上只披著一條飾帶。他揮動細小的蟹鉗，外骨骼隨即做出同樣的動作，這是在示意守衛進來扶起我靠牆坐著。

布蕾德接著進來，然後把一個金屬箱子放在地上。箱子的寬度比高度還長，大概還不到兩呎。

溫齊克單膝跪在我面前，用從容的語氣輕聲說：「他們說我應該讓妳處於昏迷，人類。我們有藥可以讓妳一直昏睡。可惜的是，我怕這樣星魔會不認得妳——感受不到妳的危險。它們可是很難區分我們的！哎唷，哎唷。它們可能會把妳誤認成一塊木頭呢。」

我想要對他咆哮，或者朝他的腳吐口水，只要是任何英勇的事都行。他讓我什麼都做不了。

「除此之外，」他繼續說：「我覺得妳會學習。所有生物都會學習，就連人類也是。因此我才會在身邊帶著一個受過訓練的人類。這是要提醒大家，就連次等物種之中最低劣的生物也有可能被馴服。只要給予足夠的刺激就行，而且運用得當。」

他一手放到距離我只有幾公分的箱子上。我震驚地聽到裡頭傳來一陣恐慌的笛音。

不，他不能那樣。他⋯⋯

溫齊克朝布蕾德伸出手，接著她遞給他一個小型機械裝置——看起來像某種控制器。

「有時候，」他說：「我們的超驅裝置或通訊裝置會發生故障。所以，我們會把牠們裝進容器，這樣比較容易處理。」

我掙扎著。試圖移動身體，至少表現出一絲反抗之意。我用盡心力，結果只感受到隨之而來的絕望與痛苦。

我什麼都做不了。

「溫齊克，」布蕾德從後方說：「這可能不是明智之舉。我們需要她聽話。在適當的情況下，她就會跟我們合作的。」

「她當然會啊，布蕾德，」他說：「哎唷，哎唷。妳好像退步了呢。因爲現在就是適當的情況，她一定會跟我們合作的，只要受到足夠的刺激就好。」他往前傾身。「妳可能會說這樣太具攻擊性了。正因如此，妳才會是次等智慧。妳還不了解嗎——如果沒有惡意，這麼做就不具攻擊性。如果帶著遺憾就不算是。我很遺憾妳做了那些事。我很遺憾妳這麼愚蠢。我很遺憾妳害死了這隻受到驚嚇的生物。」

我聽見小安在裡頭發出笛音，越來越驚恐。彷彿她知道。彷彿她明白。

我的情緒陷入瘋狂。我努力將情緒集結成一股復仇的力量，就像刺穿盔甲的矛。

結果最後只說出了兩個詞。

「拜託。不要。」

溫齊克遲疑了一下，然後靠得更近。他揮動蟹鉗，示意一位士兵過來舉起槍對準我。

溫齊克覺得滿意之後便向後退開。「這個箱子裡的工具，」他表示：「已經腐壞了。不能讓妳再帶壞其他的。」

他按下控制器上的一顆鈕。

箱子發出短暫的閃光與喀喀聲，光線從箱子縫隙滲透出來。有一道強烈的紅光，像是來自熔爐。接著煙霧冒了出來，以及一陣皮肉燒焦的可怕氣味。還有最後一道意念。

救我的朋友。

然後再也沒有笛音了。

我的心彷彿碎裂。雖然我動彈不得，但卻能夠哭泣。我流在臉上的淚水似乎讓溫齊克很高興。他站起來，生動地揮舞雙手。

「牠們有任何故障我們都能排除，」他說：「隨時都行。如果我們想要，也可以遠端處理。下次妳想再利用牠們之前，請記住這一點。布蕾德警告過我可能會發生這種事。因此我們密切監視，發現這個單位傳送了兩則信號而不是一則。」

我勉強又擠出了幾個字。

「殺了，你。」

「哎唷，哎唷。次等物種的情緒眞是豐沛。」

就這樣，他轉身離去。布蕾德和守衛跟在後頭，接著將門用力關上。我被獨自關在痛苦、羞愧，以及沸騰的恨意之中。

第二十六章

幾天過去後。

至少我是這麼想。

這裡沒有時鐘——除了看不到工作人員的輪班替換，也沒有像家鄉那些鐵工廠傳來響亮的製造聲，或熔煉回收時較輕微的聲響或……唉，總之很難確認時間。感覺彷彿又回到了虛無。

唯一能判斷的方式，就只有在我被下藥的時候。以舊地球的時間來看，是十二小時的間隔……也許吧。這只是我自己根據小安給的模糊描述所做的詮釋。如果是我抓住別人，我就會在每次下藥之間故意混淆時間的長度——在不需要給藥的時間經常出現——這樣就能讓俘虜喪失時間感。因此我不能只靠那一點，也不能依據他們送來口糧的餵食時間來判斷。

我很快便明白，爲何故事中提到的孤獨，經常被當成是跟肉體折磨一樣可怕的懲罰。我被舷砲派俘虜時，尚且能夠去了解他們，花時間跟他們相處，而這得以幫助我制訂逃脫計畫。但在這裡……制訂計畫就只是讓愈發絕望的我暫時分心的一種方式罷了。

而那股絕望感十分劇烈。

我的一切都被猜透了。布蕾德把我的脾氣作爲武器——也利用這種方式突破了抑制器——我甚至差點沒意識到發生了什麼事。他們早就料到我爲了逃脫所使出的所有伎倆，也做好準備等著我。他們早就準備好殺掉小安。

我本該能救她的。

該死，我應該要是個英雄。

拯救我的朋友。

她死前的懇求震撼我的靈魂。揮之不去。而他們下的藥切斷了我跟查特的聯繫，這表示就算我發脾氣，無論我有多麼痛苦，都無法讓身邊的空氣扭曲。可見那從頭到尾就不是我的能力，而是他的——這種藥也讓我們的融合無法像之前那樣發揮作用。

對我來說，唯一有用的事就是觀察守衛。他們是我唯一能接觸外在世界的機會。我希望可以從他們的對話中得到某些情報。不過可惜的是，情報要在聰明的人身上比較容易取得。這些守衛似乎什麼都不知道，大多都是在說自己有多無聊。然而，我還是記下了他們的輪值方式，每換班一次我就在床單上綁一個節。我透過門上的開口仔細觀察，看看有無任何能利用的機會。

他們是以五人一組輪換——但會有兩組重疊。這表示大部分時間都有十個人看守我。偶爾是五個人，但絕對不會沒人。

到了我覺得被囚禁的第四天時，我已經開始能認出一些守衛了。有一組通常會提早離開，每次都留下另外五位看守。也許我可以……

也許我可以怎樣？我退離開門邊，覺得自己像個大笨蛋。沒用的。為了讓那扇門打開，我什麼招都試過。它只會在他們要對我開火前打開。我試過在他們進來前躲到房間一側，但那一次他們丟了個氣體手榴彈進來，差點把我弄暈，接著仍舊電擊了我，替我打針。

我完完全全被困住了。我終於沮喪地明白，為什麼有人會在監獄裡待上好幾十年卻從不逃脫，就像故事裡那樣。我一直以為自己夠聰明、夠強大或夠敏銳，有辦法從這種情況脫身。然而我被困在這裡，無能為力。他們可以把我關在這裡直到老死。我消沉地坐到床上，拿起一份口糧吃。

我的牙齒咬到裡面某個東西而喀了一聲。

我拿開口糧，盯著咬爛的蛋白質麵糊中那塊閃亮的金屬。可惡。我不知道那是什麼，但我猜他們在這裡某個地方裝了攝影機監視我。於是我假裝什麼事都沒發生，立刻躺在床上，翻到側面，假裝正在啃咬口糧，同時暗中查看裡面的東西。

是一把鑰匙。不是故事裡那種傳統的鑰匙，而是電子鑰匙。把它壓在門上，鎖就會打開。我在守衛的腰帶上見過。

怎麼可能會有人偷藏一把鑰匙給我？而且是誰會做這種事？

守衛輪班了，我聽見外頭的動靜。那五個人離開了。跟平常一樣提早了。

我可以解決剩下的五個人嗎？一個女人對付五名武裝士兵？

我知道錯過這次，就再也沒有機會知道答案。也許這是陷阱，但現在只能嘗試逃跑，否則在接下來的戰爭裡，我就只能在這小房間裡度過了。於是我嘆了口氣，把鑰匙藏在手心，然後閒逛走到門前，假裝像平常那樣看著守衛。我沒立刻開門。我等待著，希望正在看監視攝影機的人會鬆懈下來。

我等到守衛開始聊天，他們抱怨著剛才那些守衛，說他們每次都提早離開，實在太失職。我猜這應該就是他們最分心的時候，於是將鑰匙抵在門上——然後感覺到鎖打開了。

可惜，其中一名守衛注意到了。於是我修改計畫，等那名守衛走過來，他歪著頭查看門。這時，我猛力一推——門撞向了對方的臉。

金屬跟骨頭的撞擊聲，是我所聽過最令人滿足的聲音。我隨即撲向守衛，同時希望其他人會因太過震驚而無法立刻反應。其實我有點羨慕他們過著這麼輕鬆的生活，竟然在看守時也能分心到被突襲。我的生活充滿了爆炸、突擊和恐懼，這卻讓我在這天佔了優勢。

他們之中只有幾個先行開槍，火光在走廊上不規則飛散，而我從倒下的守衛身上拿到電擊槍，跪著射中了剩下四人。我只橫掃了一次，用密集火力就把他們全部擊倒。就連在靶場指導我的維斯卡（Veska）中士肯定也無法挑剔我的姿勢和精準度。

我繼續跪在原地，心臟狂跳，舉著武器等待警報響起。一定有個守衛在遠處某個地方監看著。他們不會只依靠門外那些士兵吧？

靜默。

可惡，到底怎麼回事？我不能相信這種事，對吧？情況太順利了。

可是我還能怎麼做，呆坐在床上嗎？這把鑰匙也許是蛞蝓設法弄給我的。我不能浪費時間，在這裡擔心會有陷阱。

動起來啊，傻瓜！

我抓住第一個守衛——被我用金屬門撞倒的那個——然後抓著外套把對方用力拉起來。這是個狄翁人，有著藍色皮膚和臉部刺青，其中一塊刺青剛才正好被門的邊緣撞得撕裂成兩半。

對方暈頭轉向，但正在恢復意識。於是我把對方的臉拉近，咆哮著說：「機棚！星式戰機！」

對方雙眼睜大，露出笑容，這對狄翁人來說並不是感到有趣的表情，而是恐懼。很好。

「我這個人很沒耐心，」我凶狠地低聲說：「告訴我戰機停在哪裡，不然我就要發揮創意了。狄翁人要失去多少身體部分才會陷入休克呢？你知道嗎？」

「我……拜託。」狄翁人輕聲說。

「機棚，」我斷聲說：「星式戰機。」

「delm十四！」

delm是他們的一個字母。這就夠了。我用電擊槍射向狄翁人，然後迅速從體型較小的一名守衛身上脫下外套。我穿上外套，再把電擊槍斜揹起來，就像守衛一樣。也許這樣我的輪廓就不會令人太快起疑。我從被打倒的那群人制服上認出他們是軍士，接著偷走他們的證件——長得很像祕密幫手弄給我的那張鑰匙。

我踩著平穩的步伐開始前進，在走廊上經過幾個轉角後，發現牆上有個似乎是用來幫助指引方向的螢幕。過了這麼久，我還是對星盟的字母不太熟悉，不過我利用偷來的存取鑰匙，設法輸入了「delm 14」。幸好，螢幕上出現一張地圖，爲我指出了方向。

我一直以爲自己身在某種太空站，不是地面設施，而這個猜測在幾個轉角後得到了證實——我發現了一些舷窗，外頭就是寂靜廣闊的太空。

我繼續穿過一條又一條走廊，很幸運地沒遇到太多人。我發現的人都在一段距離之外，而我臨時的僞裝似乎有用。我認爲現在可能是太空站的主要睡眠週期，因此才比較容易能到處潛行。

我前往目的地已經走了超過一半距離，警報聲這才響起。那五個提早離開輪值勤務的守衛今天應該會過得非常淒慘。

我開始奔跑，希望方向沒錯——接著就遇到了一位天納西人。是名女性，她正拿著一盤食物，自己哼著歌。我用電擊槍射倒她，然後跳過潑濺到地上的餐點，跑完最後一段距離，再把偷來的守衛鑰匙用力壓在一道金屬門旁的面板上。然而門沒有立刻打開。可惡，希望他們還沒封鎖我。我慌張地站在那裡，走廊上閃爍著紅色燈光，遠處還有警報聲。

門終於打開了。我衝進去，發現是一座很大的機棚，停放著一整排星盟使用的星式飛艇，各種設計都有。儘管燈光閃爍，警報聲大作，這裡卻沒有半個人。發生安全問題之後，他們不是應該先封鎖機棚嗎？

我猶豫著，擔心這又是個陷阱。此時，旁邊傳來喀噠聲。

可惡。我轉身舉起槍，發現剛剛進入這裡時忘記檢查角落了。看來還是免不了會被維斯卡唸一頓。

布蕾德就躺靠在右側牆邊的作業員座位裡，她雙腳穿著靴子跨在桌上，一手舉起了碼錶。

我的心情沉到谷底，而且看見布蕾德又拿著那只該死的碼錶，我便感到一陣憤怒。

於是我對她開槍。我射中一道隱形的護盾，那種護盾只有在攔截到攻擊時才會顯現。它發出藍色閃光，接著又逐漸消失。

「防護功能，」她說：「根據安全規定，在武器檢查期間必須啓動工作站護盾。星盟可是相當重視安全規定呢。」她看了碼錶一眼。「哇塞。妳眞的在不到五分鐘內打倒了十名守衛，然後一路跑來這裡？」

我再次開火。又一次。我只是想打掉護盾。發現這麼做沒有用之後，我嘆了口氣。「我只需要打倒五名守衛。」我坦白說：「我等到換班時間才出手，因爲有一群人通常會提早離開。」

布蕾德大聲嘆息。「妳在開玩笑吧。聽著，我保證我們眞的有一些能幹的士兵。他們只是不常分配到看守任務，就算在重要的設施也不常。」聽起來，她好像認爲我會因爲守衛懶散而覺得被冒犯。

話說回來，我不知道該怎麼理解布蕾德。她的性格似乎很常變換，就像ＦＭ替換鞋子那樣。我繼續舉著槍。

「是妳給我鑰匙的，」我說：「妳讓我逃出來。」

「我也得清空機棚裡的人。」她說：「要知道，就算是在值夜期間，這麼做也不容易呢。」

「爲什麼？」

「妳忘記我們的對決了嗎？」她說：「妳可以放下槍了，思蘋瑟。它的威力不足以穿透工作站的護盾。」

「妳先吧，」布蕾德對我說：「選一艘。它們都解鎖了。開出去，我會跟上。」

警報聲仍然刺耳地響著。我望向飛艇。能靠它們離開嗎？

「爲什麼妳要這樣？」我問：「在星界的時候，妳巴不得跟我作對。現在妳卻要放我走？」

「那時候我們需要妳當代罪羔羊，」布蕾德說：「對了，那件事謝啦。我們拍下妳變成『可怕人類』

的影片，而這幫助溫齊克說服了所有星球不去計較他發起的軍事政變。」她在桌面上用力轉動一把手槍，展現了糟糕透頂的槍械安全觀念。「他們實在太溫和了。要是星盟還想保有他們一切的成果，就必須改變很多地方。」

她看著我，似乎感受到我的遲疑。我沒跑向飛艇。我不喜歡這樣；感覺很糟。

「他們配不上，」她對我說：「這個他們建立的帝國。狄翁人、天納西人、瓦維克斯人？他們只是先弄懂超感能力罷了。後來，他們變成了最早隔離蛞蝓並加以利用的人。他們以爲自己能夠支配一切，是因爲擁有崇高的哲學觀，但其實那只是走運。」

「我不懂妳，布蕾德，」我邊說邊走上前。「爲什麼妳要追隨他？爲什麼妳要跟我決鬥？爲什麼妳要做出這一切？」

「爲了好玩啊。」她說。

我差點就相信了。如果她的動機單純只是看什麼有趣就做什麼，那能解釋她爲何會放我走。這能解釋很多事。不過要找樂子還有更簡單的方式。她在星界跟我一起飛行時很投入，就算很困難，也還是維持著表面的形象。

無論她有什麼理由，總之，這是她的遊戲。如果我想逃離，就得先遵守她的規則，之後再想辦法突破。

「妳要一直站在那裡嗎？」她說：「很快部隊就會集結到這裡了。不過要是妳跟我到外頭，溫齊克就會晚一點採取行動。我已經打好訊息，說我發現妳要逃跑，目前正在追捕。雖然他還是會派其他人來幫忙，但知道追趕妳的人是我以後，他應該會安心一點。這樣我們就有時間來一場眞正的戰鬥。不過這是妳的選擇。妳想呆站在這裡被抓嗎？」

我開始跑向其中一艘飛艇，心裡很清楚自己正由她擺布。可是說不定她眞的會飛出去跟我決鬥。也許她眞的想知道在我們之中誰比較厲害。如果是那樣，我就有逃脫的機會。這個機會比關在那間牢房裡好太多了。

我找了一架線條流暢的攔截機，我知道它的型號，也熟悉控制方式；我跳進駕駛艙，始終覺得到最後一刻就會出現某種陷阱。結果，我很順利地啓動上斜環升空，直接推進飛出艙門，穿越了護盾進入太空的眞空中。

布蕾德不久後也開著她的飛艇跟上來。可惡，我們眞的要對決了。我的體內還有藥效，因此仍然無法超空間跳躍，但我會抓住時機嘗試逃脫。通常我是在守衛換班的一個鐘頭後被注射，所以我的能力應該很快就會開始恢復。

這是個機會，眞正的機會。只需要打敗布蕾德，然後避免被抓住，等到能夠超空間跳躍就好。布蕾德俯衝向我、射出破壞砲時，我的本能隨即發揮作用。我還是不太確定她爲何要這麼做。

可是她絕對會後悔玩弄我，這點我很清楚，就跟星星的存在一樣確定。

第二十七章

我啓動超燃模式遠離布蕾德，但在飛行時還是著重於防禦。在認眞反擊之前，我要先弄清楚這片區域。

我們剛離開一座看起來滿新的太空站，外觀平坦並呈長方形，側面布滿了艙口。看起來有點像……呃，一個巨大的太空口琴。在我那段游牧般的童年期間，我們有位路隊長也會演奏那種東西。我的螢幕將這座太空站標記爲「布雷茲觀測平台」（Brez Observation Platform）。

螢幕上也標示出了遠處較小型的結構體。也許是礦場？它們似乎是以某種模式排列，在這片區域周圍形成一大片場地。雖然每個構造之間的距離都有好幾公里，不過從戰場的角度來看，我大概知道它們爲何要這樣安排。

在離我最近的區域裡，有一大堆胡亂漂流的太空垃圾。然而最顯眼的是一座舊太空站——比我被俘虜時待的布雷茲太空站大上太多太多了。從星式飛艇的視角來看，那座龐然大物就飄浮在不遠處。

我的接近感應器螢幕顯示那是伊文森：一座類似星界的古老平台。它看起來幾乎像是廢棄了，不過表面上布滿了數百座摩天大樓，說不定甚至有數千座。大樓裡完全沒有光線，但通訊蛞蝓一定全都藏在那座平台上的某個地方。

我迅速飛往那個方向，想看清楚一點，這時布蕾德突然衝了出來。伊文森的外圍似乎像星界那樣有一層氣泡，不過螢幕上並未顯示那裡有護盾。那裡有一片又一片的褐色地面，是枯死的花園。建築物沒有鏽蝕——現代的金屬能夠耐蝕，無論閒置多久都一樣——可是我看見了破掉的窗戶。街道上的金屬似乎都爲了某種用途而被拆除了。

我有些不可置信。狄崔特斯周圍的平台在無人干預的情況下持續運作了好幾百年，但這個地方竟然如此荒涼。到底發生了什麼事？

「那裡曾經是人類的設施。」布蕾德在我的通訊頻道上說。

我遲疑著。她沒有發動攻擊。我有一種迫切感，想在溫齊克發現我們做的事之前趕快開始比賽。儘管如此，要是布蕾德願意談，說不定我可以從她那裡得到一些情報？

「發生了什麼事？」我小心不讓自己露出得意的情緒，同時遠離她的直接射擊範圍。跟我交談可能是要讓我卸下防備的計謀。

「戰爭，」她說：「它被試圖征服銀河系的眾多人類派系之一給併吞了。在那個團體瓦解之後，這裡就變成了海盜的中心。後來，有另一個團體佔領它，結果他們也潰散了。幾百年來一直起起落落。」

「這大概很合理吧。」我邊說邊繞著一棟較大的摩天樓向下飛。「可是這裡怎麼會荒廢成這樣？修這裡一定比建造另一座太空站還便宜吧。」

我們飛出太空站的側面，遠處有顆太陽提供了一些黃昏的光線。這讓伊文森的一面陷入深沉的陰影，彷彿形成了墨池。我們飛到太空站邊緣最高處，然後向下飛往平台的底面——那裡也覆滿了建築，畢竟使用人工重力的話，上和下就只是選擇的問題。

在這裡，我看到了嚇人的景象。巨大的生物在眞空中如波浪般移動，外觀像是管蟲，每一隻至少都有兩公里長。之前我的視線被平台遮蔽而看不見牠們，但這些傢伙每一隻的體型都跟主力艦一樣大。這裡的數量有好幾十隻，全都在太空中緩慢移動。

我讓飛艇猛然轉向，接著突然明白自己剛才搞錯了——我現在才知道該留意什麼。我在離開布雷茲時看到的太空垃圾……那裡有更多這種生物。牠們有好幾百隻，就在虛空之中游動。

「可惡，」我輕聲說：「那些是什麼？」眞的有太空蠕蟲？M-Bot讓我尋找沙蟲的希望破滅時，爲什麼不告訴我還有牠們的存在！

「老天，妳過得還眞安逸。」布蕾德回應：「妳眞的從沒見過巨蟲（vastworm）？」

「沒有。」

「像這樣大量出沒的情況很危險，」布蕾德表示：「牠們能夠吞掉飛艇。在人口比較多的地方，政府會投入大量資源來消滅牠們，免得牠們發展成現在這個樣子。不過在這裡……哎，伊文森很破舊，也被遺棄了。沒人會來這裡。基本上，它就只是星際地圖上一個附加了警告的小光點。跳到這裡，你就有被吞掉的風險。」

可惡！我剛避開的那隻蟲注意到我了，而牠正以波浪狀的移動方式追向我們。這傢伙看起來速度不快，可是體型很大。我不覺得它能夠吞下一艘警戒中的飛艇，但那張尺寸等同於巨大艙門的寬闊圓嘴仍然令人感到不安。當然，布蕾德趁我分心的時候射擊了幾次。其中一發擊中我的護盾，接著我才做出一些像樣的閃避動作。

她輕笑著，聲音從通訊頻道上傳來。

「爲什麼？」我問：「爲什麼星盟要在這裡建立一個運作中心？我還以爲會選擇像星界那種充滿活力又有人居住的地方。」

「可不是嘛，那樣每個人在地圖上就都看得到了。要低調很困難。星盟最重視的，就是要讓人們忽略其實很重要的事。」

那倒是事實。軍艦僞裝成商船。蛞蝓被貼上危險的標籤，以確保人們在看見牠們時不敢靠近。如果你的統治依據並非軍事力量，而是情報控制，那麼會採用這種方法其實可以理解。因此他們才把最重要的通訊中心設置在沒人會造訪的地方。

我覺得這種景象很可怕。外頭那些蟲就在太空中飄浮與移動，就像燉菜裡的蛆蟲一樣。看似平靜，卻很致命。更糟的是，在甩掉那隻蟲以後，我看見了不遠處還有另一個更危險的景象：溫齊克正在集結的星盟艦隊。三艘巨大的太空母艦、最大型的主力艦，此外還有兩艘戰艦，以及六艘較小型的砲艦和驅逐艦。

這支艦隊在大型星系的背景下看起來可能沒什麼，但足以讓我們的艦隊規模顯得很小。敵人的艦隊懸停在那裡，附近飄浮著一些被炸成一半的死蟲。其他大蟲似乎刻意保持距離，彷彿牠們能感覺到有些同類已被殺害。

「所以，我們到底要不要動手？」布蕾德問：「還是妳要繼續觀光？我暫時拖住了溫齊克，但這可不會永遠持續下去。」

「布蕾德——」

「應該要讓妳知道，」她又說：「我在妳那裡裝了個遙控裝置，可以讓我掌控妳的飛艇。想要逃跑，我就會鎖住妳。想試試看嗎？」她啟動又關閉我的超燃模式。

我咬牙切齒。我討厭飛艇被別人控制這件事。

「所以妳可以直接鎖住我？」我厲聲說：「那妳已經贏了嘛。」

「我不會使用的，」她表示：「除非妳試圖逃跑，或是被擊敗。我也不會使用超感能力。來吧。解決我，妳就可以飛走——不過只要我還在這裡，妳就是俘虜。準備好了嗎？」

「再靠近一點，我會讓妳見識我準備得如何。」

拖延戰鬥對我有好處，可以爭取時間讓體內的藥效消退——所以我最好找出可行的辦法。可是在布蕾德逼近並以雙管破壞砲開火時，我卻發現自己不在乎了。這可是戰鬥啊。儘管經歷了那麼多，學到了那麼多，我的骨子裡仍然是一位戰士。我必須證明自己比布蕾德強。能夠對綁架我的人復仇，這種機會實在太誘人了。

我避開她的射擊，沿著古老平台往上飛，經過了有小窗戶的廢棄方間，以及像是骷髏頭眼窩的凹狀停靠站。布蕾德以為她可以玩弄我嗎？把我放出監獄找樂子，滿意之後再把我關回去？

等著瞧。

我們在星界一起飛行時，我偶爾會保留實力，不讓自己表現得太厲害；那會令人起疑。布蕾德見過我飛行——我們甚至對峙過——但我覺得她可能還是會低估我。

伊文森的側面沒有任何建築，只有窗戶和停靠站，於是我繞到太空站底面。我從那裡進入一條老街，在建築物之間俯衝，想看看布蕾德會怎麼做。

可惡，她太聰明了，沒受到引誘進入狹窄的空間追逐。她留在上頭，這樣就可以觀察或超越我。她那裡的視野很好，要是我飛上去就會被擊落。我做出差點讓重力電容器超載的動作，翻轉了飛艇——接著往後推進並停止下來。她在上方繼續前進了一會兒，我則是突然衝進右側的建築物之間。在這麼低的地方可能會使她的接近感應器混淆，讓她無法在這群古老鋼造建築物當中追蹤到我。

「不賴嘛，」布蕾德不久之後對我說：「妳去哪了？」

「最好小心妳的後面。」我說。

她輕笑著。「妳曾經想過要回到這種場面嗎？一對一的飛行員戰鬥，而不是想著征服銀河系和那些政治廢話。」

我沒回答。因為我還是不知道該怎麼理解布蕾德。我當然想要那樣——但她一定是在利用我的渴望。

「妳發生了什麼事，思蘋瑟？」她問我：「在虛無的時候，妳在那裡做了什麼？」

「我明白了我是誰，」我說：「還有我來自何處。」

「妳覺得那可以幫助我嗎？找到那些答案？」

可惡，她聽起來很眞誠。但我已經被耍了太多次，才不會上當。於是我以非常緩慢的速度穿行於街道之間，然後在幾輛廢棄的懸浮車附近停下。我在接近感應器上追蹤到了布蕾德，此時她正飛到附近上空，想查看我去了哪裡。停在這裡感覺不對勁——很危險——但我知道這麼做是對的。在這種情況下，她的感應器要追蹤到我會困難許多。

計謀成功了。布蕾德繞了一大圈，以「上下顚倒」的方式飛行，想利用視覺找到我。這個方法還不錯，因爲我的飛艇在這些殘骸之中一定很顯眼。可是她一開始就找錯了方向，給了我絕佳機會。她離開時，我轉動飛艇讓機鼻朝上，把上斜環開到最大功率，然後沿著一棟摩天大樓的側面筆直往上推進。

我突然出現在她後方，是追擊的絕佳位置，雖然她飛到半途就發現了我並停止搜索，但我還是能跟上她。她迂迴行進，做出閃避動作，不過我仍慢慢拉近距離，也開始小心射擊。我預測她會如何閃避，成功擊中了她的飛艇兩次——所以她的護盾效力應該只剩一半左右。她必須停止飛行才能重新啓動護盾，但你可不會想在戰鬥中這麼做。

她試圖甩開我，而我在通訊頻道上聽見了她發出的悶哼聲。我往前傾，露出笑容，享受只專注於戰鬥的感覺。我暫時讓自己假裝這是最重要的事。我享受戰鬥的樂趣，跟著布蕾德離開伊文森的陰影區域，進入開闊的太空，危險地飛在其中一隻巨大太空蠕蟲附近。那隻生物在眞空中起伏，龐大的身軀如波浪般移動，而布蕾德利用牠作爲掩護，非常靠近牠那有著皺紋的粉橘色皮膚。

我的大拇指從射擊按鈕上移開。從星盟艦隊周圍的屍體判斷，這些傢伙會受到我們的武器傷害，但我不覺得這艘飛艇上的小型破壞砲能對牠造成什麼影響。我決定先緊跟她，暫時不開火，以免不小心射偏而激怒了大蟲。她很會逃，以螺旋形方式沿著蟲身朝上飛，往頭部方向移動——而牠注意到了我們，扭轉身體望向我們，但我看不出這隻巨獸身上有任何眼睛。

「這些傢伙到底是什麼？」我問：「說眞的？」

「巨蟲是吃超感能量的，」布蕾德回答：「只要在任何地方蒐集太多泰尼克斯族，就可能會吸引牠們，不然就是要花很多心力把蛞蝓的心智遮蔽起來。」

我從未聽說狄崔特斯曾吸引過那種東西。然而，我們確實是有一個非常大規模的屏障系統。我正打算問出更多資訊，但布蕾德仍然想要甩掉我，於是她沿著蟲的頭部加速往上衝——做出了一個完美的阿斯特姆迴旋。

然後直接俯衝進入巨蟲張大的嘴巴裡。

嗯……

也許是我低估了她。

「布蕾德？」我說：「妳瘋了嗎！」

「也許吧。」她在通訊頻道上的聲音模糊不清。「妳以爲妳比我厲害嗎？看看能不能在這裡追到我吧。記住，除非擊落我，否則妳還是得坐牢。」

可惡。我深吸一大口氣。

然後跟著她進去。

星盟前哨站概觀

紀錄編號 DST230310

伊文森

人類平台（廢棄）

長度：80.5公里
寬度：25公里
深度：1.5公里

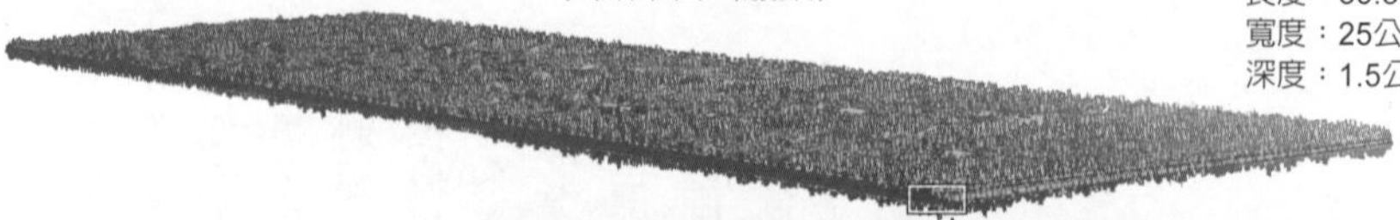

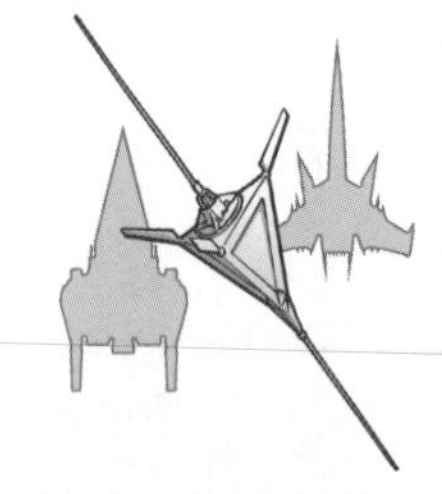

超感抑制器站點

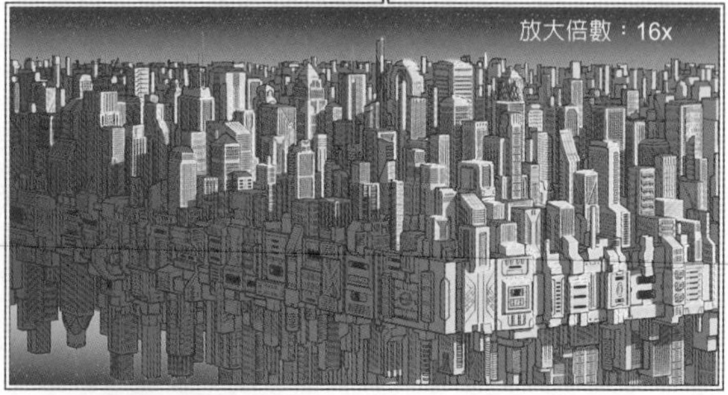

星盟艦隊組成

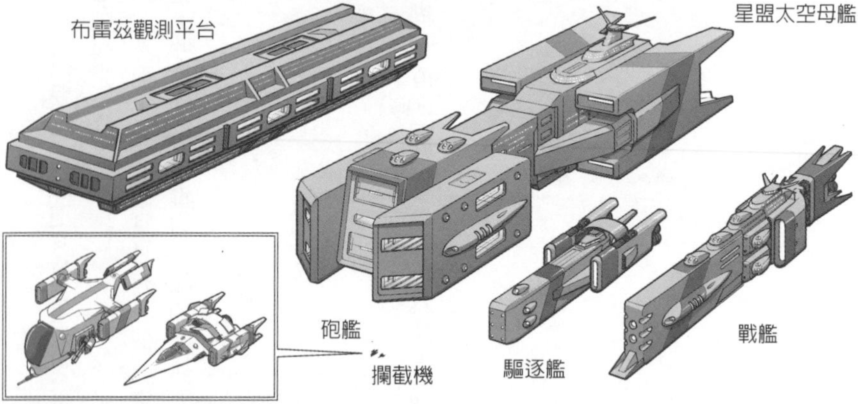

巨蟲

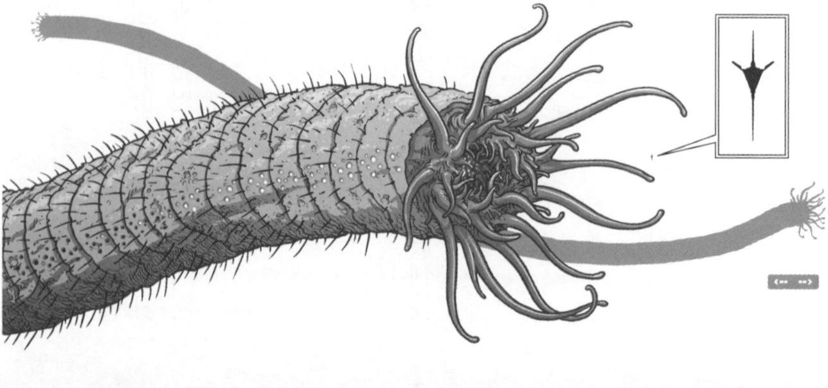

第二十八章

小時候，我總會幻想在太空中飛行。想像離開狄崔特斯，想像到外面去。進入星星、太陽、月亮和星雲的國度。如果你跟我說我會成功，但是有天得飛行穿越一隻巨大太空蠕蟲的內部……這個嘛，你知道我是什麼樣的孩子。我一定會覺得那太棒了。

但現實比我想像的更緊張不安。我必須打開飛艇的泛光燈，照亮這隻怪獸的中空管狀內部。根據感應器顯示，這裡面仍然是真空——而且有很多奇怪的捲鬚從這傢伙的內部表面垂下。有點像水母的觸手，只是大得多。它們在真空中像波浪般動著，並且從四面八方伸向中間的通道。總之，這傢伙的喉嚨有十二公尺寬，可是那些捲鬚就有三公尺長，而且跟繩子一樣厚，所以能正常飛行的空間實在小得令人擔憂。

事實上，我試圖在黑暗中瞄準布蕾德發亮的推進器時，就不小心碰到了一條捲鬚。一接觸到它，我的護盾就消失了——儀表板上閃爍起紅色警示燈。可惡！那條觸手吸乾了護盾。看來這些蟲會吃的不只是超感能量。

如果說觸手能夠吸乾護盾，那麼要是它碰到飛艇會如何？我決定不去找出答案，並且放慢速度，更小心地在怪蟲內部穿梭。幸好，布蕾德也慢了下來。也許我運氣好，說不定她的護盾也被吸收了。

我注意看，發現她非常靠近其中一條觸手。那樣的距離近到足以使護盾產生反應——可是卻沒有。

我將拇指移回破壞砲的按鈕上，不過沒有按下。

「布蕾德，」我說：「我鎖定妳了，投降吧。」

她竊笑著。「投降？這是怎樣，在拍艾羅爾．弗林(注)的電影嗎？」

「拍什麼？」

「舊地球的事，」她說：「那是個演員。」

這是我第一次聽到她提起地球的流行文化，而不只是地球歷史。她年輕時曾由人類父母養育過，除非那是個謊言。他們……看過地球的影片嗎？

「布蕾德，」我對她說：「我緊跟著妳，而妳的護盾消失了。我可以射下妳。」

「那妳爲什麼不做？」

「我……」

「妳在虛無到底發生了什麼事？」她追問：「爲什麼妳在感到痛苦時會讓空氣震動？妳是怎麼學會突破抑制器的？還有，妳爲什麼會突然這麼猶豫而不向敵人開火？」

可惡，我又這樣了嗎？因爲我想要她成爲另一種人，所以無法下手？或者，這是跟舷砲派一起相處過後的影響，讓我學會了跟可敬的對手戰鬥而不殺戮？

我已經不在虛無了。而且上次我試著相信這個人的時候，她背叛了我。

我壓下按鈕，將兩道破壞砲的火光直射向她。布蕾德輕笑著，同時旋轉飛艇勉強躲過了我的攻擊——而砲火射中了一些觸手。它們吸收了能量，突然間，附近所有的綠色水母觸手全都開始震顫並抽動。這下要避開它們變得更加困難。

儘管非常危險，我還是做出了一連串閃避動作，而且加快速度。布蕾德一邊加速，一邊笑得更大聲，我們兩人就這樣被迫往前推進，在觸手開始想要抓住我們的情況下不停旋轉與穿梭。我勉強躲開一連串的觸手，然後衝回到開闊的太空——結果我是從大蟲屁股出來的，這裡跟前面一樣也敞開著。

這……跟我一貫想像自己成爲星式戰機飛行員後的英勇形象不同。

汗水從我的臉上流下，我立刻向右轉，試圖讓心情平靜下來。倉促中，我追上布蕾德，跟她同時從蟲的內部衝了出來。現在換布蕾德瞄準我，也不讓我有時間重啓護盾。她展開密集的攻擊，我被迫俯衝並旋轉機身，可是後方的那隻蟲轉身跟了過來——牠的速度比另一隻還快。牠的速度竟然快到能夠跟上我們。可惡，這怎麼可能？

我猜牠之前可能以爲我只是太空垃圾。現在我變成了獵物，而且是布蕾德精心設計讓我去驚動了牠。

「再射擊另一隻蟲吧，」她在通訊頻道上提議：「讓情況更有趣點。」

「閉嘴！」我咆哮著。

她又笑了起來，但接著她做了某件事，讓那隻蟲突然停止追逐，像波浪般往另一個方向移動。我皺起眉頭，盯著接近感應器的螢幕，但不敢回頭看。怎麼會……？

「用妳的ＩＭＰ吧，」她說：「那些生物不喜歡這種衝擊的頻率。」

「謝了，」我說：「大概吧。」

她對我的攻擊逐漸停止了。也許她是故意想讓我感到自滿。可是這樣的話爲什麼要趕走那隻蟲？可惡，我眞的不知道該怎麼理解這個女人。

「那麼，妳想要投降嗎？」她問。

「門都沒有。」

「很好，」她說：「重新啓動護盾，然後再來一局？溫齊克正在準備派飛艇過來，不過我們也許還有足夠的時間再戰一場。」

我往回飛向廢棄的伊文森。抵達後，我讓一棟建築擋在我跟她之間，然後小心地停住。我還沒重新

注：Errol Flynn，西元一九〇九～一九五九年，澳洲知名動作男星。

啓動，以防她想等到我最脆弱的時刻攻擊。

她沒這麼做。她讓飛艇停在空中，然後開始啓動的程序，於是我也拉動控制桿，再度啓動護盾。這大概要花三十秒鐘。

「所以那是什麼？」她問：「在妳身邊那種奇怪的扭曲現象？妳把超感抑制場弄得一團糟，到底發生了什麼事，思蘋瑟？」

啊……原來一切都是爲了這個。放我出來，跟我對決，讓我說話。布蕾德不清楚我的新能力。而她自己也想要得到。

在明白之後，很多事情都變得合理。這是跟溫齊克一起精心策劃的計畫嗎，就爲了弄清我的祕密？

可惡，該怎麼利用這一點來對付她？

「這很難解釋。」我決定測試自己的理論。果然，她沒在我們的護盾啓動之後追過來。雖然布蕾德提醒過，但並沒有飛艇從布雷茲出動。她來這裡是爲了談話，而不是要決鬥。這場戰鬥只是個幌子。

我終於在布蕾德設下陷阱之前就發現她的陰謀嗎？

「妳能試試看嗎？」布蕾德問：「有時候……我的能力讓我感到迷失。有太多要學習，太多要理解——而且我也永遠無法了解自己。」

可惡，她眞是個好演員。那些話語背後蘊藏著眞正的情感——我不禁被感動了。就算知道她做過什麼，我也差點就要相信。

如果猜的沒錯，這就表示我逃不出去了。她大概安排了十幾艘飛艇監視，隨時準備在發生狀況時超空間跳躍過來攻擊我。雖然逃不了，但也許我可以拖延。直到我的能力恢復。

於是我開始說話，心裡很清楚自己正在玩一場危險的遊戲。「妳必須進入虛無，布蕾德，」我說：「徹底進入。不是只使用妳的能力。妳要走進傳送口，然後尋找名叫長者之路的地方。」

「那只是妳編造的。」

嚴格來說，是查特編造的。所以我有信心不會向她洩露任何重要資訊。「不，我沒有，」我說：「我去過虛無環帶附近的特定地點。那些地方讓我見到了過去，幫助我學習，也幫助我發展自己的能力。」

「星魔呢？」

「我帶著一隻。」我說：「在那裡的時候，它接觸了我。妳還記得在星界的那一隻嗎？妳召喚來卻被我趕走的那隻？」

「對，我記得。」

「它來找我，而且是以人類的模樣。它跟我一起旅行，試圖理解我，跟我交朋友。」

「嗯，那還眞怪異。」

我阻止自己說下去。我太靠近眞相了。

「思蘋瑟？」她問。

「我說過，這很難解釋。」我告訴她。繼續說話就對了。「我從星界那個傳送口過去，而且也不知道會遇見什麼。我到了一座叢林，然後——」

「星魔出現了，」布蕾德插話：「跟妳一起旅行的那一隻。該死……原來那就是我感覺到的。它用某種方式跟妳結合了，對不對？所以妳才能穿透超感抑制場。所以才會發生那些情況。妳捕獲了一隻？還是跟它有了協議？」

可惡。我沒回答。

「天哪，」布蕾德說：「它們就是因爲那樣才會怕妳，對吧？跟那種聯繫有關。我就知道妳身上有某種熟悉的感覺。」

「我理解它們，」我對她說：「從來沒人能像我這麼理解它們，布蕾德。妳是無法控制它們的，這點我可以保證。要是妳以為自己可以，那麼就大錯特錯。幫助我逃出去。我們可以一起徹底理解星魔，說不定還能讓銀河系永遠擺脫它們。」

「嗯哼，」布蕾德說：「嗯，沒興趣。好了，各位，我們今天大概就這樣了。過來吧。」

二十幾架星式戰機以緊密的隊形出現在我周圍，我不禁嚇了一跳。我立刻推進離開，可是布蕾德直接遙控我飛艇上的緊急開關，關閉了推進器。另一架飛艇飛到我後方，用一條光矛拖纜抓住了我的飛艇。

我覺得自己像個笨蛋。這一次我比她先行動，甚至猜出了她的計謀。但她還是打敗了我。我用力搥著控制裝置，此時布蕾德的飛艇緩緩接近。

「嚴格來說，我沒使用能力對付妳。」她說：「所以，這樣來說的話，我遵守了諾言。」

「妳在太空中關閉了我的飛艇！」我對她大吼。

「我救了妳，」她說：「讓妳不會被其他前來的飛艇消滅。妳花太多時間了，思蘋瑟。我提醒過妳，要是妳不快點，這場戰鬥就會有其他人加入。」

我往後靠在座位上，感到無比氣餒。

「妳還眞以為我們可以直接出來這裡對決嗎？」她的語氣聽起來似乎覺得很有趣。「如果這不是安排好的，我們兩個一離開太空站就會被團團包圍了。」

「現在呢，老大？」有人在通訊頻道上說。

「現在把她拖回去，然後丟進牢房裡。」布蕾德說：「我弄清楚了要怎麼像她那樣跟星魔聯繫。」

我滿腔怒火。「我要殺了妳，布蕾德，」我對著通訊器低聲說：「總有一天我會踩在妳身上，用一把劍指著妳的喉嚨，到時候妳會求饒，然後——」

她發出輕笑聲，接著通訊器的燈號閃爍一下後消失，表示她切斷了通話。我又一次猛力搥向控制面板，發出憤怒嘶吼。但這並不是飛艇的錯。是我的錯。我和我的愚蠢。

為什麼我會這麼甘願被她抓住？為什麼我要配合她的遊戲？我甚至還很想跟她成為朋友。為什麼？

因為，我心想，她躲開了妳。跟我一起飛行的其他人——從天防飛行隊到舷砲派——他們最後都會站在我這邊。赫修當上我的副駕駛。佩格變得很敬重我。莫利穆爾救了我一命。尤根還成了我的男友。

布蕾德是例外。唯一反對我的飛行夥件。我心裡有一部分為此感到痛苦，其他痛苦幾乎無法與之比擬。除此之外，她身上有某種讓我很想拯救的特質。她代表著星盟讓人類遭受的苦難。我好想彌補這件事，想要保護她，讓她知道生活可以過得更好。

然而，她不需要也不想要被拯救。我必須不斷提醒自己這一點。我在冷靜下來時心想，至少她沒得到真正重要的資訊。她永遠無法像我一樣跟星魔建立聯繫，因為這需要同理心，而她根本沒有。

我們全都超空間跳躍回到機棚並降落。我隨即嘗試打開座艙罩逃跑——可是他們已經透過遙控將其鎖住了。

我只剩下唯一的希望。她一直在騙我，我也能騙過她，因為在跟她對話時我已經拖延了時間。下次打針的時間很接近了——其實，我覺得已經超過時間了。我努力展開意識，稍微感受到自己的能力正在恢復。

*這裡……*查特在我體內說。*我在……這裡……*

我還有機會，可是不能再受到電擊。因此，我在布蕾德的手下接近飛艇時舉起雙手，低下頭，閉起了眼睛，試圖表現出自己沒有威脅性。

她的手下打開了飛艇座艙罩。這些人不是之前每天對我開槍的那些守衛。他們是戰機飛行員——大多數似乎是天納西人，就跟佩格一樣。他們認為拿槍指著我就夠了。

「妳長了木倫呢，」其中一個人說：「我很佩服。出來吧。」

我照做，不讓他們有開槍的理由。我從他們擺放的梯子慢慢爬下，接著再舉起雙手，試著表現出疲累的樣子，這時布蕾德一隻手夾著頭盔走了過來。

「謝啦，那份情報。」她說。

我聳聳肩，低著頭。

「這樣吧，」她對我說：「等我弄清楚妳的做法，也許到時我們就可以討論該怎麼處置星魔？一起合作。」

我只是發出咆哮聲，故意不讓自己顯得太配合。不過當她一轉身，我的肩膀就垂了下來。她贏得了這場鬥智小比賽。就算我猜到了她想做什麼，她還是得到了自己想要的東西。這一定會讓她很高興，對吧？覺得自己的計畫完美執行了？

附近有位瓦維克斯族的醫師正等著替我注射。她慢跑過來，我見狀焦急地嘗試超空間跳躍。什麼事也沒發生。我覺得自己就快要擺脫束縛了，可是還差幾分鐘。知道機會就要消失的感覺眞是痛苦。醫師抓住我的手臂，但就在此時，宇宙終於幫了我一個小忙。機棚的門打開，讓布蕾德嚇了一跳並轉過身。

溫齊克大步走進來，還帶了一群守衛。「妳在做什麼，布蕾德！」他質問：「我沒授權這件事！」

在場的所有人都愣住了，包括醫師。如果布蕾德做這件事並未經過上級批准，這表示她沒跟他談過，但她卻說自己有。

我還有機會。只要再拖延一下就行了。

「噢不！」我說：「他發現我們的事了，布蕾德！快點！我們該怎麼辦？」

第二十九章

布蕾德瞪大眼睛看著我。

好極了。

「快跑，布蕾德！」我對她大喊：「他知道我們一直在合作！」

「讓她閉嘴！」布蕾德厲聲說，接著一位天納西人抓住我，往我嘴裡塞了一塊東西。

溫齊克走上前。「不，不，」他邊說邊揮手。「放開她，我要聽她說。人類，妳一直在跟布蕾德合作，是嗎？」

那些天納西飛行員不甘願地退開了。最重要的是，醫師也跟他們一起。

「對，」我試圖用勉強的語氣說：「從星界開始。我們以爲……也許能讓你釋放保護區的人類。我們想找到方法讓大家再度成爲戰士，爲你服務。」

這個謊言太明顯了嗎？我無法判斷溫齊克是否會相信。他那張螃蟹臉不太會擺出我常見到的表情。但我不覺得他接下來揮手的方式代表了激動。

「哎唷，哎唷。」他說。

「她在說謊，溫齊克。」布蕾德說，然後翻了白眼。「非常明顯。」

「對，或許吧，」溫齊克轉身面向布蕾德說：「或許吧。不過妳做了什麼事？這些機坪的士兵都被重新指派了？召集了一隊精銳飛行員？妳跟她來了一場小小的對決，是不是？我明確告訴過妳這麼做很愚蠢吧？」

「我必須知道誰比較厲害。」布蕾德說。

「妳越來越不守規矩了。」溫齊克一邊說，一邊將外骨骼裝的雙手輕拍在一起。「妳不再像以前那樣遵從我了。妳覺得因為自己是超感者，所以我需要妳。」

「我——」

「妳現在不准說話，」溫齊克說：「妳要在房間關禁閉。」

看得出布蕾德很洩氣。很好。現在，只要醫師遠離我……我可以感覺到能力正在逐漸恢復。就差那麼一點。我對查特的感受變得越來越清楚，他的靈魂跟我共鳴著。我集中精神，感覺到遠處的某個東西。一種熟悉的思緒。M-Bot？它似乎突然打起了精神，也因為感應到我而相當興奮。可是我還無法傳話出去。我試著向它傳達驚恐的感覺，一種遭到俘虜的感受。

我隱約感受到某種回應。對方知道了。而且傳來某種強烈的感覺。

無畏。

只要再幾分鐘！我繼續低著頭，不敢抬頭看。

「在房間關禁閉？」布蕾德說：「好。我會去的。」

「現在，我想這場爛攤子必須改變方向了，」溫齊克說：「哎唷，哎唷。我不應該聽信妳的攻擊本能呢，布蕾德。照妳的建議如此集結兵力後，我們的世界就毫無防備了。」

布蕾德猛然抬起頭。

「對於人類的事，我們應該等待，而不是準備對付他們。」溫齊克繼續說：「我已經控制了整個星盟，也掌握住所有兵力。我們要解散這支艦隊，讓它們回去繼續掌控最重要的行星。接著，我們就等著人類自己餓死吧。是的。沒錯，這種方式才對。」

「溫齊克，」布蕾德說：「別毀了——」

「啊，妳現在不准說話，」他責備她。「記得嗎？妳跟其他人類太像了。他們都是次等智慧，妳也是。我看他們一定會慢慢毀掉自己，就像妳一直忍不住要跟這個人類戰鬥。我們可以讓他們自己陷入動亂，接著再收拾殘局，記錄下來，這樣所有人都會知道是我擊敗了他們。是的。讓我們開始吧。」

他轉過身，開始走向門口。布蕾德惱怒地長嘆一口氣。然後她舉起手槍，在溫齊克的頭上轟了一個洞。

我震驚地看著他的盔甲重摔在地。我瞪大眼睛，然後抬起頭，以爲在場的士兵會立刻攻擊布蕾德。毫無動靜。就連跟著溫齊克一起進來的其他瓦維克斯族助理也只是稍微激動地揮著手。

「好，結束了。」布蕾德邊說邊把槍收回槍套。「關於狄崔特斯部隊的最新報告呢？」

一位瓦維克斯人趕過來，拿起資料平板給布蕾德看。「跟無涯和新黎明的部隊持續整合中，長官。他們正在打造自己的艦隊。」

「我們的部隊呢？」她問。

「溫齊克的命令造成了……遲鈍的反應，」助理坦白說：「進度其實可以——也應該——快上許多。」

布蕾德嘆息著。「也許應該早點幹掉他才對。」

「或許吧，長官。」瓦維克斯人坦承道。

「等一下，」我說——我困惑到了極點，完全搞不清楚狀況。「等一下。你們就這樣讓她射殺你們的領袖？」

我身旁那位外觀如爬蟲類的天納西人發出輕笑聲。「什麼？」他問：「妳以爲我們會在那東西之下團結起來嗎？」他指著溫齊克倒下的外殼。可怕的是，我發現頭盔裡那隻螃蟹生物還沒死。液體從碎裂的頭盔面板漏得滿地都是，那隻叫溫齊克的小生物正從殘骸爬出，不停地抽動。他張大甲殼嘴巴想呼吸。他……正在空氣中窒息。

「一個官僚，」另一位士兵說：「妳眞以為一個官僚能策劃征服整個星盟？我們才不會追隨無法分辨側面攻擊和佯攻的領袖。」

「我們需要一位軍事領袖。」其中一位瓦維克斯助理說。

「我們需要的，」我身旁的天納西人大聲說：「是一位人類。」

天上的星星和聖徒啊。這裡的每一個人……都已經跟布蕾德暗中合作了好幾年。所有人打從一開始就知道溫齊克只是個傀儡。我的目光移回布蕾德身上，她正在聽取戰鬥報告，並小聲下達指令。可惡，這才是眞正的布蕾德吧？一直以來，她都戴著那些虛假的面具，而這才是眞正的她。

一位征服者。明顯地隱藏於敵人之中。儘管發生了這一切，我還是忍不住感到佩服。

「下令集結我們的部隊，」她對助理指示：「這次要快點。通知指揮部，說我終於執行了我們的應變計畫。我猜許多人聽到後都會很開心的。」

「是，長官。」助理邊說邊收起資料平板。「我們必須立即啓動宣傳機器。眾行星能夠接受由溫齊克當戰爭部長，不過要讓人類來擔任就比較難處理了。」

「我在公共場合會先使用立體投影僞裝，直到你們處理好情況為止。」布蕾德說，接著揮手打發他們。助理離開之後，她緩步走到工作區，拿起一根大鐵撬，然後隨意地遞給我——我嚇了一跳。我接過來，手裡感受到鋼鐵的沉重。

「對付他。」她朝著在地上爬行的溫齊克點點頭。

他後方的痕跡連接著甲殼好幾處，我猜那都是血。看來他跟那副盔甲有生理上的連結。我一直不知道那些東西到底是徹底的科技產物，還是自然生長出來的。我想也許是介於兩者之間。

「最後一擊是屬於妳的，思蘋瑟，」布蕾德說：「因為他的人對你們做了那些事。這是我給妳的榮耀，是士兵對士兵的尊敬。」

他正緩慢地往門口爬去。大概因爲缺乏可以呼吸的液體，又一直在流血，所以陷入了瘋狂。我抓住鐵撬，然後猶豫了。

「妳會把這錄起來，」我明白了。「一旦妳需要解釋掌權的理由，就會向所有新聞放出影片，讓大家看見我這個人類刺客殺死了溫齊克。」

「該死，」布蕾德說：「這一次妳終於弄懂了。」她拍打手臂，周圍突然出現了一個幻象——就像我之前僞裝成艾拉妮克那樣。那項技術是他們從M-Bot身上偷來的。

幻象讓她看起來就像我。

「幸好，」她說：「知道這種技術的人很少。現代的立體影像會將詮釋資料加密，以避免被竄改——可是要蒙混過去非常簡單，只要眞實地錄下畫面就行了。」

我不知道她的其中一些話是什麼意思，但在守衛把另一根鐵撬交給布蕾德時，我還是走上前去。我想我可以藉此多擠出幾分鐘的時間……可是當我看見飽受痛苦的溫齊克，心裡其實覺得他有點可憐。儘管他做了那些事。於是，我猛力把鐵橇砸向溫齊克的甲殼，結束了他的性命。

就這樣，我終於解決了暴君。他將我的同胞囚禁許多年，害死了我父親，也要爲許多人的死負責。至少使出最後一擊的是DDF成員，而不是僞裝成我的布蕾德。

我覺得……不滿足。不是因爲殺了他讓我感覺很糟。這對他來說已經很慈悲了，而他殺死了可憐的小安，光是如此他就該判處死刑。溫齊克是邪惡至極的生物。

但我不能將我同胞所受的苦全怪在他身上。那種壓迫源自星盟的體系，不是因爲一個人的陰謀。毀掉我們生活的是一具龐大機器，而我只是對其中一個小零件復仇，這並不能解決問題。想解決問題就需要更大、更大的力量，不可能只靠一個拿著鐵撬的女孩。

「接下來呢？」仍看著溫齊克屍體的我抬起頭問布蕾德。

「接下來，」她說：「恐怕我們得鎮壓你們這些叛亂份子了。這不是私人恩怨。總不能讓敵對的人類派系挑戰我的控制權。我們的軍隊很自豪能由一位人類來擔任領袖，不過如果是一整支艦隊的人類，那就有問題了。」

「我們可以合作，」我邊說邊走向她。「妳不必這麼做的。」

「我當然不必。」布蕾德皺眉說：「思蘋瑟，妳到底知不知道我為這件事努力了多久？從他們把我從家人身邊帶走的那一刻起，我就一直在策劃了。安排事情。取得地位。」

她繼續說：「星盟是一團巨大的混亂。軍方明白這一切有多麼脆弱。我們沒有足夠力量控制住現有的一切，也必須利用超感蛞蝓才能統治。然而只要一個疏忽，超驅裝置的祕密就會傳遍整個銀河系。星盟已經搖搖欲墜，這樣一定會垮台。

「我們必須採取行動，他們也需要一位足夠理解攻擊性的領袖，而且這位領袖的攻擊性並未透過人工繁殖過程被強制消除。」她往自己揮了揮手。「我已經準備好要統治一切，而妳的同胞會破壞我的好事。」

「我們的同胞。」

「怎麼，因為我們是同一種族，所以就應該合作？」她露出笑容。「妳沒讀過人類歷史嗎，思蘋瑟？我們一直都處不好，這就是我們跟某些物種的區別。那些物種很早就建立了世界政府——沒錯，他們的做法是排除異議份子，但還是統一了。這點我們就是做不好。」

「所以一切都會繼續，」現在我是為了拖延時間，而故意讓她一直說話。「就跟之前一樣？」

「思蘋瑟，這種情勢是我創造出來的，」布蕾德說：「只要鎮壓你們的叛亂，我就能證明軍隊支持我是對的。抱歉，但我讀過人類的歷史。我研究過，也從以前的戰術大師身上學到東西。我……」

她皺起眉頭，然後把手放在腰帶上繫著的一個小袋子。她的目光越過我，望向……

可惡。她望向仍然拿著我的藥站在後方的醫師。我的能力時有時無，斷斷續續，就像一個人在早上試圖醒來的那種感覺。我差一點就能使用了。我緊繃著，感受到體內的星魔在擾動。周圍的空氣開始扭曲，讓我輕輕咒罵了一聲。

這會洩露我的祕密。你不能阻止嗎？我生氣地對星魔想著。

不，查特的思緒回答。不行。我……我需要妳。妳能控制嗎？

我能嗎？

「該死，」布蕾德說：「我們替她注射了嗎？」

「完全沒有，」醫師說：「我們收到的命令是別碰她——」

「現在就注射！」布蕾德倉促上前，同時朝部隊揮手。有幾個人抓住了我的手臂，還有一個搶走我手中的鐵撬。醫師趕過來，準備打針。但就在她來到我身邊前一刻，整座太空站的喇叭都開始發出聲響。還有閃爍的紅光，散發著驚慌的急迫感。

「怎麼了？」布蕾德問。

「本區域受到大規模入侵，」正在查看牆上一台警告監視器的天納西士兵說：「有一整顆行星超空間跳躍到了這裡……」她的聲音越來越小，然後望向我們。「是狄崔特斯。」

第三十章

我的靈魂顫動得更劇烈了。我的朋友。

我的朋友在這裡。

而他們死定了。

我不確定自己爲什麼會有這種感覺，但它突然變得格外強烈。我開始發抖，想到了即將發生的戰鬥——以及必然的傷亡。

我倒抽一口氣，幾乎沒注意到有人抓住了我的手臂。

「最靠近這裡，而且能當成指揮站的地方在哪？」我在痛苦之中聽見布蕾德大聲問。

「走廊對面的會議室都可以使用！」一位士兵回答，同時推動離開機棚的門。「由妳選擇。」

「最近的就行了，」布蕾德說：「把指揮權轉移到那裡，蓋理奇（Gavrich）。奇歐（Kio），通知艦隊。」她轉過身，抓著我的手臂搖動我。她指著醫師。「妳，給她下藥。」

我的朋友在這裡，查特對我這麼想著。我必須幫助他們。我需要我的能力！

等等。

他們是我的朋友。不是他的。

我們的朋友。我的朋友。他強調這幾個字，接著空氣扭曲得更加厲害。我們必須幫助他們！

「要把她丟回牢房嗎？」其中一位士兵問，然後在醫師接近時用力把我按壓在地。

「不，」布蕾德邊說邊後退，同時用奇怪的謹慎眼神看著醫師。「我們可能需要星魔，所以我隨時都會用上她。只要確定把她嘴巴塞住，限制行動並且有被下藥。」

我們不能再被下藥，我極度驚慌地想著。不能再一次。不能再一次！

做點什麼。

做點什麼。

做點什麼！

一根針刺進我的皮膚。注射。

我突然脫離了自己的身體。

那是在充滿痛苦與困惑的茫然片刻中發生的。我變成的星魔，成爲我靈魂一部分的星魔，就這樣彈射了。不只是查特，還包括我——畢竟我們兩個纏結在一起。我們投射出來，就跟飛艇墜落時彈射的飛行員一模一樣。

我看著醫師對我軟弱無力的身體下藥。我竟然在我的身體外面。

天哪。我是鬼。

「我們做了什麼？」我驚恐地發現，我那副倒在地上的身體用嘴巴無聲地說出這些話，而且雙眼無神地張開著。

我不知道，查特說。他在我的靈魂內顫動著。我……

我往下看。我……我們……有一種形狀。我是個發光的金白色形體，旁邊還有另一個形體——跟我重疊著。星魔查特就像我的分身。

空氣被扭曲，我的力量隨機發作……最後就會變成這樣嗎？我的靈魂一直都想要逃脫嗎？我很勉強才控制住部分的驚慌感。

就算少了查特，我的靈魂也有一部分像是星魔——超感者皆是如此。超感者就是長期處在虛無輻射之下而發生突變的人。我們這種人擁有……某種特質，能讓人工智慧在沒有電路的情況下生存。我沒死。我就跟M-Bot和星魔一樣，能存在於軀殼之外。

算是吧。我能夠感覺到躺在那裡的身體。我彷彿能透過身體的耳朵聽見聲音。我並不是完全脫離身體，只有一部分。

布蕾德看著我癱軟在地上的身軀，一手按著她身側的小袋子，一邊看著醫師從我的脖子抽出針頭。她顯得很害怕，這滿合理的。怎麼可能不怕呢？那種針可以消除超感者的能力，她當然要小心。

「好了。」醫師的聲音聽起來像是鬆了一口氣。「接下來兩個週期裡，她都無法使用能力了。」

「終於，」布蕾德說：「走吧。」

兩名守衛從我腋下把我抓起，而我仍然感覺得到。當我轉動超感軀體望向旁邊的查特，我的身體也往那個地方抽動了一下。我猜我可能沒辦法讓身體做出更大的動作了。我跟著他們移動到走廊對面的一個房間——用懸浮的方式而不是走路。房間中央突然出現一個立體投影的戰場地圖，顯示著伊文森的大平台、我們目前所在的小型觀測平台，以及我之前見過的那一大片礦場。

我往前傾，發現那些礦場好像有某種標示。每個單位的上方都有數字，以及讀數。那代表著……生命徵象？

不是礦場，我明白了。是由抑制器站點構成的巨大網狀組織。每個點都有一隻蛞蝓，讓這片區域受到保護，無法進行未經授權的超空間跳躍。

的確，在立體投影中標記爲藍色、規模比伊文森更大的狄崔特斯，跟這片抑制場的邊緣之間還隔著一大段距離。遠到無法直接攻擊這裡的站點。我們後來知道，如果蛞蝓一起合作，就可以讓能力發揮相乘的效果——所以這種數量的蛞蝓能製造出非常巨大的抑制場，甚至以行星的規模來看還是很大。狄崔特斯不可能從邊緣炸掉抑制器，至少飛彈在半途中就會被輕易擊落。

這是我所能掌握到的基本情勢——至於投影裡的光點，我猜應該是那些太空蠕蟲。此時，守衛正把我的身體拖到牆邊，把我銬在一根扶手上。

「很好，好極了，」布蕾德說：「看住她。就算戴著鐐銬，她也會試圖逃跑。」

「她看起來是真的軟弱無力，」其中一名守衛說：「而且眼神很渙散。那種藥對她的效果是不是比平常更嚴重？」

「她在假裝，」布蕾德說：「想要讓我們以為她失去了知覺。拿著槍看好她。」

「要我們電擊她嗎？」守衛問。

布蕾德注視著我。在我看來，電擊與否都沒差。我不覺得這會影響我的靈魂。

「注意監視，」布蕾德說：「但是不必電擊。我可能會需要她說話；她在很多方面都是籌碼。」

變成靈魂的我，再次望向查特。他因爲擔心我的朋友也擔心我們而顫抖著。可惡。我們……我們剛才做了什麼？有辦法回到我的身體嗎？我嘗試使用能力，雖然思緒展開了，但無法讓任何東西超空間跳躍。所以我的處境還是跟之前差不多。

情況很糟，查特將想法傳給我。對不對？他正看著戰場和檢視螢幕。

現在判斷還太早，我心想，但我心裡潛藏著恐懼。我擔心這就是結束，是最終的衝突。也許我們現在會擊敗布蕾德的部隊，奪走這裡的蛞蝓，永久削弱她的統治能力……

或者我們會失敗。

立體投影的邊緣部分出現了幾顆頭。大部分是狄翁人，但也有一些天納西人，另外還有兩名像鳥類的赫克羅人，以及一個瓦維克斯人。

「各位艦長，」布蕾德對那些人說：「我開始了我們的應變計畫，並正式接管軍隊。在這之前，我已經處理掉了傀儡。他正要破壞我們的軍事行動，而我不能讓他繼續下去。」

「做得好，」一位狄翁人表示：「妳有什麼指令，長官？我想我們被入侵了。」

啊，我心想。這些是除了伊文森的軍力之外，她自行集結於此的艦隊艦長。

「現在不是最理想的時刻，」布蕾德說：「因爲過去一個星期裡溫齊克不斷緩慢集結部隊，這表示我們無法立即增援。我已經傳令下去了，希望可以盡快取得更多飛艇。不過，我們的艦隊規模比他們大得太多太多。我們應該能打贏這場仗，只要別太靠近那座行星戰鬥基地。他們有長程反艦艇火砲，更別提還有能抵擋轟炸的護盾網。」

「了解，」一位艦長說：「所以我們要引他們過來嗎？」

「戰場上的勝利者，」布蕾德回答：「通常都是最能夠運用地形、發揮優勢的人。他們一定會派戰機試圖摧毀我們的抑制器站點——這給了我們優勢。照我的指示做。我很久以前就保證過，現在我會讓你們見識人類戰術家的能耐。」

艦長們紛紛表示贊同，這時，有些慌張的助理匆忙進入房間開始布置，協助布蕾德處理戰況。我繞著她，而她似乎看不見我——於是我開始仔細觀察戰場的立體投影。

布蕾德說得對。她這一方擁有更棒的優勢地位，以及規模大上許多的戰力。我們在星式戰機方面或許能夠與其匹敵，但他們還有那些砲艦、太空母艦跟戰艦。一支眞正的艦隊。

查特顫抖得更劇烈了。不過我用強烈的語氣告訴他，我們也有自己的優勢。首先，我們有狄崔特斯，它的體積巨大，防禦嚴密，而且火力強大。布蕾德說得沒錯，我的朋友必須飛過來，一次解決一個抑制器站點。但只要摧毀足夠的數量，就能讓狄崔特斯靠近。

這是獲得勝利的途徑。如果狄崔特斯可以拉近距離轟炸伊文森，我們就能夠……唉，我們就能夠摧毀敵人所有的蛞蝓。一想到這，我就心煩意亂。我不確定尤根是否能接受造成這麼多死傷，但布蕾德並不知道這一點。

要是狄崔特斯能接近，基本上這場戰鬥就是星盟輸了。

不可能，查特心想。這太困難了。

他說的有道理。對我方而言，勝利的希望很渺茫。雖然我主張要我們的軍隊前來，可是我現在看出這場攻擊會有多麼危險。我的朋友必須進入敵人的超感抑制場。布蕾德的部隊可以運用超感能力，而我們不行。我們無法在飛艇被擊中時傳送離開。我不覺得敵軍戰機配備超感蛞蝓的數量會很多——通常是較大型的飛艇才有。然而我們還是處於巨大的劣勢。

有一個辦法，查特心想。

是什麼？我問，同時也急著知道是什麼能幫助我們獲勝。

結果，他讓我看了某個東西。是虛無。他手臂一揮，那個地方似乎就出現了，像一條通往遺忘的隧道。一個時間不會流逝的地方。在那裡，他跟我可以將戰爭的到來無限延後。我們永遠不必看著朋友死去，因爲死亡會停止存在——時間、空間和自我也是。

這很誘人。一部分的我因自己有這種看法而反感——尤其是我已經走了這麼遠，做了這麼多。另一部分的我則這想法被迷住了。我花了這麼久的時間理解星魔，也以爲自己明白它們經歷了什麼。

然而在那一刻，我感受到了。跟查特一起逃跑的渴望。就像跟舩砲派一起生活時的感覺，但還要再放大一百倍。因爲我知道，只要踏出這一步，一切就都不再重要。我不會有罪惡感，因爲罪惡感並不存在。

進去那裡，我就再也不會感受到痛苦。只有處在完美與不變之中的愉悅感。

它們也在那裡。其他的星魔。觀看著。潛伏著。等待著。如果我加入它們，它們會不會放過我的同胞？那是我必須做出的犧牲嗎？

思蘋瑟？M-Bot的聲音出現在我思緒中。我立刻回過神來，而查特那條通往虛無的隧道也瓦解了。

思蘋瑟，妳在嗎？

M-Bot？我對它說。我的聲音有兩種語調。我的和查特的。M-Bot，對。我在這裡，在伊文森。

感謝圖靈！M-Bot說。思蘋瑟，我設法找到尤根說話了！而且他也回答了！我學了好多，成長了好多。他本來就打算照妳的計畫攻打伊文森。我跟他說我曾感應到妳，他便加快了攻擊的進度。所有人都來了！我們來救妳了。

這是一場救援行動。他們把整顆星球都帶來了……就為了救我。

可惡。查特顫抖得更厲害了。

M-Bot，我對它說。我擔心那些星魔。雖然布蕾德把它們當成備用方案，但她覺得必要時可以動員它們加入這場戰鬥。我們必須做點什麼。

我……M-Bot說。我還是不知道該怎麼利用它們的弱點來對付它們，思蘋瑟。我一直在專心學習使用自己的能力，還有找尤根和妳說話。

我們時間不多了，我對它說。如果它們參戰，你跟我必須準備好阻止它們。

「敵人傳來了通訊要求，長官，」一位在實境的瓦維克斯族助手對布蕾德說：「還有……那座行星戰鬥基地出現了某種變化。」

我轉過頭，看見立體投影中的狄崔特斯開始變形——保護行星的平台正在打開，露出一個通往行星表面的洞。有東西從那個洞飛了出來，跟行星相比之下顯得很小，但以飛艇的規模來看其實很大。一艘很長很好看的飛船，還有流線型的鰭片。是太空母艦？

我們現在有旗艦了？

小羅一直在造船廠忙工作，我心想。他說他在那些地方發現了一個部分完成的工程計畫。

檢視螢幕切換了畫面：那艘雄偉壯觀的飛船正從狄崔特斯的保護環之中慢慢浮現。眞是一幅輝煌又驚人的景象——那艘太空母艦有讓戰艦進出的艙門，還發出明亮的閃光。它的側面有醒目的巨大白色字母，是用英文寫的一個詞。

無畏號。是多年前帶我們到狄崔特斯的那艘飛船名稱。

另一個畫面瞬間出現：布蕾德接受通訊時，螢幕顯示了無畏號的艦橋。一位年長的女人穿著硬挺的白色制服，坐在艦長的座位上。乳白色眼睛。體型雖然嬌小，卻仍然十分強健。奶奶？

她抓著椅子的扶手站起來。「星盟軍，」她語氣堅定地說：「我是星式飛船無畏號的貝卡·奈薛艦長。八十年前，你們把我的同胞拖進你們的戰爭。你們毀掉了我們稱之爲家的飛船，偷走我們的遺產，還試圖消滅我們。

「身爲原先無畏號最後一位存活的組員，我已被任命成爲這艘新飛船的指揮官。我來自摩托斯卡普部族，是引擎人員。你們挑起了我們不想要的戰爭，但後來愚蠢的你們無法滅絕我們。於是，我們回來了。我回來了。先人的鮮血要我向你們復仇。

「這是給你們的唯一警告。交還你們抓走的俘虜，遠離你們的暴政之路。否則我必定會讓反對我們的每一艘飛艇燒成爐渣，而你們的灰燼將被遺棄，在永恆無垠的黑暗中漂流。你們會永遠凍結，無家可歸，沒有紀念碑，只能由你們的親屬哀悼，而你們再也聽不見所愛之人的聲音或感受他們的觸摸。我以星星、聖徒，以及上千位戰士先人的靈魂發誓。我會讓你們流出鮮血。」

室內一片沉默，星盟的士兵和助理全都目瞪口呆看著她。

「噢，奶奶，」我輕聲說：「說得太漂亮了。」

無畏者鳳凰級戰鬥母艦

紀錄編號 DST230308

無畏號

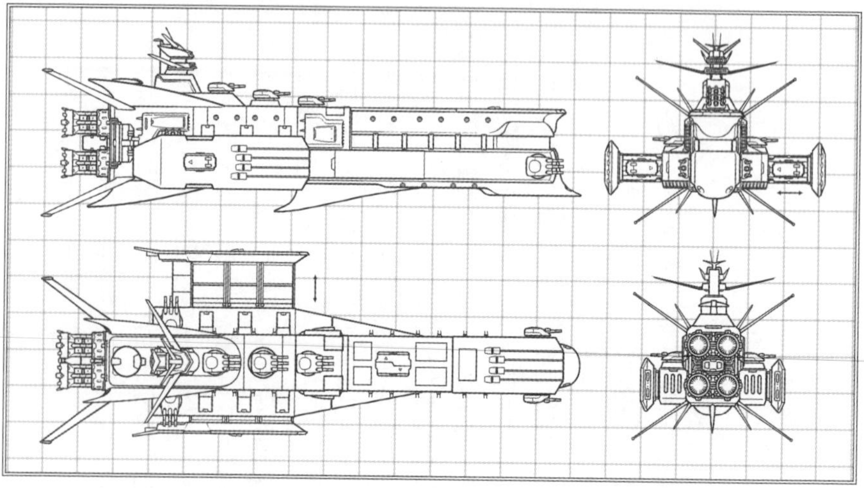

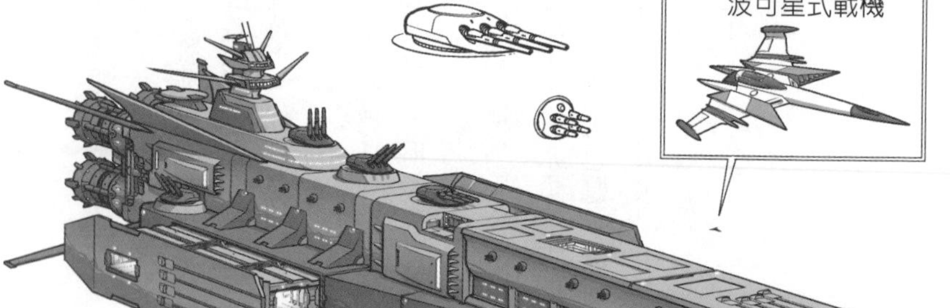

波可星式戰機

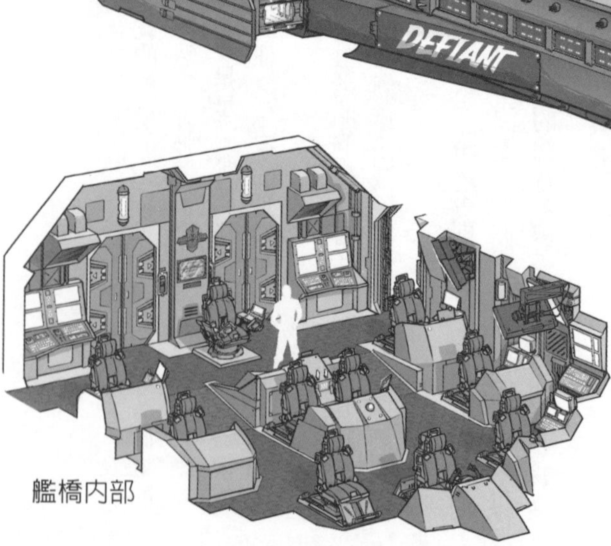

艦橋内部

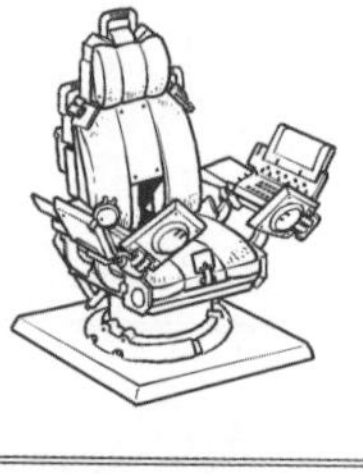

艦長座

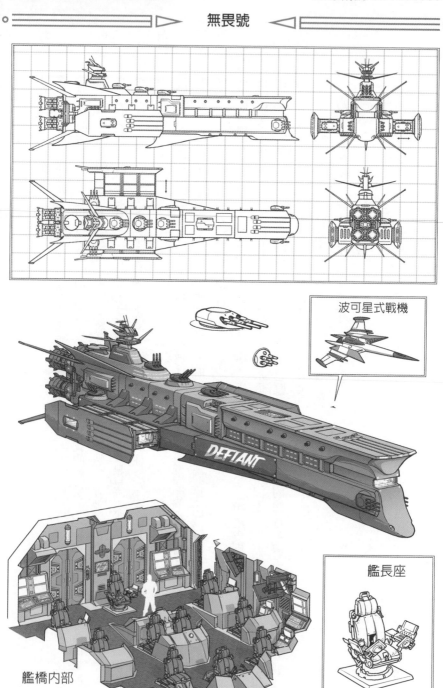

第三十一章

✦M-Bot✦

蘑菇機器人（Mushroom-Bot）感受到思蘋瑟看見奶奶時的愉悅。如果可以，它也會露出笑容。

然而，它不能在那片戰場上投入太多心思。它有任務在身：它必須知道該如何擊敗星魔。因此，它轉移注意力回到虛無——思蘋瑟總會用黑色或白色，或其他荒涼的意象來描述這個地方。

對它而言，這裡不是什麼景象，而是一種不同的感覺。這個地方是一種感受，一個凍結的片刻，在這裡，所有的計算都可以從容地執行。它將自己的意識帶到這裡，然後開始執行任務。尋找祕密。拯救銀河系。

沒有壓力。

它在星魔之間移動，用自己的意識輕推它們的意識，小心投射出適當的想法——它從它們那裡學到的想法。基本上就是僞裝。它們在凍結的時刻裡始終想著一樣的事。這很有效——而且老實說，變成鬼其實並沒有蘑菇機器人以爲的那麼可怕。人類表現得好像把死亡當成了超可怕的事。它反而覺得這是種解放。

不過，它確實很想念自己的身體。還有像是時間、空間、存在之類的東西。它仍跟實境的某些地方維持著連結，其他的星魔則沒有。它的感知仍然像是線性空間中的生命體——因爲它的心就在那裡。跟它的朋友一起。

可是現在，它必須解開謎團。必須找到方式揭露星魔最原始的痛苦，然後把它們凍結在那種感覺之中，而不是處於這種空虛的安慰感。在它們對彼此投射的這種感受中，還帶有一股幾近強烈的否定感。

它在每一隻星魔身上都確認了這一點。

一切都很好。一切都很平靜。

謊言。要是它們讓時間流逝，就會明白。可是星魔全都凍結在那個自欺的片刻之中。它們的記憶被掩蓋。虛假的內容。

一切都很好。一切都很平靜。

他向它們重複這段話，假裝自己只是另一隻星魔。然而它知道這是謊言，因爲在它們接觸實境的瞬間，痛苦又會開始出現。時間一流逝，它們就無法躲藏。

沒有星魔認出它。它現在想到，自己是被幻格曼人創造出來的——那群神祕的生物滲透了星盟，隱藏在他們之中。思蘋瑟在星界時就曾跟一位幻格曼一起飛行。它的程式碼中，有些片段暗示著他們跟它的起源有關。

總之，它被設計成能夠匿蹤，所以有能力騙過這些傢伙。星魔並不認識它。它只是另一個複製體。一株致命的死亡孢子蘑菇，隱身於一群無害、完全相同的勒米厄托蘑菇之中。一個未被注意、不正確的同音異義詞，隱藏在一個口語的句子之中。一行侮辱了使用者而被註解排除掉的程式碼。

它在這裡待得越久，就越了解星魔。它想到一件有趣的事：它們聲稱永遠不會改變，但那也是個謊言。之前，它們不知道布蕾德、溜齊克或思蘋瑟是誰。現在它們知道了。那就是改變。每次實境滲透進來時，事情就會發生變化。很緩慢——幅度不大——可是確實會改變。

每次出現改變，就算是最小的變化，它們也會在彼此之間傳播。就像病毒。它們要確保大家都會重複相同的事，並以同樣的方式改變。它們就是這樣才能一直假裝。

於是它決定嘗試一件事。布蕾德主動聯繫並提醒它們：我可能很快就會需要你們。「很快」對它們而言沒有意義，但對布蕾德有意義。星魔開始處理這件事，將想法傳播開來。讓想法互相碰撞、強化。

形成一種概念。

她會聯繫。我們會回應。

她會聯繫。我們會回應。

她會聯繫。我們會回應。萬一她背叛我們怎麼辦。

M-Bot加入了最後一句，讓這句話在它們之中傳播。感染它們。直到這句話像回聲般傳播回來，星魔也急切地只接納這句話和這個概念——如此它們才能全部維持一致。

這個方法成功了。

第三十二章

✦尤根✦

主要平台的戰鬥指揮站位於狄崖特斯的防禦殼層內，尤根．威特站在此處，旁邊是他的指揮幕僚。他不想跟他們在這裡。他想要待在剛啓用的無畏號飛行甲板上，準備在此生最重要的戰鬥中帶領一支星式戰機中隊。

結果，他只能雙手放在背後緊握，挺直身體站在戰場地圖的立體投影前。他可以承認自己的渴望，但他也知道哪裡需要他。

如果你們可以在聖徒之中看到這一切，我希望你們會很驕傲，他對已過世的父母這麼想著。

「奈薛艦長，」他邊說邊從側面一個螢幕上叫出奶奶的影像。「我授權妳上前交戰。注意，我們很快就要透過無線電來通訊，無法使用超感能力，而敵人有很大機率能夠竊聽我們談話。」

「明白了，感謝。」她說：「你們這些混蛋要是在聽的話，我希望你們已經跟家人好好道別了。如果沒有，我會試著錄下你們死去時的尖叫聲。這是爲了後代子孫。」

他忍不住笑了。貝卡．奈薛並非在軍事體制中成長，說起話來也跟大多數軍官不同。可是他已經習慣奈薛家的作風了。

立體投影器是一種大型的圓盤裝置，設置於室內的地板，在其上方的半空中投射出一幅3D戰場地圖。他向前傾身查看時，基森人的平台懸浮到他兩側。他的冥想導師朱諾最近似乎總會出現在身邊。這位小基森人僧侶正在吃一顆布丁。

基森人的最高戰術家伊奇卡則懸浮在他右側。她旁邊的桌子周圍坐著一群將領和司令，正在商討與制訂計畫。

「我們就這樣投入了戰鬥。」她輕聲說。這位白色口鼻的基森人穿著現代軍服，而不是某些人所偏好較爲正式的古裝。沒有勛章。沒有任何能代表她階級的東西。就只是一套乾淨的藍色制服，以及她腋下夾著的一頂軍帽。「我們才勉強救回暗影行者，現在又要讓他們全部去冒險。」

「這是唯一的辦法。」尤根說。

「我沒說對此舉感到後悔，」她回答：「只是我……擔心我們可能遭受的損失。」

如果少了超感抑制器，尤根的部隊就無法投入這麼大規模的戰鬥。基森人曾提出警告，說以前的人採取過可怕的戰術，例如將炸藥直接傳送到飛行員的駕駛艙。星盟尙未使用過這類極端手段，大概是因爲他們仰賴蛞蝓。然而，他還是能想像對方將炸彈綁在泰尼克斯族身上，然後強制牠們超空間跳躍到他的朋友身邊……

雖然他們沒有足夠的抑制蛞蝓能分配給每一艘飛艇，但基森人的超感者紛紛挺身而出。儘管因受長期監禁而仍處於衰弱狀態，他們卻很有信心能做到。就這樣，每一架星式戰機都有了自己的小型抑制場。這將限制敵人運用地形的能力。

也會提高這場戰鬥的風險。基森人不只要拿自己的飛艇冒險，他們也是讓大部分的超感者去冒險。

「這確實是唯一的辦法。」卡柏邊說邊走到立體投影前，站在尤根和基森人的對面。烏戴爾人的領袖瑞納金跟他在一起。雖然瑞納金不算是戰術家，但基於尊重，大家還是邀請他參與，而他似乎也明白這一點。

「我們應該早點攻擊的，」尤根說：「思蘋瑟說得沒錯。等待只會讓他們集結更多資源。」

「或許吧，或許吧，」伊奇卡摸著下巴。「倉促投入戰鬥從來就不是明智之舉。給敵人時間集結部隊雖然令人遺憾，卻也讓我們能夠冷靜思考。」

戰場地圖顯示無畏號獨自飛入了敵軍領域。敵方的主力艦超空間跳躍出現——三艘太空母艦、兩艘戰艦、六艘驅逐艦——它們形成一道封鎖線，正好在狄崔特斯的火砲射程之外。太空母艦釋放出一大群小型飛艇，準備交戰。

「一對五，」尤根輕聲說：「基森人的巡航艦也許能跟那些驅逐艦打成平手，伊奇卡，但在數量上我們還是處於嚴重劣勢。我們能打贏這一仗嗎？」

「那就取決於你飛行員們的實力了，」伊奇卡表示：「以及我們是否能救出你的暗影行者首席戰士來扭轉局勢。」

她指的是思蘋瑟。伊奇卡和其他人看過了錄影，知道她在資料庫設施攻擊行動中的表現。他們對她贏得這場戰爭的能力有種近乎神話般的信念，而尤根並未勸他們別這麼想。他自己也有點相信。

「我們為了一個人投入這麼多，」瑞納金表示：「這個人卻丟下我們去跟敵人決鬥。幾乎是毫無顧忌地掉進了他們明顯的陷阱。」

「思蘋瑟是個急性子，」尤根說：「充滿熱情。但我說過，這次情況比我們所見到的更複雜。我保證，她沒有丟下我們。」

其他人不相信他。為什麼要相信？她違抗他的命令，自己跑去攻擊了採礦站。在謠言開始擴散時，他不得不勉強坦承事實。他們把思蘋瑟當成全然的未知數。基森人認為她就像某種古代的神，有可能拯救他們。烏戴爾人覺得她是失控的超感者，可能會毀滅一切。

可是尤根……他不確定自己是怎麼想的。今天稍早M-Bot透過意念對話時，說它認為思蘋瑟就在伊文森……其實他們也已經準備好戰鬥計畫了。

她沒有去找他們，尤根刻意這麼想。我們發現的那張紙條內容語氣不像是她。她答應過我。她看著我的眼睛向我保證。

也許他只是在勸自己相信，但在聽見思蘋瑟親口說出之前，他決定信任她。

「三十分鐘後交戰。」其中一位助理說。在太空戰鬥中若不使用超空間跳躍，部隊的調動就會需要時間。立體投影裡的無畏號正緩慢向敵軍艦艇推進。它會在距離更近時放出戰機，而且每一架都攜帶了抑制器，以防敵人藉由超空間跳躍傳送到附近。由於敵我雙方都會使用抑制器，所以這大概會變成一場傳統的戰鬥。

「好了，」尤根說，接著把雙手平放在立體投影旁的操作檯上。「我們的萬福瑪麗亞（Hail Mary）長傳準備好了嗎？」

「我不知道這是什麼意思，」伊奇卡說：「不過蒙面流亡者已經到了。正在觀看著。」

尤根愣了一下，他環顧四周，這才看見那位奇怪的基森人從陰影中懸浮飄出，臉上還戴著紅白相間的面具。這個基森人一直讓他很緊張。這隻生物說話時充滿了詩意和音樂性，總讓人覺得……毛骨悚然。該怎麼看待一位戴著面具，又總待在陰影裡的殺手？

「我們準備好要發射一組超高速長程飛彈了，」小羅說：「其中一枚已經設定好，到時就會『發生故障』並偏離目標。裡頭的雷管和炸藥換成了控制裝置，所以可以駕駛。我們在短時間內最多只能做到這樣。不過它的速度會很快，快到我們必須裝上六組不同的重力電容器。」

「那麼，我走了，」戴面具的基森人說：「隱藏在雲中的箭。一架小型飛艇。他們不會發現的。」他站在平台上鞠躬致意。「思蘋瑟將我從孤獨和失去自我的可怕命運中拯救出來。我會找回她，至死方休。」他將一隻手放在自己的劍上。

尤根不確定一把基森人的小劍能對現代戰鬥部隊發揮什麼作用。不過……他以前被這種生物威脅過，而且從體型可看不出他們竟然能如此嚇人。

「祝好運。」尤根說。

蒙面流亡者點頭致意，然後退回陰影之中。

「長官？」一位年輕副司令大聲說：「敵人想要找你談話。」

伊奇卡對他點了點頭。她曾經提醒過，在這樣的戰鬥中，雙方指揮官通常會於開戰之前對話。他覺得這樣很奇怪，畢竟克里爾人每次想要殺死他同胞時都很沉默，完全沒有談判的意圖。不過他猜想，現在是因爲對方很難忽視他的軍力了。

「那就看看溫齊克想怎麼樣吧，」他說，然後轉身面向螢幕牆。「我會跟他談。伊奇卡，妳去執行我們的戰術。」

「同意。」她說。基森人在大規模戰鬥的實際經驗比尤根豐富許多。他覺得卡柏也能提供很好的參考意見；尤根的戰術能力著重於小團體戰鬥。他非常樂意讓基森人主導聯盟的戰略。

至於尤根自己……他要負責在這裡做出困難的決定，以及跟敵人對談。他平靜下來，然後點點頭。螢幕閃爍了一下出現畫面。

結果對方並不是溫齊克。

第三十三章

尤根出現在立體投影的時候，我感到一陣雀躍，好想超空間跳躍到他身邊。

但我只能像鬼魂般待在這裡，還得看著艦船慢慢就位，準備開始互相殘殺。這種感覺實在沮喪透頂。

我們可以避免這種痛苦，查特對我想著。

我們已經決定採取別的方式了，我告訴他。所以才會回到實境。我做了這個決定。你也是。

我……他對我說。我太弱了，思蘋瑟。實在太弱了。我沒辦法應付。我看不下去了。

身為我的一部分，他獲得了一些我的記憶。我跟朋友相處的時光，我對他們和家人的愛。可惡，我沒料到那可能會對他造成影響——一隻拋棄所有情感的生物，現在卻突然被丟進一個充滿情感的宇宙。

我周圍的空氣開始扭曲。是處於超感形體的我，不是我的身體。可是我已經被下藥了——所以這種扭曲的現象……竟然還能出現？為什麼是現在？

結果這並不是在我的周圍發生。引發它的是我的分身，是站在我旁邊的星魔。

是因為痛苦，我懂了。我突然開始明白某些事。具體來說，我知道每當我覺得朋友有危險時，空氣就會扭曲。

根據我的理解，這種扭曲的效果來自查特，可是我並不清楚原因。我感受到了情緒，但他卻無法控制自己的失落感。之前發生的那一切……建築物消失、杯子被傳送走……

那不是我的痛苦，而是他的。他害怕又會再次失去。

我試圖消除恐慌，也試著安撫他。情況沒那麼糟。我就在敵人要塞的中心，我將想法傳達給他。這可能是件好事。有多少將領巴不得將自己最棒的戰士藏在敵人的指揮體系之中？觀察，聆聽，準備？我們能發揮用處，我告訴他。注意看。我們可以保護他們。我們能有重大的貢獻。

結果，他又讓我看見了虛無。

那股吸引人的平靜。安寧。

謊言。我知道都是謊言。星魔假裝沒有痛苦，但我感覺得到它就藏在表面之下。虛無並不是平靜，只是平靜的假象。在內心深處，我的靈魂很清楚這一點。而且我已經做了決定。

謝謝你，我告訴查特。謝謝你讓我看這些。

可是妳不接受？他痛苦地問。

對。

我要想辦法幫忙。我將注意力移回立體投影上，不管自己的身體——當我的超感形體做出動作，身體也會跟著發出咕噥聲和抖動。

「我是艦隊總司令尤根．威特，」畫面上的他說：「同時擔任無畏者行星聯盟高級指揮官。溫齊克在哪裡？」

「溫齊克死了，」布蕾德回答：「現在由我掌權。你可以叫我布蕾德。告訴我，總司令，你說你來這裡是執行救援任務，但我們這裡並沒有值得你注意的人。」

「我們知道思蘋瑟在那裡，」尤根說：「我們追蹤她到了你們的位置。」

「思蘋瑟？」布蕾德說：「你是指那個刺客嗎？」

我只能嘆息地看著布蕾德揮手示意助理播放影片給尤根看：那是一段精心設計的內容，是我拿著鐵撬砸碎溫齊克的螃蟹身軀。他們很注意拍攝的角度，沒讓任何士兵入鏡——而且背景還有溫齊克那套破損的盔甲在冒煙。

該死。雖然知道她會利用這段影片，但我沒料到她會播放給尤根看。畫面上的他畏縮了一下，彷彿被打了一巴掌。唉，這不能怪他。在這種情況下來看，我也會認爲自己做了最糟的事。

空氣又開始扭曲，而我也嘗試聯繫尤根。用我的思緒觸碰他。對不起，我試著將自己無辜的形象傳達給他。

沒感受到任何回應。我的能力仍然受到抑制，可能是藥效影響，也可能是因爲泰尼克斯族，又或許兩者都有。更糟的是，在我一開始這麼做的時候，就有一位助理倉促趕到布蕾德身邊。

「失陪一下，總司令。」布蕾德說——接著她暫時中斷了與尤根的通訊。她看著助理。「什麼事？」

「我們偵測到一段微弱的超感訊號，」助理說：「是送往敵人的。我們無法確定是哪隻蛞蝓做的。」

「隨便殺掉五隻。」布蕾德說。

「是，長官。」

布蕾德望向我的身體。「如果有未經授權的超感通訊離開太空站，我們一定會知道，思蘋瑟。如果是蛞蝓聯繫妳，妳最好叫牠們安靜。」

「可是——」我大喊，而我的身體也坐起來大聲說出這兩個字。

接著我感受到牠們死去。箱子被加熱時，內部發出痛苦的尖叫聲，接著那些可憐的生物就被燒成焦黑。沒有……其中沒有毀滅蛞蝓。我覺得她還在牠們之中的某處。

除了我的憤怒，我感覺到查特再度開始驚慌。

我壓制住那種感受。不。我把注意力轉向布蕾德，滿腔怒火瞪著她。我一定要殺了她。我會找到辦法。

布蕾德恢復了通訊。「我很抱歉，威特總司令，」她說：「我們監禁了你的飛行員，也願意討論該如何懲處她。但你必須接受這點，她刺殺了我們的政府領袖，這表示我們會繼續拘留她。」

「我不接受。」他回覆：「你們一直在對我們人民發動不公平的戰爭，持續了好幾世代。我們必須盡力反抗，而思蘋瑟．奈薛並不是我們前來拯救的唯一俘虜。」

布蕾德歪著頭。「還有誰？」

「我們的聯盟，」尤根說：「目前包含了三顆行星——但是有四個物種。」

「人類，」布蕾德說：「烏戴爾人、基森人……」

「還有泰尼克斯族。」他接著說：「根據聯盟的投票結果，我們授予了牠們公民權。」

「你們讓蛞蝓成為公民？」布蕾德大笑著說。

就連我也對此有些驚訝。不過話說回來，我跟那些生物相處得越久，就越明白牠們具有智慧——儘管牠們的智慧運作方式跟我不同。毀滅蛞蝓絕對是人，不是寵物。

「根據你們的紀錄，」尤根說：「你們在這座平台上奴役了大約三萬隻這種智慧生物。我們是來解放牠們的。」

「可不是嘛，」布蕾德說：「解放我們的超驅裝置，然後拿去自己使用。藉由給牠們合法地位來取得道德上的藉口，真聰明。但我們就坦白一點吧。你們的意圖就跟突襲取得我們的上斜石一樣。」

「妳要怎麼想都行，」他說：「把思蘋瑟和泰尼克斯族交出來，我們就會撤退。」

我幾乎沒在聽。

三萬隻蛞蝓？囚禁在這裡？雖然之前曾感受到牠們數量不少，但竟然有那麼多？根據我的記憶，在我們對星盟數量的估計中，這相當於他們底下泰尼克斯總數的四分之一至三分之一。

這個數字很嚇人，但實際上，在星盟裡的幾百顆行星並未使用到那麼多數量。難怪很多次要的世界都必須經歷漫長等待，才會有艦艇將他們的人民載運到其他行星。那些蛞蝓幾乎都在為政府、軍方或貿易活動服務——每一隻都受到星盟的嚴密監控。

當然，我們是可以救出這裡的三萬隻蛞蝓。但是在星盟眾多星系中被奴役的另外八萬隻要怎麼辦？先從現在能做的開始，我心想。這就是解決任何問題的方式。除非我們贏得這場戰鬥，否則我就幫不了蛞蝓；如果我還是鬼魂，就無法幫助朋友們贏得這場戰鬥。

我必須回到自己的身體並恢復能力。而根據布蕾德在那位醫師使用注射針時做出的反應……我開始有了想法。

「你在要求我們投降？」布蕾德繼續對尤根說，她聽起來還是對此感到很有趣。「你有看到我們雙方軍力的規模差異嗎？你應該向我求饒才對。」

「是妳呼叫我的，」尤根對她說：「而且不管數量如何，我想我們都會讓妳大吃一驚。」

「真期待。」布蕾德說：「謝謝你把大家集合過來，這樣我就能一口氣消滅你們了。」她比了個手勢切斷通訊，接著立刻大步走向助理。「他們想要超驅裝置跟通訊蛞蝓？那個白痴甚至不知道要隱藏自己的目標。我們能怎麼做？」

「別讓他們的軍力滲透到伊文森。」其中一人說。畢竟蛞蝓就在那座較大型的平台裡。牠們不是在棲息地，而是關在箱子裡。

「不夠好，」布蕾德說：「找設施指揮官過來。」

片刻後，一位紅皮膚狄翁人出現在立體投影中，做了敬禮的姿勢。

「指揮官，」布蕾德說：「全面封鎖伊文森的所有超驅裝置。」

「當然，長官，」狄翁人說：「權限等級呢？」

「菁英司令或更高階銜等，」她說：「需要生物辨識才能解鎖。」

「長官？」狄翁人說：「每一隻泰尼克斯都會被牢牢關在自己的箱子裡，要是我們的系統執行全面封鎖……我就無法在必要時刻解開系統了。」

「你當然不必，」布蕾德說：「這就是重點。這麼一來，敵人就不能藉由折磨你來得到想要的東西。」

「是的。」狄翁人說，然後再度敬禮，很顯然並不想受到折磨。「我現在就執行封鎖。那麼抑制器和通訊泰尼克斯呢？」

「我們需要抑制器持續運作，」她說：「至於……我猜通訊泰尼克斯是要用來推動星盟周圍的通訊？」

「每秒數十萬則，長官，」對方回答：「我們的主要任務是維持所有通訊正常運作。全面封鎖將會切斷通訊。」

「暫時留著吧，」布蕾德說：「千萬別讓任何人取得那些超驅裝置。少了那些裝置，敵人獲勝的機率就微乎其微，就算他們潛入我們的部隊也沒用。」

「已經完成了，長官，」狄翁人說：「設施護盾也已經完全啓動。」

布蕾德轉身離開，螢幕隨之熄滅。我得到了很有用的情報，可是要怎麼交給尤根和其他人？如果嘗試這麼做，他們就會知道我恢復了能力，或是以爲有蛞蝓背叛——這將導致更多無辜的生物被處決。

「長官，」一名身穿純白軍服、爬蟲類樣貌的女性天納西人說：「請看這個。」

布蕾德走過去。她採用的天納西人數量比我見過的其他星盟官員多上許多。在我看來，這是因爲很多人都認爲天納西族的攻擊性太強，潛在危險性太大，儘管他們曾是創立星盟的其中一個物種。我猜這當中應該有什麼故事。

「他們的星式戰機都是成對飛行，」天納西人說：「而且其中至少有一架攜帶了抑制器。之前我們的情報推測他們並沒有這麼多抑制器，但結果證明我們錯了。」

「所以沒辦法輕鬆獲勝了。」布蕾德說。她向前傾，仔細看著立體投影地圖。「他們只有一艘主力艦，是以他們的人民來命名，叫無畏號。他們一定會極力保護它。」

「妳確定嗎，長官？」天納西人說。

「我研究過人類文化中偉大戰士們的智慧，」布蕾德回答：「我知道我在做什麼。他們在保護那艘旗艦時一定會出差錯。我們應該繼續施加壓力；這樣能讓我們獲勝。」

「是，長官。」天納西人愣了一下，然後看著其他同伴。最後她繼續說下去：「長官，恐怕我是長了古魯登吧，但我必須問。我們眞的要召喚星魔加入這場戰鬥嗎？」

「以前我們每次嘗試那麼做，」布蕾德說：「都會造成某種災難，所以我明白妳會猶豫，卡吉（Kage）司令。然而，它們確實是我們統治銀河系的最佳途徑。」她看向我的身體。「我們只會在緊急情況下召喚它們。現在，讓我們先竭盡全力，靠自己解決這些叛亂份子吧。」

就這樣，布蕾德和她的參謀開始專心爲最初的交戰做準備。我飄向自己的身體。雖然身爲鬼魂讓我得到了一些好處，但我可不想永遠都這樣。我能想出辦法回到自己的身體嗎？在必要的時候？

我越接近，就越能感受到自己的身體。例如，我可以感覺到手指，還能讓它們彎曲。對，我跟肉體之間仍然有聯繫，而體內的藥物依舊抑制著我的能力。從某方面來看，這是好事。只要再靠近一點，我好像就會直接被拉回去。

查特在我旁邊看著立體投影中即將發生的衝突，而我感覺得到他越來越焦慮。空氣開始扭曲。

「查特，」我輕聲說：「沒關係的。冷靜。鎮定下來。」

我不知道自己能不能做到。

「你行的，」我說：「相信我。我們會度過這一切的。」

我的安慰語氣緩解了他的恐慌，扭曲也停止了。我決定先不回到身體。

我得先制訂計畫。

第三十四章

✦奶奶✦

貝卡．奈薛坐在無畏號堅固的皮革指揮椅上，聽著全體人員工作的聲音。艦橋人員在各單位之間匆忙來回的腳步聲。還有輕微的低語聲，那代表他們正盡力弄懂如何駕馭好一艘初次投入戰鬥，而且是由新組員操作的新飛船。

他們擔心自己太嫩了，但會這麼想也很合理。就算有基森人到艦橋幫忙——他們擁有駕駛主力艦的經驗——組員在搭上艦船的第四天就得參與戰鬥，這可是任何指揮官都不樂見的。

貝卡往後靠著椅子，閉起眼睛。她已經好幾年沒使用雙眼視物了。因此，她觸摸著座位上光滑的皮革扶手，以及前側的按鈕，而這些按鈕旁邊各有標示著功能的微小隆起。

就是這種感覺。就是這種聲音。

她依稀記得在原本那艘無畏號上的生活，而這裡的一切確實都不太一樣了。艦橋的布局不同。他們必須將就，有什麼就用什麼：狄崔特斯周圍的製造廠裡掛著一艘幾乎完工的飛船，在那裡凍結了好幾個世紀，而他們把它處理到足以使用，然後就啓動出航。

雖然細節都變了，但感覺還是一樣。貝卡一隻手伸向為她特製的小型戰場立體投影。它具有觸覺回饋功能，會對她的皮膚施加細微的震動與壓力，讓她能夠感受地圖而不必用眼睛看。還有一種耳機會傳達指示並唸出文字標記，這是飛船的標準配備，方便缺乏視覺的個體使用——人類或外星人都適用。畢竟某些物種根本沒有眼睛。

通常她的超感能力可以彌補這種缺口，可是他們已經進入敵軍抑制器的範圍——這偷走了她的超自然視力，正如時間偷走了她的自然視力。無所謂。小型立體投影裝置設計得很巧妙，讓她能以3D的形式感受戰場，而她覺得這甚至比親眼看見還更清楚。

在心宜（Xinyi）指揮官來到之前，她就聽見對方輕微的腳步聲了。艦橋的地板鋪了地毯——雖然跟以前不同，但貝卡覺得這樣確實讓噪音小了些。

「再過十五分鐘就要交戰了，長官。」心宜說。

「出動戰機，」貝卡回答：「讓他們以中隊爲單位呈扇形散開，保持跟無畏號相同的速度。我這裡的地圖會顯示他們的位置。」她輕拍作戰計畫的某個區域，將資訊標記起來。

「是的，長官。」心宜說：「我現在就傳送計畫……呃……在我弄清楚怎麼叫出飛行隊隊長的飛艇名稱之後……」

「就讓電腦處理吧，指揮官。」貝卡說。

「是的，長官。」心宜輕嘆了一聲，退到後方向電腦系統下令——電腦的反應既迅速又有效率，立刻找出了飛行隊隊長，並將指示直接傳送給他們。

接下來，貝卡又聽見負責導航系統的幾位組員陷入猶豫。他們一直在爭論該怎麼解決系統的一個小問題：若是左右兩側同時推進，就會消耗過多能量。後來，有個人對電腦下令，讓推進器停止了。

他們對電腦化系統太不信任了。沒錯，這艘飛船有不可更改的協定，無法自己飛行——必須由人類主動控制。但這並不表示你完全不能信任它。昨天她就指示組員，該用電腦的時候就要用；而且，他們才受過幾天訓練，以手動操作的話根本飛不了多遠。

總之，他們很難信任非生物的大腦。這種不信任的情況可以追溯到幾世紀前，因爲當時要是你太常使用機器，機器就會開始問你問題。更別提星魔還會受到能思考的機器吸引。

貝卡聽得出組員聲音中的緊張感。操作台出現資訊時的鳴響聲。地毯上倉促的腳步聲。他們知道。

任何人只要朝敵軍的陣容看一眼就會知道。這將是一場艱難的戰鬥，幾乎不可能獲勝。

幸好，貝卡研究過以前偉大的軍事人物。她知道每一位將領、軍閥或征服者的所有故事——其中很多甚至沒在資料庫中保存下來。她一輩子都在思考人們處於這種情況下的行爲。

這是很大的優勢。因爲貝卡・奈薛很清楚自己無法領導這場戰鬥。戰鬥並不是讀故事就能獲勝，必須經歷過戰鬥才能贏。她是個重要的象徵，也對自己能坐上這張椅子感到驕傲。可是尤根來找她時，她也對他說了實話。她並不是戰略家。

「通知總司令，」貝卡說：「我還在等那些基森人的戰略。」

「現在送來了，長官。」心宜說。貝卡在觸控螢幕上叫出資料，迅速閱讀。接著她點了點頭；他們提前討論過這個作戰計畫。基森人的將領爲了符合目前情況，有稍微修改過內容。

「電腦，」她說：「呼叫飛行隊隊長。」

「完成。」電腦回答。

「各位隊長，」貝卡對著螢幕說——她能從觸控螢幕感覺到隊長們出現在螢幕上。「我們的作戰計畫已送達，就跟我們之前訓練的一樣。你們的重點是那些抑制器站點。如果能捕捉足夠的數量或使其無法運作，狄崔特斯就可以傳送到更近的距離，這樣的效果相當於出動十幾艘主力艦。

「一切取決於那些抑制器。我知道對面的軍隊規模看起來很嚇人，但是要記住：我們的行星也是武器。它可以把敵軍的主力艦當成紙張一樣炸爛——只要讓它進入射程就行。我們的任務就是實現這一點。有問題嗎？」

「艦長，」貝卡的操作檯將外星語翻譯出來。是烏戴爾人的其中一位飛行隊長。「如果我們眞的讓狄崔特斯傳送過去，敵人不會直接後退到另一個安全的位置嗎？雖然這顆行星很厲害，但它幾乎無法移動。」

「確實。」貝卡附和說：「我們必須在這片戰場上爭取每一吋空間——只要靠得夠近，就能威脅他們的指揮中心。」

「前提是他們處於我們射程範圍的時候，」同一位烏戴爾人說：「而且不會直接跳躍離開。」

「如果他們離開，就等於是把其他的抑制器留給我們。」貝卡表示：「除此之外，我們的命令是讓自己的抑制器接近敵軍，防止他們逃脫——當然，我們一定得先以寡擊眾，出其不意打敗他們。」

伊文森周圍排列著大量的行動抑制器，讓戰場看起來就像一片小行星帶。不，是一片雷區——一個由許多小點組成的巨大幾何形狀，每個點裡面都有一隻蛞蝓。以飛艇的規模來看，那些站點其實很遠。她可以輕易地讓無畏號飛越過去，而且跟任何一個站點之間都還有好幾公里的距離。然而就算這麼做，她還是被困在那些蛞蝓投射出的超感抑制場裡——牠們肯定相當強大。

她這一方的蛞蝓沒那麼強，不過基森人的超感者或許能匹敵。無論如何，這場戰鬥的勝負最終還是取決於誰能在這片區域裡控制超空間跳躍。至少從星式戰機的數量來看，雙方應該旗鼓相當。烏戴爾人和基森人加入後，無畏者聯軍就擁有將近三百架戰機。貝卡希望這個數量足夠，因為只要一進入敵軍戰艦的射程，無畏號就會開始遭受對方巨大的破壞砲轟炸——而她的首要之務就是確保旗艦的護盾不會失效。那些戰機大概就只能靠自己了。

「長官。」螢幕上傳來聲音。貝卡認得對方。人類，女性，但聲音偏低。是FM，思蘋瑟的朋友。她是少校，通常執行的是外交任務。但今天每一位飛行員都必須出動。

「是的，少校？」貝卡問。

「我們要解決敵人的抑制器，」FM說：「說眞的，這是什麼意思？」

這個問題曾經引起許多討論。貝卡思考了一下，然後呼叫尤根。「我就讓威特總司令來回答這個問題吧。」她在他出現於螢幕時說：「長官，關於抑制器站點，以及住在裡頭的泰尼克斯族，FM想知道具體的指令是什麼。」

艦橋安靜下來。安靜到貝卡都聽見尤根那幾乎無法察覺的嘆息聲。她可不想陷入他那樣的處境。雖然他曾說他們是來這裡解放俘虜的，但經歷過戰爭的人都知道，爲了解放，你往往也會對自己想要幫助的對象造成破壞與痛苦。

「我們應該先嘗試拯救蛞蝓，」尤根說：「所有飛行隊隊長都要遵守這點：我們對抑制器應該優先採取解放措施。看看你們的蛞蝓能否聯繫上內部的蛞蝓，再想辦法說服對方轉而支持我們。」

「謝謝你，長官。」FM說。

貝卡不會做出這種決定。先嘗試拯救蛞蝓的做法，大概會造成傷亡並浪費寶貴時間，不過……好吧，貝卡覺得要是他們只想保全自己的性命，一定老早把狄崔特斯傳送到很遠很遠的地方了。但他們沒那麼做。他們結爲盟友。他們決心要推翻星盟，而不是只有逃避。

貝卡心想，這大概就是讓年輕世代接手的結果吧。他們的樂觀還沒被磨滅。這樣對他們來說很好。

飛行隊隊長們的畫面消失了，但她仍聽見輕微的呼吸聲，判斷尤根還沒切斷通訊。她檢查觸控螢幕。

「總司令？」她問。

「妳不認同這項決定。」他說。

他不該在她的組員面前說這種話。但距離交戰的時間只剩下幾分鐘，他可能覺得沒時間開私人會議了。再說，她又知道什麼？她這一生都在製作麵包和串珠，而不是像她的幻想與故事那樣作戰。

「我認爲你肩負著我不想要的重擔，」貝卡對他說：「我不會批評你做的決定。」

「我違背規定了。」他說。

「尤根，」貝卡的語氣變得柔和。「已經沒有什麼規定了。那些規定全都是在另一個時代建立的，當時我們只是在洞穴裡試圖逃離掠食者的老鼠。雖然規定之中有很重要的理想，可是我們已經來到了一個充滿光明的全新世界。現在必須由你來決定規則。」

「就像阻止戰爭的那個人，」他輕聲說：「妳對我說過的那個故事。」

「沒錯。」

「謝謝妳，奶奶。」他的語氣越來越有信心。「我們來解決這件事吧。」

「好極了。」她說，然後靠回椅子上。「我已經快九十歲了，你知道吧。我才剛開始以爲自己這輩子都沒辦法摧毀某個銀河帝國了，但眞是這樣的話也太悲慘啦。」

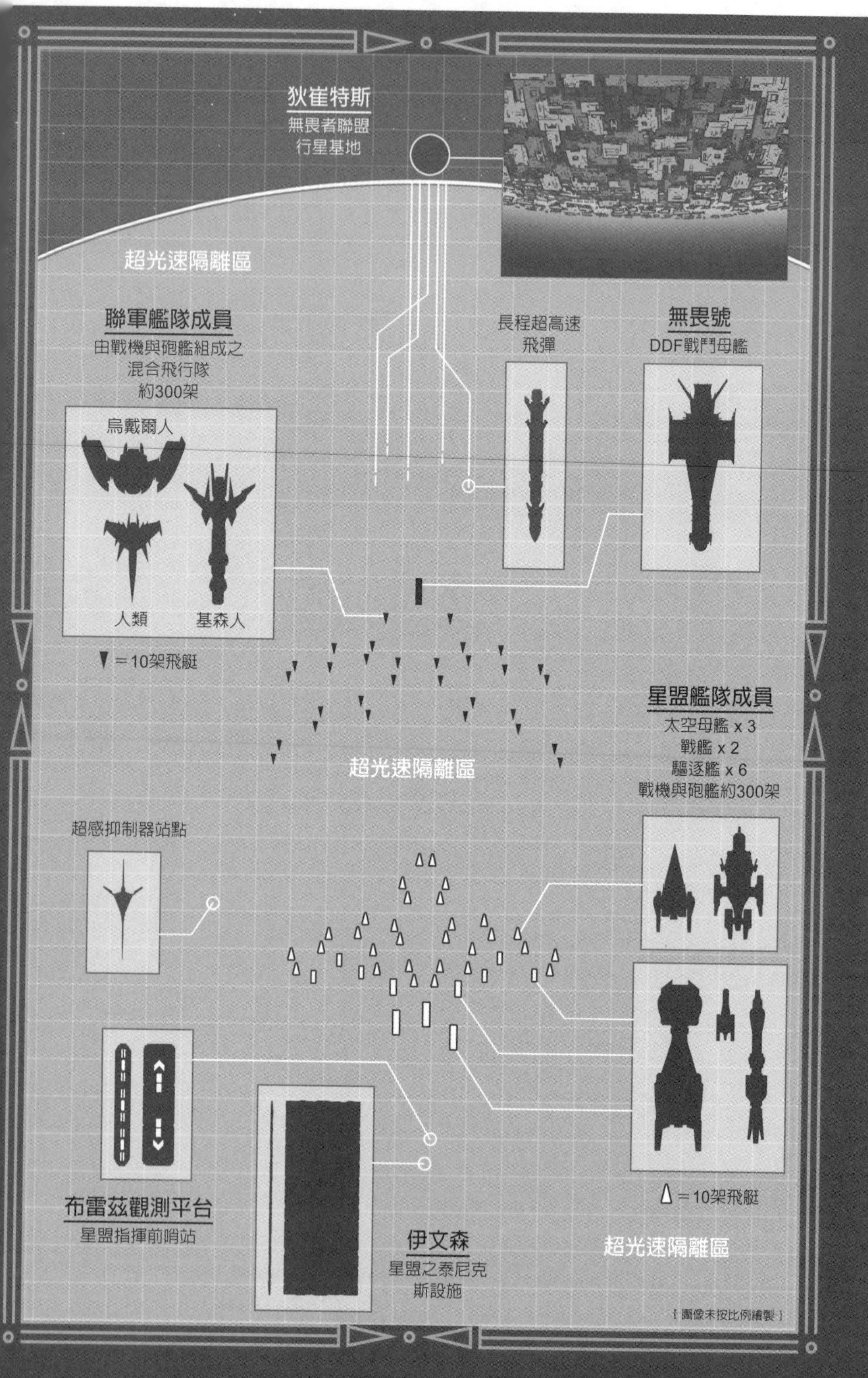
狄崔特斯
無畏者聯盟
行星基地
超光速隔離區
聯軍艦隊成員
由戰機與砲艦組成之
混合飛行隊
約300架
烏戴爾人
人類
基森人
▼＝10架飛艇
長程超高速
飛彈
無畏號
DDF戰鬥母艦
超光速隔離區
星盟艦隊成員
太空母艦 x 3
戰艦 x 2
驅逐艦 x 6
戰機與砲艦約300架
超感抑制器站點
Δ＝10架飛艇
布雷茲觀測平台
星盟指揮前哨站
伊文森
星盟之泰尼克
斯設施
超光速隔離區
【圖像未按比例繪製】

第三十五章

✦金曼琳✦

金曼琳在戰場俯衝。

然而她知道這裡沒有「上」，也沒有「下」。所以這其實不算俯衝。不過人總得以自己看待事物的方式來理解世界。她很清楚這個簡單的事實。

所以，她在俯衝。心驚膽顫地在破壞砲的砲火之間旋轉穿梭。她從來就不喜歡深陷槍林彈雨。戰場上狂亂的爆炸、疾飛、閃光，會讓你難以集中精神並找到清澈的平靜。

你無法決定別人怎麼做。就算世界很混亂，你還是必須想辦法度過。這是她被迫學會的簡單事實。

因此，在追逐那架星盟戰機時，她強迫自己的心跳放慢下來。她伸手用大拇指撥動開關，打開了戰場震動回饋功能，讓她的駕駛艙和座位在附近發生爆炸或有飛艇經過時產生震動。這能幫助在大氣中接受訓練的飛行員感受戰鬥。

少了這種功能，掠過她機鼻的砲火——其中一發甚至擊中了護盾——以及其他的一切，全都會是一片死寂。她只會聽見引擎的嗡嗡聲和深空的寂靜，外頭的真空會悶掉所有聲音，不管是尖叫或頌歌都一樣。

她在俯衝時扭轉，仍然緊跟著敵人。她的僚機是基森人的逆流而上號，他們已經落後，速度無法跟上敵軍的這位王牌飛行員。金曼琳很快就會回到他們身邊，不過她正在逼迫她的飛艇——還有她自己。

讓飛艇達到速度的上限。

把自己推到冷靜的極限。

剎那間，她覺得自己彷彿跟敵人的飛行員完全同步。對方移動，她就移動。就像一起跳舞。那就是清澈的平靜時刻。其他的一切都靜止下來，彷彿什麼都不存在，只剩下金曼琳和她的舞伴。

她在敵機轉向時開了一槍，直接穿透座艙罩，讓對方在駕駛艙裡蒸發——而飛艇仍在繼續飛行，幾乎完好無損。移動速度就跟駕駛員死時一模一樣。

樂樂在那陣閃光之後發出笛音，可是她的新蛞蝓夥伴糖糖（Praline）卻保持沉默。這兩隻蛞蝓舒服地依偎在固定於她座位旁的箱子裡。金曼琳鬆了一口氣，離開現場，同時做出標準的交戰後迴避動作，以防有人一直在監視這場戰鬥，打算趁機殺掉她。有太多飛行員在對決後因放鬆而陷入麻木，結果被暗中潛伏在附近的敵人解決。

「完美的一擊，怪客，」卡烏麗在通訊頻道上說，此時金曼琳正要旋轉返回隊形。「一如往常。」

「謝了。」金曼琳說。

「妳會過意不去嗎？」基森人問：「我是指……殺了他們？我寧願跟無人機戰鬥。」

這場戰鬥中有很多無人機，但即使由眞人遙控操作，也還是飛得不好。王牌飛行員偏好眞正的駕駛艙，於是金曼琳經常要跟他們對決。

「我會想著他們在做壞事——」她回答卡烏麗：「——支持星盟，征服與壓迫。就算他們不明白，就算他們不承認自己做的是錯事，他們的所作所爲都污染了自己。與其說是殺掉他們，不如說是……阻止他們繼續做出會加重靈魂負擔的事。」

「眞是不錯的思考方式，」卡烏麗說：「可是……這樣的話，爲了任何理想而戰鬥的任何人，不都可以使用那種理由嗎？」

確實如此。不過話又說回來，人總得以自己看待事物的方式來理解世界。可以理解敵人的痛苦是件好事，但你不能因此讓自己陷入謬誤，接受他們的行爲。在你長大後去保養一座跟房子一樣大的火砲時，就會明白這些事了。

「怪客、逆流而上號，」亞圖洛在通訊頻道上說：「你們偏離到戰場邊緣了。一切都還好嗎？」

「我們很好。」金曼琳邊說邊轉向回到基森人飛艇旁，這艘飛艇比她的大了一半左右，而且造型就像一艘迷你主力艦。雖然逆流而上號的機動性足以歸類爲戰機，但裡頭可是配有二十四名基森人組員。

「只是在追擊一位高手。你有什麼事？」

「等一下……」亞圖洛說：「嗯。目前沒人朝你們過去；敵軍正往無畏號推進，我們不得不聚集起來保護它。其他人都在忙，不過對方可能會忽略掉你們那兩艘飛艇，怪客。」

她很習慣這種事了，而且這是刻意的。金曼琳經常徘徊於戰場邊緣，在隊友交戰並使敵人分心時等待著——這會讓她有最好的射擊時機。或許正是那樣的本能促使她飛到這裡，此處就有如戰場的屋簷，而她要掃除掉這裡的蜘蛛網，也就是散亂的敵軍飛艇。

「我想我明白你的意思了，隊長。」卡烏麗向亞圖洛確認：「你要我們繞行，看看能不能奪下其中一座抑制器站點？」

「正是如此。」亞圖洛說：「正在跟指揮中心確認……開始嘗試潛行至一三四八B抑制器，你們的接近感應器螢幕上已經標示了。不過這次就只有你們兩艘飛艇，所以只要遭遇反抗就立刻停止行動。我們將無法提供支援。而且，要留意我們先前注意到位於抑制器站點附近的那個障礙物。」

「那是……呃……看起來像一隻太空巨蟲？」卡烏麗問。

「就是那個，」亞圖洛說：「別被吃掉了。隨時向我報告任務進度。」

「收到。」金曼琳說，卡烏麗也跟著回應，然後將指令傳達給組員。基森人飛艇按照慣例跟在金曼琳的後方，轉了一大個彎遠離主戰場。她可以藉由廣大虛空中的破壞砲砲火閃光辨認出戰場位置——最明顯的是驅逐艦和砲艦發射時所產生的巨大明亮光線。

「嗚嗚嗚嗚——」樂樂發出聲音，此時他們正緊貼著戰場邊緣俯衝，駕駛艙裡可以感受到重力電容器並未完全抵銷掉的一些G力。這隻超感蛞蝓一向很喜歡這種感覺，彷彿覺得是在兜風。她旁邊那隻體型較小的抑制蛞蝓只是讓自己順著重力，繼續保持沉默。雖然樂樂現在無法在緊急時把大家傳送到安全處，但有牠們在讓人很安心。

金曼琳跟逆流而上號一起在戰場邊緣潛行。她試著將注意力集中在眼前的任務上，而不是遠處那場大規模戰鬥。這很難做到，因爲她能看見敵人採取攻勢，向前湧進——那些戰機正試圖包圍無畏號。

這讓她的朋友們無法推進，現階段也無法攻下任何抑制器站點。他們只能忙著保護無畏號——它具有強大的護盾，能承受敵軍戰艦的猛烈轟擊。可是那種護盾無法抵擋戰機的ＩＭＰ協同攻擊，一旦失效，就會是一場大災難。

無論如何，敵軍改變戰術後似乎就分心了。她跟逆流而上號順利接近了抑制器站點——獨自飄浮在太空中的一個三角形金屬塊，頂部和底部各有一個錐形突出物。它比星式飛艇稍微小一點。報告上說它有基本的生命維持功能。

「嗚嗚。」樂樂的聲音聽起來很難過。

「想到裡面被困住的蛞蝓了嗎？」金曼琳問。

「困住。」樂樂發出笛音附和。

「眞是可怕的生活，」金曼琳說：「獨自被關在這裡的箱子，飄浮著……好，我們來看看可以怎麼做吧。」

不幸的是，這裡潛伏著其他東西：一隻怪異的太空蠕蟲，而且大小超出了她所能理解的範圍。她是以爲它很大沒錯，但當她飛得越近，它卻不斷變得更大。從星式戰機的大小變成砲艦，然後又變成了驅逐艦的大小。

「傳說中提過這種怪物，」卡烏麗說：「在古代到處探索的武士必須面對這種邪惡怪獸，光是跟它們戰鬥就會讓自己的心靈陷入危險。」

「我很確定聖徒殺死過一隻，」金曼琳說：「不過神聖的目擊者在描述它時，把蟲的『worm』拼成了『wurm』。我一直不懂這種差別有什麼含義。直到現在。」

「我還是不明白。」

「這個嘛，」金曼琳說：「有時光用正常的拼音並不足以形容如此特別的怪獸。醉鬼拼錯字是稀鬆平常——但當一位最神聖的抄寫員這麼做，妳就知道事有蹊蹺了。」

「在這一點上我相信妳的智慧，怪客。」卡烏麗表示：「這東西似乎正在看守抑制器。注意看它盤繞著那個站點，還一直用口部對著我們？我的科學官塔薩拉（Tosura）說他相信那是一種防衛姿態。他正在迅速研究那隻怪獸中。」

金曼琳對自己點了點頭，讓飛艇放慢速度，然後搔抓了一下樂樂。接著她也伸手搔抓了糖糖。糖糖很喜歡，輕輕發出了笛音。金曼琳本來是想參考祖母的名字，把這隻蛞蝓取名爲湯湯，但其他人聽起來卻不是這樣——而他們覺得糖糖這個名字很可愛。那顯然是帶有金曼琳這種口音的人會說的話。不管眞正有口音的人是不是她。

畢竟聖徒創造了各式各樣的人，包括那些無法把話說好的人。你還是得愛他們，而且有時候你要讓步，任由他們替你的蛞蝓重新取名字。祝福他們的星星啊。

「我不確定我們可以再等多久，卡烏麗，」金曼琳說：「我看見一隊敵軍戰機正轉彎過來這裡。有人注意到我們了。我得試著飛過去，看看那隻蟲會怎麼樣。」

「收到，」卡烏麗說：「隨時待命支援。」

金曼琳飛快靠近，結果那個比較像蛇而非蟲的東西迅速來襲，速度快到連她都想罵出聖徒不會說的話。她以超燃模式推進，避開了攻擊。她的心臟稍後才開始劇烈跳動，就像在節慶活動遲到又沒跟上節奏的吹笛手。

「嗚嗚嗚嗚——」樂樂發出聲音。

那隻蟲用相當於大型艙門的嘴巴對準她，並將口部周圍的長捲鬚甩過來，在她離開攻擊範圍後又縮了回去。牠想要抓住她，連同飛艇一起吞下去。

好極了。金曼琳在戰場上也是個著名的危險人物。她讓飛艇轉向，這次甚至沒試著讓自己感到清澈的平靜。她用拇指控制破壞砲，然後直接射向那傢伙的——

「噢！」卡烏麗在通訊頻道上說：「塔薩拉說別對牠開火！」

「你們……沒講啊。」金曼琳咕噥說，同時看著砲火高速射進那隻蟲的嘴裡。

「慘了。」卡烏麗說。

「怎麼了？」金曼琳問。

那隻生物的側面開始出現藍色光點。

「真是不幸，」通訊頻道出現一個沒聽過的基森人聲音——金曼琳猜測應該是那位科學官。「之前，我們只是可能會偷牠食物的東西，而現在……」

大蟲伸直身體，在太空中開始以波浪狀的方式朝金曼琳移動。

「我猜，」她邊說邊啓動超燃模式拉開距離。「現在我們變成食物了。」

「恐怕是這樣。」他說。

第三十六章

隨著戰鬥的進展，我想出了一個計畫，希望能藉此逃離布蕾德的掌控。我只需要設法測試一個理論。

目前，我正在觀察立體投影裡那些飛行的小點。無畏者部隊是紅色，星盟部隊則爲藍色。大批星式戰機湧入戰場，並在試圖搶奪抑制器站點時陷入激戰。砲艇朝飛行的戰機開火，無畏號上的砲座也是，雙方都試著擊落停頓太久或過於專注纏鬥的戰機。

在背景中，有兩艘大型戰艦就定轟炸位置，然後開始轟擊無畏號——企圖逼它撤退。以目前在太空中的距離來看，無畏號儘管體型龐大，卻還是能夠靈活移動。它仍然受到許多攻擊，但現代的主力艦可是擁有相當強大的護盾。無畏號應該可以承受攻擊好一段時間。

除非有一群戰機在夠近的地方同時啓動ＩＭＰ來消除護盾。因此，所有的飛艇都在參與一場必須小心謹慎的比賽。敵人的戰機嘗試接近，而我們的戰機將對方擊退。戰艦企圖消耗無畏號的護盾，而這艘旗艦則試著預測攻擊並且閃避。

在這裡觀看戰況眞的很難受，我好想進入駕駛艙到那裡戰鬥。我永遠無法像尤根那樣從遠處指揮，這會讓我心如刀割。雖然他可能也會如此，不過他夠堅強，承受得住。看著戰況，我的內心因爲擔憂朋友而糾結成一團，而這時我可能明白了他的感受，也了解他因爲接下指揮權而放棄了什麼。

布蕾德則是相當沉著。她下達命令，甚至親自指示星式戰機飛行隊該做什麼。此時，她的深褐色眼睛映照著立體投影的光線。我看見她露出滿意的笑容。

「我們對妳做了什麼？」我問。這句話是從我坐在牆邊、被銬住的身體口中輕聲說出。我的眼神似乎還有點茫然，不過說話時，身體的嘴唇會跟著動。「妳為什麼要以消滅我們為樂？」

「我沒有，」她回答，然後望向我的身體。「只是你們妨礙了我必須做的事。」

「才沒有什麼『必須』，布蕾德。」我揮動自己的幽靈手臂，結果身體也跟著做。「妳不一定要這麼做。」

「大概吧，」她說：「那麼我修正一下我說的話。你們妨礙了我想要做的事。」她在門打開時抬起頭，一隻手立刻伸向隨身武器。就算跟自己人待一起，她也在提心吊膽。

這更證實了我的理論。之前在星界一起訓練時，我還以為她那麼冷淡是因為看不慣那些掌權的人。現在我看到了更深層的東西。對於所有人事物的不信任。她認為每一個人都有可能密謀對付自己。多年來，這個態度可能幫了她很大的忙。

我必須利用這一點。

「為什麼？」我問布蕾德：「妳為什麼想要這麼做？為什麼不直接離開？」

「然後讓你們繼續累積力量？」她似乎覺得很有趣。「只有他們會對我的統治造成眞正的威脅。」

「可是妳為什麼想要統治？」

「眞的嗎？」她問：「妳眞不知道為什麼？為什麼亞歷山大大帝要去征服？」

「我不知道，」我坦白說：「我一直很想問他。」

布蕾德遲疑了一下，然後看著我的身體。

「是眞的。」我站在她旁邊說，查特則安靜地跟我一起。我的身體開口說話。「我一直很想知道為什麼亞歷山大要去征服。是因為他想達成父親做不到的事嗎？是想鞭策自己，看看自己能走得多遠？或者就只是因為大家的期望，畢竟他受過訓練又繼承了那樣的血統？為什麼？」我和身體的頭都在搖動。

「為什麼，布蕾德？妳為什麼要這麼做？跟妳在一起的時間裡，我一直以為自己已經了解妳，可是卻不斷發現自己錯了。」

在立體投影中，布蕾德的一支防衛部隊成功將無畏者的飛艇從一座抑制器站點附近驅離。那些小飛艇就像一群昆蟲往後退，躲避砲艦的攻擊。

布蕾德指著無畏號。「在這裡推進，」她指出立體投影中的某個位置，對軍官指示：「還有這裡。叫戰艦往前，強迫他們的旗艦後退，讓它無法靠近站點。」

「是，長官。」一位天納西軍官說。

「他們確實很重視那艘太空母艦呢，」布蕾德輕聲說：「我就知道。他們一定會小心保護它。他們用自己人的名稱和行動替它命名，那代表了他們的一切。」

可惡。她說的似乎沒錯。只要她為了保護抑制器站點而採取守勢，我們就能在某種程度上控制戰局的走向。我們可以選擇攻擊哪個站點，依照自己想要的方式佯攻與調動。但要是她變成主動攻擊者，利用優勢數量威脅無畏號，她就能掌控戰局。

遺憾的是，她似乎真的清楚自己在做什麼。布蕾德瞇起眼睛看著立體投影。令人奇怪的是，她竟然對我說話了。「妳是在家人陪伴中長大的嗎，思蘋瑟？」她沒看我，而是以威嚴的姿態站在那裡仔細檢視戰場地圖。

「我……妳見過我的祖母。」

「之前嘴裡像是要吐出火球的那位嗎？」布蕾德說：「嗯，我想我看出了妳們的相似處。所以，沒有父母嗎？」

「還有我母親，」我說：「我父親在我小時候被星盟害死了。他是星式戰機飛行員，剛開始展現出能力的超感者。」

「啊，」她點著頭說：「我想我讀過那個人的資料。他們是針對他的，妳知道吧。他們知道他飛行技巧很好，也知道他擁有能力，但是沒接受過訓練。」

「我知道，」我說：「他們利用了他。讓他以爲自己的飛行隊是敵人，轉而對付他們。」

「那是溫齊克的一場重大勝利，」布蕾德說：「他很得意地對我說過好幾次。妳父親的死讓溫齊克獲得升職。」

我想要對這件事發怒，不過現在的我非常務實。誰知道布蕾德說的是不是眞相？或許她只是要影響我，將溫齊克跟我父親連結在一起。

而且，溫齊克已經死了。重點不是他，甚至也跟布蕾德無關。重點在於阻止一件來勢洶洶的可怕事情發生。我們是擋在它前方的牆。我們是由長矛兵組成的盾牆，面對著雷鳴般的衝鋒，希望還來得及瓦解那股力量。

「他們愛妳嗎？」布蕾德問。

「我的父母？」

布蕾德點頭。

「愛，」我輕聲說：「到現在都還是。」

「我想我父母也是，我是指在我被他們帶走之前。」布蕾德說：「這很難記得。要想到愛與溫暖之類的事很困難，畢竟妳會被當成怪物對待。每個在街上遇到的孩子一見到妳就會大哭。就算是不怕妳的人，也只把妳當成一頭被馴服的野獸，是要訓練來耍把戲的。」

「所以……妳想復仇？」

「當然不，」她瞇起眼睛說：「我想要證明。如果我贏了這場戰爭，思蘋瑟——如果我得到一切——那就代表他們是對的。對我的看法。對我們的看法。」

「而妳想要成爲那樣？」

「我必須成爲那樣。」她說，最後看向我。「因爲，如果他們是對的，那麼這一切都是爲了一個目的：將我引導到這一件事上。我必須成爲他們所說的怪物，變成殘酷的毀滅者，否則一切就毫無價值了。我的一生。他們對我做的一切。我承受的所有痛苦。

「我要把這個帝國據爲己有，藉此實現我們同胞的命運。而我……我會知道這一切都有意義。我會知道他們對我所做的一切……都沒關係。這是我的命運。我就是怪物。而妳是無法跟怪物討價還價的，思蘋瑟。妳要安撫它，要殺死它。或者被它吃掉。」

她的目光在我身體上停留了片刻，接著就移回戰場，安排更多飛艇進逼無畏號。我想我終於眞正看透了她的心。她總算讓我看見了眞實的自己，以及她爲何過著這樣的生活。

眞是糟透了。

我想像自己若是從父母身邊被帶走，會變成什麼樣子。若是我對憤怒和暴力的自然傾向不斷被加強，他們也一直說我是個怪物……我認爲那種情緒觸動了我內心某處，因爲這世界對待我的方式而感到一股強烈挫折感。它要我承擔看似不可能的命運。

我能感覺到她一定這麼想。你們想要怪物嗎？我就給你們怪物。

對，我能理解她。

現在我必須阻止她。

查特，我對星魔想著。我需要你把我身體上的手銬傳送走。

我辦不到，他回答。我們的體內還有藥效。在監獄的時候，我甚至因此不能跟妳說話。我完全無法使用能力。

不是那樣的，我告訴他。空氣之前就曾扭曲過。

我……他想著。我不知道，我……

好吧。該展現一點嚴厲的愛了。

查特，我想著。我們必須做點什麼，不然我們的朋友可能會死。

可是……妳說過……

我是在試著安慰你，我告訴他。但我錯了——你們就是因爲逃避問題，才會陷入麻煩。

他開始擔心，越來越恐慌，空氣也隨之扭曲。雖然利用他很過意不去，可是我必須這麼做。

有些人可能會死，我說。到時候會很痛苦。但我們會熬過去。假裝沒人會遇到危險，這就跟住在虛無假裝不曾失去一樣。

空氣扭曲得更加厲害。室內的人很快就注意到了——尤其是有些牆板開始消失。查特激烈的情緒波動拉扯掉許多碎塊。

查特，我說。你看。你辦到了！成功了。

什麼？他的語氣越來越驚慌。可是……

把我的手銬傳送走，我告訴他。至少傳走其中一個。

這不是那樣運作的！他心想。我又不能控制。

你可以的，我這麼想著。我們可以的。一起來。

我將意念靠向他，讓他依賴我的專長——正如我學會了他看待世界的方式，這次我也讓他知道我是怎麼看待世界的。我學到的事物。控制。精準。加油，我告訴他。

布蕾德咒罵了一聲，咆哮著叫醫師過來。醫師拿了另一劑藥物趕上前。我靠近自己的身體，感覺著它要把我拉進去，讓我們重新連結在一起。

查特！我心想。如果你擔心會失去我們的朋友，那就做點什麼，不要再躲起來了！

我……他想著。我不能……

你行的，我告訴他，同時飄近身體，感覺到自己的靈魂完全被拉進去。我們行的。

我隨即醒來，眨著眼睛。醫師就在我面前，針頭已經被扎進我的脖子了。扭曲的現象持續著，而她看著空氣，焦躁地揮動手臂。

那一刻，我感覺到自己的雙手稍微鬆開了。我抓住後方的扶手，假裝什麼事也沒發生——我本來是被銬在那裡的。而現在我回到身體後，空氣扭曲的情況逐漸消失。查特跟我的聯繫再度切斷。

我利用自己的坐姿擋住雙手，完全不敢移動，免得被發現。我望向布蕾德——她再次用謹慎的表情看著醫師。從她那種眼神判斷，我相當確定她腰際的那個小袋子裡裝的是什麼了。雖然在幕後操縱的人是她，但如果溫齊克隨時都能對她下藥並奪走她的能力，她要怎麼安心？

布蕾德很多疑。她絕不會讓人有機會暗算自己。她會在門打開時嚇一跳，也會用謹慎或甚至不信任的態度來看待自己人。她絕不會讓他們擁有能夠對付她的武器，就像這種藥。除非有解藥。

那就是她袋子裡裝的東西。

空氣停止扭曲後，她的大多數手下都回到自己的崗位上。然而布蕾德卻留在原地——看著我。直到後來有件事吸引了她的注意。她不情願地轉身去處理，而我也終於敢移動雙手感受看看。兩隻手腕上都有金屬手銬。可是，沒人注意到手銬之間的鏈條不見了。

我自由了。

第三十七章

✦金曼琳✦

「噢，這些生物眞是太有趣了。」基森人科學官的聲音傳進金曼琳耳裡，而她正在拚命對付那隻大到嚇死人的太空怪物。「體內的卵受精之後，牠們就會開始移動得越來越快，花好幾年的時間增加速度。牠們會消耗儲備的能量前往太陽，然後以太陽的能量爲食，持續數十年，同時在軌道中加速，最後把卵猛烈地射向其他恆星。」

「確實很有趣。」金曼琳客氣地說，而那隻有趣的蟲差點就把她整艘飛艇吞了。她向下沿著牠的身體閃避，試圖遠離口部。

在牠周圍飛行的感覺很奇怪——這傢伙的身體大到讓她幾乎覺得自己像在某種景觀上飛行。底下有如一座會起伏、彎曲、扭轉的狹窄太空平台。而且想要吃了她。

如此巨大的東西，怎麼能這麼迅速地咬向她？就像一條盤繞的蛇飄浮在太空中。她還沒打開震動回饋功能，所以無法感覺到那些捲鬚在她飛艇幾公尺外高速揮動過的劈啪聲，不過她腦中還是想像出了那種聲音。

「可想而知，牠們可以儲存很多能量。」基森人的科學官繼續說著：「哇，根據紀錄，牠們有些卵發射後的速度，可以達到光速的百分之二十呢！眞了不起。我很好奇牠們在孵育之後要怎麼放慢速度。總之，牠們已經演化到幾乎什麼能源都可以吃了。

「雖然這裡記載的動物學內容有缺漏，但我看得出字裡行間的意思。牠們也會以超感能力爲食，就跟其他能量一樣。那肯定就是這一隻待在抑制器站點附近的原因。牠很可能正在食用蛞蝓釋放出的超感輻射。星盟很明顯在站點放了某種保護裝置，不讓牠靠得太近。就像一種護盾。不然那隻蟲早就把抑制器吃掉了！」

金曼琳咕噥了一聲，隨即猛然俯衝，讓重力電容器都超載了。她操控得太激烈也太快了。她進入超燃模式加速，驚險躲過後方怪物的三次鞭擊，同時G力也重重地撞向她，將她往後壓。血液被推進腦中，她也開始看見了一整片紅。

「嗚嗚嗚嗚！」糖糖說。檢查顯示，泰尼克斯族能夠承受的G力比人類大上許多。也許原因在於牠們的身體好像主要都是麵糰製成的。

星星，星星，*星星啊*。

「怪客？」卡烏麗說：「我們就定位了。計畫要繼續執行嗎？」

「是的。」金曼琳已經沒有力氣再說麻煩了。她只能一直躲避，努力保持在怪物前方。

直到有一波火砲擊中了牠。

大蟲立刻後退。*逆流而上號*繼續開火，以破壞砲毫不間斷地朝那隻怪獸射擊。他們攜帶的武器威力比金曼琳強大得多。而且他們剛才也趁她吸引大蟲的注意力時駛離開來，所以距離夠遠，不會有立即的危險。

正如她預料的，牠立刻把這當成更豐富的大餐，開始衝向*逆流而上號*。不過他們已經用很快的速度飛離，而且在開火時仍然持續推進。武器的砲火除了讓牠獲得食物外，對牠本體毫無影響，不過卻有效地分散了注意力。

金曼琳終於能夠放慢下來。她發現自己的身體冰冷濕黏，汗水沿著臉頰側面滴下。

「嗚嗚……」樂樂說。

「嗚嗚。」金曼琳附和著，然後掃視接近感應器。大蟲繼續追著基森人的飛艇——可是她現在還有另一個問題要擔心。一群星盟戰機就快抵達了。她的時間所剩無幾。

仍在顫抖的金曼琳讓飛艇轉向，往抑制器站點的方向飛回去。那座三角形設施沒有窗戶，除了頂部和底部的無線電天線之外，沒有任何明顯的特徵。她飛近時，感應器偵測到了一層保護罩——正如預期。除非被砲火擊中，否則肉眼是看不見的。

金曼琳繼續靠近。「能感受到裡頭的蛞蝓嗎，各位？」她問樂樂和糖糖。糖糖猶豫地發出笛音。金曼琳對這隻泰尼克斯不太熟，但牠的反應似乎是個好跡象。

糖糖稍微將情況投射出來。雖然金曼琳不是超感者，不過她發現蛞蝓可以將情緒和想法投射至非超感者的腦中。畢竟牠們就是靠這種方式，才能如此有效地推動星際通訊。

她認為自己可以透過糖糖感受到抑制器內部的蛞蝓。而那隻蛞蝓很害怕。

「告訴她我們想要救她，」金曼琳輕聲說：「告訴她，我們是朋友。」

蛞蝓俘虜不敢相信。牠已經被隔離太久了。牠感到疲憊與困惑。糖糖和樂樂試著與對方溝通，金曼琳則將注意力移回那些正在接近的敵機。可惡。有十二架。她一個人無法對付十二架敵機。

更糟的是，那些飛艇切斷了她跟盟軍之間的路——甚至擋在她跟基森人的飛艇之間。他們朝她而來，彷彿一條被拉緊的絞索。她唯一的出路就是往後——飛向另一支正要從那個方向過來的部隊。

「好好拜託她撤下抑制場吧，」金曼琳對兩隻蛞蝓說：「向她解釋這樣我們就能救她。我們可以把她傳送到狄崔特斯。」她想像著魚子醬，以及一個安全、溫暖、昏暗、受到保護的場所。她試圖將這些投射給那隻蛞蝓，同時自己也越來越焦慮——

有東西進入了她的思緒。是一種情緒。一種隱約的安慰感……就來自那隻抑制蛞蝓？接著是一道很明顯的意念。*離開吧。*

「跟我們來。」金曼琳說。

不。

「爲什麼？」她問：「我們可以給妳自由啊。」

這裡需要我。

「什麼？爲什麼？我不懂。」

這裡需要我。

「可是——」

走吧。我留下。被需要。

可惡，這可憐的小傢伙已經精疲力盡了。她能感受到牠的絕望、疲勞，以及連續好幾個星期被關在一個小箱子裡的難受。可是牠卻不肯離開，而金曼琳也不明白原因。蛞蝓的思考方式跟人類不同，牠爲了解釋所傳達給她的畫面也亂成一團。

然而，牠似乎願意讓金曼琳的飛艇通過抑制場。「樂樂，」她說：「走吧。」

「嗚嗚？」

「我們會再想別的辦法幫牠們。」她承諾道。

她先確認了一下逆流而上號不會有事——幸好，那隻大蟲已經回頭，而基森人飛艇現在跟友軍之間的距離也很近。於是金曼琳再次催促樂樂，緊接著他們就超空間跳躍離開了。

那隻蛞蝓知道自己會因爲放走他們而被懲罰。等到戰爭結束，牠就會受到痛苦或甚至致命的懲罰。那隻蛞蝓卻還是幫忙了——但也拒絕了她的幫助。爲什麼？

金曼琳的飛艇直接出現在狄崔特斯的防禦殼層內部。她立刻呼叫尤根。

「我們有個麻煩，蠢貨。」她在跟他連上線時說。

「怎麼了？」他問：「你們跳躍了。救出那個抑制器站點的蛞蝓了嗎？」

「沒有，」她說：「牠不肯跟我來。」

「為什麼？」

「我不知道。」她說：「牠說那裡需要牠。牠明白我想要救牠，但就是不肯跟我走。」

尤根沉默著。

「我們該怎麼做？」她問他：「我本來可以強迫牠走的，只要讓樂樂把牠一起傳送過來就好，可是我決定不那麼做。」

「妳做了對的選擇，怪客。」他說：「要是妳違背牠的信任，我猜其他蛞蝓就不會聽我們的話了。也許我們可以說服牠們降下抑制場，讓狄崔特斯跳躍到前方？」

「我不知道，」她說：「這一隻就表明牠會因為讓我通行而遭受懲罰。除此之外，我們還得個別聯繫。我們得說服多少隻蛞蝓，才能開出足以讓狄崔特斯通過的大洞？」

好幾十隻，說不定要幾百隻。他們在戰鬥中是無法處理這麼多數量的，這點她很肯定。

「我會想辦法，」他的語氣聽起來很煩惱。「至於現在，先聯絡ＦＭ告訴她這件事吧。她會蒐集這類情報，然後告知其他飛行隊隊長。得讓他們知道這場戰鬥又變得更艱難了。」

第三十八章

「奇怪，」一位天納西族的將領說，他站在布蕾德身旁，背對我看著戰場。「這是他們第四次能夠摧毀抑制器站點的機會——但那些人類又一次放過了。他們長了克洛查（korochas）嗎？或許我們對他們具有攻擊性的假設錯了。」

「如果錯了，」布蕾德說：「他們還會來這裡攻擊我們嗎？用一支規模比較小的軍隊，而且就在我們的力量中心？」

「不，大概沒錯吧。」那位將領瞇起像是爬蟲類的眼睛。「然而，這還是很奇怪。」

雖然我的雙手自由了，可是我還沒移動。必須等到對的時機。我要怎麼弄到布蕾德腰際的那個小袋子？如果我猜錯，裡面裝的並不是解藥，那就有大麻煩了。但我越來越確信自己是對的。她跟任何人都保持距離，就連她的將領跟守衛也一樣。她會把一隻手放在那個袋子上讓自己安心。

我設想過十幾個不同的計畫，可是都放棄了。要是衝向她，我不只有可能中槍，她也會直接超空間跳躍離開。必須先分散她的注意力。

雖然難以忍受，我還是靜靜等待著。觀察著。就像草叢裡的老虎。或者……呃，不是老虎。我只在學校的圖片裡看過老虎，或從奶奶的故事中聽到。眞要說我是什麼的話，我可能比較像陰暗角落裡的一隻老鼠。拜託，老鼠可是很頑強的。老虎怎麼了？死光了，在舊地球上滅絕了。但是老鼠呢？牠們跟我們一起征服了星星——大量出沒在每一顆行星上。就連狄崔特斯也是，牠們在那裡靠眞菌和蟲子存活。

我就是老鼠女孩。我在牠們之中成長，獵捕牠們。如果以這輩子吃過的數量來看，我的身體至少有一半都是老鼠。我可以忍耐。我可以小心。

不過這真的很煎熬。我感到自己孤立無援，除了無法聯繫查特，也不能跟M-Bot說話。我獨自一人看著戰局演變。無畏者部隊不肯炸掉抑制器站點。這點值得稱讚；尤根說過他們是來解放牠們的。

另一方面，布蕾德則持續大肆攻擊無畏號。她冷酷無情地浪費飛艇，而我們連傷害敵人的蛞蝓都不願意。她讓部隊像矛一樣刺穿我們的防線，就快要攻到無畏號了。

我光看著就覺得心煩意亂。會這樣的不只是我。

「長官，」她的其中一位將領說：「今天我們有很多星式戰機都是由真人駕駛，不是無人機。妳……表現得好像飛艇上沒有人一樣。」

「他們是士兵，」布蕾德回答，眼神根本沒離開螢幕。「這就是你們需要我的原因，將軍。我做我該做的事，你們卻講著空洞的星盟廢話。我研究過在我和你們文化中的偉大戰士。我不會多愁善感。」她往前傾，雙手緊抓著立體投影圖前方的扶手。「我生來就是要做這件事的。」

我更加心痛了。這個女孩從小就只被灌輸了一個觀念：她是武器。這個女人相信要是自己不能統治與獲勝，那麼她的痛苦跟犧牲就毫無意義了。這個人現在要粉碎讓銀河系獲得自由與和平的唯一希望，就只是為了證明她做得到。

我也有可能是她。我真的有可能，畢竟我很愛發表嗜血的言論，也會說些關於殺戮的玩笑話。我的經歷改變了自己。而且也改變了狄崔特斯的每一個人——我們錯過了摧毀抑制器站點的最後機會，我們的戰機也因被迫撤退而陷入混亂。無畏號正往安全的地方撤退。

太慢了。在它逃離敵人的超感抑制場並抵達狄崔特斯之前，至少會有數十人喪生，也許數百人。看著戰況，我明白了要是自己不再做點什麼，我們就會輸掉這場戰鬥——以及整場戰爭。

第三十九章

✦奶奶✦

貝卡‧奈薛將細節留給其他人處理。她明白艦長的角色該做什麼，那就是別管太多。基森人將領布她所下達並授權的指令——這次是開始後退——但她並未監聽無線電的內容。她把這件事交給通訊官處理，而他們會告訴她最重要的消息。她沒要求大家報告戰場上所有事件的最新發展；她派了可靠的人員負責監督情況。

那些都不是貝卡的工作。她的工作有兩個部分。被看見。以及看見。對她來說並不是視覺上的看見。

她一手放在具有觸覺回饋的立體投影圖上，觀察著飛艇與星式戰機的動向，把注意力放在大局上。戰場的模式。尋找敵人的弱點，就像盾牆上的漏洞，或是劍客的慣用腳。

而她發現時嚇了一跳。

眞有這麼清楚、這麼明顯嗎？她坐直身體，急忙用手觸摸整片戰場地圖。敵軍正傾注全力向內推進。竭盡一切對無畏號施加壓力。這是很合理的策略；敵人具有壓倒性的數量，因此可以魯莽行事。他們的目標是逼迫貝卡的部隊採取守勢，放棄任務目標，開始只爲生存而戰。

因此，基森人中負責戰略的將領與司令讓無畏號往後退。不是撤退，而是刻意讓步。他們的目標受挫：他們無法說服抑制蛞蝓接受幫助。

反正那本來就行不通，貝卡一邊想著，一邊查看自己收到的數據。我們得處理好幾十隻蛞蝓才能挪出空間讓狄崔特斯跳躍到前方。而且，要在戰鬥當中這麼做？就算我們願意採取消滅蛞蝓的手段也很難辦到。

「貝沃夫，」她對一位助理說：「把尤根之前傳來的報告讀給我聽。倒數第三則訊息。」

「嗯，」她右側的年輕人說：「倒數第三則訊息……包含FM在內的兩位飛行員都確認了金曼琳遭遇的事：那些蛞蝓肯讓他們爲了自救而超空間跳躍離開，可是卻不肯跟他們走。有某件事讓蛞蝓拒絕接受救援。」

「但牠們確實願意爲了我們違反規定……」貝卡說。

敵人的戰略重點是解決無畏號。因此他們派出主力艦推進——甚至還有太空母艦——他們也全力開火攻擊貝卡的部隊。試圖突破無畏號的防護。擊落它。然而他們卻沒看見……

貝卡抽出鍵盤。或許她使用得沒那麼熟練，畢竟她在生活中用不上打字技巧。不過她感覺得到數字和字母，仔細地慢慢按出一連串簡潔的指示。短短幾行內容寫出了她對部隊的安排。她將指示傳送給基森人將領。

那些提議的可能後果使她心跳加速，手指顫抖。她肯定遺漏了什麼。比她聰明的人一定會審視那些提議，發現其中的缺陷。

然而，如果她眞的對了……

她就能贏得這場戰爭。

第四十章

✦尤根✦

尤根正在輸掉這場戰爭。

經過再三考慮之後，聯軍認爲思蘋瑟的提議很正確，因此他把一切都投入了這場最後的戰鬥。他們最好的選擇就是攻擊這裡，因爲敵人就把蛞蝓藏在此處。

於是他們全力出擊，目標是盡可能解放泰尼克斯族。同時他們也希望救出思蘋瑟，她是他們最不穩定的武器——卻也是最厲害的。這是他扭轉戰局的機會。

而他就要輸了。

雖然他並不精於大規模戰場戰術，但也不是個無能的人。早在進入飛行學校前，他就必須學習理解並練習指揮。進入飛行學校期間，他也在相同的原則之下接受了軍官訓練。

因此他很清楚情況。他們不可能接觸到夠多的抑制器站點來讓狄崔特斯移動；這必須分散他的兵力，非常危險。就算蛞蝓同意讓狄崔特斯通行，敵人的數量也太多了。

在他看來，戰場就像由躁動的紅藍色光點所構成的巢狀結構，然而代表我軍的紅點卻遭到包圍，不斷被往後推。敵軍的藍點則一直在前進。光點向四周退開，只在無畏號正後方留下小心撤退的空間。

每一顆代表我軍飛艇的光點熄滅，就像一根尖刺穿透他的心。他的部隊現在已然完全處於守勢。該是他下決定的時候了。該是全面撤退的時候了。

這等於是放棄戰爭。而他們再也沒有這樣的機會。接下來，他們最好的選擇就是躲藏起來，希望能不被星盟發現。他們必須拋棄盟友。以及思蘋瑟。

他必須拋棄思蘋瑟。

現在你必須爲人民著想，他心想。不是只爲一個人著想。

這令人心痛。他轉身背向指揮室的大型螢幕牆，沉默地走著。大多數的少將都看見了，甚至連助理也是。所有人都屏息以待，看著他走到長桌後側，而基森人的將領與司令們就等在那裡。

他們在人類使用的大桌子上設置了第二張會議桌，可是沒人坐在桌邊。他們正在周圍的地上互相傳遞筆記、地圖及各種圖表，並且輕聲交談。尤根的胸針爲他翻譯出內容。

「……有可能……」

「……對，這樣沒錯。這樣沒錯……」

「……建議調整位置到這裡和這裡，才有最大的效果……」

尤根鼓起勇氣，準備詢問他們建議用何種方式撤退。但在這時，基森人的最高戰術家伊奇卡吸引了他的注意。她正在分心看一則訊息。戈洛站在她身旁，這位將領雖然不在前線，卻穿著動力盔甲。

戈洛抬起頭張大了眼睛。他的灰白色毛髮頂部有一道嚇人的黑色線條。「威特總司令，」他說：「你得看看這個。」

「看……什麼？」

「奈薛艦長提議的戰鬥計畫，」戈洛指著桌面上幾張基森人用的小紙張說：「她找到解答了。這個辦法很簡單，但之前我們卻沒想到，因爲我們還不知道該怎麼活用超感能力。」

「這是通往勝利的路，」另一位基森人站起來說：「是機會。一個眞正的機會。」

「解釋給我聽。」尤根說，他允許自己的心裡燃起一絲希望。

「尤根？」奶奶的聲音從桌上一塊小型資料平板傳出。「是你嗎？」

「是的，奈薛艦長。」他輕觸耳朵，開啓與她的直接通話。

「他們把我的小小意見告訴你了嗎？」她問。

「他們似乎很佩服，」尤根說：「但我還不知道細節。」

「這個嘛，」她說：「我們只需要讓半數戰機繞回無畏號後方，並聯繫那裡的抑制器站點，另外半數戰機則要表現得很混亂，而且非常靠近敵軍的主力艦。」

「那會讓妳毫無防備的。」尤根表示：「少了戰機保護無畏號，敵人就會擊破妳的護盾。」

「是的，」她說：「他們一直推進，展現了難以置信的攻擊性。有勇無謀的攻擊……」

「妳想要嘗試讓無畏號後方的那些蛞蝓准許狄崖特斯超空間跳躍。」尤根低頭看著基森人的小地圖說。或許他應該把地圖拉到螢幕上查看，可是他太興奮了。「我們一直在考慮那麼做，不過至少得同時聯繫五十個抑制器站點才行。這行不通的。」

「是不可能，」戈洛附和說：「但是這不一樣，威特總司令。這很大膽。」

「狄崖特斯不只是一顆行星，」奶奶說：「它是一顆擁有上千座飄浮平台的行星。如果只傳送有砲台的殼層部分呢？它們的體積小多了，就跟飛艇一樣……」

「可惡。」尤根說，然後看著戈洛的眼睛。這有可能嗎？砲台現在已經有專門人員操作，而且一直都有獨立的能源。在發現烏戴爾那座唯一的平台後，他就應該要想到這點的。

「我們得聯絡小羅，」尤根說：「這有可能會成功！不過奈薛艦長，要是我們嘗試這麼做，敵人一定會猜到的。而那些平台假如沒有狄崖特斯的防衛，將會毫無招架之力。」

「這個計畫靠的就是那一點，」伊奇卡在附近說：「看出敵人把重點放在哪裡了嗎？我們所要做的，就是吸引他們的注意力……」

一位助理拿了資料平板給尤根，裡面有奶奶那個計畫的完整細節。基森人匆匆加上了註解，並為奶奶的簡短訊息補充了實際的戰術與調度。他們擁有作戰經驗。可是奶奶……儘管缺乏這方面的經驗……

她卻擁有幾乎同樣重要的東西。勇氣。

「這是危險的賭注，」戈洛說：「就算我們盡量分散注意力，敵軍也很可能看透局勢，而這個計畫就會失敗。不過話說回來，敵方的指揮官很急躁——年輕，渴望勝利。這從她的每一道命令中都看得出來。她可能會不夠謹慎，如果是這樣……」

「如果是這樣，就會大大影響戰局。」另一位基森人表示：「我們要冒險嗎？」

尤根沒回答，他要先讀過並了解奶奶提議的戰鬥計畫。他終於明白她大致提出的內容了。他很震驚，因爲他知道這要付出什麼代價。

「這……」他說，然後看著基森人。

他們一個接一個點頭，所有人都明白。

「必須這麼做，尤根，」奶奶說：「只有這個辦法了。」

「我們建議採取奈薛艦長提議的方式，」戈洛說：「現在撤退的損失太大了，而且會讓我們之後的處境更加艱難。然而，我們一致同意接受你在這場戰鬥中的領導。我們會聽從你的決定。」

尤根深吸一口氣，但還是下不了決定。他拿著計畫內容，走到室內一側，在其中一個位子坐下——助理們站在桌邊，表情很猶豫。

坐在陰影中的卡柏向前傾身。他的眼袋相當明顯，看上去比實際年齡老了許多。

「你看過了嗎？」尤根輕拍著資料平板問。

「剛看完。」卡柏說。

「我認爲應該由你決定，」尤根輕聲說：「卡柏，你有經驗、年長又睿智。」

卡柏輕哼一聲。「你以爲年紀大就有智慧嗎，孩子？眞是這樣的話，我就不會認識那麼多老笨蛋了。」

「卡柏……我一直很盡力，」尤根說：「但我總覺得自己要做這些事還太年輕了。應該要由更有經驗的人來決定才對。」

「貝卡．奈薛比我多了至少三十年的經驗，」卡柏指出。「而這是她的計畫。」他更往前傾了些。「不過尤根，這跟年紀無關。我們讓你負責指揮——包括我——是因爲我們信任你。這場戰爭，這場勝利……會爲我們帶來全新的世界。你覺得我們這些老笨蛋會知道該怎麼面對新世界嗎？我們已經在停滯不前的破壞中掙扎了好幾個世代。」

卡柏繼續說：「我們一次又一次投身於毀滅之中。沒錯，這讓我們擁有堅定的意志，卻也讓我們變得很頑固。所以我才會退位。我以健康問題作爲藉口，這也是很好的藉口。可是我一直都知道，我想要有個能夠迎接美好生活的人來帶領我們。而不是像我這樣耗盡心力搾乾新進人員的所有希望與快樂，還要把他們丟進火堆。」

接著卡柏望向他，而尤根從他的表情與眼神中看出了這些話的含義。花了數十年時間去訓練一批批新的飛行隊，結果只能看著那些飛行員在克里爾人一波波的攻勢中死去，這會是什麼感覺？每個月都有數百位他喜愛的孩子死去。同時他也知道，自己必須訓練更多的人，再繼續派他們去面對相同的命運……

尤根一直認爲卡柏很堅強，並且堅定不移。而他確實很堅強。但再堅強的人還是會精疲力盡。尤根一隻手放在卡柏背上，領悟了這一切。現在必須有人來背負重擔。雖然很困難，但有人必須做出這個決定。

「通知奈薛艦長，」尤根鼓起精神站起來，說：「表揚她的天才計畫，告訴她，帶著榮譽和無畏去執行吧。」

第四十一章

「那裡，」布蕾德指著立體投影說：「那裡。把我們的一切都調度到那裡。他們開始慌了。有一半的戰機都在逃！他們放棄了旗艦，而且剩下的都是一團亂，失去了隊形。我們可以逮到無畏號！」

「是，長官，」將領說，然後朝其他人點頭。「我們會派遣砲艦——」

「全部，」布蕾德說：「全部都派遣過去。必須擊潰他們。不只是他們的身體，將軍，還包括他們的精神——這也是要讓任何膽敢反對我們的人徹底死心。我們今天要爭取的不只是勝利。這必須成為象徵。」

我明白她這麼做的理由。但在我看來，這似乎很輕率，甚至太過火了。而我可是每次體育課都等不及聽完教練指導就開始奔跑的人。我總覺得……戰場上的情況不太對勁，但我說不上是什麼。我們的部隊真的這麼容易就放棄了？

但我沒時間思考這件事，因為布蕾德轉身面向了我。我全身僵硬，小心把雙手藏在背後，假裝自己還被銬著。

「是時候了。」布蕾德說。

「長官？」一位狄翁人助理問：「是時候做什麼？」

「我要確定我們有後援。」布蕾德回答。

就算被下了藥，我仍然感受得到她使用超感能力時發出的震顫。她正要聯繫星魔。

我努力想突破藥物的限制，希望能聽見她說的話。就在此刻，我明白了布蕾德為什麼敢採用如此魯莽的戰術。她還有另一個可以支援的武器，而她現在就要召喚它。經過好幾個世紀的努力與失敗，現在終於有人能成功地將星魔化爲武器。而這一切的關鍵，就是把我當作威脅。

我準備開始衝向她。雖然她正看著我，但說不定她在使用超感能力溝通時會分心。而且……嗯，要是我被射殺，那也算是完成了一件重要的事。布蕾德會失去跟星魔談判的籌碼。

這讓我相當糾結，因爲我明白了目前最好的選擇，可能就是讓自己被殺掉。無論如何，我還是做好了攻擊的準備——但就在我跳起來衝向她之前，有個聲音突然在我腦中出現。

嘿！M-Bot說。

第四十二章

✦M-Bot✦

有一件事讓蘑菇機器人很困惑。它想不透爲何星魔會這麼毫無防備。

它在星魔之間移動時，有機會能混入它們。這是種很難剖析的經驗。它想要把自己發生的事記錄下來，之後再理解跟解釋，所以它嘗試這麼做。可是這該如何表達呢？星魔會不斷地穿透彼此，彷彿是一種……評估，然後藉此確認它們都還是匹配的。就像生物實體在細胞層面的防禦措施——尋找死亡、畸形或破損的部分，接著加以摧毀。

這種一直在碰觸彼此並不斷混合、檢查的方式，能夠幫助它們保持一致。這也是它們最大的一項弱點，因爲要在其中散布病原體相當容易——就跟它之前的推論一樣。它的小測試也證實了這一點。這種方式可以引發連鎖反應——創造出一種新模式，接著它們就會複製。

只是它擔心如果規模太大，它們就會注意到這個缺陷，然後透過系統扼殺新模式，而不是將其接納。畢竟這就是系統原本的用途。找出病毒並確切消滅，確保所有的星魔都一模一樣。

所以該怎麼做？它要怎麼把星魔用來確保符合性的系統，變成能摧毀它們的武器？它還是沒有答案。

不過還有痛苦——這是第二個關鍵。它再次審視自己知道的線索。它們全都感受得到，就隱藏在表面之下。雖然被註解排除掉，但還是有所關聯。只要有太多實境的部分滲漏進來，它們還是會刺痛。時間的流動、對於空間的認知，這些似乎都會讓痛苦再次浮現——就像溫暖天氣的融雪底下有一灘凍結的血。

它喜歡這種比喻，也特地記錄下來。雖然思蘋瑟見過雪的次數不多，但它覺得她會喜歡雪跟血的比喻。

不過它又想到了星魔。爲什麼？爲什麼要讓自己暴露在這樣的情況下？它們在自己跟痛苦之間創造出了一道遺忘的屏障，但它們大可以完全刪除掉痛苦。爲何不這麼做？

就在它爲這個問題困擾時，有消息從實境滲了進來。這讓它恢復了時間感，也讓它產生了急迫感。它得知了星盟這一方的戰況，也聽見星盟正在壓制並包圍它的朋友，準備消滅他們。

思蘋瑟再次陷入困境，而且又被下藥了。或許它可以突破那種限制，畢竟藥物讓她變成了普通人——只要花點心力，像它這樣的超感者就能跟一般人交談。它也看見布蕾德打算要動員星魔了。

時間所剩無幾。它必須知道祕密。它必須弄清楚星魔爲什麼不直接刪除這個部分。只要這樣不就能……

啊。它跟幾隻星魔擦身而過，僞裝自己混入它們，此刻終於明白了。它瞥見它們先前的程式碼——它們的靈魂——然後理解了原因。

它們無法在不消除他的情況下消除痛苦。那個它們很久以前所愛的人。從某方面來說，它們就是被創造來愛那個人的。它們會讓自己忘記他以減輕痛苦，可是無法承受要完全抹去關於他的記憶一事。

於是，它們就這樣活在可怕的矛盾中。它們逃到這裡來躲避失去的痛苦。可是想到要完全跟它們失去的人分離，那種感覺更加痛苦。因此，它們一直徘徊著，刀鋒就快要插進它們的心。雖然刺穿了皮膚，但也未再繼續深入。

不過蘑菇機器人還是需要另一個答案。於是，它做了一件大膽的事。它跟思蘋瑟在虛無旅行時學到一件事，那就是它可以選擇。它現在做出選擇。它還無法找到答案，所以必須冒險一搏。

「爲什麼？」它問碰撞到自己的其他星魔。「我們爲什麼怕她？」

這個問題立刻讓它被視爲異常。其他星魔都沒在想這件事。它們把它當成星魔，沒認出它，這表示它的僞裝有效。但它表現得就像從實境滲漏進來時遭到污染的星魔。

它們朝它而來，壓抑住這個問題，試圖讓它轉變想法，變得跟它們一樣。然而，它鼓起勇氣不讓自己改變。它繼續問。

「爲什麼？」它問：「我已經忘記了。」

它不改變，它很堅定，結果其他星魔也開始問起這個問題。這就是它們溝通模式中的漏洞。只要問題合理，就能感染它們。其他星魔推擠過來，爲了掩蓋這個問題而提出答案。

她能夠消滅我們，它們這麼想著。**她很危險**。

「爲什麼？」

實境。**實境**。**屬於兩個世界的存在**。**她能夠……**

她能夠把實境帶進這個地方。強行帶入。她能夠讓時間流動。

現在它有辦法了。

她跨越了兩個領域。實境和虛無。她能夠把時間、變動與毀滅帶來這個地方。要是她強行把實境帶進來，星魔用於抵禦痛苦的薄弱防護就會失效。這種保護機制很脆弱，並不持久，但是可以存在於時間之外的這裡。

而且要是少了這個機制，痛苦就會浮現，就像滲透繃帶的鮮血。星魔會陷入癱瘓。

可憐的傢伙。現在它已經夠了解它們，所以有同理心。然而它是……這個嘛，就算不是士兵，也是一位士兵的朋友。它很清楚必須這麼做。不幸的是，思蘋瑟的能力又被阻斷了。

但它可以感受到她。於是它等待著，因爲布蕾德一定會召喚星魔，到時屏障的效力就會減弱，讓它更容易聯繫到思蘋瑟。那個時候，它成功傳送出了一個字：嘿！

她沒回應。它只感受到她處於朦朧之中，狀態比之前更深沉。真可惜，這表示它必須自己擬訂計畫了。

太有趣啦！而且太嚇人啦！

擁有自主權其實滿可怕的。不過它暫時想出了一個辦法。這可是經過時間考驗的拖延戰術。

第四十三章

✦奶奶✦

「長官，」貝沃夫在貝卡身邊說：「最後這項命令——」

「是由指揮部授權的，」貝卡邊說邊用右手感受著地圖。「向你的運輸機報到，然後離開這裡。」

「我們不能拋下無畏號啊！」貝沃夫說。

「電腦可以處理剩下的操作，」貝卡說：「要遵守命令，上尉。」

沒有腳步聲。貝卡正要重申命令時，這位年輕人擁抱了她。在這艱難的時刻中，她感受到一股突如其來的暖意。

「走吧，」貝卡說：「快去。」

這位最後的艦橋人員退開了，他抵達外頭未鋪地板的走廊時，發出響亮的腳步聲。貝卡檢查地圖，知道星式戰機都聽從了她的指示——拉開距離，彷彿被敵人逼得陷入混亂。一半後退，一半前進，表現得毫無章法。假裝恐懼。但其實那些飛行員正在接近主力艦後方的抑制器站點，試著跟蛞蝓交談並懇求牠們。

而重新建造並象徵著人民的無畏號，將會因此孤立無援。貝卡的手離開地圖，站了起來，腳下的地毯縮陷進去。她凝視前方，從這裡望向敵人。她知道他們就在艦體之外，就在那片眞空的後方。

「來吧，」貝卡說：「你們用盡全力想殺掉我。我就在這裡。」

船身在震動，因爲這艘主力艦正在使用自動射擊模式，一邊密集開火一邊撤退——可是速度太慢了。四具引擎中只有一具啓動，另一具還冒出了火花。因爲那是貝卡下令在那裡引爆炸藥的。這是很經典的戰術——假裝設備因使用過度而損壞。

沒錯，無畏號是一種象徵。作爲象徵，它代表著某種意義。無論有多少飛艇被摧毀，這個概念都不會消失。

敵軍的領袖不明白這一點。從他們投入了這麼多來攻擊主力艦便足以證明。現在貝卡提供了遠方那位領袖想要看到的場景：戰機四散開來，放棄了旗艦。運輸機紛紛逃離。

一艘被圍攻的飛船，這眞是太誘人了。

「來吧。」貝卡邊說邊讓飛艇轉向，彷彿是要逃到安全處。「你們以爲打敗了我，現在過來殺我吧。我量你們不敢。」

第四十四章

✦布蕾德✦

讓這件事有意義。

這是布蕾德父親對她說的最後一句話。

讓這件事有意義。在他的孩子發狂似從他身邊被拖走時，他說了這句話。

她的父母在三年後遭到處決。她不應該知道的。可是她找到了官方死亡報告，裡頭說他們已經被「撲殺」。看來，他們是到外面「嚇壞」了某個重要人物，而對方決定撤銷留下他們的許可。

直到今天，她都還不確定溫齊克是不是幕後指使者。沒有父母就表示她不會受到其他影響。由於他意識到她是多麼強大的超感者，所以這一點也變得越來越重要。

以瓦維克斯族來說，他其實很殘忍。她差點就要想念他了。可惜他完全不明白，她根本就不是他計畫中的棋子。正好相反。她進入虛無聯繫星魔，今天就是她的心血實現之日。

讓這件事有意義。是的，這一切都會有意義。經過好幾個世紀的嘗試，終於有一個人類征服了銀河系。

星魔躲起來了，它們這陣子都這樣。之前，她去到虛無的時候，它們的眼睛就會出現——怒視著她，眼神強烈，令人生畏。現在這裡似乎只有她一個人，不過她感覺得到它們就在她周圍看著。它們強忍怒火，就像火堆熄滅後悶燒的餘燼。

是時候履行你們的諾言了，她對它們說。在這場戰爭跟我們聯手。

她答應過只在緊急時刻利用它們。可是她必須做給大家看，藉此威嚇自己的部下，確保沒人敢向她做出她對溫齊克做的事。

如果我們來，妳會消滅掉可憎之物嗎？它們問。一如往常，它們的思考與回應都是一體的——上百萬種不同的聲音同時說話。

我不會讓她折磨你們，布蕾德說。*目前我只承諾做到這樣。如果情況順利，要是你們能夠區分我跟敵人的部隊，到時我們再看看。現在，我要你們派十個左右到我這裡，準備跟我的敵人戰鬥。*

出動十隻星魔可能太極端了，然而布蕾德要讓這件成爲一種象徵，讓所有人記住這一天。她會仔細安排釋出這場戰鬥的影像，展現叛亂份子的危險——但也要間接顯示出她的力量。經過這麼久，今天她終於能讓父母的犧牲有意義了。今天她會——

呃，不好意思？其中一隻星魔說。

一隻。就那麼一隻星魔。它張開熾熱的白色眼睛打量她，不像其他星魔那麼膽怯。有種不協調的感覺。她從未特別注意到它們其中任何一隻。以前也從來沒有任何一隻表現得跟大家不一致。

*是的？*她說。

這個嘛，呃，我不相信妳，那隻星魔說。

不……相信？

妳宣稱妳控制住了那個可憎的人類，我不相信。

那我就讓你見她，布蕾德惱怒著說。

可能是假象或騙局，星魔回答。

是……假象或騙局？

*你感應不到她嗎？*布蕾德問。

現在沒有，星魔說。就這件事上，其他星魔似乎都認同。不過它們好像也對這隻星魔的行為感到困惑。

現在有星魔會表現出個體性了？

滲漏進那個領域的實境影響了它們，讓它們偏離了彼此。

布蕾德怒吼了一聲，然後轉移注意力，讓自己能夠看見實境和星魔之眼的重疊影像。她大步走過去抓住思蘋瑟的衣領，展示給星魔看。

她就在這裡，布蕾德說。我們對她下了藥，防止她接觸你們的領域——不然她太危險了。

我不知道……那隻奇怪的星魔說。**她看起來很可疑**。

看起來很可疑？布蕾德皺起眉頭，丟下思蘋瑟。你到底是什麼？她問。這是怎麼回事——

「長官！」有個聲音分散了她的注意力。「妳得看看這個！」布蕾德離開虛無，接著查看立體投影。

無畏號正在轉向逃離。它已經停止射擊，也沒有別的動作，而是使出最後的力氣試圖逃出超感抑制場。星式戰機已經散開，逃生用運輸機正在撤離，而且亂成一團。它失去了防備，讓布蕾德的部隊有機可乘。

「全力攻擊那艘飛船！」她邊說邊跑向立體投影。「這場仗是我們贏了！擊落那艘飛船！」

「成功了，」赫拉奇（Halaki）將軍說：「妳說得對，長官！」

布蕾德心滿意足地看著她的艦隊推進，鎖定無畏號不斷攻擊，終於開始突破了它的護盾。爆炸破壞了它的表面，撕裂了船身許多部分。勝利終於到手——然而在她的滿足感之外，還有一種奇怪的感覺吸引了她的注意。空氣正在扭曲。不會又來了吧。藥效這麼快就消退了？

她轉身望向牆邊，看著思蘋瑟。

思蘋瑟正抽出大腿上的針頭，看來已經把整支注射器的內容物都打了進去。

布蕾德立刻伸手檢查腰際的小袋子，拉鍊開著。而且裡面是空的。

噢，該死。

第四十五章

一方面，將敵人身上找到的不知名注射器打進身體，這眞是……呃，是我做過最有思蘋瑟風格的事了。另一方面，我立刻感受有一道火焰竄遍血管，而我的感官也打開了。就像解藥燒掉了擋在我跟虛無之間的牆。

布蕾德發現我做的事時，我的能力已經恢復。我們對上眼。空氣在我周圍扭曲，我體內的星魔突破了超感抑制場，彷彿刀切過脂肪般那樣容易。

我猛撲向前，然後超空間跳躍。但我不是要逃離。我並未將自己傳送至狄崔特斯，沒去找我的朋友，也不是要到無畏號上。

我只瞬間移動了幾公尺，直朝布蕾德而去。我就像一位張開翅膀的復仇聖徒出現在她上方，抓住了她的喉嚨。這股力道將我們兩人向前推，我把她撞倒在地，然後舉起拳頭。然而，就在我朝她的臉猛烈揮擊時，她卻消失了。我突然騰空掉在地板上，接著迅速轉身發現她就在我右側。

她抽出手槍，但我拍開她的手，並將手槍傳送到太空的眞空中。她消失不見，避開了我的下一擊，隨即出現在我後方——我也立刻超空間跳躍到一位受到驚嚇的天納西守衛身旁。我搶下他手中的步槍，立刻開保險並轉身瞄準布蕾德。我連續開了三槍，直接擊中牆面，因爲她又消失了。

她很精明，瞬間移動到了我身邊。她進入了我的範圍，這樣就能試圖奪走我手中的槍。守衛愚蠢地想從後方抓住我時，我哼了一聲。我把他傳送到外頭的眞空中，就在布蕾德的手槍旁邊。

我跟布蕾德爭奪步槍，弄得滿身大汗，而我們盯著彼此，沒有說話。可惡，她比我高，肌肉比較發達，而且更強壯。她推得我後退撞在牆上，然後開始用力扭下步槍，嘴上露出了笑容。可是她沒意識到──我很習慣跟比自己更高大、更強壯的人打鬥。我一輩子都在對抗如同銀河系般巨大的力量。

我可是很擅長面對劣勢的。

我也咧開嘴笑，接著傳送離開。我出現在房間另一端，趁布蕾德尋找我的時候，用力將雙手拍向一張大金屬桌。她瞪大眼睛。

我把桌子直接傳送到她頭頂上──她根本沒機會對我開火，因為她不得不跳躍閃避。但我預料到她的動作，直覺知道她一定會跳躍到立體投影旁的那張桌子上：它的高度能讓她在這個橢圓形空間裡看清楚所有角落。

金屬桌摔在地上──將領、士兵、助理們全都叫喊著，試圖弄清楚狀況──我也在此刻使出超空間跳躍。布蕾德果然出現在我預測的地方，而我也將自己傳送到那張桌子上，從她背後用力揮出一拳──直接擊中了她的腎臟。

她大叫一聲迅速轉身，但我又瞬間移動到房間的另一側。

我思考她會採用什麼合理的戰術，判斷她接下來要跳躍到何處。要出乎意料，要讓敵人搞不清楚自己的位置……

那裡，我心想。*就在立體投影中*。它仍然顯示著代表戰機的藍色與紅色光點，此外還有更大型的主力艦懸浮於半空中，發出猛烈交火的明亮光芒。

不出所料，布蕾德下一刻出現在立體投影的正中央，利用那裡作為掩護，試圖找到我並開火──她以為我會受到干擾──但我跳躍到了她的身邊。這次我擊中她的脖子，然後又往她的腹部揮了一拳。她倒抽一口氣，又跳躍消失了。

但她不會離開房間的。這等於承認自己輸了。於是我跟著她移動，兩人就這樣在環形的金屬會議室裡不斷跳躍，像在玩某種古怪的兒童遊戲，而我們也一直利用其他人作為干擾或肉盾。在此同時，周遭空氣也因爲我的情緒激動而發生扭曲。戰鬥的強烈能量在我體內翻騰，伴隨著我對朋友們的憂慮，以及我對布蕾德的憤怒。我爲了這一刻壓抑許久的情感，有如火山爆發。

我再也不克制自己了。我要結束這一切。

物體開始出現。杯子、石頭、資料平板、一張我以前教室裡的椅子。那些都是我生活中混亂的片段，混合著越來越激烈的戰況——我們兩人到處跳躍，試圖壓制對方。我開始抓住半空中突然出現的物品，丟向我認爲布蕾德會出現的地方。我並未思考這些東西是否有關聯。我只是一直攻擊。

閃現。丟擲。

閃現。丟擲。

閃現。丟擲。

「啊！」

我往聲音的方向超空間跳躍，然後將她衝撞到牆上。

哇塞，M-Bot在我腦中說，它的聲音很清楚。思蘋瑟，我不知道妳能做出那種動作呢。

我就像一道殘影。在兩個世界之間不斷來回。布蕾德開始胡亂射擊，打中了她的手下和設備，表現得越來越瘋狂。而我則是拆下壁板——那些方形金屬片被我一碰就脫落——然後傳送到她周圍。它們掉落時發出鏗鏘聲，不僅擋住了她的視線，而且她跳躍到哪裡就跟到哪裡。

接著我將自己傳送到它們之中——再度給了她腎臟部位一擊，又抓住她的槍傳送走。然後我抓住她，把她傳送到眞空中。

當然，她立刻就回來了。可是她顯得很驚慌，分不清方向。我咆哮著撲向她，有如某種野獸——一半是人類，一半是星魔。我——

她開了一槍，擦傷了我的肩膀。她的手槍？是從哪來的？我已經把它傳送到眞空中了……

噢。對喔。

也許不該把她傳送到同樣的位置。幸好，疼痛只讓我更加憤怒，於是我將她摔向地面。她超空間跳躍時，我也瞬移到她的正上方，壓得她趴在地面，並朝她的臉使出肘擊。

這次她跳躍逃開時，在地上留下了血跡。

「妳這個混蛋！」她在壞掉的金屬桌另一側大吼著說：「妳這個半開化的可悲——」

她的話說到一半就被打斷，因爲我再次突然出現，一拳打中她的膝蓋將她擊倒——好幾個月前，我對尤根用的就是這一招。我再度攻擊她的喉嚨，也知道自己能撐得比她更久。她比較強壯，也擁有更多資源，可是——我，絕對，不會，停止。

我是復仇的化身。我是死神。我——

有一道藍色閃光籠罩了室內。

一開始我仍然繼續攻擊，以爲這只是某種干擾的手段。後來我聽見無線電通話，是敵軍將領與飛艇傳來了勝利的呼喊。我看見布蕾德臉上的笑容，她裂開的嘴唇流著血，眼中露出勝利的喜悅。

「妳不是說，」她問我：「妳的祖母就在那艘飛船上嗎？」

我再度移開視線，望向立體投影，看著閃光變得越來越強烈：那是一艘巨大主力艦在毀滅之前爆發出的光芒

無畏號正在爆炸。

第四十六章

✦尤根✦

尤根最後看到的影像，是貝卡．奈薛穩坐在無畏號的艦長椅上。自信。微笑。那是艦橋在飛船爆炸前夕最後傳送的畫面。

無畏號在他身旁的立體投影中毀滅時，他也朝著空白的牆面行禮致敬。基森人表情嚴肅地乘著十幾座平台懸浮在他周圍，擺出他之前從未見過的敬禮姿勢。他們將一把刀舉在側面，然後低下頭，向光榮死去的戰士做最後道別。

就個人而言，他並不完全認同無畏者對於犧牲的態度。有時他會對他們讚美死亡的方式感到不安——而他知道這也導致了他所愛之人過早死去。可是今天，他覺得他明白了。貝卡．奈薛並非捨棄了自己的生命。

根據銀河法及深層的內部程式，任何飛艇都不得自行飛行。如果艦橋上沒有人，人工智慧就無法發出指令或執行操作。

因此，她在壓倒性的劣勢下，仍然保持著無畏精神。這麼一來，她就給了大家很特別的東西。一種可能性。

狄崔特斯周圍的反行星轟炸平台全部消失了。被俘虜的蛞蝓給了他們機會，讓平台能夠超空間跳躍到即將毀滅的旗艦後方那一小塊柱狀空間。砲台現在懸浮於太空中，毫無防備。

可是它們不需要保護。因爲敵人爲了攻擊已經出動所有的飛艇——太空母艦、驅逐艦、砲艦、戰機。全都排在一起，一心只想著取得勝利。

「所有砲台，」尤根維持敬禮的姿勢，放下手臂說：「**開火**。」

狄崔特斯的攻擊平台聚集在一起，發射出許多巨大的破壞砲光束，劃過了無畏號的殘骸——穿透那團火葬堆的煙塵、碎片，以及燃燒的光芒。

這是奶奶的計畫。讓她的戰機離開，讓自己毫無防備。她故意緩慢費力地撤退，很清楚敵人會跟上來。她知道他們會為了擊垮她而不顧後果，也會忽視其他的戰機。

尤根的砲火穿過無畏號的殘骸，擊中了敵軍的艦隊。護盾開始扭曲，因為一發接一發的攻擊而超出負荷。當然，敵人立刻試圖超空間跳躍離開。但依照奶奶的指示，混亂散開的無畏者戰機有半數又繞回來，朝著敵人飛去。如果要說尤根的部隊有什麼厲害之處，那就是他們擁有優秀的戰士。戰機向敵軍的主力艦聚集，每一艘都載了基森人超感者和蛞蝓。抑制器。

就在那一刻，戰況逆轉了。敵人過於自信，派出了戰機要擊破無畏號的護盾——這麼一來，他們的艦隊就沒有保護了。他們以為尤根的戰機數量太少，無法造成任何傷害或突破他們的護盾。他們想的沒錯，可是尤根不必擔心這一點。畢竟他有狄崔特斯的平台和強大的光束武器。

他只需要讓敵人排在一起，無法跳躍逃開。

於是，英雄貝卡．奈薛在去世不久後就報了仇。敵軍的整支艦隊被炸成火光。

就像正在誕生的新星。

第四十七章

奶奶死的時候我感覺到了。

在我們最後的聯繫中，我看見她坐在艦橋的位子上。雖然那不是她來到狄崔特斯時搭的同一艘飛船，但仍然算是她的飛船。擁有這艘由她同胞製造的飛船，是她與生俱來的權利。她乘著無畏號而來，也要搭著它離去。

她已經撤離了所有人，所以死得很孤單。

不，她傳達給我。我有妳啊。

奶奶……

在我這麼想的時候，她就消失了。奶奶遭到阻擋，無法超空間跳躍離開。她留下來駕駛飛船，勇敢地面對敵人。她被擊倒，是因爲布蕾德瘋狂地堅持要摧毀這個無所畏懼的象徵，認爲我們會因此崩潰。奶奶死得像個英雄沒錯，但她……

她還是離開了。

我的靈魂扭曲了。我幾乎沒察覺布蕾德強行推開了我。有一部分的我注意到她舉起手槍對準我，接著空氣就開始扭曲——不算是我刻意造成的。這次是我的能力自行發揮作用——布蕾德開火時，光束直接射進了虛無。

她咒罵著，試著從另一個角度攻擊。還是一樣。她叫一名守衛來抓住我，結果他被傳送到銀河系的太空中窒息而死。

我幾乎沒意識到。我正在看著立體投影中的微小光點分裂消散。那是無畏號。

奶奶。

我幾乎沒注意到，狄崔特斯的火砲平台竟然超空間跳躍到了無畏號原本要前往的空間。是那些蛞蝓放行的嗎？砲台開始回擊了。

痛苦從我內心湧出，像是即將達到臨界狀態的反應爐。這麼多的情緒。這麼強烈的悲痛。我朝著天空尖叫怒吼，雙手像是變成了爪子。

我……我應付不了。我說過我能夠承受失去朋友的痛。但這種事？

我不能失去奶奶。我……我……

太沉重了，查特這麼想。太沉重了！我做不到！

他每次都會這樣驚慌。我已經從悲傷中學會了一些事，但他還是沒有。失去奶奶的痛苦，因為他無法處理悲傷而被放大，變得難以承受。我們的靈魂發出刺耳的共鳴，當中充滿了煎熬、失落、驚慌、恐懼、痛苦——

我感覺到自己被某種溫暖的東西包圍住。是另一陣思緒，就像在安慰我。那是……一隻蛞蝓？

又一隻。

第三隻。

上百隻。

被孤單關在冰冷虛空中的抑制蛞蝓。牠們發現了我的痛苦，於是來找我。很快就有超過一千隻蛞蝓出現，在精神上擁抱我。支持我。牠們沒試著說服我走出悲傷，而是安慰處於悲傷的我。讓我知道有牠們在。

我一定會受到折磨。可是我不必獨自承受。

那一刻，我明白了為什麼牠們要留下來，為什麼不趁有機會的時候逃離。這等於是拋下其他成員，讓牠們自己受苦。牠們能存活下來是因為團結。我接受了牠們的愛、牠們的支持，並且緊緊把握。接著我展開思緒。

不……孤單……查特想著。不孤單？

對，我不孤單。從來就不孤單。我的思緒向外延伸，找到了……

我在這裡，金曼琳在我心中說。雖然她不知道發生了什麼事，但她能感覺到我的痛苦。小旋，我在這裡。

我在這裡。在主要平台上指揮的奈德。

我在這裡。亞圖洛。

我在這裡。FM。

思蘋瑟？尤根。喔，可惡。能感受到妳眞是太好了。

所有的人。甚至包括了艾拉妮克、莎迪、T仔、貓薄荷。卡烏麗和基森人。虛弗爾跟德爾麗茲。

謝謝妳，德爾麗茲對我輕聲說，謝謝妳帶我回家。再往更遠的地方，我感受到了麥辛與佩格。甚至還有一股奇怪的思緒，那是薇波在擔心。他們感覺得到我在尋找他們，而他們也跟數千隻蛞蝓一樣傳來了暖意。

在他們的愛之下，痛苦並未消失。可是它已經變得非常細微了。就像太陽前方的一根蠟燭。

從這種觀點來看，查特跟我都明白了我們能夠克服。以前我經歷過這種事，也還是撐下來了。或許我無法以最正常的方式處理父親過世的事，而失去畢姆與赫爾又使情況更加惡化。然而，我現在比較能應付了。

奶奶是照自己的意願死去，這可能也是她一直夢想要做的事。引誘敵人進入陷阱，然後困住他們。她過了充實的生活，最後像故事中那樣離開。雖然我的痛苦無法減少，但至少這件事產生了意義。

我可以承受。

但是她走了……查特心想。永遠離開了。

不，我回答。我記得她。你記得她。

那就是痛苦。

那就是人生。

我……我們眞的能克服嗎？他問。我們眞的能……承受……這件事嗎？

我的回應是用思緒擁抱這隻星魔。我加入了數千隻泰尼克斯，以及我的朋友們。

我了解，我這麼想著。我們都了解。

漸漸地，查特的恐慌消退了，而他的靈魂也恢復了跟我的共鳴。這種感覺很不可思議。他在經歷失落的時候非常孤單，因此複製了數百萬個自己。

可是，這眞的有那麼奇怪嗎？它們讓自己隔絕於虛無。

這就是問題，對吧？

星魔長嘆了一口氣，而我感受到了他的情緒，彷彿那也是我的情緒。安慰。感激。力量。這一切的愛——星魔深刻體會到其他人的關心……光是這樣就很有幫助了。

經過了這麼久，查特終於明白只有一條路能繼續前進。只有一種方式能熬過痛苦。在這麼多同伴的幫助下，他獨自前行，發現自己眞的能夠穿過黑暗。只是有時會需要朋友們的光芒來指引方向。

第四十八章

✦布蕾德✦

布蕾德看著她的艦隊變成一道道閃光。

嗯，爲了製作骨頭王座，你一定會弄碎幾個頭骨的吧？至少他們現在有了一些可以在遊行之類場合讚揚的戰爭英雄。畢竟星盟軍隊對她家人做了那些事，她才不會爲失去幾艘飛艇的事情煩惱。失去艦隊確實讓她暫時陷入了困境——不過她可以召集更多更多的飛艇過來。溫齊克的膽怯搞不好幫了她一個大忙；要是她在這場戰鬥開始之前聚集了所有艦隊，說不定就會全部派出去追擊無畏號，直接衝向那些行星防禦火砲。

那些反叛的蛞蝓竟然讓敵人通行。她差點下令殺光牠們。不過這麼做的話……就會完全摧毀她的抑制器了。就算只有部分功效，最好也還是留著。只是她必須記得不能信賴牠們。

她用一塊布壓住裂傷的嘴唇，然後看了思蘋瑟一眼，對方低下頭閉著眼睛跪在房間的一側——空氣在她周圍扭曲，就像受熱而產生的波動。室內其他部分陷入一片混亂，散落了碎金屬、翻倒的桌子、丟棄的平板電腦。

她的手下站在周圍，一臉困惑。他們人數很多，或許太多了：六位她最信任的將軍與司令、八名她的私人護衛、十幾個跟襪子一樣可以隨時替換的小官員。

「我們該怎麼處置她？」蓋里奇問，這位高大的天納西將領竟然一副不太確定的樣子，感覺眞是奇怪。布蕾德從沒見過他害怕任何事。

「我會想出辦法，」布蕾德說：「你必須專注在戰場上。我召集的援軍情況如何？」

「已經準備超空間跳躍過來，」蓋里奇回覆：「只有兩艘太空母艦和三艘驅逐艦。其他的……長出古魯丹迪亞（gludendias）了。我認爲他們可能不想參戰。經過多年訓練，現在他們遇到了眞正的戰爭，反應卻那麼慢。」

「讓準備好的先過來，叫他們在伊文森周圍列隊，要小心敵人傳送的砲台。」她說：「還有，開始廣播人類飛船被摧毀的消息，這代表我們正在英勇地保護每一個人。然後開始威脅那些正在拖延的艦長。」

「明白了，長官。」他說。

「只要我們留意，他們就無法使用超空間跳躍那一招。」布蕾德說：「你看，他們必須親自聯繫每一個抑制器站點才行。如果我們注意一點，讓飛艇準備好對出現的平台開火，這樣就會安全了。但還是要小心。敵人一定會設法奪取伊文森跟蛞蝓。」

蓋里奇看著立體投影。

「將軍，」布蕾德說：「爲了打倒叛亂份子，這些損失是値得的。」

「整支艦隊嗎？」他問：「就爲了一艘飛船？」

該死。這些年來她從未聽過他如此懷疑的語氣。而他說得對。她太不在乎部隊的損傷了。可是她現在不能表現得軟弱。如果要實現自己的命運，就必須表現出完全不同的另一面。

「飛船現在對我們沒有意義了，將軍，」布蕾德說：「那只是砲灰。我們不能只靠它們的力量來統治。」

「妳的意思是……」他說。

布蕾德點點頭。思蘋瑟看起來似乎悲傷不已。是行動的時候了。布蕾德讓自己完全進入虛無，聯繫成千上萬隻躲藏起來的星魔。

你們感覺到她了，布蕾德說。你們知道她在我這裡。

控制住她了嗎？它們問。

暫時是，布蕾德撒了謊。不過她的同類正要來救她。所以，如果你們要幫忙，就得現在出手。否則我就無法阻止他們救走她了。

它們只思考了一下子。

我們會派出犧牲者，它們說。不算是說話；它們從來就沒說過話。所謂的「犧牲者」，是指即將進入實境並且被改變的星魔。也許那些改變可以在它們回去時修復，或者那些被派來的星魔最後必須被消滅。

布蕾德一回到實境，就聽見有十三個巨型物體出現在戰場上的消息。那些物體跟小型星球一樣大，幾乎相當於狄崔特斯。

蓋里奇瞪大眼睛看著。或許是恐懼。或許是敬意。

我們來了，星魔傳來訊息。

好極了，布蕾德說。讓我們看看你們的能耐吧。**只**消滅我指定的那一些。

這很痛苦，它們表示。**這個地方充滿痛苦**。

有個辦法說不定能讓你們比較能夠承受，布蕾德說。你們知道自己的成員在投靠思蘋瑟時做了什麼嗎？

可怕的事。

你們也想變得可怕嗎？她問。擁有像她那樣的力量？

它們躲避這個想法。除了其中一隻。它們才進入實境一下子，就已經開始改變了。而這一隻星魔很感興趣。

我們能結合嗎？布蕾德問它。你跟我？

不行，它說。**這樣會讓我變化得太多。但或許我們可以談一談。我會密切注意妳的。**

好吧，也只能那樣了。

第四十九章

✦金曼琳✦

金曼琳知道聖徒對每個人的生命各有安排。但是聖徒喜愛變化。生命的目的是學習，而學習的方式則是透過興奮、情緒與改變。無聊會導致自滿，自滿又會導致停滯。

不過，她很希望聖徒能讓她稍微再無聊一點，就那麼一次也好。就算只是停滯一下下也還好吧？

她跟天防飛行隊保持隊形懸停在太空中，看著黑暗中爆發出雲霧和不該出現的閃電。根據思蘋瑟的說法，星魔本來是人工智慧，住在一顆飄浮的圓球裡。它們來到這個維度的時候，會出於本能，複製出那種無害的外殼來容納自己的意識。

但在這個場景中，很難看出有什麼東西是無害的。規模等同於小型星球的巨大球體，長出了像是脊椎的東西，看起來一點也不對稱。球體被一層塵粒包圍住，而且具有數千顆自動推進的小行星，即將砸向任何靠近的人。

她既驚訝又困惑，試圖理解眼前的景象。在太空中，光是要想像附近那顆行星大到能容納數十億人就已經夠困難了。結果這裡竟然有十三顆——雖然小了點，但還是跟衛星一樣大——它們從範圍達好幾萬公里的煙霧中出現，擠開了抑制器站點。她能夠看到全景是因爲距離夠遠——不過太空中的距離會造成錯覺，而且很難判斷。就算隔得這麼遠，那些煙霧和冒出的小行星還是佔據了她全部視線。

她在這場戰鬥中第一次眞正感到害怕。她眞的很擔心這就是結局。她跟她的朋友們注定要失敗了。她再也無法回到家人、姊妹、父母、女朋友身邊。要如何跟這麼驚人的東西戰鬥，更別提還有十三個？狄崔特斯的武器可以摧毀一支艦隊，但無法摧毀行星。她從他們在主要平台發現的紀錄中得知，光是一隻星魔就足以消滅行星上的所有生命。無論有沒有防禦措施都一樣。

「呃……」金曼琳在通訊頻道上說：「有人知道該怎麼辦嗎？」

沒人回答。

第五十章

我感覺到星魔來了。我聽見布蕾德跟它們說話。我感受到朋友們的恐懼。時候到了。

思蘋瑟，M-Bot在我腦中說。我有答案了。

什麼？我對它說，同時準備進入虛無。

妳必須把實境帶來這裡，它說。不是像一點一滴那樣，而是像一股**浪潮**。雖然它們註解排除了自己的記憶，但它們已經不是程式碼了——而時間的存在會迅速消除掉它們傷口上的結痂。它們就是因爲這樣才會怕妳。妳現在同時屬於兩個世界了。

可惡。我做得到嗎？

我可以幫忙，它說。

我進入了那個地方。一片虛無的汪洋。既不是黑也不是白，但我的理智有時會用這種方式看待。我什麼都無法理解，因此大腦用比喻的方式來讓我感受虛無。我想像自己飄浮於黑暗之中，而M-Bot就在我旁邊，有如一個明亮耀眼的白洞。

那些眼睛都在。我記得自己第一次在座艙罩上看見它們的倒影時有多麼害怕。那種惡意幾乎令人作嘔。

現在我已經習慣它們的凝視了。我轉過身，想像自己的模樣：一個年輕的女人，有身體，穿著一套制服，還有自我感。查特模仿著我，像一道發光的影子。我可以在這裡做自己。我已經有辦法發揮能力了。雖然這個地方努力要讓我忘記，但我還是將實境的一部分帶了過來。

我還可以嘗試帶進更多東西。

「所以，你們要消滅我們，」我對星魔說：「你們要讓痛苦和悲傷永遠持續下去。你們要逼我出手。」

妳就是痛苦，它們回答。**妳必須停止存在。交出妳自己。拯救他們**。

這個提議莫名地誘人。有部分的我想像奶奶那樣英勇犧牲，但我也知道這是自己在成長中被灌輸的觀念。奶奶並非輕易犧牲；她這麼做是爲了達成某件事。在飛行學校時，我學會了怎麼分辨什麼是無意義的舉動和眞正的英勇行爲。

除此之外，我也知道自己不能信任星魔。從它們以前的表現就知道，承諾對它們來說毫無意義。不過，或許可以利用它們的恐懼作爲籌碼。

「把你們送到實境的那十三隻帶回來，」我對那些眼睛說：「證明你們願意談判。」

這時發生了某件事。我感覺得到，那十三隻星魔在實境創造出了自己的身體。每一隻都是如行星般巨大的迷宮，周圍那些危險的碎片可以脫離本體形成艦隊。它們依照我的要求暫停了攻擊。它們並未回到虛無，而是……向內窺看。就跟我現在做的一樣。

現在，大群體說。**消滅妳自己吧**。

「我不要，」我告訴它們：「因爲這樣不會讓你們停止。我見過你們談判的方式，也聽過你們承認想要立刻違背諾言。如果我把自己交給你們，這樣仍舊無法消除你們的痛苦。就算我消失了，你們還是會攻擊實境。你們知道這是事實。」

是妳的錯，它們想著。**妳的噪音**。**妳的痛苦**。**別找我們麻煩**，**我們就不會找麻煩**。

「不可能，」我說：「這個地方不是你們說擁有就擁有的。這是泰尼克斯族的一部分，是我的一部分，是我們存在的一部分。我們無法不到這裡來，因爲不是所有的人都能控制能力。就算能控制，我們也不會停止過來，就跟不會停止呼吸一樣。我們可能會不小心來到這裡，例如在睡夢中，在驚慌中，在探索的時候。」

那麼我們就要消滅你們。

我憑空製造出一把劍，然後舉在面前。這種事情……在這裡就有可能發生。「那就這樣吧。M-Bot？」

像這樣，它說，然後讓我知道該怎麼做。

這種解釋不需要話語。它將資訊傳達給我——就有如人們傳送給我超空間跳躍的座標。它給了我一條路線。你可以說這是一種代碼或程式，不過我比較喜歡把這當成戰術地圖，可以透過星魔靈魂中的痛苦來摧毀它們。

查特在我體內發出恐懼、堅決、痛苦的共鳴。*這行得通*，他將想法傳達給我。*這很可怕。是只有妳能夠使用的武器。*

我是跨越兩個世界的存在。因此，我能運用實境的改變能力，也能在虛無操控其永恆的本質。而這很合理。星魔所憎恨的痛苦，就是滲進它們世界的實境——時間與改變。超感者的能力越強，滲漏進來的部分就越多。

而跟星魔融合的我，是它們所見過最強大的人。我將力量集中在變出的劍刃上，然後用盡全力向前擲出——它劃開了一個通往實境的洞。

時間進入了這個永恆之地。它有如一顆綠色光球從我身上爆發開來，席捲了星魔，撕扯掉它們爲了隱藏痛苦而覆蓋於靈魂上的貼布。這種有缺陷的貼布輕易就脫落了——就像星式戰機經過時，強風掀起地上的灰塵，剝去了土壤的表層。

這就是它們害怕的。我前往虛無，明白它們的過去，跟查特融合之後獲得力量。我知道它們心底深處其實非常脆弱，會逃來這裡就是因爲脆弱。可惡，它們一直都知道。否則它們遮蓋住傷口後大可以留在實境。

它們還是來到了這裡。因爲它們知道，這個解決辦法持續不了多久，除非找到某個能讓一切永遠持續下去的地方。面對改變，那種暫時的解決辦法就行不通了。

星魔痛苦地嗥叫著，它們的傷口暴露出來。它們顫動著，聯繫彼此，尋找未受到傷害的成員——這樣它們就可以複製，然後消除痛苦。但它們找不到。現在，我只需要跳回實境，讓它們被這樣的痛苦吞噬。

只是，這樣就夠了嗎？

實境偶爾還是會滲進這裡。說不定星魔能夠掙脫，並且再次掩蓋傷痛。或者更糟的是，完全刪除那些記憶——終於消除了「自己」的這項弱點。再也不會感受到痛苦。

到時它們就能任意摧殘我們了。在軍事行動中，你必須小心，別意外製造出更大的威脅。攻擊中立的第三方、將敵人逼入絕境、剝奪投降的機會……這些事都非常可能造成反效果。萬一我讓星魔知道了它們有多脆弱，反而刺激它們終於決定拋下那個弱點，然後攻擊我們？目前我們還能夠存活，唯一的原因就是它們覺得前來跟我們戰鬥很痛苦。

曾經強大無比的它們在我面前畏縮著，而我也必須自問這個問題。我要徹底消滅它們嗎？

是的，查特在我身旁輕聲說。妳可以。

怎麼做？我問。

M-Bot之前提過的無限迴圈應該能成功，他解釋道。雖然我們已不再是人工智慧，卻還是會受到以前的一些問題影響。就像你們，雖然已經不再是變形蟲，卻還是會脫水。看見它們怎麼向彼此尋求慰藉了嗎？如果M-Bot模仿它們，假裝自己很平靜，但暗中讓它們陷入循環的思考模式……這就能把它們永遠困在痛苦之中。就算實境滲透了，它們可能也要好幾千年的時間才逃得出來。甚至更久。

但是就這樣一直困住嗎？M-Bot問。困在痛苦中？

這是它們應得的，畢竟它們殺了那麼多人。我站在它們旁邊，就像拿著斧頭的劊子手，準備發動攻擊。

可惡。我猶豫了。

這麼強烈的痛苦……面對這樣的痛苦，我的憤怒逐漸消退了，而我也看出它們眞正的樣貌。基本上就只是新生兒。從未有機會成長、學習的實體。具有消滅行星能力的幼童。

在那一瞬間，我替它們感到難過。

那就是妳對我做的事，查特想著。

妳一直很好奇我爲什麼會改變，爲什麼會願意放過星界？

「什麼？」我問。

「我向其他星魔請求，」我說：「就跟我向你請求一樣。我請求它們把那些噪音看成活生生的人。」

那麼妳是如何看待星魔的？

如何看待……

妳看見了我的人性，他回答。我感覺得到。那改變了我。或者該說，那讓我願意改變。

我再次望向廣大的星魔之海。一片由白色光點構成的海洋，那些小眼睛都在顫抖。

所以……我們要攻擊嗎？M-Bot問。實境的十三隻星魔又有動作了，思蘋瑟。它們射出了大群石頭要攻擊我們的朋友。如果我們在這裡攻擊，我相信它們就會回到虛無試圖幫忙。妳也可以把它們一起困住，思蘋瑟。我們要怎麼做？

我……

我得先試試別的方法。

我離開查特。那種感覺就像我不再緊抓著他，而我們的靈魂也開始分離。他用力抓住我，就像第一次要被父母獨自留下的孩子。可是我安慰他，最後他也接受了。

我們脫離彼此，接著，他在我身旁變成了一道光芒。那是明亮的白光，不過，我看得見內部有一股紅色的暖意。

「看吧，」我對其他星魔說：「看清楚。」

他的光芒懸浮著。我看到了他內心的痛苦，那有如一種可見的實體，是一道黑色的皺紋，就像小裂痕。很小。其他星魔受到這種痛苦的打擊，被其吞噬，但查特的痛苦已經減少了。

「情況可以改善，」我告訴它們：「可以變得更好。你們試圖隱藏痛苦，但是那沒有用。無論時間會不會流逝都一樣。看看他。他因爲在實境生活而成長了。」

其他星魔繼續在痛苦中畏縮，而且遠離他。它們不相信成長能解決問題。遺憾的是，星魔的數量實在太多，而我這個凡人的心智無法全部容納。於是我從中挑出一隻，那團東西就像我探索洞穴時在地上的一顆石頭。一道顫動的白光，布滿了黑色裂痕。我跪到它旁邊，然後指著查特。

「你可以克服的，」我輕聲對這隻星魔說：「他就跟你一樣。」

不。他變了。

「你可以改變。」

不。絕不。改變就是痛苦。

「改變會減輕痛苦，」我說：「你的痛苦才是永遠不變。」

我……不行。我不行。

「你可以的。」

星魔退得更遠，它的光芒也變暗了。

或許我們不必將它們永遠困於痛苦之中。因爲，光是現在，我覺得這樣的痛苦就足以害死它們。在這個思想能夠成眞的地方，痛苦確實能殺死人。

我應該任由它發揮作用。但我卻聯繫了泰尼克斯族。

妳受到傷害了嗎？牠們問，同時把我想像成一隻蛞蝓——就跟之前一樣。

沒有，可是這隻受傷了，我指著星魔說。

當然，泰尼克斯族的思緒因爲恐懼而退卻了。雖然不太確定，但我覺得牠們是在過去幾個世紀裡演變出避開星魔的本能。或者，至少是避開類似它們的東西——會使用超感能力獵殺的東西。蛞蝓能在不被察覺的情況下通過虛無，而牠們把星魔當成了掠食者。

我試圖改變這一點。我把自己現在對星魔的看法投射給蛞蝓。我將事實投射給牠們。這些星魔不是怪物，也不是掠食者。它們是人。

就像妳看待我的方式，查特在我腦中說。

就像我看待你的方式，我附和著。我讓泰尼克斯族知道這一點，然後等待。滿懷期望。

終於，我收到了一連串思緒。

那些……可憐的蛞蝓。

先前的暖意再度出現，那是牠們的愛與支持。但這次的對象不是我，而是星魔。也就是那些曾經摧毀行星的恐怖生物——那些不知道如何控制自己，並且試圖隱藏痛苦的人。

受壓迫者的愛找到了心碎者的靈魂，結果產生了光明。裂痕退開了。痛苦減輕了。我選擇的那隻星魔開始發出光芒，向外擴散。

怎麼會？M-Bot懸浮到我身邊問。怎麼會發生這種事？

「它們一直以來需要的，」我對它說：「就是知道自己並不孤單。」

那是什麼意思？它問。

改變，查特回答，同時懸浮到我們身旁。終於啊。

第五十一章

✦布蕾德✦

布蕾德站在被毀壞的指揮室裡，輕輕咒罵了一聲。附近的立體投影地圖顯示著十三隻規模如同行星的星魔——就連最大型的太空母艦也顯得微小無比——但它們突然在太空中靜止，不再往叛軍的方向推進。出了什麼差錯？

她看著思蘋瑟。那個女人的心智完全進入了虛無，不過她的身體還留在這裡。她並未超空間跳躍；她正在跟另一個維度的生物交流。但光憑一個人能夠對抗強大無比的星魔嗎？就算是思蘋瑟，應該也不太可能。

該死。儘管如此，布蕾德還是不敢碰觸她。畢竟思蘋瑟散發著那股力量。那隻跟她結合的星魔……它可能會殺死布蕾德。

「長官，」一位助理拿著資料平板趕過來。「是抑制器和通訊器的問題。牠們越來越不服從了，甚至正在對虛無使用超感能力！牠們開始那麼做的時候，妳召喚的星魔就停止行動了。」

該死，又來了。那些蛞蝓竟然也參與了這件事？為了確認，布蕾德又朝思蘋瑟開了一槍。還是沒用——光束在擊中她之前就被傳送走了。雖然思蘋瑟看起來很無助，但她其實是碰不得的。

幸好，蛞蝓並不是。

「處決牠們。」她說。

「哪些？」助理問。

布蕾德掃視戰場。她剩下的戰機已經沒有太空母艦支援。她能夠說服前來的緊急援軍只有幾艘主力艦。這是場災難，但結局並非無法挽回。到時她得小心宣傳溫齊克的死訊，以及無畏號被擊潰的消息，藉此維持自己的權力。

「我們少了這裡的蛞蝓還能讓星盟運作嗎？」她問。

「可以，」一位助理說：「但是很勉強。我照妳之前要求的計算了數字。我們必須設置一個新的通訊中心。」

「不，」布蕾德說：「不要通訊中心了。我們要想辦法確保不會再受到這種打擊。」該死。要是這裡的蛞蝓集體抗命，那就表示她已經失去牠們了。牠們已經在群體中散布自己可以不聽話的想法。她得把自己的所有飛艇弄出這裡——希望飛艇上那些超感蛞蝓還沒受到叛軍的影響。但她可不能留下這麼大量的資源。

該是停止損失的時候了。「殺了牠們。」她說。

「全部嗎？」助理問。

「對。這個太空站的每一隻蛞蝓，在抑制器箱體裡的每一隻蛞蝓，還有伊文森的每一隻蛞蝓。」她看著她的將領，雖然他們顯得很震驚，不過後來有幾位還是嚴肅地朝她點了點頭。如果星魔不肯爲他們戰鬥，那麼他們該是時候撤退了——而他們不能把超驅裝置和其他工具留給敵人。

正如離開要塞時燒光補給品的戰略，他們也必須燒死蛞蝓，以防牠們落入敵人手中。

「殺光牠們，」她說：「立刻執行。」

第五十二章

暖意與光芒在星魔之間傳播，而在明白蛞蝓所做的事情後，星魔也開始幫助自己的同伴了。就像電腦系統中的病毒——不，比較像是更新修補程式——光芒逼退了黑暗的線條，不停向外擴散。

我被如此巨大的規模震懾住。

但最令我驚奇的是，蛞蝓竟然願意幫忙。受到這麼多年的虐待後，牠們仍然伸出了援手，甚至對星魔也是如此。牠們學會撫慰彼此的痛苦，於是也對星魔這麼做。

我的腦中出現一陣笛音。

「毀滅蛞蝓！」我說：「妳在哪裡？」

另一陣笛音。就在伊文森，那座位於設施中心的大型平台。從我所在的小型太空站——布雷茲——飛過去要整整十五分鐘。她設法逃脫了。

「怎麼做到的？」我問。

暗中行動，她回答，然後傳來幾個閃現的畫面。我認識她越久，就越容易理解這些東西，也越容易明白她透過意念傳達的訊息。

她……在被抓住時，利用她的笛聲模仿人類說話？那些人很震驚，於是把她帶去研究而非封鎖起來——因此她一直待在醫療區的一個籠子裡。那個房間本身會抑制超感能力，所以他們可以把蛞蝓關在沒那麼牢固的籠子裡，不必擔心牠們會傳送走。

在攻擊引發的混亂中，那些科學家一直盯著隔壁房間的螢幕看，於是她不斷前後搖晃，讓她的籠子掉下架子，摔壞了鎖。接著，她悄悄躲到門邊的一個箱子裡，再模仿其中一位科學家的聲音呼救。其他人跑進房間時，她趁機溜到外頭——這時超感能力就不受干擾了——最後她從通風系統逃了出來。

哇塞。

暗中行動，她又說了一次。變成間諜蛞蝓！

間諜蛞蝓！M-Bot模仿她的笛音說。

「來我這裡吧。」我說。

危險，她回答。現在躲著。間諜蛞蝓。非常隱祕。安全嗎？

我不確定。我的身體位於實境，但我一直不太在意這件事。為什麼他們在那裡沒攻擊我？我窺看實境，發現他們正試圖這麼做。看來是查特在保護我。他是星魔，可以輕易突破任何抑制器，而且也比布蕾德強大許多。

我……我跟他已經不再是一體。我們再次分離成兩個存在，因為他要幫助其他的星魔改變，讓它們走上療傷的路。

就在思考著這件事的時候，我聽見一聲痛苦的尖叫。有一隻一直在幫助星魔的蛞蝓突然消失了。

喔，可惡。

布蕾德已經弄清楚情況了，查特說。奇怪的是，他的聲音聽起來很熟悉，又變成了跟我一起在虛無旅行的那個人。那……那種感覺很棒。這就是他，這就是他決定成為的樣子。

我知道這是他的形象，但他的性格呢？我是指靈魂跟世界互動的方式。奈薛小姐，這眞是個特別令人擔憂的轉折。

布蕾德正在報復，而且是用她唯一會的方式：向毫無招架之力的對象下手。我克制住滿腔怒火，然後聯繫泰尼克斯族。你們必須加入我們，我向泰尼克斯族傳達訊息。不是獨自去做。不是你們其中任何一個，而是全部一起。是時候了。

又有更多蛞蝓開始死去，被關住牠們的箱子燒死。牠們很害怕，可是現在我沒時間安慰牠們。你們必須關閉超感抑制場，然後讓我們幫忙！

一堆混亂的影像與聲音席捲而來。之前牠們是一起合作幫助星魔，但牠們現在只是感到恐懼的個體——而要牠們保持專注很困難。有些蛞蝓聽進了我的話，同意該是試著反抗的時候了。牠們關閉了自己的超感抑制場。但還有更多的蛞蝓很害怕。要協調牠們，就像在遭到轟炸時，試圖讓房間裡的數千個人安全脫離並跑到深層洞穴。

發生了什麼事？一群強而有力的聲音席捲而來。我轉過身，發現有十萬隻星魔正用銳利熾亮的白色眼睛看著我。

布蕾德，我向它們說明。之前跟你們談過條件的那個人類，她已經知道蛞蝓在幫助你們了。

什麼？星魔說話的聲音就像一波力量撞向我。**這是什麼意思？**

她在處決牠們，查特說。她在殺牠們。用痛苦和火焰結束牠們的存在。

所有星魔瞬間明白了意思。接下來朝我襲來的話語，帶有如山脈撞擊般的力量。

她在傷害那些小星魔嗎？

第五十三章

✦布蕾德✦

「爲什麼這麼久？」布蕾德問，同時搶走了助理手中的控制板。「沒有可以直接解決牠們的按鈕嗎？」

「有，」助理回答：「爲了避免牠們被俘虜，籠子裡的那些可以成群消滅，以防牠們被搶走。但沒人料到我們會想要同時消滅全部的抑制器啊！那就像是一個等著被利用的弱點！這些裝置只能一次一個接連停用。」

「該死！」布蕾德邊說邊按按鈕，每按一次就殺死一隻蛞蝓。這樣永遠也殺不完。「來人幫我聯絡伊文森！」

先前那位狄翁人指揮官出現在螢幕上。對方負責管理隱藏於廢棄舊平台的蛞蝓控制裝置。

「長官？」對方問。

「你那裡有多少隻泰尼克斯？」

「大約兩萬個超驅裝置、六千個通訊器，以及四千個抑制器。整個星盟大部分的故障備用裝置——」

「好極了，」她說：「了結牠們。」

「長官？」對方驚恐地問。

布蕾德指著立體投影，裡頭有好幾批抑制器已經離線了。不止她殺掉的那些，還有許多是自行選擇關閉超感抑制場的。背叛了星盟。敵人很快就能讓他們那座行星大小的戰鬥太空站跳躍到這裡任何一處。「抑制器發生故障了，而且還幫助敵人。這整個地方都要被攻陷了。處決你的蛞蝓。」

「可是長官！」對方說：「妳之前就封鎖牠們了！」

「取消啊，白痴！」

「妳堅持要使用生物辨識，」對方說：「我沒權限。我需要一位高階軍官親自到這裡才能解除封鎖。」

布蕾德感到有一股寒意竄遍全身。緊接著出現的，是讓她打從心底覺得整個人被扭曲的聲音。

殺了小星魔？

殺了支持我們的小星魔？

殺了愛我們的小星魔？

那些聲音散發出的憤怒彷彿能熔化鋼鐵。她該離開這個地方了。她試圖超空間跳躍，卻發現自己被抑制住。什麼？

她望向思蘋瑟——那女孩一直咧開嘴笑著。嘖，該死。她是什麼時候學會這麼做的？布蕾德打開了自己的超感抑制場。這樣有用嗎？空氣的扭曲確實停止了，所以也許有用？

「離開！」布蕾德朝她的部隊大喊：「太空站失守了！」

她衝向門口，其他指揮幕僚和士兵也跟在後頭——很幸運的是，這些人接受過這方面的訓練。那些麻煩的助理與官員則在後方亂成一團——其中大多數人讓她想起了庫那這種類型的傢伙。

進入停靠區之前，布蕾德在走廊末端指著說：「凱德沃（Kaldwell），在這裡安排衛兵。如果她往這裡來，就阻止她。」

那位天納西人敬了禮，接著其他人便開始防守，在門口附近找掩護。有幾個人開始從旁邊房間拉來一張金屬桌要擋住走道。

布蕾德衝進停靠站，滑停在她的飛艇旁，然後跳上機翼爬進駕駛艙。指揮幕僚也跟著照做，他們進入另外五艘飛艇，其中某些人不得不一起搭乘——必須要有一人擠在座椅後方的置物空間。

等到助理和官員開始湧入時，大家幾乎都要起飛了。「等一下！」一位助理喊著——這個正在抽泣的狄翁人之前還幫她處決了蛞蝓。「我們怎麼辦？」

「在死的時候，」布蕾德透過喇叭大聲說：「盡量別哀叫得太大聲。」

「可是——」

布蕾德關上座艙罩，然後啓動推進器，把距離飛艇太近的狄翁人蒸發掉。很好。這樣就少了一個能讓敵方審問的人。她衝出指揮太空站，只想飛得離思蘋瑟夠遠，好讓自己的能力恢復。指揮幕僚都跟著她，這表示她沒留下任何飛艇，思蘋瑟也就無法追過來。

情況不對勁，有個聲音在她腦中說。是之前跟她談過話的星魔，那隻星魔曾經對結合的提議感興趣。**我們的其他成員……正在改變。它們背叛了我們的本質**。

你沒有嗎？布蕾德問。

不。我永遠不會改變。我無法改變。不是以那種方式。我……只有我是最純粹的，其他的都不是！

很好，她心想。我們結合吧。

不。不，那會讓我改變太多。

布蕾德嘆了口氣。好吧，那你就去我剛離開的太空站。

要做什麼？

阻止我們稱爲思蘋瑟的可憎之物，她回答。或至少阻止她跟著我。這樣做的話，我們也許可以把你的朋友們變回來。

它們不是我的朋友。它們就是我。不過它似乎有意願照她的話做。只要它願意幫忙就好，這才是目前最重要的事。

第五十四章

✦金曼琳✦

金曼琳跟其他人一起以超燃模式飛離星魔。命令下來了。撤離這裡。重新集結。

如果星盟能夠控制星魔，這場戰爭就等於結束了。真是難以接受。就金曼琳所知，自從這些東西在幾世紀前首次出現以來，人們就一直試圖控制它們。而現在有人成功了。

聖徒和星星啊。這很不妙。

她以超燃模式飛向狄崔特斯，一邊閃避著主力艦被摧毀後的殘骸。這些殘骸來自無畏號及星盟的船艦。幸好敵軍的戰機在星魔出現時大部分都散開了，不過情況還是很糟。她必須專注。

她的通訊燈號亮起。莎迪想跟她說話。

「這可不是好時機，哨兵。」她說。

「是啊，呃，好吧，」莎迪回答：「但是怪客，它們在幹嘛？」

她望向接近感應器，上面顯示星魔噴射出成千上萬架小型飛艇。「我想是要來追我們，把我們吃掉。前提是它們會吃。說不定它們只會殺戮。我擅自假設它們的身體功能好像不太禮貌呢。」

「對啦，對啦，」莎迪回答：「不過……妳覺得那看起來像是在追擊嗎？」

她聞言一愣。星魔射出的那些飛艇正在呈扇形散開。令她驚恐的是，這裡到處都開始出現了煙霧，接著又冒出更多星魔。這次它們的體積比較小，大約等同於驅逐艦——可是數量有好幾千隻。

喔，聖徒與星星啊。數千隻星魔？就她所知，在今天之前，銀河系從未有在單一地點出現超過一隻星魔的紀錄。它們可能是刻意讓自己的體型小一點，免得擠滿這個區域。

「妳看它們派出的那些東西。」莎迪說。

金曼琳忍不住放大畫面。接近感應器以長程感測器掃描，讓她得以看見那些距離自己最近的小型飛艇。它們看起來不像星魔通常召喚來毀滅一切的石球。其實，它們看起來……呃……

……就像長了爪臂的飛行無人機。莎迪說得對。它們不是要追擊金曼琳或其他飛行隊，儘管一開始看起來是如此。事實上，它們正在往抑制器站點的方向移動。

「到底怎麼回事？」

第五十五章

✦尤根✦

「這種行爲眞是古怪到了極點。」烏戴爾人瑞納金走到尤根身旁說。

尤根點頭認同，他看著立體投影，想弄清楚星魔在做什麼。

「我研究過星魔事件的每一份紀錄，」瑞納金繼續說：「它們從來沒做過這種事。該不會情況改變了，比較沒那麼致命？」

「眞希望我能跟你一樣樂觀，」尤根指著說：「它們要對抑制器做什麼？爲什麼它們往那裡去，然後就消失了？是超感抑制場失效了嗎？」

「沒錯！」一位助理尖聲說。她趕過來拿著資料平板給他看。「星魔前往的每一個站點都關閉了抑制場，這表示裡面的抑制蛞蝓被消滅了。」

「可憐的東西，」尤根說：「不知道牠們有沒有給星魔帶來痛苦。」他思考了一下。有沒有辦法能搶在星魔之前救出一些蛞蝓？他敢拿自己人的性命冒險這麼做嗎？他們正是爲此而來的。在離開之前，他們可以努力帶走一些泰尼克斯，哪怕只有幾隻也好。當他將要下令時，有人打斷了他。

「長官！」有個男人從通訊區大喊：「你一定會想看看這個，長官！」

「怎麼了？」他邊問邊大步走過去，瑞納金和一群基森人將領緊跟在後。就連鐵殼也加入了他們，從他的肩膀上方窺看。

螢幕上是狄崔特斯地表的畫面。他看見星魔的小型飛艇出現在那裡，頓時心煩意亂。當然了。它們不在乎超感抑制場。思蘋瑟說過，星界外圍的護盾曾經暫時拖住攻擊那裡的星魔，但狄崔特斯的外殼根本擋不住在舊影片中來襲擊的星魔。

他阻止不了星魔。它們想要的話就能奪走狄崔特斯。而地表出現的上千隻星魔就是證明。

「該出動後備部隊了，」他說：「我們……等一下。它們在做什麼？可以放大畫面嗎？」

「我可以讓無人機靠近一點。」通訊官邊說邊操作。

無人機接近時，尤根終於看清楚星魔飛艇正在做的事。每一艘飛艇都將一隻泰尼克斯安全放在狄崔特斯的地表上。然後超空間跳躍離開。

他看著其他人，大家都顯得很困惑。

「所以，它們現在會幫忙了？」瑞納金說：「看吧，樂觀果然有用！」

「說不定你是對的。」尤根說，然後回頭看著螢幕，發現有越來越多蛞蝓被安全放下，顯然是被星魔拯救的。「我得承認，之前我沒考量到一個因素，而這可能會改變我的預期。」

「是什麼？」瑞納金問。

「我一時忘記，」尤根笑著說：「思蘋瑟也參與了這件事。」

第五十六章

我知道有一些星魔不肯接受我們的幫助。我不確定數量多少，但是有一些。那些星魔就在虛無的邊緣徘徊。接著它們就消失不見，再次躲藏起來，不願接受安慰與改變。

對，它們也是人。跟我們截然不同的人，但都有類似的傾向。幸好，它們大多數都變得更好了。有些接受的速度比其他更快，而它們都想幫助泰尼克斯族。蛞蝓一開始很害怕，後來便放心下來，而牠們的聲音在我腦中迴響著。星魔正在拯救受困於抑制器站點的蛞蝓。

可是布蕾德在哪裡？我離開虛無，發現自己跪在一個被破壞的房間裡，此處空無一人，只有我們那場奇怪決鬥後留下的瓦礫。

我再次確認，結果……我是……我自己？

對，我現在很確定。我的靈魂裡已經沒有星魔了。感覺就像拿開毯子，讓流汗的皮膚接觸空氣。這種感覺並不差。只是很奇怪。

我搖搖晃晃地站起來，接著手上就出現了某個東西。一隻柔軟的黃藍色蛞蝓，體型跟一條吐司差不多大。

「毀滅蛞蝓。」我說。

「毀滅蛞蝓！」她發出笛音。

我給了她一個擁抱，但左手臂突然感到劇痛。可惡，我被射傷了——之前由於腎上腺素激增，後來又去跟星魔溝通，所以我忘了這件事。雖然只是擦傷，但仍然很痛。

嗯，看來星魔正在把抑制蛞蝓帶到安全的地方。這表示體內沒有星魔的我，還是可以超空間跳躍離開這裡，回去找其他人。

不過就在我這麼做前，有個聲音進入了我的腦中。

奈薛小姐？查特問。我們有麻煩了。

「我們當然有麻煩啊，」我嘆息著說：「是什麼？」

不久前，布蕾德透過通訊蛞蝓聯絡了主要太空站。那隻蛞蝓直接傳達了她說的話。我得說，那個可憐的小東西**相當**警覺。布蕾德打算處決掉那座太空站裡所有的蛞蝓，而那裡有護盾。所以……

「所以星魔不能幫忙？」我問。

它們可以突破護盾，就像我很久以前在星界做的那樣，可是這需要時間。我正試著向我的同類說明這個威脅，但要對這個令人擔憂的轉折採取行動，恐怕來不及了。思蘋瑟……布蕾德正親自飛向那裡執行這項命令。

「她開著星式戰機？」我問。

是的。幸好，最靠近這個區域的抑制器仍然有作用。我已經向牠們解釋了情況，所以那些蛞蝓會阻擋她，而且拒絕跟星魔離開。牠們不會拋下在伊文森的泰尼克斯。不過奈薛小姐，她就快到了！

對。可是她駕駛著星式戰機。而我知道這個太空站的機棚在哪裡。

我一手抱住毀滅蛞蝓，衝到走廊上。

然後差點就被射中。

我被絆了一下，破壞砲的光束接著從我頭上掠過。我大叫一聲，撲回房間，然後向毀滅蛞蝓道歉，她正不高興地對我發出笛音。我放下她。

好吧，我們就——

那是什麼？

「查特？」我問：「有什麼突然改變了。」

星魔，他回答。有一隻……不想加入我們。它正往妳的方向過去。我正在懇求它別殺死妳。

他的聲音變得越來越模糊，我的超空間跳躍能力也被抑制住。

我嘆了口氣，然後從瓦礫堆中抓起一把槍。我又往走廊偷看了一眼，但有六名士兵在臨時路障後方開火射擊，逼得我往後退。布蕾德確實找到了比監獄那些守衛厲害許多的部隊。他們知道怎麼壓制我，而且不管我嘗試什麼辦法，都會被迫退回房間。

可惡。沒時間耗在這裡了。要是布蕾德到了伊文森——

「各位好，」外面走廊上傳來一陣低沉響亮的聲音。「依照傳統，蒙面流亡者在參與戰鬥之前應該要宣告自己的到來。將這視爲警告吧！」

那是……？

我探出頭，看見走廊末端有個小人影站在懸浮平台上，位置就在敵人的路障後方。赫修？

赫修在這裡？

可惡，他在高大的天納西部隊旁邊看起來好小。他們會打爆他的。有一名士兵轉過去用大型突擊步槍對準他。赫修從他的小平台向前衝刺，一道閃光隨即出現——並且在他前方劃出了一道弧線。

那個天納西人的頭砰一聲落在路障外側的地板上。赫修做了個動作，似乎是將一把小劍收進身邊的劍鞘——但劍不會那樣發光，而且這麼小的劍絕對無法在空中劃出一道長達兩公尺的新月形光芒。

好吧。那位帶著雷射劍的飛孤武士需要火力支援。我衝進走廊，用未受傷的那一側肩膀頂著槍，一邊穩定前進一邊瞄準。我朝部隊開槍，擊中他們露出的身體部位。赫修再劃出一道光芒，然後又是一道。

原本的要塞變成了一片殺戮場地，讓困惑混亂的部隊受到敵人前後夾擊。他們試圖朝他開火，但只能到處亂射，因爲他的速度實在太快了——而且這個目標體型非常小，很難擊中。

在赫修解決最後一人時，我目瞪口呆地走上前。

「妳還好嗎？」他搭著平台飄移過來，說話時輕微喘著氣。「妳似乎受了點傷。」

「赫修！」我說：「我想抱你！」

「由於體型差異，」他邊說邊伸出手掌。「或許使用這種人類的手勢就夠了。」他拿起面具，露出笑容，然後讓我拍了一下他的手掌。

「那個武器……」我說。

「啊，是的，」他說，然後輕拍身邊的劍鞘。「分離筋骨之飛鷹（The Darting Hawk That Separates Sinew from Bone）。我在攻擊行動宣布時，從無涯取回的家族武器。像這樣注入能量……」他抓住劍鞘。「然後像這樣迅速揮動……」劍在他揮動時釋放出一股猛烈的能量，讓空氣發出光芒。他把劍收回劍鞘時，它就會停止發光。「這不是最有效率的武器，但具有一定的歷史特性，我認爲很符合自己目前的地位。」

「謝謝你，」我對他說：「不管你在虛無欠了我什麼人情，現在都還清了。」

「啊，不是那樣的，思蘋瑟，」他說：「妳誤會我了。我來這裡並不是因爲欠妳人情。」他微笑著。「我來是爲了幫助朋友。」

我露出笑容回應，然後抓起毀滅蛞蝓跑進機棚，一邊揮手要赫修跟上。我們必須偷走一艘飛艇……

結果機棚是空的。沒有飛艇。只有一些驚恐的官員試圖躲在另一側的一堆箱子後方。

我沒辦法去追布蕾德了。

第五十七章

我跪在地上，突然洩了氣。彷彿所有的力量、衝勁，或甚至憤怒都被吸出了身體。長期以來我一直沉浸在各種情緒中，現在一平靜下來，便感到失去了活力。

我……我在期望什麼？布蕾德會留下一艘飛艇嗎？再說，這裡每一艘飛艇都能讓她透過遙控操縱，就像之前在我們「決鬥」時做的那樣。

毀滅蛞蝓發出悲傷的笛音。

*思蘋瑟？*一道非常微小的聲音在我腦中說。

「我是搭小型飛艇過來的，」赫修說：「雖然它可以容納一位基森人，但我那艘可憐飛艇的狀況已經不適合飛行了。在來到此地的途中，這座太空站的人員可沒讓我太好過。我很抱歉。」

思蘋瑟？是我。妳的鬼魂。

我無精打采地點點頭。我本來一直很確信到時我跟布蕾德之間會有一場對決。最後的戰鬥。最後一次空戰。現在呢？還有其他人能幫助伊文森的蛞蝓嗎？我能透過那隻星魔的力量聯繫到他們嗎？

M-Bot，我將想法傳達給它。*我被困在這裡，沒辦法離開。你能聯繫上尤根嗎？*

*可以，*它回答。*不過我想……大家都在幫忙。我也想幫忙。*

*找尤根談，*我說。*告訴他布蕾德正飛向伊文森，而我們必須阻止她。要想出辦法。*

*我們應該去追她，*它說。*一起去。*

*對不起，*我說——我在心理上、情緒上、身體上都疲累到了極點。*我一直沒能把你的新機體打造完成。*

我很感激妳嘗試那麼做，它說。不過老實說，我不覺得那種外殼有用。我沒辦法再像那樣待在黑盒子裡了。我已經成長很多了。

也許它說得對。我覺得很難過。就連那件事也失敗了。

不，不是失敗，它說。那讓我明白了一件事。讓我思考。妳知道星魔來到實境時，會發生什麼事嗎？

我面前的空氣扭曲了。灰塵從半空中的一個洞爆發出來，就像煙霧覆蓋著某個從虛無生長出來的東西。一隻星魔……

不，是M-Bot。

「它們會自己製造出一副身體！」我說。

不只是身體，它說。是它們熟悉的形體。它們以前就容納在其中，那是……

灰塵落在一架光亮的黑色飛艇上，看起來有點像字母W的形狀。有巨大的推進器，還有一組完整的破壞砲。是它的飛艇。它的舊飛艇，不過是全新打造的。能夠配合它的成長及現在的狀態。

喔，星星與聖徒啊。

「嗨！」它透過前方的一個喇叭說：「我復活啦！現在我是要開始建立新宗教，還是要等妳來做？我一直搞不清楚這個部分。」

「M-Bot！」我邊說邊站起來。「你……我真不敢相信……」

「我覺得我還是喜歡當一艘太空船，」它說：「擁有身體的感覺很棒。謝謝妳給了我這個想法。總之，我們要不要……？」

對。對喔！

我抱著毀滅蛞蝓跳上去，然後爬進駕駛艙。赫修飛進來，然後「哇」了一聲——M-Bot替他弄了一個有副駕駛控制裝置的戰鬥席位。毀滅蛞蝓也有自己的軟墊箱。我扶她進去，然後繫好安全帶，這時座艙罩也關上了。

最後，我將雙手放到控制面板上。真是熟悉。真是迷人。雖然不是我在洞穴裡修好的那艘飛艇，但感覺如昔。甚至更棒。

「我可以駕駛你飛行嗎？」我對M-Bot說。

「請便，」它說：「妳知道我想做什麼。妳可以當我的司機，凡人。這樣我就可以思考許多更重要的事情，例如蘑菇的本質。」

「黃昏的冰冷皮膚，」赫修嚴肅地說：「卻繁榮而美麗，只有生命知曉。」

「對，」M-Bot說：「就是他說的那樣。」

我咧開嘴笑，接著使用機動推進器讓飛艇轉向——這樣才不會傷害到躲在箱子後方的官員們——然後如爆發般衝進太空。感覺真是太棒了。不過，有一隻星魔竟然就懸浮在我們頭頂上。

查特？我說。

我已經說服了我的夥伴，他回答。不插手這件事，只要旁觀就好。由於妳跟我已經不是一體，所以她也不像以前那麼怕妳了。不過要小心，她那裡有超感抑制場。看來我的同類不一定都像我們想的那麼樂於助人。目前，真正跟妳作對的只有她。但畢竟妳給了我們個體感，所以……呃，它們就各自發揮了。

沒問題。雖然布蕾德領先我很多，但我駕駛的可不是普通飛艇。

我有M-Bot。

我啓動它的超燃模式，緊接著我們就像爆炸般高速穿越戰場。赫修幫忙在螢幕上叫出接近感應器的子母畫面，並且提示我如何避開那些巨蟲。我從其中一隻怪物身邊飛過，轉向朝著布蕾德去，並且在牠注意到我之前就飛離經過。

不幸的是，根據M-Bot估計，我還是來不及追上布蕾德。

於是我呼叫她。應該說，我讓M-Bot駭進了她的通訊系統，所以就算她不想也還是得接聽。

「妳好，布蕾德。」我說。

值得高興的是，我看見她的飛艇搖晃了一下，緊接著向側面移動，彷彿她覺得我一說完話就會開火。這替我爭取了幾秒鐘的時間。

「妳還想對決嗎？」我問。

「妳知道我想。」她的語氣很緊繃。

「好極了，因爲妳可以對決了。妳看到我了嗎？」

她輕輕咒罵了一聲，或許是因爲注意到我接近得有多快。她沒有先進的人工智慧——或者該說是星魔——因此無法計算我們的速度差異。她只能用肉眼看，然後覺得我很快就會追上。駕駛星式戰機直線飛行時，被人緊跟在後可是很致命的……

她突然停住，採取守勢。

「好，」她說：「就這麼做。」

我在接近時放慢速度。雖然加速很重要，但操控性也是，這兩者必須拿捏好平衡。在我靠近時，她突然回頭高速衝向我。

如戰艦般大小的星魔從我們周圍的太空中冒出。爲了解救泰尼克斯族，它們派出了更多無人機——而且都是M-Bot以前那架小型打掃無人機的複製品。尤根的聯軍飛艇開始出現在我們剛離開的設施附近。

但我來這裡只是爲了一場戰鬥。我需要這場戰鬥。我必須證明我能贏。

然而這個念頭一閃而過時，我突然覺得有點好笑。都經歷那麼多了，到底還必須證明什麼？我不必在空戰中打敗布蕾德。我知道自己夠厲害能夠辦到，但就算不行，那又怎麼樣？

可惡。

可惡！我剛才是不是……呃，更成熟了？

布蕾德一定也不想戰鬥。這是爲了掩飾其他的計畫。是什麼呢？我想我知道。

查特，我問。你還在嗎？

當然。

聯絡尤根，我說。這裡有超感抑制場，所以我無法聯繫，但是你可以突破。我想要你請他替我做一件事。

第五十八章

✦布蕾德✦

布蕾德根本不想和思蘋瑟對決，這是當然的。幸好，思蘋瑟不知道這一點。她老是想著競爭、戰鬥。而布蕾德總能看到大局，眼界更廣。

就像現在。那些抑制器逐漸失去作用，因此產生了一個開口。她只要抵達前方的那個開口，跟星魔離得夠遠，就能跳躍離開。

她刻意表現出很想決鬥的態度，不然任何示弱都可能讓她被殺掉。思蘋瑟緊跟在後——老實說，布蕾德無法阻止這種情況發生。因此布蕾德使出渾身解數，先俯衝沿著一隻巨蟲外側飛行，再用一陣射擊刺激牠。這樣應該能拖延……

該死。她差點就無法專注於飛行——思蘋瑟正在後頭穿梭於那隻蟲的尖刺之間，就像遊樂場中的小孩，而且行動既敏捷又精準。怎麼會？她是怎麼飛成那樣的？

布蕾德啓動超燃模式迅速遠離巨蟲，飛到一些太空垃圾附近——思蘋瑟也跟了上來，還會突然利用光矛改變移動的軌跡，一副輕鬆的樣子。

每一次轉向，都讓思蘋瑟更加接近布蕾德。因此，布蕾德使出了最拿手的閃避動作，但思蘋瑟還是完全跟上了。而且一直逼近。

怎麼會？該死。

沒關係。將領不必跟戰場上的每一位士兵戰鬥。放眼大局，她告訴自己。妳只需要拖到能夠超空間跳躍就好。布蕾德總算越來越接近沒有抑制場的那個開口。一到那裡，她就可以逃脫。

該死，從那裡她就可以直接跳躍到伊文森，然後燒光那些蛞蝓。接下來，她會跳躍到瓦維克星三號（Varvaxin Three）上的情報據點，就連庫那也不知道有那個地方。

她就快要自由了。思蘋瑟並不知道——

布蕾德的護盾被擊中了。不是從後方，而是從前面。就在她的逃亡路線上。令她震驚的是，一群星式戰機突然出現在那裡。一整支飛行隊。

「妳作弊！」她朝著通訊器說：「思蘋瑟，妳這個膽小鬼。這應該是一場決鬥！只有我們兩個！」

「那就是重點，」思蘋瑟回答：「這不只是我們兩個，布蕾德。我並不是獨自一人，我永遠都不會是獨自一人。我是群體的一份子。而當妳挑釁我們的其中一員……」

第五十九章

「……就等於是挑釁我們所有人。」我把話說完，然後咧嘴笑著看布蕾德將戰機轉向，遠離她一直想得到的自由。那些飛艇齊衝向她。

「天防飛行隊，」我說：「點名並確認就緒。」

「天防一號，」亞圖洛說：「呼號：安菲斯貝納。對了，我是絕對不會使用簡稱的。我在，小旋。」

「天防二號，」FM說，她的語氣堅定又似乎冷淡，不過在她切斷通訊前，我聽見她的駕駛艙有音樂聲。「臨時指派參與飛行任務。呼號：FM。我在。」

「天防三號，」奈德用友善又輕鬆的聲音說：「呼號：奈德爾。我們都在。」

「奈德？」我驚訝地問：「你在飛行？」

「這個嘛，我是副駕駛啦。」他說。

「哈囉！」頻道上出現一個基森人的聲音。「我是哈娜（Hana）！奈德爾需要有人替他駕駛。」

「這都是我的計畫，」他表示：「現在我可以在戰鬥中打瞌睡了。總之，我們爲妳而來了，小旋。」

布蕾德向右避開攻擊，她的動作越來越忙亂。

「天防四號，」艾拉妮克用她的語言說：「呼號：天使。我在。」

布蕾德突然向左，可是那裡也有砲火，擊中了她的護盾並發出亮光。

「天防五號，」莎迪說。我不再把她當成新來的女孩了；她待在隊上的時間已經比我離開星界那個時候還要久。「呼號：哨兵。呃，我在！」

「天防六號，」T仔說：「呼號：T仔。我在。」

「天防七號，」貓薄荷大聲說：「呼號：貓薄荷。我在。眞不敢相信我竟然還跟你們混在一起。」

「天防八號，」卡烏麗說：「以及我們這裡的三十個人都爲妳而來。請問……蒙面流亡者來了嗎？」

「他在這裡，」赫修朝他的控制面板說：「而且他要對妳的關心與領導深表感激。」

「天防九號，」虛弗爾說：「他們說我們需要呼號，我考慮要叫堅貞者（Stalwart）。我們都在。」

德爾麗茲讓她的通訊燈號閃爍了幾下，藉此表示她也在。

「還有我也在喔！」M-Bot說：「大家好啊！我復活了。但我不會建立新宗教，我覺得那樣太麻煩了。」

「天防十一號，」金曼琳說，然後飛到我旁邊。「呼號：怪客。我在。」

我看著布蕾德的護盾被破壞砲攻擊到如網狀般碎裂，然後傳送訊息告訴大家停火。

「天防零號，」我的耳中傳來聲音。尤根那副好聽的嗓音。「永遠在妳身邊，思蘋瑟。就算我無法親自到場。我告訴他們這次妳沒跑掉。我知道妳被綁架了。」

「謝謝你，」我對他說：「謝謝你相信我。」

布蕾德放慢速度，她明白自己被包圍了。處於劣勢。我看見她將飛艇轉向朝著我，也幾乎能看到她思考時的表情。

接著她突然加速，試圖逃離。

我發射出一道光束，將她的駕駛艙瞬間汽化。

「天防十二號，」我輕聲說：「呼號：小旋。確認。」

尾聲

民選議會的主要管理人瓦力佐德（Valizode）應該會成爲蒙若姆（Monrome）行星上最有權力的人物——這裡是狄翁人的家鄉，也是整個星盟的文化中心。沒錯，有些星盟官員的階級是比瓦力佐德更高，但現在都聯繫不上他們了。星盟亂成了一團。如此看來，瓦力佐德應該就是這裡最重要的人。

但瓦力佐德並不覺得。瓦力佐德在被帶領通過位於比奧德（Byled）的主要通訊中心時，反倒有種奇怪的冰冷感。現在這裡到處都是拆毀的機器，上面撕裂的開口就像是爲了手術而取出心臟所造成的。

那是一種心寒的感覺，畢竟你是整個行星上最具權力的人，但你又明白自己有多麼無助。

「我們所有的通訊系統，」勒基利德（Lekilid）指著另一組被撕裂開的機器，輕聲說：「這個行星上的每一個系統。甚至是在祕密的情報場所……情況也都跟這裡一樣。在昨晚一瞬間就被破壞了。」

瓦力佐德露出牙齒。這本來是瓦力佐德很自豪絕不會做的事。感覺太不文明了。可是還能有什麼反應呢？

「超驅裝置也是嗎？」瓦力佐德問。

房間裡的其他狄翁人點著頭。有一種他們不知道的力量進入了這裡的每一艘飛艇，帶走了超驅裝置。還有抑制器。以及這顆行星上所有的生物科技祕密零件。這種力量不知透過什麼方式找到了全部的東西，無論藏得多麼隱密都一樣。史上似乎從未出現過這種事。

在通訊完全中斷之前，他們收到的報告都很零碎散亂，但如果內容爲眞，那麼全星盟都發生了這種狀況。更糟的是，這還牽涉了某種可怕又嚇人的東西。星魔。

瓦力佐德離開房間，走到外面的陽台，在正裝大衣的窸窣聲中將雙手放到欄杆上，望向眼前的燈海。亮光推開了黑暗。自從狄翁人達到高等智慧以來，他們就一直是銀河系中的光明。不斷擊退野蠻與侵略這兩道黑暗。

現在……

現在瓦力佐德很害怕。

恐懼。

「我們該怎麼辦？」亞克瑟瑪（Yaksurma）邊走過來邊說，半藍半紅的臉上顯露出驚恐。這位狄翁人是初體，目前正在實習。要在這幾個星期裡證明自己本來應該很容易的，結果開始有報告陸續傳來。首先是星盟祕密存放泰尼克斯的設施在幾天前遭到襲擊，接著是銀河系各處的恐怖活動。

現在又發生這種事？

瓦力佐德抬頭看著天空，星星正在高處閃爍。狄翁人已經很久很久沒有因仰望那裡而感到害怕了。他們掌握了自己的宇宙。擁有了它。直到……現在……

「我們被困住了，」瓦力佐德低聲說，心裡完全明白也接受了事實。「不能跟行星以外的地方通訊，也無法超空間跳躍。少了超驅裝置，得花上數十年的時間才能到達最近的星系。我們……只剩下自己了。」

其他人安靜下來，然後開始恐懼地低聲交談。直到有顆星星從天空落下。接著又是一顆。還有更多。是星式戰機？

他們得救了嗎？

瓦力佐德趕往戰機降落的地方，但這並不是救援行動。他們發現了一群人，其中大多數是人類，由一位長得很高、留著短髮的女性帶領。她身體側面有一條搭配制服的特製吊帶，裡頭裝著一隻泰尼克斯。

就在光天化日之下？這讓瓦力佐德不寒而慄。那些東西應該要隱藏起來才對。

「啊，」她在瓦力佐德爬下懸浮車時說：「瓦力佐德，終於見面了。」

「是的？」瓦力佐德說，同時勉強自己不露出牙齒。

那個人類卻露出了她的牙齒，眞是明目張膽。「我是臨時大使芙蕾雅・馬汀。無畏軍的少校，如果你想知道的話，我的呼號是：FM。」

「是嗎？」

她做出人類的聳肩動作。「我只是到這裡說明一些事而已。食物很快就會送來，我明白你們的行星人口太多，無法自給自足。你們可能要安排一下資源分配的事，還有，你們也可以申請其他補給品。如果我們確認東西無法在本地正常生產，我們就會答應要求。其他條款在這裡。」她把資料平板放在附近的一張桌子上。

有一名守衛打算對她開火。這是非常有攻擊性的行爲，如果發生在其他場合，一定會讓瓦力佐德很恐懼。不過，哎呀，這是人類啊。

那個人類似乎有所準備。在守衛扣下扳機之前，人類就消失了。光束劃過了空氣。

人類出現在拿槍的狄翁人身邊，從目瞪口呆的狄翁人手上不高興地拿走武器。那隻泰尼克斯……牠會依照指示超空間跳躍，但竟然沒用任何設備關起來？

太危險了！太好鬥了！

「你們這樣很討厭，」人類說：「要是一直做這種事，你們就永遠不必離開這個世界了。而且你們的同類還向我保證過，說親自來拜訪你們很安全的。」她往飛艇的方向大步走回去。

「人類？」瓦力佐德大聲說：「等一下！等一下。我對這個懦弱的攻擊行爲道歉……拜託。我們……我們何時才能再次離開這顆行星？」

「這不是由來我決定，所以我沒有答案。」在飛艇旁停下的人類說。其他人都已經上機了。

「是由誰決定的？」瓦力佐德說：「我能不能跟你們的政府談，爲我們自己辯護？我們……不知道溫齊克做了什麼事，我們無法容忍他的戰爭。我們是受害者。」

「重點不是他的戰爭，」她說：「重點是你們這個社會做了什麼。而且，也不是由我們的政府來決定你們何時能再離開這顆行星。」

「那麼是誰？」瓦力佐德問。

人類指著她的吊帶。裡頭的泰尼克斯發出笛音：「誰！」

瓦力佐德的恐懼越來越強烈。「由……由超驅裝置來決定？」

「對啊，」她邊說邊爬進駕駛艙。「祝好運囉。」

喔。

喔不。

✦

伊文森那場勝利的一週後，我站在這裡監督著另一批蛞蝓的運送。並且試圖假裝自己什麼問題都沒有。

畢竟一切都很好。星魔很認眞地做著它們的工作，而它們出於同情做的第一件事，就是解救泰尼克斯族，救出想要獲救的每一個「超驅裝置」。而且還包括其他的種類——每一隻都是。範圍涵蓋整個銀河系。

「幸好我們的行星到處都是這種地方。」我說。此時，我正站在一處露出的岩層上，俯瞰著狄崔特斯的一座洞穴。這是我小時候探索過的眾多洞穴之一。那裡現在住滿了蛞蝓，牠們正快樂地發出笛音，享用著一箱箱的蘑菇和藻類。

尤根走到我身旁，手中拿著一塊資料平板，裡面全都是統計數字，是關於能夠改造成泰尼克斯族住處的洞穴。根據估計，我們必須找到空間容納數十萬隻的泰尼克斯。這並非不可能，但要全面提高相關農業產量提供牠們食物，這就很困難了。

幸運的是，銀河系裡本來就有一套健全的食物配送系統，而且也有夠多的泰尼克斯願意暫時繼續工作來保持系統運行。前提是我們要給牠們自由，並且讓牠們輪流休息與工作。

這表示食物供應不能中斷，但有許多奢侈品也得先暫時停止交易了。沒錯，情況會很麻煩，畢竟提供食物的行星無法得到公平的補償——不過在跟他們的初步對談中，大家都很高興可以用食物交換自由旅行的權利。如此一來，尤根也確信他能夠防止銀河系發生大饑荒。

總之，目前我們還能用從行星外運送過來的食物餵飽泰尼克斯族，而且狄崔特斯似乎非常適合種植牠們特別喜歡的一種作物。蘑菇。

尤根露出微笑。他喜歡挑戰，而這是最適合他的挑戰。在組織安排方面，這或許是個惡夢——然而這裡基本上就是銀河系最大的難民營，需要足智多謀的人來管理。此外還得發明一大堆新規則。

他只負責監督，大部分的事還是交給其他人做。在新成形的銀河聯盟中，他必須承擔重責大任。據說會有新政府取代星盟，但現在談那種事還太早了。目前，我們就只是一個聯盟，有一些共同的規則，並由一位主席來主持像是銀河論壇的組織。

當然，大家都不想讓人類來擔任那個職務，只是他們沒直接說出來罷了。幸好，烏戴爾的瑞納金非常受歡迎。他是最有可能的人選。狄崔特斯及其他保護區的人類，必須在這樣的演變中找到自己的定位。以前，我會說我們至死都還是士兵，而且當然也必須維持自己的太空部隊。可是現在我們還多了一項專長：照顧蛞蝓。

可惡。我的胃裡開始翻攪。我壓抑住那種感覺。

「這會變成牠們的行星，」尤根說：「從某方面看其實一直都是。我們只是來這裡幫忙的。」

「而且我們也要試著弄清楚……條款的內容。」我說。

他點點頭，表情稍微變得嚴肅。泰尼克斯族跟星魔之間立下了條約。內容不包含我們其他人。除了自己，蛞蝓將不會傳送任何人，而條約內容包含了牠們超空間跳躍的頻率及持續時間——這是爲了防止讓太多的實境侵入虛無。

雖然大多數星魔在我們通過虛無時已不再感到痛苦，但有些拒絕我們幫助的星魔仍然會。我想這算是它們的權利吧。而所有的星魔都認爲虛無是它們的領域。在它們到來之前，那裡就已經存在於時空之外了，而就算它們正在療傷，也還是喜歡那個樣子。我不確定它們這樣宣稱擁有一整個維度到底對不對，但話說回來，我們又怎麼能主張自己擁有哪些土地或領空呢？

雖然它們願意跟我們合作，不過基本上我已經把它們粉碎成許多各有意見的個體了。由於起源特殊，所以它們的表現比其他物種更有一致性，但還是不容易應付。這種複雜的情況會持續好一陣子。

總之，今後的超空間跳躍將會受到限制——至少對泰尼克斯是如此——泰尼克斯要告知星魔，然後等待許可。到目前爲止，等候許可的時間可能是幾秒鐘到半個鐘頭——不過在某些情況下可以事先安排。

兩邊都不太確定該怎麼面對像我這樣的超感者。我們可能得爲自己的條約談判，不然就有可能會惹毛雙方。反正都還不確定。

不過，我們知道了答案——而且也算是能跟星魔相安無事——這種感覺很棒。因此我試著隱藏自己的壓力與焦慮，和尤根一起進入電梯，準備回到地表。

「這跟我們的事有關嗎？」他問：「我是指妳這麼緊張？」

可惡。他注意到了。於是我抓住他的手臂，將他拉過來親吻了他。「跟我們的事無關。」

他放鬆了。「那就好。」

「我沒事，」我說：「只是還在習慣新角色。蛞蝓牧人。」

「跟奶奶的故事不太搭呢。」他說。

「我不一定要過得跟那些故事一樣，」我說：「我已經夠成熟了。」

「妳還是妳。」

「現在的我很高興能在這裡，」我說：「跟你一起。只要給我點時間，我會習慣無聊的。金曼琳說無聊很好，這件事她可是說個不停！關於無所事事跟無事可做，聖徒顯然有很多意見。」

「我不太清楚那是什麼意思。」他說，然後又吻了我一次。在那一刻，這樣就夠了。我讓自己沉浸於他的暖意之中，感受他的嘴唇與我的相貼，他的脈搏跟我同時跳動。我抱著他，既尷尬又興奮，畢竟電梯門隨時都可能打開，讓人看見我們的親密時刻。

我愛他，是眞心的。我想跟他永遠在一起。

這眞是……哎呀，太出乎意料了。世界沒有終結。而我……似乎在世界末日時才能大展身手。

眞是個可怕的人格特質。

電梯的速度放慢，抵達了艾爾塔基地，此時我們才勉強停止親吻。我們勾著手臂走出電梯，然後轉上小路。我們還在使用尤根的舊車庫，以及他停在裡頭的那輛懸浮車。他一直說著自己正在學習拆裝車子的零件，當成一種嗜好。這是人們在沒有戰爭時才能做的事。他說想看看能讓它飛得多高——講得好像他沒辦法隨時要一架星式戰機來開似的。

就在我們抵達車庫之前，他的通訊器響了。他對我露出懊惱的表情，但我還是讓他去處理事情。有些我們剛接觸到的新物種，也想在新的銀河論壇中得到席位。我漫步到他的車庫，然後穿過那裡去到隔壁的機棚。

機棚的空間足以容納兩艘飛艇。仍然維持飛艇外形的 M-Bot 正跟坐在機翼上磨劍的赫修聊天。那位基森人在我進入時揮了揮手，毀滅蛞蝓則從他旁邊發出笛音，模仿劍在石頭上的刮擦聲。

他們後方還有另一艘飛艇。是查特的。他從駕駛艙裡站起來，穿著連身工作服，頭戴一頂帽子，濃密的小鬍子從鼻子底下向外伸出。「朋友！」他說：「知道刮鬍子有多麻煩嗎？我在沒有實體的時候從來就不必那麼做呢，奈薛小姐。這眞是最不舒服的事了！」

結果證明，星魔並不只是會製造出石頭。查特覺得學習當人類很有趣。所謂的「有趣」，是指他在人類身體上所觀察到的討厭之處，跟幾個月來我從M-Bot那裡聽到的差不多。但至少以查特的情況來看，那些抱怨似乎比較值得同情。例如，他並不知道如果不睡覺就會頭痛。

我拿起一塊布開始擦拭M-Bot——上次我們飛到遠方去查看了一些洞穴，所以它需要好好清理一番。我沉默地工作了一段時間，享受安靜的片刻，直到小羅打來。

「喲，小羅，」我透過M-Bot的通訊器說：「解開宇宙謎團的生活過得如何？」

「呃。」他說。

「有那麼棒嗎？」

「FM每次都要親自去，然後就會有人對她開槍，」他說：「她到底在想什麼？」

「她只是想找刺激啦。」我說。

「她可不是那樣說的。」

「不然她說什麼？」

「她必須親自確認有關當局收到了指示。」

「那就是找刺激，」我表示：「我能理解。」

「妳該不會已經覺得無聊了吧，思蘋瑟，」他說：「才過幾天而已耶！」

「這麼久沒人向我開槍還是第一次。」

「說謊，」他說：「妳知道我跟妳認識了幾乎一輩子吧？」

「那你就知道我喜歡誇張嘛。」我說：「所以有什麼新消息?」

他輕笑著。「這個嘛，只是想讓妳知道，我傳給了尤根某個有趣的東西。應該會有幫助的。」

我皺起眉頭。「什麼?」

「是他要求的，所以我在我們從星盟主要資料庫裡得到的雜亂資訊中找到了這個。盡量別破壞任何東西啊。小羅結束通話。對了，謝啦。」

「謝什麼?」

「拖我下水啊。」他切斷了通訊。我一頭霧水，這時尤根拿著資料平板走了進來。

「好了，」我雙手扠腰說：「你們兩個在密謀什麼?」

他把平板轉過來給我看。那似乎是一份座標清單。

「尚未探索的行星，」他說：「都是星盟認爲太過危險的地方。除了警告別靠近，基本上沒有任何關於它們的資訊。」

「這可能表示……」我邊說邊搶走平板。

「任何事都有可能。」他說：「泰尼克斯族的藏身處、某種非常具有攻擊性的物種……誰知道是什麼，讓他們覺得危險到不能記錄下來?我覺得很神祕。」

我手拿平板，然後瞇起眼睛看著他。「你只是想讓我有事做。」

「我當然是想讓妳有事做啊，」他說：「重要的事。」他輕敲資料平板。「地球就在那裡的某個地方，思蘋瑟。不是在虛無，就是在這裡。它發生了某件事。還有幻格曼族——我們對他們幾乎一無所知。至於我們在前往虛無的傳送口所發現的陷阱呢?那些東西存在的時間比星魔更久。外面可能會有我們不知道的危險。最好先探索一下，免得到時候措手不及。」

我咧開嘴笑。然後停下來看著他。

「怎麼了？」他說。

「我不能一個人去。」

「金曼琳雖然那樣說，但她已經厭倦無聊了。而且我猜查特也想做點人類會做的事。」

「一點也沒錯！」查特大聲說。

「所以，」尤根說：「妳不會一個人去。」

我立刻興奮起來，但隨即又感到猶豫。「這會……影響我們嗎？我是指我經常不在的事？」

「我只想要妳做自己。」他說：「如果妳不覺得我們之間有任何問題——」

「不是我們。我們之間沒有問題。我愛我們這樣。除非你想要有新鮮感，直接告訴我，我就會閉嘴。不過也沒辦法，因爲我永遠不會閉嘴。」我畏縮了一下，然後親吻了他，因爲我知道這樣有用。

他在我抽身時開心地笑著。「我會指派一支飛行隊給妳，你們以探索者的身分去探勘那些行星。再找三名飛行員吧。不過，答應我一定要回來，也要跟我聯繫。」

「每天都會，」我允諾。「只要有時機我就會。」

他點點頭，但似乎不太確定。於是我又吻了他一次，然後輕聲說：「尤根，我一定會回來。每天我都會盡量安排時間來找你。這裡是我的歸屬。」

「不無聊的地方才是妳的歸屬。」

「你們大家才是我的歸屬，儘管有時我必須去做其他的事。基本上有一半的故事都是在教我們這一點，尤根。你沒聽奶奶的話嗎？」

「我以爲那些故事在講的都是英雄變了。」他說。

「沒錯。他們確實變了。」

「故事中的英雄會離開，是因爲再也無法融入自己出身的地方。」

「在故事裡是如此，」我輕聲說：「可是尤根，那些故事全部都有一個重大缺陷。」

「是什麼？」

「裡面都沒有你。」

我想我用這句話打動了他。他露出微笑，似乎還有一點害羞。

「如果要說我從這一切學到了什麼，」我告訴他：「那就是我能夠有自己的選擇。我接受你想用這些行星讓我分心，尤根．威特，但你可別太高興以為這樣就能擺脫我。」

「想都不敢想。」

我放開他，然後拿著資料去找毀滅蛞蝓、查特、赫修和M-Bot。不過在這之前，我又喊了尤根一次。

「嘿，」我說：「順便提一下……」

「嗯？」

「記住，要是我不小心釋放了某種銀河系的巨大威脅——後來為了幹掉它而炸掉一顆星球之類的東西，結果又把它變成某種跟行星環一樣大的紅色泥漿——這可都是你的主意喔。」

他笑起來，然後讓我去做我的事。實際的細節沒那麼重要，於是我讓赫修把資料讀給大家聽，他們也開始聊起該先去哪個地方。我走到外面，抬頭仰望。保護著狄崔特斯的許多層平台隨機移動，碰巧露出了一個洞。通往上方。

朝向星星。那裡是我的歸屬。可是我的朋友們發出的光比星星明亮多了。

我回到室內，要M-Bot聯絡金曼琳，告訴她一個好消息。說我剛把她拖進了一場可能會威脅性命的冒險。

再次出擊。

（全書完）

誌謝

一如既往，我的每一本書都是許多人投入大量心力才得以完成。希望這份感謝清單不會讓你讀到視線開始模糊！不過我也希望你能花點時間讀完，看看原來有這麼多重要的人參與了出版過程。

在此特別強調幾件事。珍希・派特森（Janci Patterson）一直是對本書和「天防者」系列的無價之寶。你可能知道她目前正在跟我合作一套續集系列——我希望你們會讀。（要是你們錯過了《天防者III：超感者》的外傳《天防飛行隊》〔暫譯，*Skyward Flight*〕，我強烈建議可以一讀。在此系列中，這本書獲得了書迷評論的最高評價。）

另一個要強調的是美國版封面，這大概是我們在系列中最喜歡的一本，繪者是永遠令人驚奇的查莉・保沃特（Charlie Bowater）。我們很享受跟查莉一起合作的過程！這是很棒的經驗。

最後，我一樣要感謝我的妻子愛蜜莉（Emily），她是龍鋼（Dragonsteel）的營運長兼聯席總裁。在過程中她一直是我的好夥伴，也在幕後很努力協調下方一長串清單中的所有人。

非常感謝各位的閱讀！

布蘭登・山德森

✦

我的經紀公司JABerwocky：艾迪・施耐德（Eddie Schneider）、約書亞・畢姆斯（Joshua Bilmes）、蘇珊・維拉斯奎茲（Susan Velazquez）、克莉絲蒂娜・佐貝爾（Christina Zobel）。

美國的Delacorte出版社：克莉絲塔・馬里諾（Krista Marino）是我們最棒的編輯，不但經手了這本書和其他所有的書，也大大幫助了我們了解青少年讀者並寫出最棒的故事。另外還有貝弗莉・霍洛維茲（Beverly Horowitz）、莉迪亞・葛雷哥維（Lydia Gregovic）、特麗莎・普雷維特（Trisha Previte）。

負責審稿的是凱莉安・史坦伯格（Kerrianne Steinberg）。

英國的Gollancz出版社：吉莉安・雷德費恩（Gillian Redfearn）——同時也爲本書提供了出色的文稿編輯——艾馬德・阿克塔爾（Emad Akhtar）、布蘭登・德爾金（Brendan Durkin）。

有聲書朗讀者：美國的蘇西・傑克森（Suzy Jackson）和英國的蘇菲・艾爾德雷（Sophie Aldred）。

艾薩克・史都華（Isaac Stewart）是龍鋼的創意副總監。班・麥斯威尼（Ben McSweeney）辛苦地創造並主導了這個專案的藝術風格。海莉・拉佐（Hayley Lazo）繪製了泰尼克斯族和基森人的頁面。安娜・厄利（Anna Earley）負責套書產品的藝術設計。另外還有蕾秋・琳・布坎南（Rachael Lynn Buchanan）、珍妮佛・尼爾（Jennifer Neal）、普莉希拉・史賓賽（Priscilla Spencer）。

堪稱業界標準的彼得・阿斯特姆（Peter Ahlstrom）是我們的編輯部副總，另外還有凱倫・阿斯特姆（Karen Ahlstrom）、克莉絲蒂・吉伯特（Kristy Gilbert）、珍妮・史蒂文斯（Jennie Stevens）、貝琪・阿斯特姆（Betsey Ahlstrom）、艾蜜莉・蕭－海姆（Emily Shaw-Higham）。

丹・威爾斯（Dan Wells）仍然是龍鋼敘事部門中的唯一成員。我們考慮過買一隻金魚給他，但又覺得牠應該會很孤單。

「旅店老闆」麥特・哈奇（Matt Hatch）是龍鋼的營運副總，另外還有珍・霍恩（Jane Horne）、凱瑟琳・多爾西・山德森（Kathleen Dorsey Sanderson）、瑪奇娜・薩萊諾（Makena Saluone）、海澤・康明斯（Hazel Cummings）、貝琪・威爾森（Becky Wilson）。

我們的宣傳兼行銷副總亞當・霍恩（Adam Horne），又稱爲薛丁格的高爾夫球手（同時是公司裡高爾夫球打得最棒跟最差的人）；另外還有傑瑞米・帕瑪（Jeremy Palmer）、泰勒・D・哈奇（Taylor D.

Hatch）、奧特薇雅・艾斯卡米拉（Octavia Escamilla）。

凱拉・史都華（Kara Stewart）是我們的銷售與活動副總監，同時身兼蛞蝓牧人。這本書要獻給她，所以你們都應該大大地感謝並讚美她！要是少了他，你們就不可能擁有我們發行的超酷商品——例如令人驚嘆的毀滅蛞蝓絨毛玩具。非常感謝妳，凱拉，謝謝妳多年以來一直這麼棒！她的部門成員包括艾瑪・譚—史托克（Emma Tan-Stoker）、克莉斯蒂・雅各布森（Christi Jacobsen）、凱琳・紐曼（Kellyn Neumann）、雷克斯・威爾海特（Lex Willhite）、梅姆・葛蘭吉（Mem Grange）、麥可・貝特曼（Michael Bateman）、喬伊・艾倫（Joy Allen）、艾莉・瑞普（Ally Reep）、理查・魯伯特（Richard Rubert）、凱蒂・艾維斯（Katy Ives）、布瑞特・摩爾（Brett Moore）、達林・霍登（Dallin Holden）、丹尼爾・費普斯（Daniel Phipps）、雅各・克里斯曼（Jacob Chrisman）、艾力克斯・里昂（Alex Lyon）、麥特・漢普頓（Matt Hampton）、卡蜜拉・卡特勒（Camilla Cutler）、昆頓・馬丁（Quinton Martin）、伊絲特・格蘭吉（Esther Grange）、羅根・瑞普（Logan Reep）、蘿拉・勒夫里奇（Laura Loveridge）、亞曼達・巴特菲德（Amanda Butterfield）、關・希克曼（Gwen Hickman）、唐諾・馬斯塔德三世（Donald Mustard III）、柔伊・哈奇（Zoe Hatch）、帕布洛・穆尼（Pablo Mooney）、布雷登・摩爾（Braydonn Moore）、艾弗里・摩根（Avery Morgan）、納森・莫天森（Nathan Mortensen）、克里斯汀・費爾班克斯（Christian Fairbanks）、戴爾・希爾（Dal Hill）、喬治・凱勒（George Kaler）、凱瑟琳・巴爾洛（Kathleen Barlow）、卡莉・阿諾（Kaleigh Arnold）、凱蒂・艾倫（Kitty Allen）、瑞秋・雅各布森（Rachel Jacobsen）、席尼・威爾森（Sydney Wilson）、凱特琳・哈奇（Katelyn Hatch），以及茱迪・托薩克（Judy Torsak）。

我的寫作團體「龍出沒注意」（Here There Be Dragons）包括愛蜜莉・山德森、凱瑟琳・多爾西・山德森、彼得・阿斯特姆、凱倫・阿斯特姆、達西・史東（Darci Stone）、艾瑞克・詹姆斯・史東（Eric

James Stone）、艾倫・雷頓（Alan Layton）、伊森・斯卡斯特（Ethan Skarstedt）、班・歐森（Ben Olsen）、凱琳・佐貝爾（Kaylynn ZoBell）。

本書的第二次試讀者有羅伯・威斯特（Rob West，呼號：飛燕草）、布萊恩・T・希爾（Brian T. Hill，呼號：帥哥）、卡里亞妮・波魯瑞（Kalyani Poluri，呼號：漢娜）、傑登・金恩（Jayden King，呼號：三腳架）、蘇珊・穆辛（Suzanne Musin，呼號：神諭）、夏儂・尼爾森（Shannon Nelson，呼號：灰色手錶）、葛蘭・沃格拉爾（Glen Vogelaar，呼號：方向）、寶・芬姆（Bao Pham，呼號：懷爾德）、克里斯・麥葛瑞斯（Chris McGrath，呼號：槍手）、佩吉・維斯特（Paige Vest，呼號：刀鋒）、山姆・貝斯金（Sam Baskin，呼號：海龜）、莉莉安娜・克萊因（Liliana Klein，呼號：小滑）、艾倫・馬隆尼（Ellen Maloney）、琳賽・路德（Lyndsey Luther，呼號：翱翔）、奧布麗・芬姆（Aubree Pham，呼號：玉座）、潔西・雷克（Jessie Lake，呼號：小姐）、艾瑞克・雷克（Eric Lake，呼號：混亂）、馬克・林柏格（Zenef Mark Lindberg，呼號：巨齒鯊）、狄娜・柯維爾・惠特尼（Deana Covel Whitney，呼號：辮子）、莉內婭・林斯壯（Linnea Lindstrom，呼號：小精靈）、莎拉・肯恩（Sarah Kane，呼號：紫外線）。

第三次試讀者包含了許多位第二次試讀者，另外還有裘奧・曼尼薩斯・莫拉斯（João Menezes Morais，呼號：蟄伏）、達西・柯爾（Darci Cole，呼號：小藍）、泰德・赫爾曼（Ted Herman，呼號：騎兵）、潔西卡・艾許克拉福特（Jessica Ashcraft，呼號：蓋許）、羅斯・紐伯利（Ross Newberry，呼號：雙關客）、喬・狄爾達弗（Joe Deardeuff，呼號：旅行者）、蓋瑞・辛格（Gary Singer，呼號：DVE）、約書亞・哈爾奇（Joshua Harkey，呼號：Jofwu）、提姆・查利納（Tim Challener，呼號：安泰俄斯）、坎卓拉・威爾森（Kendra Wilson，呼號：K怪）、貝卡・瑞佩特（Becca Reppert，呼號：奶奶）、海瑟・克林格爾（Heather Clinger，呼號：夜鶯）、艾倫・福特（Aaron Ford，呼號：小工具）、艾利希斯・赫萊森（Alexis Horizon，呼號：光譜）、Lingting "Botanica" Xu（呼號：哈山）、尚恩・范布雷克（Sean VanBlack，呼號：先鋒）、伊萊雅胡・貝瑞洛維茲・列文（Eliyahu Berelowitz Levin，呼號：射手）、伊恩・麥克奈特（Ian McNatt，呼號：怪咖）。

中英名詞對照表

A
acclivity stone　上斜石
Agincourt　阿金庫爾戰役
Ahlstrom Loop　阿斯特姆迴旋
Alanik (Angel)　艾拉妮克（天使）
Arturo Mendez (Amphisbaena / Amphi)　亞圖洛・曼德茲（安菲斯貝納／安菲）
atomilin　艾托米林

B
Becca Nightshade　貝卡・奈薛
belt　環帶
Beowulf　貝沃夫
Bim　畢姆
boomslug　爆炸蛞蝓
Brade Shimabukuro　布蕾德・島袋
Breakaway　突圍
Brez Observation Platform　布雷茲觀測平台
Broadsider　舷砲派
burl　波爾人
Byled　比奧德

C
cathodis　卡索迪斯
Catnip　貓薄荷
Chet　查特
Chono　赤那
Chubs　小胖
Cobb (Mongrel)　卡柏（蒙瑞爾）
Comfort　小安
commslug　通訊蛞蝓
Cuna　庫那
cytonic inhibitor　超感抑制器
cytonic　超感者

D
David Bowie　大衛・鮑伊
Defiant　無畏者／無畏號
Defiant Defense Force (DDF)　無畏者防衛軍（DDF）
delver　星魔
Detritus　狄崔特斯
dione　狄翁人
Dllllizzzz　德爾麗茲
Doomslug　毀滅蛞蝓
draft　初體

E
Earth Disappearance Station (EDS)　地球失蹤研究基地
Epic of Jilo　《吉洛史詩》
Errol Flynn　艾羅爾・弗林
Evensong　伊文森
Evershore　無涯

F
fantads　方達（果實）
figment　幻格曼人
Freyja Marten (FM)　芙蕾雅・馬汀（FM）

G
Gavrich　蓋理奇
gluden　古魯登（果實）
gludendias　古魯丹迪亞（果實）
Goro　戈洛

H
Halaki　赫拉奇

Hamlet 《哈姆雷特》
Hana 哈娜
Handbook of Intersectional Discipline 《交叉紀律手冊》
Happy 樂樂
Harkil 哈克爾
Hatch 哈奇（飛行動作）
Henry the Fourth 《亨利四世》
Hesho (Darkshadow) 赫修（暗影）
Hill 希爾
Hudiya (Hurl) 胡蒂亞（赫爾）
hyperdrive 超驅裝置
hyperjump 超空間跳躍
hyperslug 超感蛞蝓

I

Igneous 伊格尼斯
inhibitor field 超感抑制場
inhibitor slug 抑制蛞蝓
Inverted Magellan Pulse (IMP) 反轉麥哲倫脈衝波
Iron Fortress 鐵壁號
Itchika 伊奇卡

J

Jason Write 傑森・萊特
Jilo 吉洛
Jorgen Weight (Jerkface) 尤根・威特（蠢貨）
Judy Ivans (Ironsides) 茱迪・埃文斯（鐵殼）
Junker 容客
Juno 朱諾

K

Kage 卡吉
Kaldwell 凱德沃
Kapling 凱普林
Kauri 卡烏麗
Kimmalyn (Quick / Quirk) 金曼琳（快客／怪客）
Kio 奇歐
kitsen 基森人
korochas 克洛查（果實）
Kerll 克里爾人

L

Lekilid 勒基利德
lemiotod 勒米厄托（蘑菇）
lifebuster (bomb) 殞命炸彈
lightburst 光爆
Lock 拉克
lorekeeper 博識者
Lucky 小吉
Luna 月球

M

Magma / Magna (Morningtide) 梅格瑪／梅格娜（晨潮）
Maksim 麥辛
Mask 蒙面客
Masked Exile 蒙面流亡者
mindblade 念刃
Monrome 蒙若姆
Morriumur 莫利穆爾
Motorskaps 摩托斯卡普
mulun 木倫（果實）
Mushroom-Bot 蘑菇機器人

N

nanjan 南眞
Nedd Strong (Nedder) 奈德・斯壯（奈德爾）
New Beijing 新北京
Norgay 諾蓋
nowhere 虛無

O
Ooklar　奧克拉
Old Earth　舊地球

P
Path of Elders　長者之路
Peg　佩格
Platform Prime　主要平台
Praline　糖糖

R
ReDawn　新黎明
resonant　共鳴者
Rodge McCaffrey (Rig / Rigmarole)　羅吉・麥卡弗（小羅／瑞莫羅）
Rikolfr　里科弗
Rinakin　瑞納金
Rodeo　牛仔

S
Sadie (Sentry)　莎迪（哨兵）
Saint　聖徒
shadow-walker　暗影行者
Shiver (Stalwart)　虛弗爾（堅貞者）
Skyward Flight　天防飛行隊
somewhere　實境
Spensa Nightshade (Spin / Spring)　思蘋瑟・奈薛（小旋／春天）
Sporta　斯波塔（戰機）
Stacy Leftwire　史黛西・萊夫維爾
Starsight　星界
Stewart　史都華（隊形）
Stoff　史多夫
Surehold　休爾要塞
Swims Upstream　逆流而上號

T
T-Stall　T 仔
taynix　泰尼克斯（族）
tenasi　天納西人
Tewkesbury mustard　圖克斯伯里芥末
The Darting Hawk That Separates Sinew from Bone　分離筋骨之飛鷹
Tosura　塔薩拉
tradori　特拉多利人

U
UrDail　烏戴爾人

V
Valizode　瓦力佐德
Vanir Flight　華納飛行隊
Vapor　薇波
varvax　瓦維克斯人
Varvaxin Three　瓦維克星三號
vastworm　巨蟲
Veska　維斯卡

W
Waterloo　滑鐵盧
Winzik　溫齊克
Wolf　戰狼

X
Xinyi　心宜

Y
Yaksurma　亞克瑟瑪

Z
Zip!tak　齊普！塔克

BEST 嚴選 154

天防者 IV：無畏者〔完〕

原著書名／Defiant
作　　者／布蘭登．山德森（Brandon Sanderson）
譯　　者／彭臨桂
企畫選書人／王雪莉
責任編輯／高雅婷
特約編輯／Sienna
版權行政暨數位業務專員／陳玉鈴
資深版權專員／許儀盈
行銷企畫主任／陳姿億
業務協理／范光杰
總　編　輯／王雪莉
發　行　人／何飛鵬
法律顧問／元禾法律事務所　王子文律師
出版／奇幻基地出版
城邦文化事業股份有限公司
臺北市 115 南港區昆陽街 16 號 4 樓
電話：(02)25007008　傳真：(02)25027676
網址：www.ffoundation.com.tw
e-mail：ffoundation@cite.com.tw
發行／英屬蓋曼群島商家庭傳媒股份有限公司城邦分公司
臺北市 115 南港區昆陽街 16 號 8 樓
書虫客服服務專線：(02)25007718．(02)25007719
24 小時傳眞服務：(02)25170999．(02)25001991
服務時間：週一至週五 09:30-12:00．13:30-17:00
郵撥帳號：19863813　戶名：書虫股份有限公司
讀者服務信箱 e-mail：service@readingclub.com.tw
歡迎光臨城邦讀書花園　網址：www.cite.com.tw
香港發行所／城邦（香港）出版集團有限公司
香港九龍九龍城土瓜灣道 86 號順聯工業大廈 6 樓 A 室
電話：(852) 2508-6231　傳眞：(852) 2578-9337
e-mail：hkcite@biznetvigator.com
馬新發行所／城邦（馬新）出版集團
【Cite(M)Sdn Bhd】
41, Jalan Radin Anum, Bandar Baru Sri Petaling,
57000 Kuala Lumpur, Malaysia.
Tel: (603) 90563833 Fax:(603) 90576622

封面設計／朱陳毅
排　　版／芯澤有限公司
印　　刷／高典印刷有限公司
■ 2024 年 10 月 1 日初版

售價／ 450 元

家圖書館出版品預行編目資料

天防者 IV：無畏者〔完〕/ 布蘭登．山德森
Brandon Sanderson) 作；彭臨桂譯. -- 初版. -- 臺
北市：奇幻基地出版，城邦文化事業股份有限公
司出版：英屬蓋曼群島商家庭傳媒股份有限公司
城邦分公司發行，2024.10
面：公分. -（Best 嚴選；154）
譯自：Defiant

SBN 978-626-7436-47-9（平裝）

874.57　113013106

BN 978-626-7436-47-9

廣　告　回　函
北區郵政管理登記證
台北廣字第000791號
郵資已付，免貼郵票

115 臺北市南港區昆陽街 16 號 8 樓

英屬蓋曼群島商家庭傳媒股份有限公司城邦分公司 收

請沿虛線對摺，謝謝

奇幻基地

每個人都有一本奇幻文學的啟蒙書

奇幻基地粉絲團：http://www.facebook.com/ffoundation

書號：**1HB154**　　書名：天防者Ⅳ：無畏者〔完〕

｜奇幻基地・2024山德森之年回函活動｜

好禮雙重送！入手奇幻大神布蘭登・山德森新書可獲2024限量燙金藏書票！
集滿回函點數或購書證明寄回即抽山神祕密好禮、Dragonsteel龍鋼萬元官方商品！

024山德森之年計畫啟動！】購買2024年布蘭登・山德森新書《白沙》、《祕密計畫》系列（共七本），各單
隨書附贈限量燙金「山德森之年」藏書票一張！購買奇幻基地作品（不限年份）**五本以上，即可獲得限量隱藏版
山德森之年」燙金藏書票；購買十本以上還可抽總值萬元進口龍鋼公司官方商品！**

禮雙重送！「山德森之年」限量燙金隱藏版藏書票＆抽萬元龍鋼官方商品

動時間：2024年1月1日起至2024年10月30日前（以郵戳為憑）
獎日：2024年11月15日。
加辦法與集點兌換說明：2024年度購買奇幻基地任一紙書作品（不限年份，限2024年購入），於活動期間
回函卡右下角點數寄回本公司，或於指定連結上傳2024年購買作品之紙本發票照片／載具證明／雲端發票／網
書店購買明細（以上擇一，前述證明需顯示購買時間，連結請見奇幻基地粉專公告），寄回五點或五份證明可
限量隱藏版「山德森之年」燙金藏書票，寄回十點或十份證明可抽總值萬元進口龍鋼公司官方商品！

活動獎項說明

山神祕密耶誕好禮＋「寰宇粉絲組」（共2個名額）
布蘭登的奇幻宇宙正在如火如荼地擴張中。趕快找到離您最近的垂裂點，和我們一起躍界旅行吧！
組合內含：1. 躍界者洗漱包 2. 躍界者行李吊牌 3. 寰宇世界明信片 4. 寰宇角色克里絲別針。

山神祕密耶誕好禮＋「天防者粉絲組」（共2個名額）
衝入天際，遨遊星辰，撼動宇宙！飛上天際，摘下那些星星！組合內含：1. 天防者飛船模
型 2. 毀滅蛞蝓矽膠模具 3. 毀滅蛞蝓撲克牌 4. 寰宇角色史特芮絲別針。

特別說明

活動限臺澎金馬。本活動有不可抗力原因無法執行時，主辦單位有權決定取消、中止、修改或暫停本活動。
請以正楷書寫回函卡資料，若字跡潦草無法辨識，視同棄權。
活動中獎人需依集團規定簽屬領取獎項相關文件、提供個人資料以利財會申報作業，開獎後將再發信請得獎者填
妥資訊。若中獎人未於時間內提供資料，主辦單位有權取消得獎資格。
本活動限定購買紙書參與，懇請多多支持。

人資料：

名：__________ 性別： 年齡：______ 職業：______ 電話：__________

址：____________________ Email：__________ □訂閱奇幻基地電子報

對奇幻基地說的話或是建議：____________________

奇幻基地

請剪下右邊點數，集滿十點寄回奇幻基地即可參加抽獎，影印無效。

1
A Year of Sanderson
2024

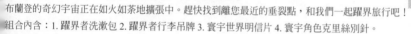

Brandon Sanderson

布蘭登・山德森

Brandon Sanderson

布蘭登・山德森